汉译世界文学名著丛书

城堡

［奥］弗兰茨·卡夫卡 著

赵蓉恒 译

Franz Kafka

DAS SCHLOß

汉译世界文学名著丛书
出版说明

1902年，我馆筹组编译所之初，即广邀名家，如梁启超、林纾等，翻译出版外国文学名著，风靡一时；其后策划多种文学翻译系列丛书，如"说部丛书""林译小说丛书""世界文学名著""英汉对照名家小说选"等，接踵刊行，影响甚巨。从此，文学翻译成为我馆不可或缺的出版方向，百余年来，未尝间断。2021年，正值"汉译世界学术名著丛书"出版40周年之际，我馆规划出版"汉译世界文学名著丛书"，赓续传统，立足当下，面向未来，为读者系统提供世界文学佳作。

本丛书的出版主旨，大凡有三：一是不论作品所出的民族、区域、国家、语言，不论体裁所属之诗歌、小说、戏剧、散文、传记，只要是历史上确有定评的经典，皆在本丛书收录之列，力求名作无遗，诸体皆备；二是不论译者的背景、资历、出身、年龄，只要其翻译质量合乎我馆要求，皆在本丛书收录之列，力求译笔精当，抉发文心；三是不论需要何种付出，我馆必以一贯之定力与努力，长期经营，积以时日，力求成就一套完整呈现世界文学经典全貌的汉译精品丛书。我们衷心期待各界朋友推荐佳作，携稿来归，批评指教，共襄盛举。

商务印书馆编辑部
2021年8月

译　序

卡夫卡，这个名字对于今天的中国文化人来说也许无人不知，甚至非常熟悉了。然而在上世纪80年代以前的几十年间，我国却只少数人知晓其人其文。上世纪70年代末，改革开放的春风起处，卡夫卡这位至迟从50年代起就享誉世界各国数十年而经久不衰的著名外国作家及其作品，才在我国重见天日，渐次为广大读者所熟悉，他的作品在我国的受众范围也相应地逐渐扩大，为越来越多的读者所喜爱。

对卡夫卡及其作品的研究和评论汗牛充栋，有关著述文献名副其实地成千上万，至今已数十倍于原作，成了犹如"红学"之于《红楼梦》那样的一门专门学问。我国现在也有了不少专家学者的论著，从多个视角和切入点对卡氏及其作品进行审视、研究和解读，成果斐然。特别是其中一批年轻学人学子也写出了颇有见地的论著，取得了可喜的成绩。译者对现代主义文学知之甚少，更非"卡学"专家，在此不想对包括《城堡》在内的卡夫卡小说做什么细致深入的分析论述评说，只是借拙译此次出版之机，发表一点感想。

从照片上看到的卡夫卡，给人的印象是个"貌如妇人好女"的文弱书生。在他短促的一生中，也不像某些人作家那样有许多曲折坎坷的遭际和特别丰富的社会经历作为作品素材，然而他却在短短十年多一点的时间内——还必须除去在保险公司任职琐碎繁忙的公务和重病缠身占去的大量时间——创作了数量相当可观的立意新颖、风格独特、独树一帜、惊世骇俗的文学作品，应该说的的确确是一位十分罕见的文学奇才！他视文学创作为第一生命，呕心沥血挥笔书就一篇篇、一部部与传统小说大异其趣、开创一代文学新潮先河的新型小说，影响深远，在国际文坛上被普遍与法国的普鲁斯特和爱尔兰的乔伊斯并列为风靡20世纪的现代主义文学的鼻祖，甚至有作家认为就其所反映的时代而论他可以同世界文学史上三位伟大文学家但丁、莎士比亚和歌德相比。德语文学界、欧美文学界不少享有盛名的作家和评论家，对他的作品都不乏高度赞誉之词。的确，卡夫卡小说那"谜"一般扑朔迷离、寓意深邃的内涵意蕴和开放式的情节构架，令其十分"耐读"，往往让人乐此不疲地一读再读，反复玩味，来回琢磨而余味无穷；那准确、鲜明、流畅，时而幽默风趣、时而又辛辣尖刻的描写点缀其间的生动语言，紧紧地吸引住读者，让人在感受作家所要传达的思想感情和所要描绘的世界的同时又得到沁人心脾的审美享受，难怪他的小说经常被作为范文选入德语国家学校的语文教材。在他那导向性的影响下，20世纪世界文学在原来的古典主义、浪漫主义、现实主义等几大流派之外，又涌现出了色彩斑斓的新生一族即现代主义旗下一大批风格各异、令人眼花缭乱的大小派别，为世界文学百花园增添了无数奇花异草，大大丰富了人们的精神食粮。于此也可窥见卡夫卡这位"祖师"对世界文学的贡献之一斑了。

译者开始译卡夫卡的《城堡》是在 1992 年。当时这部长篇小说据闻仅有一部从英文转译的中译本，从原文直接将这部经典名著译介给我国读者，是一件很有意义、很值得做的事，于是我便欣然接受了当时正筹编中文版《卡夫卡全集》的老同学叶廷芳同志的邀约，开始着手翻译《城堡》。那时我在北京大学西方语言文学系德语语言文学专业（今北京大学外国语学院德语系）担任本科毕业班的德语精读教学又兼班主任，教学、科研和社会工作都比较繁忙，只能靠工作之余挤时间翻译，加之当时还没有条件购置和学会使用电脑，因此译事断断续续，直到四年后的 1995 年底才完成。对于这部译稿，自问是尽了很大努力的，可是由于时间较少又限于学力，译文虽然总的说来还算过得去，但不少地方仍不能令人满意。然而出版日期又不能延误，因而也就只好先差强人意地交稿付梓，于 1996 年 12 月作为《卡夫卡全集》（精装本）第四卷，由河北教育出版社出版了。本想待再版时对译文作进一步加工，但初版后多年一直没有机会。2005 年河北教育出版社曾推出了平装本《城堡》，为初版重印本，可惜我是事后才知道的。2010 年初，《城堡》有了再版的机会，我便将 1996 年版的译文对照原文重新校改了一遍，对不少不够确切的词语做了订正，对个别疏漏之处作了增补，对一些比较生涩的语句进行了修改润饰。2021 年，商务印书馆计划出版卡夫卡著作新的校勘本中文版，于是我又一次逐字逐句对照校勘本原著将拙译修订了一遍。这个版本在章节划分、标点的使用等方面完全按作者写作时的原貌呈现给读者，让人们享受到原汁原味的卡夫卡，是一件值得赞扬的壮举。当时正值疫情肆虐，已是耄耋之年的我又痼疾缠身，同时还承担着另外一部学术专著（即《莫扎特的人格及作品》阿尔弗雷德·爱因斯坦著）的校改任务，要在不太长的时间内完成几十万字名著的校订，难度是相当大的。考虑到这项工作的重大意义，我仍愉快地接受了下来。在此我要特别感谢伴我走过近六十年人生道路的发妻常桂琴，本书得以在2021年上半年两个月内圆满完成付梓，与她对我的殷切鼓励、大力支持和多方照顾是分不开的。如果经过这两次加工之后，新版本能有一定程度的提高，我便觉十分欣慰了。文学是语言的艺术，卡夫卡这部成熟时期的长篇小说所要抒发的思想、情感，以及对情景和人物的铺叙描绘等等，都是通过他那十分精彩的语言，那准确、生动、流畅的德语来实现的，译者水平有限，不可能像高水平译作那样使无法阅读原著的中国读者通过汉语也能大体上完满或比较充分地得到读原著者之所得、获得与读原著者几近相同的审美享受。我所能做的，只是力求准确地传达原意，尽自己所能使译文与原风格保持一致，至于这一努力结果如何，就只能由读者来评判了。

《城堡》是卡夫卡的"压轴之作"，许多地方写得异常精彩，在校改译文的同时也是重读原著的过程，我再次感受到这位文学天才笔下的巨大魅力。看吧：开篇伊始，作者就将读者带进一个既轮廓分明又迷离恍惚的境界："城堡"，这个小说主人公应召而来的目的地，这个他力图进入、在其治理下自食其力成为其合法臣民的目标，明明已在眼前，远看近看都"清晰可辨"，可就是怎么走也无法走到它跟前！作者巧妙地一上来就在读者心中激起巨大的好奇，从而产生强烈的阅读兴趣，然后随着情节的步步展开，一个又一个的悬念不断出现，读者总是被紧紧抓住，欲罢不能，不得不一口气读下去。《城堡》的确是独特的"卡夫卡式"文学风格的最集中的体现：虚虚实实、亦实亦虚，真真假假、亦真亦假的氛围和背景,一片既真实又虚幻的天地。似非而是的谜团在吸引人去琢磨、揣摩,幽默诙谐的笔触,令人忍俊不禁的漫画式的讥讽,在催人去反复阅读,玩味。的确,硬要将卡夫卡划入哪家流派是很困难的,不是科幻,不是神怪志异,也不是写实;不是浪漫主义,不是现实主义,也不是自然主义,说表现主义似乎比较接近,但与这个流派又不尽相同。他是自成一派的,是独特的"卡夫卡式"。由于他的作品构思、情节结构、语言风格新颖独特,魅力无穷,近百年来研究探讨的文献不可胜数,评论者、解读者众说纷纭,各执一词,对《城堡》的阐释也呈现出叮说是白花齐放百家争鸣的局面。《城堡》究竟意味着什么?象征着什么?这个"符号"的所指是什么?等等,不一而足。这正好说明卡夫卡的作品蕴涵着巨大的能量,能激发起人们对人的社会存在进行不断的深入的反思。译者觉得,正如对卡夫卡的其他小说一样,对于《城堡》也有各种各样的解读,不论是宗教神学的也罢,精神分析学的也罢,政治社会学的也罢,或是从什么其他的角度也罢,都是有一定道理的一家之言,而《城堡》的开放式结尾,也给读者留下了广阔的思考余地,很难划一,我们对各家之言,不妨也都采取一种"开放式"的态度,可以见仁见智,就让有多少读者,就有多少个K.,有多少个《城堡》吧。诚如不少评论者说的,这恰恰是卡夫卡的魅力所在!

赵蓉恒
2022年5月20日
于北大中关园

目　录

第一章　到达 ·· 1
第二章　巴纳巴斯 ·· 20
第三章　弗丽达 ··· 40
第四章　与老板娘的第一次谈话 ······························ 51
第五章　在村长家 ·· 66
第六章　与老板娘的第二次谈话 ······························ 87
第七章　教师 ··· 102
第八章　等待克拉姆 ·· 113
第九章　抵制审问 ··· 123
第十章　在大路上 ··· 135
第十一章　在学校里 ·· 142
第十二章　两个助手 ·· 155
第十三章　汉斯 ·· 163
第十四章　弗丽达的责备 ······································ 174
第十五章　同阿玛莉娅交谈 ··································· 187
第十六章 ·· 198
第十七章　阿玛莉娅的秘密 ··································· 218

第十八章　阿玛莉娅受罚 …………………………………… 237

第十九章　四处求情 ………………………………………… 249

第二十章　奥尔嘉的计划 …………………………………… 259

第二十一章 ……………………………………………………… 278

第二十二章 ……………………………………………………… 289

第二十三章 ……………………………………………………… 303

第二十四章 ……………………………………………………… 323

第二十五章 ……………………………………………………… 342

第一章
到 达

K.到达时，已经入夜了。村子被厚厚的积雪覆盖着。城堡所在的山岗连影子也不见，浓雾和黑暗包围着它，也没有丝毫光亮让人能约略猜出那巨大城堡的方位。K.久久伫立在从大路通往村子的木桥上，举目凝视着眼前似乎是空荡荡的一片夜色。

然后他去找过夜的地方；酒店里人们还都没有睡，店老板虽然无房出租，但在对这位晚客的突然到来感到极度惊讶和惶乱之余，还是愿意让他在店堂里垫一个装稻草的口袋睡觉，K.同意这一安排。有几个农民还在喝啤酒，但他无意同任何人交谈，便自己去阁楼上把草袋搬下来，在炉子附近躺下了。屋里很暖和，那几个农民说话声音很低，他用困倦的双眼打量了他们一番便倒头睡去了。

然而没有多久他便被吵醒了。这时只见一个城里人装束、长着一副演员般的面孔、浓眉细眼的年轻人同店老板一起站在他身边。那些农民也都还没有走，其中几个把椅子转过来对着他们，以便看得更清楚、听得更真切些。年轻人为吵醒了K.而十分客气地向他道歉，自我介绍说，他是城堡主事的儿子，然后说道："这村子是城堡的产业，凡是在这里居住或过夜的，从某种意义上讲

1

也算是在城堡居住或过夜,没有伯爵大人的许可,谁也不能在此居留。可是您并没有得到这样的许可,至少您并没有出示这样的证明嘛。"

K.半坐起身子,捋了捋头发,仰头看着众人说道:"我迷了路,这是摸到哪个村子来了?这里是有一座城堡吗?"

"那还用问,"年轻人慢条斯理地说,这时店堂各处都有人大惑不解地冲着K.摇头,"这里是伯爵大人威斯特威斯的城堡。"

"一定要得到许可才能在这儿过夜吗?"K.问道,似乎想弄清刚才他听到的那些话是不是在做梦。

答话是:"是必须得到许可才行。"紧接着这个年轻人伸出胳臂,向店老板和酒客们问道:"难道竟有什么人可以不必得到许可吗?"那话音和神态里,包含着对K.的强烈嘲笑。

"那么我只好现在去讨要许可了。"K.打着哈欠说,一面推开被子,似乎想站起来。

"向谁去讨要?"年轻人问。

"向伯爵大人,"K.答道,"恐怕没有什么别的法子了吧。"

"现在,半夜三更去向伯爵大人讨要许可?"年轻人叫道,后退了一步。

"这不行吗?"K.神色泰然地说,"那么您为什么叫醒我?"

这时年轻人憋不住火了。"真是活脱脱一副盲流口吻!"他喊叫起来,"伯爵衙门的尊严必须维护!我叫醒您是想告诉您:您必须立即离开伯爵领地!"

"好了,戏做够了吧。"K.用异常轻的声音说,接着又躺下去,拉过被子盖在身上。"年轻人,您太过分了点,我明天还要再考虑考虑您今天的表现的。如果一定要见证的话,酒店老板和这里的各位先生就可以作证。现在请您听清楚:我是伯爵招聘来的土地测量员。明天我的助手就要带着仪器乘车随后跟来。我因为不想失去这个踏雪觅途的好机会,所以步行前来,可惜几次迷路,才到得这样晚。现在到城堡去报到时间已经太迟,这一点我自己很清楚,用不着您来赐教。正因为这样我才勉强在这草袋上凑合过夜,而您竟然——客气点说吧——举止失礼,打搅我休息。好了,我的话说完了,晚安,诸位先生!"说到这里 K. 翻了一个身,转向炉子去了。

"土地测量员?"他听见背后将信将疑地发问,过后又无人作声了。然而不久那位年轻人便克制住自己,用压低了的——低到可以被看作是为了照顾 K. 的睡眠,而又大到能让他听清楚——声音对老板说道:"我现在就打电话去问一下。"怎么,在这个乡村小酒店里居然还有电话?唔,设备还真够齐全的。这些事,一件一件地听来也使 K. 感到惊奇,不过汇总起来却又在他的意料之中。他发现,电话差不多正好摆在他的头顶上方,刚才他睡眼惺忪,没有注意到。现在,如果年轻人一定要打电话,那么他无论如何不能不打搅 K. 的睡眠,问题只在于 K. 让不让他打这个电话。K. 决定还是让他打。可是这样一来,在底下装睡便没有什么意思了,于是 K. 又恢复了仰卧的姿势。他看见农民们怯怯地聚到一起,喊喊喳喳议论,看来土地测量员的到来不是一件小事。这时厨房的门早已打开,膀大腰圆的老板娘站在那里几乎把门框塞满,店老板踮着脚尖走到她跟前去告诉她刚才发生的一切。现在,电话接通,开始通话了。城堡主事已经就寝,是一位副主事——数位副主事当中某位名叫弗里茨的老爷——在那边接电话。年轻人自报姓名，说是叫施瓦尔策，接着便说他发现有一个名叫 K. 的三十多岁的男子，衣冠不整，心安理得地在酒店里一个草袋上睡觉，枕着一个小得可怜的背囊，手边放着一根拐杖。他自然觉得此人形迹可疑，而因为店主在这件事上显然失职，他施瓦尔策当然就责无旁贷地要过问此事，查明情况了。对于被叫醒盘问，对于他施瓦尔策按职责惯例作出的要将 K. 逐出伯爵领地的警告，K. 的反应是很不耐烦，看起来火气不小，然而也许不无道理，因为他自称是伯爵大人聘来的土地测量员。在这种情况下，当然至少从例行手续上看有必要对他的话进行核实，因此，他施瓦尔策恳请弗里茨老爷在城堡总办公厅询问一下是否确有这样一位土地测量员应聘前来，并请将答复立即电话告知。

电话打完店堂里便安静下来，弗里茨在那边询问，这边在等着回话。K. 的神态一如既往，连头也不回，看样子一点也不急于知道结果如何，两眼茫然直视前方。施瓦尔策对事情的描述是一种不怀好意和谨小慎微的混合物，这番话给了 K. 一种印象：城堡里连施瓦尔策这样的小人物也能很容易得到可说是外交手腕方面的训练。另外，看起来那里的人也决不偷懒，你看，总办公厅有人上夜班呢。而且显然很快就做出回答，因为这时弗里茨打电话来了。不过，好像这个回话太简短，因为施瓦尔策马上又气呼呼地把听筒挂上。"我早就说了嘛！"他大声叫道，"土地测量员，连影子也没有！这人真是个卑鄙的、信口雌黄的流浪汉，说不定还更坏呢！"此时 K. 脑子里闪过一个念头，他想：所有的人，就是施瓦尔策、那些农民，还有店老板、老板娘，眼看就要向他猛扑过来。为了至少避一避这个凶猛的势头，他从头到脚，整个儿蜷缩到被窝里面去了，这时电话铃又响起，而且，K.觉得声音特别急促响亮，他又把头从被子里慢慢伸出来。虽然电话几乎不可能仍是涉及K.的事情，但所有的人还是一下子突然肃静下来，施瓦尔策则回到电话机旁去。他站在那儿耐心地听完了一番较长的解释之后，低声说道："那么是弄错了？我实在是太难为情。办公室主任亲自打来了电话？真是怪事，真是怪事。我该怎么向土地测量员先生解释才好呢？"

  K.听了这些话精神为之一振。这么说，城堡已经任命他为土地测量员了。这个情况一方面对他不利，因为它表明，城堡已经了解他的底细，在反复掂量了双方的力量对比之后，决定成竹在胸地开始同他较量。可是另一方面，情况又对他有利，因为在他看来这同时也证明对方低估了他，他将会有兴许比他自己起初敢于希冀的还要更多的一些自由。并且，如果以为通过这从心理战来看不能不说是高明的一着，即公开承认他的土地测量员身份，就能使他经常处于诚惶诚恐、心惊胆战的状态的话，那他们就错了；这一官方认可使他吃了一惊，但也截止此而已。

  对羞怯地向他走来的施瓦尔策，K.摆手示意他不必过来了；此刻人们忙不迭地恳求他赶快搬到老板的房里去住，他也拒绝了，只是接受了老板递给他的一杯催眠饮料，又从老板娘手里接过一盆水、肥皂和毛巾，现在根本用不着他开口叫人离开店堂，原来这时所有的人都把脸背过去使劲往外挤，可能是怕明天被他认出来吧，关灯之后，他终于可以休息了。他睡得很香，除了一两次被跑过的老鼠惊醒之外，一直睡到第二天早晨。

早饭后——这顿早餐以及他的全部膳食，据老板说都将由城堡支付——他打算马上就到村里去。但由于老板带着乞求的目光不断围着他转——想到他昨天的表现，K.到目前为止只同这位老板说了几句非说不可的话——，他觉得这人挺可怜的，就让他在自己身边小坐一会儿。

"我还不认识伯爵，"K.说道，"据说他对于工作好的人给的报酬是很高的，对吗？谁要是像我这样扔下妻子儿女远走他乡，那他总也想带点什么东西回去吧。"

"在这方面，大人可以不必担心，这里还没有听到过谁抱怨报酬低呢。"

"唔，"K.说，"我这个人可不是那种胆小怕事的，就是对一位伯爵，我也有什么说什么，不过同这里的老爷们当然还是心平气和地打交道要好得多。"

老板坐在K.对面窗台的边沿上，他不敢坐得更舒服些，这段时间一直瞪大他那双褐色的眼睛战战兢兢地紧盯住K.。先前他是唯恐挤不到K.的身边，现在呢，看来恨不得马上就溜之大吉。他是害怕被详细诘问关于伯爵的情况呢，还是怕他心目中的"大人"K.靠不住？K.必须给他打打岔。他看了看钟说道："我的助手们很快就要到了，你这里有地方给他们住吗？"

"当然有，大人，"他说，"可是他们不跟你一块儿住在城堡里吗？"

难道他就是这么轻松愉快地放弃顾客，特别是放弃K.，非要提醒他到城堡里去住不成？

"这还不一定，"K.说，"首先我得弄清给我安排什么工作。

万一需要我在这下面工作,那么住在下面也更明智些。另外我担心,我可能不适应上面城堡里的生活,我想永远自由自在的。"

"你不了解城堡。"老板轻声说。

"当然,"K.说,"不能过早下断语。目前,我对城堡所知道的只有一点,就是那里的人善于挑选一个合适的土地测量员。或许那里还有另外一些优点吧。"说到这里他站起身,以便解脱那个不知所措地一个劲咬嘴唇的老板。要赢得这个人的信任是颇为不易的呵。

离开酒店时,墙上一个深色相框里的一幅黑乎乎的肖像画引起了K.的注意。早先他从睡觉的地方就已经看见它,可是因为距离太远,看不清细部,便以为原来框中的画像已被拿走,眼前见到的只是一层黑色的衬板而已。但现在看上去那确是一张画像,是一个五十岁左右的男子的半身像。他的头向前胸低低垂下,使人几乎看不到他的眼睛,他所以低头,主要原因似乎是那高高突出的过于沉重的前额和那又长又大的鹰钩鼻子。他的大胡子由于头的姿势而被下巴压扁了,往下就向两旁铺开去。左手扶着头,手指叉开伸进厚实的头发里,但已无法把头撑起来。"这是谁?"K.问道。"是伯爵吗?"K.站在画像前,根本不回头看老板一眼。"不是,"老板说,"这是主事。""城堡里真是有一位相貌堂堂的主事呢,"K.说,"可惜他的儿子太不争气了。""不是的,"老板说,一面将K.拉到自己身边把嘴凑到他耳边悄悄说,"施瓦尔策昨天是高抬自己了,他父亲只是副主事,而且还是好多个副主事中末几个里面的。"此刻K.觉得老板像个孩子。"这个混账东西!"K.笑着说。然而老板并不跟着笑,却一本正经地说:"不过他的父亲也很厉害,能呼风唤雨呢。""去你的吧!"K.说,"在你眼里谁都能呼风唤雨，都很厉害，是不是也包括我吧？""你，"他有些胆怯而又很严肃地说，"我并不觉得你厉害。""看起来你还挺会看人，"K.说，"对你说句心里话：我的确不是个厉害人。所以我在那些呼风唤雨的厉害人面前感到的诚惶诚恐大概不亚于你，只是我没有你那么老实，有时候不愿意承认这一点罢了。"为了安慰老板并表现得亲切一些，K.轻轻拍了拍他的脸。现在老板总算有点笑意了。他真还是个孩子，圆乎乎的脸上没有几根胡子。真不明白，他是怎么和那个相当显老的大块头女人结为夫妻的？这时候可以从一个门镜里看见她在隔壁厨房里甩开膀子大干呢。但K.不想再追问他什么，免得把好不容易才引出来的微笑又吓回去，所以他只是用手示意老板把门打开，然后就走了出去，进入冬日一片美丽的晨曦之中。

此刻，他在明澈的空气中看清了城堡的轮廓，且由于那层山上处处皆是的薄薄的积雪把任何物体的形状都勾勒出来，形状益发明晰可辨了。山上的积雪看来比村里少得多。K.此时在村里踏雪前进，并不比昨天在大路上省力。这里的积雪一直堆到与那些简陋小屋的窗户齐高，稍往上一点，低矮的屋顶上也沉甸甸地堆满了雪，而山上的那些建筑物，却都那么自由自在、轻松愉快地挺立着，至少从这里看上去的印象是如此吧。

站在这里，从远处看去，城堡的外观大体与K.的预料相符。它既不是一座古老的骑士城堡，也不是一座新式的豪华建筑，而是一座宽阔的宫苑，其中两层楼房为数不多，倒是有许许多多鳞次栉比的低矮建筑；如果事先不知道这是一座城堡，那么可能会以为它不过是一个小镇。K.只看见一座塔，它究竟是属于一所住宅还是属于一所教堂,就无法看清了。一群群乌鸦在围着它盘旋。

K.心里什么别的都不想,两眼看准城堡继续朝前走。但是愈走近城堡,他就愈觉失望,那的确不过是一个相当寒酸的、看去全是一色普通村舍的小城镇,只有一个优点,就是或许所有的房子全是石结构的,但是墙上的灰泥早已掉光,砌墙的石块看来也开始剥落了。K.蓦地想起了自己的家乡小镇,它同这座所谓的城堡相比几乎毫无逊色。如果K.的目的只是观光,那么长途跋涉来到此地便太不值得,倒不如重访自己多年未归的故里更明智些呢。于是他在心中将家乡那座教堂的塔同眼前山上的塔作了一番比较。家乡那座塔从低到高、由粗而细坚定地、毫不犹豫地笔直伸向天空,塔顶较宽,红瓦覆盖,诚然仍是一座不能超凡脱俗的建筑——我们凡人还能盖出什么别的样式来呢?——但它比大片低矮房屋有着更崇高的目标,比人们那晦暗的终日劳碌具有更明朗的意态。然而这里山上这座塔呢——这是此处唯一可见的塔——,现在已能看清它是一所住宅的塔,说不定就是城堡主楼的塔,是一座单调的圆形建筑,部分蒙常春藤垂青加以覆盖,塔身有不少小窗子,此时在阳光下发出刺眼的反光——这使人觉得有些荒唐——,塔顶类似阁楼,其雉堞瑟瑟缩缩、杂乱无章、残颓破败地戳向蓝天,就好像是一个害怕画错或是很不认真的孩子信手涂鸦胡乱画上去似的。面对这景象,人有一种感觉,仿佛这楼中有一个忧心忡忡的居民,按理本应老老实实地把自己关在楼中最偏僻的角落向隅而泣,现在居然冲破楼顶,探出身来向全世界亮相了。

K.再次停下步来,似乎停下步子能增加他对眼前景象的判断能力。然而这时他受到了干扰。他站住的地方离村教堂（其实这不过是个小礼拜堂而已，只是像仓库似的扩建了一下，以便能容纳全村的教民）不远，教堂后面就是村子的小学。这学校是一座长长的低矮房子，奇怪的是它给人一种既是临时应急又非常古老的印象，楼前有一座围了铁栏杆、眼下是一片白雪覆盖着的花园。这时孩子们正好同老师一起从楼里走出来。一大群孩子把老师团团围住，每双眼睛都盯着他，从四面八方对他哇啦哇啦地唠叨个不住，K.一点听不清他们那连珠炮似的话。这位老师是个年轻人，小个子，窄肩膀，不过样子并不可笑，身子直挺挺的，他从老远处一眼就看到了K.，当然，除了他和他的一群学生之外，K.是这方圆数里内目力所及唯一可见的人。K.作为一个外乡人，首先打招呼问好，更何况是向这个在这里享有相当权威的小个子男人呢。"你好，老师！"他说。这话一出口，孩子们一下子就鸦雀无声，这突然的肃静作为他开口说话的先导，看样子使这位老师颇为得意。"您在观看城堡吗？"他问这问题时的态度，比K.预料的要和蔼些，然而那语气似乎不赞同K.这样做。"是的，"K.说，"我不是本地人，是昨天晚上才到村里的。""您不喜欢这城堡吗？"教师很快又问。"什么？"K.反问一句，有点震惊，然后用比较温和的语气重复那个问题，"我喜不喜欢这城堡吗？为什么您要猜想我不喜欢它呢？""没有一个外乡人喜欢它。"教师说。为了避免在这里说出一些不中听的话，K.改变话题问："您大概认识伯爵吧？""不认识。"教师说着便准备扭头走开。然而K.并不罢休，他追问道："什么？您不认识伯爵？""我怎么会认识他？"教师低声说，然后便用法语大声补充道，"请您考虑一下这里有这么些天真无知的孩子在旁边。"K.听到这话便抓住时机问道："老师，我可以拜访拜访您吗？我打算在这里待较长时间，可我现在就感到有点孤单了，我既不是农民中的一员，大概也不能算是城堡中的一员吧。""农民和城堡没有区别。"教师说。"也许是这样，"K.说，"可这丝毫改变不了我的处境。我可以拜访拜访您吗？""我住在天鹅巷肉铺。"虽然这话听起来只像是在说出住址，而不是发出邀请，K.仍然说道："好的，我一定来。"教师点点头，就同这时突然又大吵大嚷起来的孩子们一起继续走他的路了。不久，他们便消失在一条地势陡然下降的小巷里。

然而K.现在却有些心神不宁，这次谈话使他心中颇感不快。自从到达此地以来，他现在第一次感到真正的疲倦了。到这里来的这一段很长的路，本来好像一点不使他感觉吃力——这些天来，他是日复一日、从容不迫、一步一步地走过来的呵！——可是现在呢，过度紧张的后果到底还是显现出来了，无疑，来得真不是时候。他感到一种不可抗拒的强烈冲动，希望在这里尽量多结识一些人，但是每认识一个人都增添他一分倦意。他想，在他今天这种竞技状态下，如果能咬牙坚持这次步行，至少走到城堡大门，那就已经是了不起的成绩了。

于是他又继续前行，但是路仍然很长。走着走着他发现，这条同时是村子主要街道的大路并不是通到城堡所在的山上去的，它只通到城堡近处，虽然眼看快到山脚下了，却像故意作弄人似的在那里拐了弯，然后，尽管沿它走下去并不会离城堡越来越远，却怎么也无法再接近它一步。K.一直在期待着这条大路最终总会拐进城堡里去，也仅仅因为他抱有这一期望，他才不住地往前走；

显然由于他感觉疲劳，才没有毅然决然离开它，另外，这个其长无比的村子也使他惊诧不已，它没有尽头，大路两边老是出现同样的小房子、冻了冰的窗户、厚厚的积雪，一个人影都不见——最后他终于还是下决心离开这条缠人磨人的大路，转进一条狭窄的小巷，这里雪更厚，把陷进雪里的脚拔出来艰巨异常，累得他满身大汗，突然间他站住了，再也走不动了。

细想起来，他倒也并不完全孤单，左右两旁不都是农舍吗？于是他捏了一个雪球，向一扇窗户掷去。门应声开了——这是他在村子里走了这大半天第一道打开的门，一个老农，身穿棕色皮夹克，头歪向一边，和蔼可亲地、颤巍巍地站在那里。"我可以到您屋里歇一会儿吗？"K.说，"我太累了。"他完全没有听清老头说些什么，只是感激地接受了老者的好心：给他推过来一块木板，这木板当即把深陷雪中难以自拔的他救了出来，只跨过了三五步，他就进了老农屋里。

屋子挺大，笼罩在一片朦胧的光线中。刚从外面进来的K.一时什么也看不见。他趔趄几步，快撞到一个洗衣盆时，一只女人的手拉住了他。从屋子的一角传来好几个孩子的叫嚷声。从另一个角落则涌出滚滚烟雾，使本来就半明半暗的屋子变成一片漆黑，K.如置身云雾中。"他喝醉了。"有人说。"您是谁？"另一个声音厉声喝问，然后大概是冲着老头问，"你为什么把他放进来？难道可以把大街小巷里东溜西窜的什么乱七八糟的人都放进来吗？""我是伯爵的土地测量员。"K.说，试图用这话在那些直到现在仍唯闻其声不见其人的主人面前为自己辩护一下。"哦，原来是土地测量员。"这时响起的是一个女声，继之而来的是全然的寂静。"你们听说过我？"K.问道。"当然。"同一个声音简短地答道。人家听说过他，这好像不是在抬举他吧。

浓烟终于稍稍散去了一些，K.渐渐可以辨认四周了。看来今天是个大洗涤的日子。离门不远处有人在洗衣服。但雾气是来自屋子左边的角落，那里放着一个很大的木澡盆，K.还从未见过这么大的澡盆，约有两张床那么大，两个男人泡在热气腾腾的水里洗澡。然而更加令人惊奇、可又弄不清究竟是什么东西使人惊奇的，是屋子右边那个角落。屋子后墙上有一个大缺口，通过这后墙上唯一的开口处，兴许是从院子里吧，射进来一道煞白的雪光，使一个半躺在角落处一把高高的靠椅里、面带倦容的女人身上穿的衣服发出一种类乎丝绸的光亮。这女人怀里抱着一个婴儿。她四周有几个孩子在玩耍，显然都是农家孩子，但她似乎同他们并不属于一类人，当然，疾病和疲倦，也能使农民显得高雅些的。

"您请坐吧。"两个男人中的一个说，这人一脸络腮胡外加两髭向上翘起的小胡子，不断张着嘴喘气，他从水里伸出手，越过盆边——那副样子颇为滑稽——向一个大木箱指去，甩了K.一脸热水。木箱上已经坐着一个人，正是那个把K.放进来的老头，在那里发愣。对自己终于可以坐下来，K.心里很是感激。现在没有人再理睬他了。在洗衣盆旁边的那个女人头发金黄，青春焕发，边洗边轻声哼着小曲，澡盆里的男人则不停地蹬腿翻身，孩子们想到他们跟前去，但一再被盆里溅出的大量洗澡水打退，K.也未能幸免，靠椅里的女人泥塑木雕似的靠在椅背上，甚至连胸前的孩子她也不低头看上一眼，而只是视而不见地仰望空中。

K.盯着她——这幅凝滞不动的、美丽忧郁的画像——大概看了好久，然后他一定是睡着了，因为当他听见有人大声叫他而猛然惊醒时，他的头是枕在他身旁的老者肩上的。这时两个男人早已洗完澡，穿好衣服站在K.面前，澡盆里现在是孩子们在金发女人的看管下扑腾了。现在看来，两个男人中那个大嗓门的大胡子是地位低一些的。另一个的个头不比大胡子高，胡须也少得多，是个少言寡语、从容思考的人，他身材矮胖，长着一张宽脸，老是低着头。"土地测量员先生，"他说，"您不可以老待在这里，请原谅我的失礼。""我也不打算在这里待下去，"K.说，"只是想稍稍休息一下。现在已经休息过了，我这就走。""您大概奇怪我们这里不太殷勤好客吧，"那人说，"我们这里可没有殷勤好客的习惯，我们是不需要客人的。"K.小寐以后觉得精神稍好，注意力也比先前容易集中一些，听到这些直率的话很高兴。他行动不那么拘谨了，用手杖一会儿拄拄这，一会儿拄拄那，然后向靠椅里的女人走了过去。他也是这屋里个子最高的。

"不错，"K.说，"你们要客人干什么呢。不过恐怕间或也会需要个把人的，比如我，土地测量员。""这个我不知道，"男人慢吞吞地说，"既然叫您来，那么大概是需要您，这可能是个例外，可我们呢，我们这些小老百姓，我们是按常规办事，这一点您不能怪我们。""哪里，哪里，"K.说，"我对您只有感谢，对您和这里所有的人。"这时，出乎众人的意料，K.突然噗地一跳转过身去，站在那女人面前了。她用失神的蓝眼睛看着K.，一块透明的真丝头巾一直盖到她前额正中，婴儿已在她怀里睡着了。"你是谁？"K.问道。她拂袖——究竟这一轻蔑的表示是针对K.的还是针对她自己的回答，弄不清楚——答道："一个从城堡来的少女。"

这一切只是一瞬间的事。现在 K. 发现自己已经一左一右夹在两个男人中间并被——好像根本没有别的交流思想的办法——一声不响地但却是用尽全力地拽到门边。老头儿这时不知在乐什么，高兴得拍手。洗衣女人也在突然拼命吵嚷起来的孩子们旁边格格笑了。

可是 K. 呢，不久后又站在门外小巷里，那两个男人站在门槛上紧盯着他，又下起了雪，尽管如此天似乎比原先明亮了一点。大胡子不耐烦地叫道："您要上哪儿？这边通城堡，这边通村里。"K. 不回答他，却冲着另外那个，虽然地位优于头一个，但给 K. 的印象更随和些的男人问道："您是谁？我应该感谢谁让我在这儿待了一阵呢？""我是鞣皮匠拉塞曼，"他答道，"可是您用不着感谢谁。""好吧，"K. 说，"也许我们还会再见面的。""我看不会了。"那人说。这时大胡子突然举起手叫道："你好，阿图尔，你好，耶里米亚！"K. 回头看，原来在这个村子的小巷里毕竟还是能见到人的！从城堡方向走来两个中等个子的年轻人，两人都是瘦溜身材，衣服紧绷在身上，样子长得也非常相像。两人的脸均呈深棕色，但黝黑的山羊胡子仍与脸色形成强烈的反差。就目前的路面条件而言，他们走路的速度快得惊人，细长的腿有节奏地嚓嚓地踏雪前进。"你们有什么事？"大胡子叫道。同他们交谈只能大声嚷嚷，因为他们走得飞快，又不停步。"公事！"他们笑着回头叫道。"到哪儿去？""酒店。""我也去那儿！"K. 突然用比别人更大的嗓门大喊，他迫切希望这两人带他一起去；虽说认识这两个人他觉得对他并没有太多的好处，但他们显然可以成为消除路途寂寞的好伙伴。两人听见了 K. 的话，但并不停下，只是点了点头就快步从他身边走过去了。

K.始终还站在雪地里,他现在没有雅兴把腿从雪里使劲拔出来,然后又让它在前面一小步远的地方重新深深陷进去;鞣皮匠和他的同伴呢,由于最后总算是把K.扫地出门而露出满意之色,这时一面不断回头看K.,一面慢慢地从那仅开着一条缝的门轻轻缩回屋去,于是,K.又孤身一人站在漫天飞舞的雪片包围之中了。"如果我不是有目的地到这里来,而是意外地发现自己站在这个地方的话,"他蓦地寻思,"那真有点山穷水尽的味道呢。"

这时,他左手边一座简陋房舍的一扇小窗打开了;关闭着时,或许是由于雪的反光吧,这窗子呈深蓝色,它极小,以致现在打开后也不能看到那个往外窥视的人的整个脸庞,而只能瞥见他的一双眼睛,一双褐色的老人眼睛。"他站在那儿呢。"K.听到一个颤抖的女声在说。"那是土地测量员。"一个男声说道。然后,男人便走到窗前向外问话了,那语气并非不友好,然而却让人明白觉出他很在乎自家房前街上不能出任何差错:"您在等什么人?""等着来一辆雪橇让我搭车走。"K.说。"这里不会有雪橇来,"那男人说,"这里没有车辆来往。""这不是通向城堡的大路吗?"K.提出异议。"是又怎么样,不是又怎么样,"男人话音里透露出某种铁面无情的意味,"这里没有车辆来往。"然后两人都沉默了。但那男人显然还在考虑什么,因为他始终没有关上这扇现在正往外冒烟的窗子。"这路很不好走啊。"K.又说一句,为的是促使他的考虑快些得出结果。可那人只说了句:"是呵,确实很不好走。"但是过了一小会儿他终究还是又开口了:"如果您愿意,我就用我的雪橇送您吧。""那太好了,"K.喜不自胜地说,"您要多少钱？""不收钱。"那人说。K.惊讶不已。"您是土地测量员呵，"那人解释道，"是城堡的人嘛。您要上哪儿去？""到城堡里去。"K.应声立即答道。"那我就不去了。"男人马上说。"我是城堡的人嘛。"K.重复那人自己说过的话。"是也不去。"男人还是拒绝。"那么您送我去酒店吧。"K.说。"好的，"那人说，"我去套了雪橇马上就来。"这场谈话给人的印象并不是特别友好、助人为乐，而是令人感到对方抱着一种自私的目的，他谨小慎微地、几乎是挖空心思地想办法要把K.从他门前这块地方弄走。

院门开处，一辆什么座位都没有的平板轻便载物雪橇，由一匹瘦弱的小马拉着出来了，那男人紧随在后，他并不老，但却躬腰、虚弱，一瘸一拐地走着，那张瘦脸冻得通红，看得出在患鼻伤风，一条毛围巾把脖子紧紧裹住，使这张脸显得特别小。这人显然有病，仅仅为了能把K.赶快送走而勉为其难地出门。K.谈起这一点时，男人摆摆手叫他别说了。K.从他口里摸到的情况只有：他名叫盖尔斯泰克，是个赶车的，另外就是他所以套这辆不方便乘坐的雪橇，是因为它正好放在那里没人用，而如果要去拉另一辆出来就太费时间了。"您坐下吧。"他用鞭子指着雪橇后部说。"我要坐在您旁边。"K.说。"我走路。"盖尔斯泰克说。"为什么呀？"K.问。"我走路。"盖尔斯泰克重复说那句话，说完突然大声咳嗽起来，震得他只好两腿叉开支在雪地里，双手紧紧扶住雪橇的边沿。K.不再说什么，坐到雪橇后部，咳嗽渐渐平息下去，他们上路了。

山上的城堡这时奇怪地暗下来，K.本来希望在今天之内到达那里，现在它又越来越远了。但是，仿佛要向他作出一个暂时告别的表示，那里响起了钟声，欢快、急速的钟声，这钟声至少使他的心有一刹那的悸动，似乎在警告——因为它也使他听着揪心——他，他心中那朦胧的渴望就要变成现实降临到他头上！但不久之后，这大钟便悄然止息，接替它的是微弱而单调的铃声，这铃声也许来自山上，也许就是从村里传来的。这丁丁零零的声音自然与他们缓慢的雪地行进更为协调，也与那个可怜兮兮但却铁面无情的车夫显得更合拍些。

"喂，"K.突然叫道——这时他们已经到了村教堂附近，离酒店已没有多少路，K.没有必要再缩手缩脚了，"我非常奇怪，你为什么胆敢自作主张用雪橇拉着我到处跑，难道上头准许你这样做吗？"盖尔斯泰克对此不予理会，心安理得地继续在小马旁边走着。"嗨！"K.又一次叫他，同时从雪橇上抓了一把雪攒成一团向盖尔斯泰克扔去，正中他的耳朵。现在他站住了，回过身来；但是，当K.从近处细看他时——因为雪橇又向前滑行了一小段——，当他看到这个躬腰驼背，可以说是备受折磨的人，看到他冻红了的、疲惫不堪的瘦脸上似乎不对称的、一边平一边凹的两颊，看到他大张着呼哧呼哧喘气的嘴，以及嘴里仅有的七零八落的几颗牙齿时，他不得不把刚才气头上说的话又用同情的语调重复一遍，即问盖尔斯泰克，是否会因为用雪橇送了K.而受处罚。"您想要什么？"盖尔斯泰克问，他根本没听懂K.的问题，但也不等他再作解释，就吆喝牲口，继续驱车前行了。

当他们快到酒店——K.还记得那近处的一个拐弯——时，他大为惊异：天竟然完全黑了。他离开这里已经那么长时间了吗？可是他估算一下，大约才不过一两个小时而已，他是早上离开酒店的，现在一直还没有感到有吃饭的需要，不久之前又还是大白天,现在可就突然漆黑一片了。"多短的白天哟!多短的白天哟!"他自言自语着,从雪橇上就势滑下来,向酒店走去。

令他十分欣慰的是,酒店老板已经站在门前的台阶上迎接他,手里还举着风灯为他照路。K.走了几步又匆匆记起车夫而停了一下,黑暗中什么地方有人连连咳嗽,那就是他了。先不管他了吧,反正很快就会再见到他的。等K.上了台阶,走到毕恭毕敬地向他敬礼的店老板面前时,才发现门左右两侧各站着一个人。他从老板手里接过了风灯,就着光亮细看这两个人:原来这正是他在路上遇到过的那两个被称为阿图尔和耶里米亚的男子。现在他们向他举手行军礼。这使他回想起他服役的日子,想起那些快活的岁月而笑了。"你们是什么人?"他问,同时一会儿看看这个,一会儿看看那个。"您的助手。"他们回答。"他们是您的助手。"店老板低声证实道。"怎么着?"K.问,"你们就是我那两个老助手,就是我让你们随后来,我在这里等着你们的那两个人吗?"两人点头称是。"很好,"片刻之后K.说道,"你们来了很好。""不过,"又过了片刻,K.说,"你们迟到得太多了,你们太拖拉了。""路很远呵。"一个说。"路是很远,"K.重复说,"可是你们从城堡来时我碰上你们了。"——"对。"他们说,没有更多的解释。"仪器你们都放在哪儿了?"K.问道。"我们没有仪器。"他们说。"就是我交给你们保管的那些仪器。"K.说。"我们没有。"他们又重复一遍。"唉,你们是怎么搞的!"K.说,"你们懂不懂什么叫土地测量?"——"不懂。"他们说。"如果你们是我的老助手,那么你们就必须懂这个。"K.说。他们不言语了。"好,那么来吧。"K.说着便推着两人进了酒店。

第二章
巴纳巴斯

　　进入酒店之后,他们三个几乎是一声不响地坐在店堂里一张小桌旁,啤酒摆在桌上,K.坐在中间,两个助手一左一右。除他们外,店里现在就只有另一张桌旁坐着几个农民,与头天晚上差不多。"同你们相处可难了,"K.说,一边来回比较两人的脸庞,像他多次做过的那样,"我到底怎么分清你们两个呢?你们只有名字不同,除此以外,你们长得太像了,没有一点区别,就跟"——他停顿了一下,然后便不由自主地说下去——"除此以外你们长得就跟两条蛇一样相像。"他们微笑了。"除了名字以外人们也是很容易区别我们的。"他们分辩说。"这我相信,"K.说,"我亲眼看见了,可是我呢,我只能用我的眼睛,而光用眼睛是无法分清你们两个谁是谁的。因此,我将把你们当成一个人看待,管你们都叫阿图尔,你们不是有一个叫这个名字吗?是不是你?"K.问其中一个。"不是,"这人答道,"我叫耶里米亚。""这没什么关系,"K.说,"我将管你们两个叫阿图尔。要是我说派阿图尔去哪里,那么你们两人都去,要是我让阿图尔做某件事,那么你们就两人都去做这件事,这对我虽然有一个很大的不便,就是我不能分别使用你们,然而却也有一大优点,就是对我交给你们做的任何工作，你们都共同担负全部责任。你们自己内部怎样分工我不管，但你们不能互相推诿，对我来说你们只是一个人。"他们考虑了一会儿，然后说道："这样我们觉得太别扭了。"——"怎么能不别扭呢，"K.说，"这对你们当然一定会很别扭，可就得这样定下来。"这一阵子以来，K.早看见一个农民轻手轻脚地在他们桌旁转悠，探头探脑，欲言又止，现在他终于下决心走到一个助手身后，想对他说几句悄悄话。"对不起，"K.说，同时拍了一下桌子，站了起来，"这两位是我的助手，我们现在正在谈正事。谁都没有权利打扰我们。""哦，请便，哦，请便。"那农民战战兢兢地说，边说边往后退着回到和他一起的那帮人那里去了。"这一点你们两个务必注意，"K.重新坐下后说道，"没有我的许可，你们不得同任何人谈话。我在这里是个外乡人。既然你们是我的老助手，那你们也就是外乡来的。因此，我们三个外乡人要齐心，伸出你们的手，让我们拉拉手吧。"两人忙不迭地向K.伸出手来。"你们两个也握一握手吧，"他说，"对我要有令则行。我现在要去睡了，我劝你们也去睡一觉。今天我们耽误了一个工作日，明天必须很早开始工作。你们要设法找一辆雪橇来，我们好去城堡，六点钟必须一切准备停当在这门口待命。""好的。"其中一人说。但另一个却抢白说："你说'好的'，可你明明知道这办不到。""不要说了，"K.说，"难道你们现在就要一个跟一个闹分裂？"但是，现在第一个助手也否认了："他说得对，没有许可任何外人是不得进入城堡的。""要到哪里去申请许可呢？""我不知道，也许是找主事吧。"——"那我们就打电话到那儿去申请，你们两个听着：马上打电话给主事！"两人立即跑步来到电话机旁，接通了主事——瞧他们那争先恐后的劲头儿！从表面看，他们真是唯命是从、唯唯诺诺到可笑的地步——问道，K.可不可以同他们一起上城堡。电话里厉声回答："不行！"就连K.坐在他桌旁也听见了，然而答话比这还要多一点，叫作："明天不行，任何时候都不行。"——"我自己来打。"K.说着站了起来。到目前为止，除了那个农民引起的干扰外，很少有人注意K.和他的两个助手，然而现在他这最后一句话却引起了众人的注意。所有的人一下子跟他一齐站了起来，然后，虽然老板力图把这些人推开，他们仍在电话机旁围成一个半圆形的圈子将K.包围了。他们议论纷纷，占主导地位的看法是：K.将根本得不到任何回答。K.不得不请求他们安静下来，说他并没有要求他们把他们的意见说给他听。

听筒里传来K.以往打电话时从未听到过的嗡嗡声。听起来，就像从一大片乱哄哄的孩子吵嚷声中——可这声音又不是真正的嗡嗡声，而是从远方，从很远很远的地方传来的歌唱声——就像是从这一片嗡嗡声中神奇而不可思议地逐渐幻化出一个单一的、很高的强音，它猛烈撞击着他的耳鼓，仿佛它强烈要求深深钻入人体内部而不只是接触一下那可怜的听觉器官似的。K.全神贯注地等候，一句话不说，左臂支在摆电话机的小桌上，就这样聚精会神地恭候着。

他不知过了多长时间；只知道后来老板拉扯他的上衣，告诉他有一个信差来找他。"走开！"K.忍不住大叫一声，也许这吼声传进听筒里去了吧，因为这时那边有人接电话了。于是他听见了下面的话："我是奥斯瓦尔德，那边是谁呀？"听筒里叫道，这是一个严厉而高傲的声音，K.觉得有点小小的语音缺陷，那声音力图超越自身，用更加咄咄逼人的凌厉气势来弥补这个缺陷。K. 在犹豫，没有立即报上自己的名字，在电话面前他是赤手空拳，毫无防御能力的，对方可以厉声呵斥他，可以把听筒撂下，这样一来K. 就无异于自己把一条也许是相当重要的通路堵死了。K. 的犹豫使那边的男子不耐烦起来："打电话的谁呀？"重复喝问之声接着又补充道："请你们那边不要老打电话来好不好？刚刚才来过一个电话嘛！"K. 没有理睬这句话，他突然灵机一动，报上自己身份说："我是土地测量员先生的助手。""什么助手？什么先生？什么土地测量员？"K. 想起了昨天的电话。"请您问问弗里茨吧。"他简短地说。使他吃惊的是这话居然奏效了。但比这更使他惊讶的是那边办事口径完全一致。答话是："我知道了。那个永远扯不清的土地测量员。是了，是了。还有什么？哪个助手？""约瑟夫。"K. 说。他对那些农民在他身后嘀嘀咕咕有些不快；显然他们不同意他没有报上真实身份这一做法。但 K. 没有工夫去考虑他们，因为应付电话就够使他费神的了。"约瑟夫？"那边反问道，"两位助手不是叫"——说到这里那边稍稍停了一下，显然是在让谁告诉名字——"阿图尔和耶里米亚吗？""他们是新来的助手。"K. 说。"不，他们是老助手。""他们是新的助手，我才是老助手，是今天比土地测量员先生晚一步后到这里的。""不对！"那边大叫起来了。"那么我是谁呢？"K. 问道，一直保持着冷静。这样过了一会儿，听筒里又响起同一个声音，带着同样的语音缺陷，可同时又的确像是另一个更低沉、更令人肃然起敬的声音："你是老助手。"

K. 过于专注地琢磨那声音的韵味，以至几乎没有听见对方的问话:"你想干什么?"现在他真恨不得立刻放下听筒。他已不再期望能从这次谈话中得到点什么。他只是硬着头皮匆匆再问了一句:"什么时候我的主人可以到城堡来?""什么时候都不行。"就是回答。"知道了。"K.说着便挂上了听筒。

这时他身后那些农民早已挤到他跟前来了。两个助手一边不断斜眼看K.,一边不住地挡住农民不让他们靠近。然而他们只不过是做做样子罢了,农民们实际上也已经对谈话结果感到满意而逐渐后退了。正在这时,从他们后面,一个人大步流星,把农民向两边分开走了过来,他向K.鞠了一躬,递交给他一封信。K.手里拿着信,两眼注视着来人,觉得这人眼下比别的事情更加重要。他和两个助手有许多相似之处,同他们一样身材瘦长,一样穿着紧身衣,也同他们一样敏捷灵巧,可又与他们完全不同。要是我K.的助手是这个人多好!这人某些地方使K.想起在盖尔斯泰克那里见过的那个怀抱婴儿的女人。他的着装几乎全是白色,那套衣服大概不是丝绸的,它是很普通的冬衣,但却具有丝绸衣服的柔和和庄重。他的脸明亮而开朗,眼睛非常大。他的微笑有出奇的感染力;他以手拂面,那神气似乎想赶走这微笑,然而却不成功。"你是谁?"K.问道。"我叫巴纳巴斯,"他说,"我是个信使。"说话时他那两片嘴唇一张一闭,既显出阳刚之气,又饱含柔和之美。"你喜欢这里吗?"K.问道,同时指了指那伙农民,到现在他一直还保持着对他们的兴趣,这些人有着一张张简直就是受苦受难的脸——他们的颅骨似乎被人打扁了,面部线条则是挨打后的痛苦表情勾勒出来的——和厚大的翻嘴唇,他们张开大嘴站在一旁观看,但同时又没有观看,因为有时他们的目光游移不定,茫然若失地盯住某件无关紧要的东西瞅好一阵子，然后才又返回到他和巴纳巴斯身上来；除这些农民外，K.又指了指他的两个助手，这两人现在紧紧地手拉着手，脸贴着脸，面带微笑，无法确定这笑是卑逊的呢还是轻蔑的，他把他们全都指给他看，仿佛在介绍特殊境遇强加于他的一批随从，并期望着——这期望里有一种一见如故的心情，K.很希望同这个人谈谈心里话——巴纳巴斯把他和这些人区别开来。但是巴纳巴斯根本就不回答——当然不含任何恶意，这是看得出来的——他的问题，恰似一个训练有素的仆人在听到主人仅仅表面上针对他而说的话时露出的表情那样，顺从地默默听着，只是遵循所提问题的意思左顾右盼，然后举手向农民中的熟人打招呼，又同两个助手交谈了几句，言谈、举止、神态是自由而自主的，一点没把自己同他们混同起来。K.转眼——他问话碰了个软钉子，但并不觉难堪——看看手中的信并拆开了它。这封信的全文是："非常尊敬的先生！如您所知，您已被聘任前来为大人供职。您的直接上司是村长，他还将告知您有关您的工作及薪俸的一切细节，而您也将负责向他汇报工作。尽管如此，我本人还是要在百忙中兼顾您的。递送此信的巴纳巴斯将不时向您询问以了解您的愿望，然后及时禀告我。您将发现我会尽一切可能为您提供方便。使我的部下心满意足，实为我所期盼。"签署的名字很潦草，看不清楚，但在签署旁边印有"第十办公厅主任"字样。"你等一等！"K.对正向自己鞠躬的巴纳巴斯说，然后他叫老板要一个房间用用，说他想一个人再好好看看这封信。同时他又想到，不论自己对巴纳巴斯有多少好感，他毕竟只是个信差，于是吩咐拿些啤酒给他。K.留意观察他对此的反应，看到他显然很高兴地接受了这一赏赐，立刻喝起来。然后K.便随老板而去。在酒店这所小房子里，只能做到为K.准备一间阁楼斗室，而即使这一点也不那么容易，因为必须把原来在这房间里睡觉的两个女仆安排到别处去住。其实，也只不过是让她们出去而已，房间本身看来原封未动，唯一的一张床上，没有床单、枕套等物，只有几块垫子和一床粗毛毯子，还保持着昨夜使用过以后的原状，墙上挂着几张圣徒画像和几张士兵照片，屋子里甚至没有开窗换换空气，显然是希望新来的客人不要在这里长住，所以不做任何能吸引他留下的事。但K.挺能凑合，怎么都行，他裹上毯子，坐到桌前，开始借着一支蜡烛的光亮再次读起那封信来。

这封信的内容前后并不一致，有几处像在同一个享有充分自由的人谈话，他自己的意愿受到尊重，如信头，还有涉及他的愿望的那句话都是如此。然而信中也有一些地方或隐晦或明显地把他当成一个小小的、从办公厅主任坐椅上看去小得几乎看不见的下属，主任必须作出很大的努力，才能"在百忙中兼顾"他一下，他的上司只是村长，K.甚至还有向这位村长汇报工作的责任，他的唯一同事恐怕就只有那个村警了。这无疑都是一些矛盾，它们过于明显，使人觉得一定是有意这样措词的。K.几乎不敢在这样的官府面前不知天高地厚地认为这里可能有犹豫不决的因素在起作用。相反，他觉得信中是明白无误地给他提出了两种可能的选择，完全让他自己决定如何对待信中作出的安排：是想做一名同城堡有着说起来倒是很光彩、然而却只是一种表面上的联系的农村工作人员呢，还是做一名表面上的农村工作人员，而事实上却由巴纳巴斯带的信息来决定他和城堡的全部工作关系？K.在选择上毫不犹豫，而且即便他没有到这里之后取得的那些经验，他也是不会犹豫的。只有作为一名农村工作人员，离城堡老爷们愈远愈好，他才有可能在城堡达到一定的目的。村里这些人，现时对他还抱着很大的不信任，而一旦他不说成为他们的朋友，就算只成为同他们一样的村民，他们就会开口说话，而一旦他同盖尔斯泰克或拉塞曼没有任何区别——这一点必须迅速做到，这是关键的一步——，那么，在他面前所有的道路就一定会一下子畅通无阻，而如果他仅仅寄希望于山上那些老爷们及其恩典，他就不仅会永远被阻挡在这些大路之外，而且恐怕连这些路的影子也永世看不到了。当然，存在着一种危险，信中反复强调了这种危险，在表述它时字里行间流露出某种喜悦，似乎它是摆脱不掉的了。这危险就是他的下属地位：供职、上司、工作、薪俸、汇报、部下，这封信中充斥着这些字词，就是在谈到别的问题，比较涉及个人的问题时，也是从这一角度出发的。如果K.愿意，那么他马上可以成为这个部下，但那就是极为严肃的事，没有丝毫另就的可能。K.知道人家并没有拿要采取任何真正的强迫手段来威胁他，他不怕强迫，尤其在这个地方更不怕，但是他害怕这个使人泄气的环境对他产生的强大压力，害怕对各种失望逐渐习以为常的那样一种习惯势力，害怕无时无刻不在向他袭来的各种潜移默化的影响形成的强大压力，然而无论怎样害怕，他必须冒着这种危险勇敢地投入战斗。信上不是也不讳言，如果真需要靠斗争来一决雌雄，那么K.是有胆量先发制人的吗，话说得很含蓄，唯有一颗焦灼不安的心——是焦灼不安的心，而不是深感歉疚的心——才能觉出这里的弦外之音，正是"如您所知"那几个关于他被录用为大人供职的字眼，暗含着这层意思。K.只是报了到，但自那时起他便如信中所说，已经知道被录用了。

K.从墙上取下一张画，把信挂在那个钉子上，既然他将在这间屋子里住，那么信就理应挂在这里。

然后，他下楼来到底下店堂里。巴纳巴斯同两个助手坐在一张小桌边。"呵，你在这儿。"K.说，并不想说什么特别的，只是为见到巴纳巴斯心里感到高兴而顺口说一句。巴纳巴斯从座位上倏地跳起。K.刚进店堂，那些农民就都站起向他拥来，看见他就尾随已经成了他们的习惯了。"你们老是缠住我干什么？"K.叫道。但他们并不动气，而是转身慢慢走回自己的座位去了。其中一人转身时讳莫如深地微笑着（有几个人也随他做出笑脸），大大咧咧地解释道："总可以听到点新鲜事呵。"一面说一面舔着嘴唇，好像这新鲜事是一道可口的菜肴似的。K.现在一句软话不说，他觉得，还是让他们对自己有那么一点尊敬为好，但是他在巴纳巴斯身边还没有坐稳，就又感到脖子后面一个农民的呼吸了，这个农民说他是来拿盐瓶的，但K.气得跺脚，那农民也就没拿盐瓶马上跑开了。要制服K.倒也真容易，比如只消把这些农民煽动起来反对他就行了，他们那顽固的纠缠对他来说比别人的守口如瓶更厉害，另外，这种顽固的纠缠本身也是守口如瓶，因为，要是K.坐到他们桌旁去的话，他们肯定不会再坐着不动而是立即走开的。只是由于巴纳巴斯在场，他才没有向这些农民大发雷霆。但他还是回头向他们恶狠狠地瞪了一眼，农民们也都正面向着他。然而当他此刻眼见他们一个个直挺挺地坐在自己的位子上，谁也不跟谁交谈一句，互相间没有任何一点看得见的联系，唯有一个相同点,即全都直眉瞪眼地盯着他,这又使他觉得,似乎他们尾随自己根本不是出于恶意,也许他们真的有求于他而只是说不出来罢了,如果也不是这样,那么或许只是由于懵懂无知吧;看来这种稚气是此地土生土长的东西;难道那个店老板不也是像个孩子一样吗?瞧他双手捧着要端给某位顾客的一杯啤酒傻站在那里一动不动,只顾伸着脖子看K.,连老板娘从厨房小窗子探出头来喊他都没有听见。

K.现在气消了一些,转身准备同巴纳巴斯谈话,他很想把两个助手打发走,然而一时又找不到借口,两人这时一声不吭地瞅着摆在自己面前的啤酒。"信我已经看过了,"K.开口说,"你知道信里写的是什么吗?""不知道。"巴纳巴斯说,他的眼睛似乎比他的嘴说的话更多。也许K.看错了他,把他想得太好了,如同他也看错了农民把他们都想得太坏了那样,但他身上散发出的那股使K.感到舒服的气息一直都在。"信上也提到了你,让你时不时在我和主任之间传递信息,所以我才想你是知道这封信的内容的。""我的任务只是,"巴纳巴斯说,"转交这封信,然后等着,等到信看完后,如果你觉得需要的话,我再把口头的或者书面的回信带回去。""很好,"K.说,"用不着写信了,请向主任大人转告——他叫什么名字来着?信上的签字我看不清楚。""克拉姆。"巴纳巴斯说。"那就请向克拉姆老爷转告我对他录用我表示谢意,还要感谢他对我的特别友好的态度,作为一个在这里还完全没有经受过工作考验的新手,我非常珍视这种友好态度。我一定完全按他的意思办事。今天我没有什么特别的要求了。"巴纳巴斯仔仔细细听完了这些话,请求让他将他的任务重复一遍。K.答应了,于是巴纳巴斯一字不漏地把K.刚才的话复述了一遍。然后，他就站起来向K.告辞了。

在进店堂以来的整段时间里，K.一直在不断细心琢磨巴纳巴斯的脸，现在他最后又审视一次。巴纳巴斯个子同K.大致相当。但他看K.时目光好像总是向下似的，然而这种俯视又几乎是谦卑、恭顺的，要这个人羞辱别人是不可能的。当然他只是一个信使，并不知道他递送的信件的内容，但是就连他的目光，他的微笑，他的步态，也都好像在传送信息，尽管他对这信息懵然无知。K.这时向他伸出手来，这显然使他吃了一惊，因为他原只想鞠个躬就走的。

他一走——在开门之前，他又用肩膀在门上靠了一会儿，并将整个店堂扫视一遍，目光不再针对某一个人——，K.便对两个助手说："我去屋里把我的笔记拿来，然后我们来谈谈下一步的工作。"两人想跟他一起去。"你们留在这儿！"K.说。可他们还是坚持要去。K.只得更加严厉地把他的命令又重复了一遍。门厅里已看不见巴纳巴斯了。但他明明是刚刚才离开的呀！而且，K.赶到酒店门前——这时外面又下起雪来——也仍然不见他的踪影。他大声叫："巴纳巴斯！"没有回答。难道他还在店里不成？看来没有别的可能了。虽然这样想，K.仍然扯着嗓子大声喊叫他的名字，这名字在夜空中轰鸣。接着从遥远的地方终究还是传来一声微弱的回答，这么说，巴纳巴斯的确是走远了。K.叫他回来，同时自己也向他迎去；两人相遇的那个地方，从酒店已经无法看见他们。

"巴纳巴斯，"K.开口了，无法抑制声音的颤抖，"我还想跟你说几句话。我觉得现在这种安排确实相当不好，如果我需要知道一点城堡的消息,只能指望着你不知什么时候到我这里来一趟。要是我这会儿不是碰巧赶上了你——你走得飞快,我原以为你还在店里呢——,谁知道我还得等多久你才会再来?""你可以请求主任,"巴纳巴斯说,"让我按你规定的固定时间来。""这样办也不理想,"K.说,"也许我会整整一年没有什么事让你去禀报,可是正好在你刚走一刻钟后就有什么火烧眉毛的急事呢。""你的意思是不是要我向主任报告,"巴纳巴斯说,"希望他和你通过别的方式联系,不用我了?""不是,不是,"K.说,"我完全没有这个意思,不过是顺便提提这事罢了,这一回我还是很幸运,总算追上了你。""我们要不要回酒店去,"巴纳巴斯说,"你在那里可以再给我分派新任务?"说着他已经抬脚向酒店方向走了一步。"巴纳巴斯,"K.说,"不必回去了,我和你一起走一段路吧。""为什么你不愿意回酒店去?"巴纳巴斯问。"那里的那些人妨碍我,"K.说,"你不也看见了吗,那伙农民老是来纠缠不休。""我们可以到你的房间里去。"巴纳巴斯说。"那是女仆们的房间,"K.说,"又脏又潮;正因为不想在那儿待我才打算和你走一走,不过你得让我挎着你的胳臂,"K.又补充这一句,以便最终打消他的犹豫,"因为你走得比我稳。"说完K.便挎起了他的胳臂。四下里一片漆黑,K.一点也看不清他的脸,只能隐约窥见他的身影,还在说这话之前一会儿,他就不得不伸手去搜寻他的胳臂了。

巴纳巴斯不再坚持回酒店,他们朝着与酒店相反的方向走去。不过K.觉得他不管使多大劲都很难跟上巴纳巴斯,他成了妨碍巴纳巴斯自由行动的累赘,他还感到,在一般情况下就是这种小事也必定会使人一事无成,更何况是去走一些像那条使K.今天上午深陷雪地的巷子一样的小巷呢,只有巴纳巴斯,才能不断把他从雪地里连拉带背地拽出来。但是,现在K.完全抛开了这一类顾虑,巴纳巴斯的沉默不语,也使他感到一定的慰藉;既然他们现在默默无言地走着,那么这件事只能意味着巴纳巴斯也觉得他们在一起的目的只能是继续前进了。

他们走着,但K.不知道往哪儿走,他什么也看不见。他甚至连他们是否已经走过了教堂也不知道。由于不停地艰难行走劳累异常,他渐渐难以控制自己的思想。他无法集中精力想一件事,而是浮想联翩思绪纷乱。故乡不断在他脑海里浮现,乡思一时间填满了他的心房。那里的中心广场上也耸立着一座教堂,它有一部分建筑的周围是一块古老的墓地,这墓地四周又有一堵高墙。这围墙,只有很少很少几个男孩有本事爬上去,K.还没能爬上去过。并不是好奇心促使他们去翻墙,那墓地对他们已不是什么神秘的地方了。他们早已从它那扇小栅栏门进去过多次,他们只是想攻克、拿下那光滑而高耸的墙罢了。一天上午——那平静、空旷的广场沐浴在一片耀眼的阳光中,K.不记得此前或此后还有哪次曾见过广场有这样豁亮——他却轻易得出奇地爬上去了;在围墙的一处他曾多次失败的地方,这一回他用牙咬住一面小旗,第一次冲锋就成功地上了墙。细碎的砖石还在沙沙滚下,而他已经高高地昂然站在上面。他把旗子插在墙头,风展旗,旗飘飘,他举目远眺,他俯视地面,他回首顾盼,他看地上似乎要沉入地面的一个个十字架,此时此地没有谁比他更高大了。过了一会儿,老师偶然路过这里,狠狠地瞪了他一眼,把他从墙上轰了下来,虽说跳下时他摔伤了膝盖,费了很大的劲才回到家里,但是那高墙他却是千真万确地上去过了！当时他就觉得这胜利的自豪感将永远鼓舞他，一辈子受用不尽，这想法现在看来并非纯属愚妄，因为，多年之后的今天，当他扶着巴纳巴斯在雪夜中艰难行进时，这种自豪感就出来帮他了。

他更紧地挎住了巴纳巴斯的胳膊，巴纳巴斯几乎是拽着他走，沉默仍一直未被打破；关于他们行走的路线，K.只知道现在据路面情况判断他们还没有转进任何一条小巷里去。他暗下决心不要因为行路难，更不要因为担心如何返回而畏缩不前；就算到末了不得已让人拖着走，要办到这一点怎么说他的力气也还是够用的吧。再说难道这路会没有尽头吗？白天他已经看到城堡明明就在眼前不远处，更何况信差肯定会抄近道呢。

走着走着巴纳巴斯站住了。他们这是到哪里了？是不能往前走了吗？巴纳巴斯想和他分手了吗？唔，他休想。K.紧紧抓住巴纳巴斯的胳膊，攥得太使劲，几乎他自己的手也疼了。要不，难道竟出现了难以置信的事，即他们已经进了城堡或者已经来到了城堡门下？但K.一回想，他们根本就没有上过山呀！要不莫非巴纳巴斯带着他沿一条缓坡上了山？"我们这是到哪儿啦？"K.轻声问，听起来更像自言自语而不像在问别人。"到家了。"巴纳巴斯同样轻声喃喃道。"家？""现在请先生留神不要滑倒。要下坡了。"——下坡？——"只有几步路了。"他补充说，不一会儿就举手敲门。

开门的是一个姑娘；门开了，两人现在几乎是摸黑站在一间大屋子门口：原来屋里只有左边远处一张桌子上挂着一盏小得可怜的油灯。"谁跟你一块儿来了，巴纳巴斯？"那姑娘问。"土地测量员。"他说。"是土地测量员。"姑娘提高嗓门冲着桌子那边说。她一说完那里便有两个老人,一男一女,还有另一个姑娘,三人都站了起来。他们一齐向 K. 问好。巴纳巴斯把他们一一介绍给 K.。原来这是他的父母、他的姐姐奥尔嘉和妹妹阿玛莉娅。K. 几乎还没来得及看上他们一眼,他的湿外套便被拿去炉边烘烤了,K. 默默地听任他们这样做。

原来如此!并不是他们到家了,而只是巴纳巴斯到家了。可为什么他们要到这里来? K. 把巴纳巴斯拉到一旁问道:"你为什么跑回家来?莫非你们家就在城堡的范围内?""城堡的范围内?"巴纳巴斯机械地重复着,似乎听不懂 K. 的话。"巴纳巴斯,"K. 说,"你从酒店出来以后不是想去城堡的吗?""不,先生,"巴纳巴斯说,"那时我是打算回家,我早上才去城堡,我从不在那里睡觉。""原来是这样,"K. 说,"当时你就不打算去城堡,而只想到这里来。"——现在 K. 觉得巴纳巴斯的微笑好像若有若无,他本人则变得更不起眼了——"你当时为什么不告诉我?"——"你没问我呵,先生,"巴纳巴斯说,"你只是想给我布置一个任务,可是你既不想在店堂里也不愿在你房间里吩咐,所以我就想,你大概可以在我父母这里不受打扰地吩咐那件事吧——只要你说声让他们走,他们立刻就走开——,还有,要是你比较喜欢我们这儿,也可以在这里过夜。我这么做不对吗?"K. 无言以对了。这么说是闹了个误会,一个气人的、糟糕透顶的误会!而 K. 居然一心一意任其摆布!他完全被巴纳巴斯那件绸子般闪闪发光的紧身上衣迷惑了,现在巴纳巴斯正解开这上衣的扣子,露出里面穿的一件又脏又黑、打了许多补丁的粗布衬衫,衬衫下又露出干粗活的用人那粗壮的胸脯。周围的一切不仅与这一形象合拍，而且有过之而无不及，瞧那位患风湿病的老态龙钟的父亲，他更多地靠那双瑟瑟摸索的手而主要不是靠那两条僵硬的、慢吞吞移步的腿走路，再看那位双手交叉放在胸前的母亲，她全身虚胖，也是步履维艰，连移动半步也难上加难，父母两人都在K.一进屋后就从他们所在的屋角朝他这边走来，而直到现在离他也还有一大截子路。两个姐妹呢，都是金黄头发，长得很像，也都像巴纳巴斯，只是比巴纳巴斯脸上更多几分严峻，她们高大、健壮，像干粗活的女佣，现在两人一边一个站在刚进来的两个男人旁边，等着K.对她们说一句什么见面的客套话，但是K.什么也说不出来，原先他虽以为这个村子里每个人对他都有一定的重要性，或许这看法也是对的，不过现在恰恰是这里的这几个人他一点不感兴趣。如果他有本事一个人走回酒店去，那么他早就离开这里了。明天一早可以同巴纳巴斯一起去城堡这一点对他毫无吸引力。他是想今天夜里神不知鬼不觉由巴纳巴斯带着闯进城堡去的，而且必须是由到这儿之前他心目中的那个巴纳巴斯，那个他觉得比他在村里见到的所有人都同他更亲近的巴纳巴斯带领，那个他感到同城堡的关系很密切的巴纳巴斯，这种密切联系与他那表面上的仅仅是信差职务上的联系远不可同日而语。但是，要他同这家人的一个儿子一起去，同这个跟家里人难舍难分、现在已经和家人坐在一张桌子旁的孝子，同这个连在城堡睡一夜的资格都没有的——这一点很能说明问题——人手挽着手大白天走进城堡，这就简直不可思议，完全是一种可笑的、毫无成功希望的轻举妄动。

K.在一处窗台上坐下来，他决心这一夜就在那里这样待着，不再接受这家人的任何招待。村里那些把他轰走的人，或是那些怕他的人，他觉得对他都不怎么危险，因为他们实际上等于把他推给了他自己，这就有助于他保持警觉，经常处于戒备状态，可这样一些看起来貌似好心肠的人呢，他们不是带领他去城堡，而是靠一点小小的伪装把他请到家中，这是在转移、分散他的注意力，不管有意无意，他们是在一点一点地咬蚀、消磨他的力量。这样想着，人家从桌旁大声唤他请他过去他也根本没有理睬，而是低垂着头，一动不动地呆坐在他那窗台上。

这时，奥尔嘉站了起来，她是两姐妹中比较温柔的一个，也表现出些许少女的腼腆，她走到K.身边，请他到桌旁去坐，她说面包和熏肉都摆好了，她这就去取啤酒。"到哪儿去取？"K.问。"酒店。"她说。听到这话K.喜出望外。他求她别去取啤酒，而是陪他到酒店去，他在那里还要办一些重要的事情。但是接着K.就发现原来她不是去他住的那家酒店，那太远了，而是去另一家近得多的名叫"贵宾楼"的酒店。尽管如此，K.仍请求允许他随她一道去，他想，也许可以在那儿找到一个睡处吧；不论那里居住条件如何，他都宁肯在那边过夜而不愿在这家哪怕最舒适的床上睡觉。奥尔嘉没有立刻回答，而是回头朝桌子那边看了一眼。她的弟弟已经在那儿站了起来，痛快地点着头说："只要是先生愿意去就带他去吧——。"这个积极的表态几乎使K.想立即收回自己的请求，因为，这家伙只有毫无用处的事才会赞同的呵。但是，当接下去谈到那家酒店会不会让K.进去，大家都对此表示怀疑时，K.仍然坚持一定要同奥尔嘉一齐去，不过同时也煞费苦心地为这个请求编造了一个可以取信于人的借口；这家人对于他这个人不管怎样都只得认了，在他们面前他可以说已经没有什么羞耻心了。唯有阿玛莉娅那严肃的、直视前方、毫不动情、也许还有些呆滞的目光，使他对自己这个态度有片刻的惶乱和迟疑。

在去酒店的一小段路上——K.仍挎着奥尔嘉的胳臂，几乎完全同先前跟她弟弟一起来时一样被她拖着走，除此以外他没有别的办法走路——，K.得知这家酒店实际上是专为城堡的老爷先生们开设的，这些人到村里办事时就在这里吃饭，有时甚至还在这里过夜。奥尔嘉同K.说话时声音很轻，态度亲切，他觉得与她同行心里很舒服，几乎跟与她弟弟同行一样。K.很不愿意有这种舒适惬意的感觉，然而这感觉却是实实在在的，无法抗拒。

这家酒店同K.住的那家外表非常相似。这村子里的房子也许外表上根本就没有什么大的区别，然而小区别却是一目了然的，在这里，门口的台阶旁装有栏杆，门的上方还安着一盏精美的风灯，他们走进酒店时，头上一面旗帜飘扬，那是伯爵家族的宗旗。一进入门厅，他们就遇见了显然正在四处巡视的酒店老板；在与他们擦肩而过时，他眯着小眼睛——说不准是着意打量还是睡眼惺忪——看了看K.，说道："土地测量员先生最多只能去到酒吧里为止。""没问题，"奥尔嘉说着立刻便来关照K.，"他只是陪我来的。"但是K.却不知感恩，他毫不客气地甩开了奥尔嘉，把老板拉到一边说话去了，奥尔嘉则耐心地在门厅尽头处等着。"我想在这里过夜。"K.说。"很遗憾，这不可能。"老板说，"看来您还不知道这个酒店是供城堡的老爷先生们专用的。""虽然这是规定，"K.说，"但是让我随便在哪个犄角睡一觉总是可以的吧。""我本人确实很愿意为您提供方便，"老板说，"但是，姑且不说这项规定非常严格——您提到这项规定时的语气,说明您是个外乡人——,即使不考虑这条规定,也无法让您在这里住宿,因为城堡的老爷先生们是极端敏感的,我敢担保他们如果在这里见到外人会受不了,至少是毫无精神准备而难于接受;所以,假如我留您在这里过夜,而您又碰巧——这类巧事的出现与否完全取决于城堡的老爷先生们——被发现了,那么不仅我,就连您自己也完了。这话听来可笑,但却是真的。"这位身材高大、不苟言笑的老板,一手支墙,一手叉腰,两腿交错着,微微弯下腰做出亲密的样子同K.说话,这时,尽管他那件深色衣服还像农民穿的节日服装,看上去他却几乎不再像是村里人了。"我完全相信您说的,"K.说,"并且,虽说我刚才的话有些措词不当,我也丝毫没有低估规定重要性的意思。不过我想请您注意一点,就是我同城堡有着很不一般的关系,而且还会有更不一般的关系,这些关系能保证我在此过夜引起的麻烦不至于对您产生任何危险,也能保证我有能力对您向我提供的一点小方便作出完全对等的酬谢。""我知道,"老板说完又重复一遍,"这个我知道。"本来,K.还可以更加郑重其事地、明确地提出他的要求,但正好老板的这一回答分了他的神,于是他就只问了一句:"今天城堡有很多位老爷在这里过夜吗?""在这一点上今天的情况比较有利,"老板说这话语气可以说好像在引诱K.住下似的,"只有一位老爷留下来了。"K.这时虽然仍旧不能催逼老板答应他,但已是抱着希望:看来老板差不多算是答应了,因此他只问了问那位老爷的名字。"克拉姆。"老板漫不经心地说,一面回头看他的妻子,她穿着一身不知怎地很显旧的、满是皱褶和饰边但却十分精致的城市服装,沙沙响着走了过来。她说是来叫老板，主任大人有事要他去办。老板走开前又一次问K.，似乎K.可否在此留宿的问题已不再应该由他老板而是该由K.自己来决定了。但现在K.什么也说不出；特别是偏偏他的上司正好在这里这一情况使他惊愕；他自己也说不清这是怎么回事：他觉得在克拉姆面前他不如面对城堡其他人那样自由，觉得如果在这儿被他意外抓住，虽然不会有老板说的那么严重，那样可怕，但总归是他的一种令人难堪的闪失，就好比他本来欠着某人的情，却反而轻率地计人家出洋相时体验到的那种滋味；同时他很郁闷地看到，这种为难的处境分明已经显示出他原先担心的那种当下属、当部下的不愉快后果，尤其令他憋闷的是，甚至在这种后果如此明白地摆在眼前时，自己竟也无可奈何，不能战而胜之。于是他现在只好站在那里紧咬嘴唇，一声不吭。老板在门框处消失之前，再次回头看了看K.，K.一动不动地目送他离去，直到奥尔嘉来把他拉走。"你求老板什么事？"奥尔嘉问。"我想在这儿过夜。"K.说。"你不是要在我们那儿过夜吗？"奥尔嘉诧异地说。"唔，对。"K.说，至于如何理解这个回答的含义，他就让奥尔嘉自己去琢磨了。

第三章
弗丽达

在酒吧——一间很大的、当中完全空着的屋子——里，立着一箱箱啤酒，农民们有的在酒桶边，有的在酒桶上靠墙坐着，但他们的模样与K.住的那家酒店里那些农民完全不同。他们衣着整洁一些，都穿一色浅土黄粗布，上衣鼓起，裤子紧身。这些男人全是矮个儿，乍一看长相都差不多，都是扁平脸庞，额头、颧骨、下巴突出，却又有多肉的面颊。他们一概少言寡语，几乎纹丝不动地坐着，只用目光尾随新来者，然而眼神又是迟滞、冷漠的。尽管如此，因为人多，又非常安静，他们仍然引起了K.一定的注意。他再次拉起了奥尔嘉的胳臂，算是告诉众人他是怎么来到这里的。这酒吧的一角有一个男人站了起来，这是奥尔嘉的一个熟人，他想到这边来，可是K.立刻挎起她的胳臂推着她朝另一个方向走了，这一点除她本人外谁都没觉察到，她微微一笑，斜睨他一眼，算是默许他这个行动了。

斟啤酒的是一个名叫弗丽达的少女。这是个头发金黄、脸颊瘦削、有着一双忧伤眼睛、不引人注目的小个子姑娘，可是她的目光却令人吃惊，那是一种特别高傲的目光。当它落在K.身上时，K.觉得它似乎已经把所有与他有关的事情统统解决了，他本人现在还一点不知道有这些事情，然而这目光却使他坚信确有其事。K.一直不停地从侧面看着弗丽达，就是当她已经在同奥尔嘉说话时也还在打量她。看样子，奥尔嘉和弗丽达可不大像是朋友，她们只是冷冷地交谈了几句。K.想帮她们缓和一下气氛，所以突然主动问道："您认识克拉姆先生吗？"奥尔嘉忍不住笑起来。"你笑什么？"K.生气地问。"我并没有笑呵。"嘴上这么说，实际上仍不停地笑。"奥尔嘉这姑娘还真够孩子气的。"K.说，同时靠着柜台把身子使劲向下弯，以便再次把弗丽达的注意力吸引到自己身上来。但她仍低垂眼皮，轻声说道："您想见克拉姆先生吗？"K.说请求一见。她便指着一扇正好就在她自己左手边的门。"这门上有个小孔，您可以从这儿往里面看。""那么这儿的这些人呢？"K.问道。她噘了噘下嘴唇，用她那异常柔软的手把K.拽到门边。把眼睛贴在那个显然是为了窥视而钻出的小孔上，他几乎可以将隔壁房间一览无余。屋子中央，一张书桌旁有一把舒适的圆形靠椅，椅子上坐着的正是克拉姆先生，他面前挂着一盏亮得刺眼的电灯。这是一位中等身材、颇为富态、看来行动不甚方便的老爷。他的脸还算光溜，但面部肌肉却已经由于年龄的分量而有些下垂了。黑色的小胡子长长地伸向两边。一副歪戴着的不断反光的夹鼻眼镜挡住了他的眼睛。如果克拉姆先生完全伏案工作，那么K.就只能看见他的侧面，但因为他现在几乎是面对K.坐着，所以K.可以看清他的整个面庞。克拉姆左肘支在桌上，拿着一支弗吉尼亚雪茄的右手搁在膝盖上。桌上摆着一个啤酒杯；由于桌子的边条较高，K.不能看清桌上是否有任何文件之类，但他觉得桌面似乎是空的。为保险起见，他请弗丽达也从小孔中看一看然后告诉他究竟有还是没有。但是,因为她不久前刚到过那屋里,所以便确有把握地向他证实那桌上并没有什么文件。K.问弗丽达他现在是否必须走开,可是她说如果他乐意,趴在门上看多久都行。现在K.身边只有弗丽达,奥尔嘉呢,K.匆匆注意到她已经找到了她的熟人,这时高高坐在一只桶上,脚不停地荡来荡去。"弗丽达,"K.小声说,"您同克拉姆老爷一定很熟啰?""唔,是的,"她说,"是很熟。"她靠墙站在K.身边,并且——这时K.才注意到——用手轻轻地抚弄她那件薄薄的肉色开领衬衫,这件衣服同她那可怜的瘦小身躯很不相称。俄顷她说:"您不记得奥尔嘉刚才的笑了吗?""记得,这个淘气鬼。"K.说。"不过,"她带着和解的口吻说,"她笑是有道理的。您刚才不是问我是不是认识克拉姆吗?可我恰好是,"——说到这里她不由自主地挺了挺胸,同时她那与谈话内容毫无关系的高傲目光再次越过K.的头投向别处——"我恰好是他的情人呵。""克拉姆的情人。"K.说。她点点头。"那么在您面前,"为不让他们之间的气氛过于严肃,K.微笑着说,"我必须肃然起敬了。""不光是您。"弗丽达和蔼地说,但并不是受到了他那微笑的感染。K.想到一个煞一煞她的傲气的办法,现在使了出来,他问道:"您到城堡里去过吗?"可这难不倒她,她立即答道:"没去过,可是我在这儿这个酒吧里,这不就足够了吗?"她的虚荣心显然非常强,看来此刻正想在K.的身上满足一下这种虚荣心。"当然啦,"K.说,"在这个酒吧里,您是很擅长做酒店老板工作的嘛。"——"是这么回事,"她说,"可我一开始时是在'大桥'酒店当喂牲口的女用人呀。"——"难道就用这双这么娇嫩的手喂牲口吗?"K.带着疑虑的语气说,连他自己也不清楚他这话究竟只是为了说点好听的呢，还是他真的已经被她俘虏了。她的两只手确实小巧而又娇嫩；但是，管它们叫作干瘪瘦弱、索然无味也未尝不可。"当时谁也没有注意这个，"她说，"就是现在——"K.疑惑地看着她。她摇摇头不想说下去。"当然，您有您的秘密，"K.说，"您是不会同一个刚认识半小时，还没有机会向您介绍自己情况的人谈论这些秘密的。"可是，这话看来说得很不合适，就好像弗丽达本来处在一种对他很有利的迷迷糊糊的状态，而他竟一下了把她摇醒了，她从自己腰带上挂着的皮包里拿出一小块木头把门上小孔堵住，对K.说话时显然在竭力抑制自己，不让他觉察她内心的变化："至于说到您，那么我知道您的底细，您是土地测量员。"然后又补充道："现在我得去干活了。"说完便走到柜台后面她的位置上，时不时有一两个酒客站起来，到柜台前让她斟酒。K.还想再同她悄悄谈一次，因此从一个架子上取下一只空杯向她走去。"我只想再说一句，弗丽达小姐，"他说，"从一个喂牲口的女用人，苦干到当上酒吧女招待，是非常了不起的，需要有超出常人的毅力，可是对于这么个不寻常的人，最终目标是不是就到此为止了呢？这是个荒谬的问题。请别笑我，弗丽达小姐，从您的眼睛里我看到的不完全是您过去的奋斗，而更多的是您将来的奋斗。但这个世界上各种阻碍是很大的，目标越大阻碍也越大，所以，希望争取到一个无权无势但也在奋斗着的小人物的帮助，便不是什么可耻的事情了。也许我们两人可以好好地单独谈谈，别有那么多双眼睛盯着我们说话。""我不知道您想干什么，"她说，但这次与她的意愿相反，语调中已听不到她在生活中屡次得胜产生的傲气，而只有数不清的失望引起的凄楚了，"您兴许想把我从克拉姆身边拉走吧,我的老天!"她两手合拢一击掌。"您把我看透了,"K.说,显得像是被太多的不信任弄得疲惫不堪,"这一点正是我最隐秘的意图。您最好离开克拉姆,做我的情人。好了,现在我可以走了。奥尔嘉!"K.叫道,"我们回家了。"奥尔嘉顺从地就势从桶上滑下,可还不能马上摆脱那帮包围她的朋友。这时弗丽达瞪了K.一眼,低声说:"我什么时候可以同您谈谈?""我可以在这儿过夜吗?"K.问。"可以。"弗丽达说。"现在就可以留下吗?""您先同奥尔嘉离开这里,我好设法支走眼前这帮人。过一会儿您就可以来了。""好吧。"K.说,焦急地等着奥尔嘉。但是那些农民却不放奥尔嘉,他们发明了一种舞蹈,奥尔嘉站在中央,他们围着她跳起了轮舞,每当众人大喝一声,便有一人走到奥尔嘉身边,用一只手紧紧搂住她的腰,就势带着她呼啦啦旋转几圈,这轮舞越跳越快,吆喝声中流露着饥饿,伴着呼哧呼哧的喘息,越来越齐,渐次变得几乎像一个声音在呼喊,奥尔嘉起初还想笑着冲出圈子,后来也只能头发散乱地、摇摇晃晃地从一个人手中转到另一个人手中。"他们就是把这样一些人弄到我这儿来。"弗丽达咬着薄薄的嘴唇恨恨地说。"这是些什么人?"K.问。"都是克拉姆的仆人,"弗丽达说,"他老是带着这么一大帮人来,在这里闹腾,把我都快吵死了。我都快记不清今天跟您土地测量员先生说过些什么话了,要是我说了什么不中听的话请您原谅,都是因为这伙人在这里,他们是我见过的最不要脸、最让人恶心的家伙,可我还得给他们往杯里斟酒。我不知道求过克拉姆多少次了,请他让他们在家待着得了;别的老爷带仆人来我没法子,只能忍了,可是他总可以照顾一下我吧,但是怎么求也是白搭，每次都是在他到达之前一小时这帮人就一窝蜂冲进来，像牲口进圈一样。现在他们也真的该回他们自己应该待的圈里去了。要是您不在这儿，我就会把这儿的这道门痛痛快快打开，克拉姆就一定会自己出来轰走他们。""难道现在他就听不见他们吵闹？"K.问。"听不见，"弗丽达说，"他睡着了。""什么？"K.叫起来，"他睡着了？我刚刚从门孔看他还是醒着的，在桌子旁边坐着呀。""他还会这样一直坐下去的，"弗丽达说，"您刚才看见他时他也是在睡觉。——要不我还会让您趴在门上往里看吗？——他睡觉的姿势就是这个样子，老爷们睡觉的时间特别长，长得你简直就弄不明白怎么回事。不过，要是他不睡那么久，他又怎么能受得了这伙人？好了，现在得由我来把他们赶出去。"说完她从屋角抄起一根鞭子，纵身一跳——跳得挺高，但不大稳，有点像小羊羔蹦起来那样——便到了那伙狂舞的人面前。起初他们转身面对着她，就像是在迎接一个新的女舞伴，事实上呢，有一刹那工夫那光景也确实好像弗丽达就要扔下手里的鞭子了，但转瞬她又扬起了鞭子。"克拉姆要我这么办，"她大声说，"你们全给我回圈里去！都回去！"现在他们明白她这是动真格的了，于是这些人怀着一种K.觉得莫名其妙的恐惧心理，开始向酒吧后部挤过去，头几个人在那里撞开了一道门，夜间的凉气随之吹了进来，接着所有的人便和弗丽达一起消失在黑夜之中，显然，她是把他们赶过院子轰进马厩去了。但是在这突然来临的一片寂静中，K.却又听到门厅那边传来了脚步声。为了随便找一个什么防身的所在，他跳到柜台后面，那儿是这间屋子里唯一可以藏匿的地方。虽说人家并没有禁止他在酒吧逗留，但因为他打算在这里过夜，所以必须留神不要让人看见自己现在还没走。因此，当门真的被打开时，他便悄悄钻到柜台底下去了。那里自然不能说完全没有被发现的危险，但是，编一个口实，说自己是为了躲避那帮狂呼乱跳的农民而到那里去藏身，也总不是完全不可信的吧。来人是酒店老板。"弗丽达！"他一边叫着一边在酒吧里来回巡视了几趟，幸而弗丽达很快就回来了，而且没有提起K.，只说了些抱怨那伙农民的话，然后就走到斟酒柜台后面想弄清K.在哪儿，K.缩在柜台下，可以碰到她的脚，从此心中便感到踏实了。因为弗丽达没有提起K.，终归还是得店老板开口："土地测量员到哪儿去了？"他问道。也许他一贯就是个客客气气的人，由于经常同比自己地位高的人比较无拘束地打交道而锻炼得举止温文尔雅，不过在同弗丽达说话时却用了一种特别尊重的语气，这一点特别明显，因为他在谈话中同时仍不断露出雇主与女雇员讲话，而且是同一个说话相当不知深浅的女雇员讲话的神态。"土地测量员吗，我倒把他给忘了，"弗丽达说，同时把她一只瘦小的脚轻轻地踩在K.的胸膛上，"大概他早走了吧。""可我没看见他呀，"老板说，"我这大半天一直在门厅里呢。""可他不在我这儿。"弗丽达冷冷地说。"也许他藏起来了，"老板说，"从他给我的印象看，恐怕他是干得出别人意想不到的事来的。""恐怕他还没有这么大的胆量吧。"弗丽达说着更使劲地踩住K.。她性格中也有欢快活泼、无拘无束的一面，这一点K.先前根本没有注意到，现在呢，它一发而不可收拾，简直令人咋舌：她突然格格地笑着说："也许他躲在这底下吧？"边说边向K.弯下腰去，很快地吻了他一下，又猛一抬头站直身子，无可奈何地快快说："唉，他不在这儿！"可是老板的表现也令人吃惊,他接下去说:"我感到很遗憾,现在不能确切知道他是否已经走了。这不仅关系到克拉姆老爷。这关系到执行规定的问题。您,弗丽达小姐,必须严格执行规定,我也一样。酒吧这一部分就由您负全责了,店里其他地方我还要仔仔细细搜查一遍。晚安!祝您睡个好觉!"老板人还没有完全走出酒吧,弗丽达已经关了电灯钻到柜台底下K.身旁来了。"我亲爱的!我亲爱的宝贝儿!"她轻轻喊着,可是一点不碰K.,她像被狂热的爱弄晕眩了似的仰卧地上,两臂张开,沉浸在幸福的爱情中而觉得时间似乎凝滞不动,她嘴里轻轻哼着一支小曲儿,呻吟声多于歌唱声。过了一会儿,因为K.一直不声不响,若有所思,她便猛地翻身一骨碌坐起来,像孩子似的使力拽他:"来,这底下快闷死人了!"他们紧紧拥抱,她那瘦小的身子在K.两手抚摸下热烘烘的好似一团火,他们浑然无所觉地在地上翻滚,K.不断挣扎着,想从这种痴醉迷乱的状态下解脱出来,然而完全徒然,就这样滚了好几步远,直到重重地撞在克拉姆的门上,然后就颓然躺在地上那些泼洒出来的啤酒小水洼和各种丢弃物上一动不动了。就这样躺着过了几个小时,这是两人呼吸在一起、心跳在一起的儿小时,在这段时间里K.一直有种感觉,觉得自己迷了路四处游荡,或者是来到了一个在他之前人迹未至的天涯海角,这块异土上甚至空气也与家乡迥然不同,待在这里定会因人地生疏而窒息,在它那形形色色的荒诞无稽的诱惑面前,除了不停地走呀走,不断地继续迷途踯躅之外别无选择。处在这样的心境中的K.,当听到克拉姆房间里传出一个冷冰冰的、带着命令语气的低沉声音呼唤弗丽达时,至少是在开始时并没有被吓一跳,反而感到一种给人以慰藉的清醒。"弗丽达。"K.凑近弗丽达的耳朵说,算是把这呼唤传达给她了。在一种简直是天生的唯命是从心理的驱使下,弗丽达立刻想翻身跳起,但紧接着她想到了自己现在待的地方,便伸了个懒腰,轻轻地笑起来,说道:"我怎么能走呢,我决不去他那儿。"K.本想提出反对,很想催促她到克拉姆那儿去,开始动手把她散乱的衣衫拉平整,但是他一句话也说不出来,因为拥抱着弗丽达他感到太幸福了,这幸福同时也与惧怕交织在一起,因他觉得弗丽达一旦离开他,他便失去了一切。弗丽达呢,仿佛有K.的默许为她壮胆,便攥起拳头捶了捶门,大声叫道:"我在土地测量员这儿!我在土地测量员这儿呢!"现在克拉姆倒是不吭声了。K.却坐起身来,在弗丽达旁边跪下,凭借凌晨扑朔迷离的光线环顾四周。究竟发生了什么事?他的希望在哪里?现在一切都暴露了,他还能指望从弗丽达那里得到什么呢?他不是采取与强大的敌人和巨大的目标相适应的步骤,小心翼翼地、步步为营地行进,反而在这地上,在这洒满啤酒的水洼里滚了一整夜,直到现在这残留的啤酒味还那样刺鼻地难闻。"你都干了些什么呵!"他自语道。"我们两人都完了。""不,"弗丽达说,"只有我一个人完了,不过我又赢得了你啦。别急了。你瞧,他们两个笑得多开心!""谁呀?"K.问,回头去看。原来是他的两个助手正坐在柜台上,虽然有点睡眼迷离,样子却很快活,这是忠于职守者在尽职之后感到的快乐。"你们两个到这儿来干什么?"K.厉声喝问,似乎两人是这一切祸事的罪魁。他四下里搜寻弗丽达昨晚用的那根鞭子。"我们得找你呀,"两个助手说,"因为你没有到楼下店堂我们那儿来,后来我们又到巴纳巴斯家找,终于在这里找到你了,我们已经在这里坐了一整夜。给你当助手这活儿可不容易呵。""我需要你们的时候是白天，不是夜里，"K.说，"你们快给我滚。""现在不已经是白天了吗？"两人说，兀自一动不动。的确，现在已经是白天了，院门已经打开，农民们和奥尔嘉一起——K.完全把她忘了——潮水般涌了进来，虽然衣服和头发蓬松散乱，奥尔嘉仍同昨晚一样活泼，一跨进门她的两眼就开始四处寻找K.。"你为什么不跟我一块儿回家去？"说着几乎流下泪来。"原来就为了这么个娘儿们！"她接着说，这话又重复了几遍。弗丽达在离开了一两分钟后现在拿着一小包换洗衣物回来了，奥尔嘉伤心地退到一旁。"现在我们可以走了。"弗丽达说；不言而喻，她指的是回"大桥"酒店。K.和弗丽达，后面跟着两个助手，一行人就这么几个，那些农民不断对弗丽达撇嘴，这是很自然的，因为从昨晚以来她一直对他们挺凶；其中一个甚至拿起了一根手杖，摆出一副挡住她去路的架势，除非弗丽达纵身跳过手杖，否则休想离开！但是她对这人一瞪眼便把他吓跑了。来到外面雪地里，K.觉得稍稍松了一口气。户外空气清新，使他心情舒畅，以致觉得路途的艰难这一回也不那么不可忍受了，如果K.只是独自一人，那他走起来会更加轻松愉快。到了酒店，他立刻便去自己的房间床上躺下，弗丽达则在旁边地上打地铺，两个助手紧随他们硬闯进屋，随即被赶走，可是又从窗户爬了进来。K.太疲劳，没有气力再轰他们。老板娘特地上来同弗丽达寒暄，弗丽达管她叫"大娘"，两人寒暄问候的场面亲热得出奇，阵阵热吻，半天拥抱。这间小屋压根就很少有安静的时候，穿着宽大的男靴的女仆们也经常出出进进，送来什么或是取走什么，踩得地板乒乒乓乓乱响。当她们需要从那张塞满了乱七八糟的东西的床上拿走什么时,便肆无忌惮地硬是把它们从K.身下拽出来。从她们跟弗丽达打招呼的语气,可听出她们认为她们与她的地位相同。尽管这屋子乱作一团,K.仍在床上躺了一整天一整夜没有动弹。需要什么小东西都是弗丽达递给他。当他翌日早晨终于神清气爽地起床时,已是他到这个村子后的第四天了。

第四章
与老板娘的第一次谈话

他很想同弗丽达推心置腹地谈谈,可是那两个助手——补说一句:弗丽达时不时也同他们逗笑打趣——硬是赖在屋里不走,这一点对他来说是很碍事的。不过他们倒也不来纠缠,而是在屋子一角的地上铺了两条旧裙子坐在上面。他们一再对弗丽达说,他们的最大愿望就是不打搅土地测量员先生,尽量少占地方,为此他们想出了各种办法,如抱臂、盘腿、紧挨着蹲在一起等等,当然在做这些时也不停地窃笑和喊喊喳喳,在迷离恍惚的凌晨光线中,能看见的只是屋角有一团黑乎乎的东西。可惜虽然如此,有了白天的经历的K.心里仍很清楚,那是两个严密监视他的人,他们无时无刻不在盯着K.这边的动静,或者佯装孩子游戏把手掌卷起作望远镜状放在眼上窥探以及其他类似的胡闹,或者就干脆只是不断朝这边挤眼,多半则是忙于梳理、捋顺自己胡子,表现出他们是在刻意追求胡须的样式,两人无休无止地就胡子的长短、疏密反复进行比较,每次又总要让弗丽达对此发表意见。K.多次从床上带着完全漠然的表情冷眼旁观三个人的活动。

当他感觉体力恢复到足以下床时,三个人便都一拥而上过来服侍他。他还没有足够的气力来抵制他们伺候自己,所以想抵制,是因为他觉得老让他们伺候无异使自己陷入某种对他们的依附地位而可能产生不良后果，然而现在只得由它去了。不过话说回来，吃饭时喝着弗丽达端来的咖啡，在弗丽达生起的炉火旁取暖，让两个助手忙不迭地笨手笨脚地左一趟右一趟跑上跑下端洗脸水，拿肥皂、梳子、镜子，最后，在 K. 只消稍加暗示有需要时又马上去取来一小杯甜烧酒，——这滋味怎么也不能说是很不舒服吧。

享受着这一声令下便有人围着自己团团转的乐趣，K. 这时更多是出于一种兴之所至一吐为快，而不是真正希望立刻照办的心情说道："你们两个走吧，眼下我暂时不需要什么了，我想同弗丽达小姐单独谈谈。"当发现两人脸上毫无抗拒的表情时，他又加上一句让他们宽心的话："过一会儿我们三个人一起去找村长，你们在下面店堂里等着我好了。"奇怪的是，两人竟没有二话地服从了，只在临走前又说了句："我们也可以在这里等的。"K. 对此的反应是："我知道可以，但我不愿意这样。"

但是，当弗丽达——助手一走她立刻扑到 K. 怀里，坐到他腿上——说出下面的话来时，K. 却有点恼火，不过在某种意义上也还是乐意听，弗丽达说："亲爱的，你干嘛要跟这两个助手过不去？在他们面前我们不用保守什么秘密。他们是忠心耿耿的。""唉，什么忠心耿耿，"K. 说，"他们一个劲儿地暗中监视我，这很无聊，但也很可恶。""我想我懂得你的意思。"她一面说，一面搂住他的脖子，还想说点什么但说不下去了，而因为椅子就靠床立着，他们一侧身便碰开了椅子摔倒了。现在他们躺在地上，但不似昨夜那般如痴如醉。她在寻找什么，他也在寻找什么，他们都发狂地、龇牙咧嘴地恨不得把脑袋钻进对方胸膛里，不断地寻找着,他们那热烈拥抱、不断翻滚的身躯并不能使他们忘记反而提醒着他们想到自己的职责是寻找,像饿狗拼命在地上乱刨,他们也在他们身上乱抓乱刨,等到毫无办法了,完全失望了,为再捞到最后一根稻草,他们又不时用舌头舔遍对方的脸。直到筋疲力尽,才停歇下来,互相怀着感激之情。这时女仆们又上来了。"瞧这俩是怎么躺的。"一个女仆说,出于同情,她扔了一块单子盖在他们身上。

当后来K.掀开身上的单子四下观看时,两个助手又在那个角落里了——这一点他并不奇怪——,他们用手指着K.,相互示意要好好干正经事,又向K.举手敬礼,但是,这时还有一个人挨床坐着,原来是老板娘,她手上拿着一只长袜正在编织,这个小小的活计同她那巨人般的、几乎把射进屋里的阳光完全挡住的大块头颇不相称。"我已经等了很久了。"她说着便抬起头来,让人看见一张宽宽的、已有不少老年皱纹、然而大体上仍是光洁的、也许过去曾经一度很美的脸庞。她这句话听起来像是在责怪,但却是无的放矢,因为K.原本没有让人请她来。所以他听了这话只是点了点头,然后就坐起身,弗丽达也站了起来,但却从K.身边走开,过去倚在老板娘坐的椅子边上。"老板娘太太,"K.心不在焉地说,"能不能把您想对我说的话推迟一点,等我去见了村长回来以后再讲?我在那边有一次重要的谈话。""现在我要谈的更重要,您相信我好了,土地测量员先生,"老板娘说,"您在那边也许只是要谈一件工作,可是这里我要谈的事关系到一个人,关系到弗丽达,我的好帮手。""原来如此,"K.说,"那自然又当别论,不过我不明白,为什么不把这件事情放心交给我们两个自己去管呢？""因为爱，因为关心人。"老板娘说着便把弗丽达的头搂到自己胸前——弗丽达站着也只与老板娘坐着时的肩同高。"既然弗丽达这样信任您，"K.说，"那么我也没有别的法子，只好听您的。又因为弗丽达刚才说我两个助手是忠心耿耿的，所以我们大家就都是朋友了。情况既然如此，我也就可以向您，亲爱的老板娘提出：我觉得现在最好让我同弗丽达结婚而且要很快办这件事。很遗憾、很遗憾的是我这样做并不能弥补弗丽达因我而失去的东西，即贵宾楼那份工作和克拉姆的友情。"这时弗丽达抬起头来，眼里充满了泪水，胜利者的傲气连一点影子也不见。"为什么是我呵？为什么偏偏挑上我呢？""什么？"K.和老板娘异口同声问道。"她的心乱了，可怜的孩子，"老板娘说，"这么多幸福和不幸一下子集中在她身上，她给搞得心乱如麻了。"似乎为了证实这些话，弗丽达扑向K.怀里，旁若无人地狂吻他，然后又哭着在他前面跪下来，同时仍紧抱着他不撒手。K.一面双手抚摸着弗丽达的头发，一面问老板娘："看起来您同意我的话了？""您是个说一不二的人，"老板娘说，她的声音也带着哭腔，看样子有些体力不支，呼吸也困难，尽管如此她仍然鼓起劲来说道，"现在要考虑的问题是您必须向弗丽达作哪些保证，因为不论我多敬重您，您到底还是个外乡人，您一个保人都没有，您的家庭情况这里谁也不知道。所以说，作出保证是必要的，这一点您一定明白，亲爱的土地测量员先生，您自己不也特别强调弗丽达同您结合不管怎么说都有不少损失吗？""当然，我一定作出保证，"K.说，"也许当着公证人的面最好，不过可能伯爵大人的其他主管部门也会出面干预吧。另外，我本人在举行婚礼前也必须先办完该办的事。我必须同克拉姆谈话。""这是不可能的,"弗丽达说,一边将身子直起来一点,更紧地偎依着K.,"真是异想天开!""非谈不可,"K.说,"如果我做不到,那么你得同他谈谈。""我不行,K.,我不行,"弗丽达说,"克拉姆决不会同你谈的。你怎么竟以为克拉姆会同你谈!""那么他会同你谈吧?"K.问。"也不会,"弗丽达说,"既不会同你也不会同我谈,这是绝对不可能的事。"说到这里她转身向老板娘伸出双臂说:"您瞧,老板娘太太,他究竟想干什么哟!""您太特别了,土地测量员先生,"老板娘说,这时她身子坐正了一点,撇开两腿,两个硕大的膝盖把薄薄的裙子高高撑起,样子相当吓人,"您想做的是不可能的事。""为什么不可能?"K.问。"这个我会给您解释的,"老板娘说,那语气仿佛这解释不是最后再帮助K.了解一些情况,而已经是她对K.实行第一次惩罚了,"我很乐意给您作解释。虽然我不是城堡的人,仅仅是个女人,只是这里这个末流酒店——还不是最末流,不过也差不离了——的老板娘,所以很可能您对我的解释不大以为然,可是我这辈子一直没有闭着眼睛过日子,我跟许许多多人打过交道,独自个儿挑过这酒店的大梁,因为我男人虽说是好人,但他不是当酒店老板的料,什么叫负责,他这辈子是弄不明白了。比如您吧,您现在能待在这村里,能舒舒坦坦地坐在这张床上,仅仅是多亏他疏忽大意——那晚上我累得都快趴下了。""什么?"K.从有点走神的精神状态突然警觉起来问道,激动的话音里好奇多于生气。"我说,您能舒舒服服待在这里仅仅是多亏他疏忽大意!"老板娘又用食指指着K.大声说了一遍。弗丽达力图劝说她冷静下米。"你要干什么,"老板娘迅速地扭开身子说道,"土地测量员先生问我话，我就得回答他提的问题嘛。不然他怎么会明白我们认为是理所当然的事情，就是说克拉姆老爷决不会同他谈话，我刚说什么来着？'不会'，不，是'不能'。您听清楚了，土地测量员先生！克拉姆老爷是城堡的人，即便撇开克拉姆担任的其他职务不说，仅仅这一点本身，是城堡的人这一点，就是一个很高很高的级别了。可您究竟是什么人呢？我们居然还在这里低三下四地求您同意跟弗丽达结婚！您一不是城堡的人，二不是村里的人，您什么也不是。但可惜的是您又的确是一个人，您是一个外乡人，一个多余的人，一个在这里处处碍事的人，一个不断给人找麻烦的人，为了您我们得让女仆腾房间，您想干什么谁也不知道，又把我们最可爱的小弗丽达勾引了去，弄得我们只好狠心把她嫁给您。实际上我摆出这些来倒不想责备您；您就是您嘛；我这辈子见过的多了，碰上现在这点事儿还会有什么受不了的？现在请您好好想一想您究竟提了个什么要求吧。您要求一位像克拉姆那样的老爷跟您谈话！我听说弗丽达让您从门上小孔往里看，这使我感到很痛心，她这样做本身就说明已经上了您的钩了。您倒是说说，您看到克拉姆以后究竟有什么感觉，您经受得住吗？您不必回答，我知道您会说您看了以后完全经受得住，没事一样。其实您根本就没有能力真正看见克拉姆老爷，我说这话不是小看别人，因为我自己也是没有这个能力的。嘀，要克拉姆跟您谈话！可他甚至不同村里人谈话，他从来没有亲口跟村里哪个人说过一句话呢。说来弗丽达是得到了很大的宠幸，她的这种荣幸是我将终生引以为自豪的，这就是克拉姆至少常常喊她的名字，并且她也能对他说自己想说的话，而且还允许她从小孔往里看，但是克拉姆同她也是什么话都没有说过的。还有，他有时候叫弗丽达的名字，完全不一定有别人喜欢附会上去的那种意思，他不过是叫了声'弗丽达'这个名字罢了——谁知道他的意图是什么？——当然弗丽达应声急忙赶来，这是她的事，克拉姆也不加反对，让她走到自己跟前，这是克拉姆的好心，可是硬说克拉姆是在叫她来，不是太武断了么？好了，现在是连到手的那一点东西也丢了，永远也找不回来了。也许克拉姆还会叫'弗丽达'这个名字，这是有可能的，可是再让她这个跟您混在一起的女人到自己跟前去，这事决不会再有了。只有一件，只有一件事我这笨脑瓜怎么也弄不明白，那就是一个被人们称作克拉姆的情人的姑娘——不过我觉得这种称呼太过分了——怎么会让您沾自己的身子，哪怕只是稍碰一下呢？"

"对，这的确很奇怪，"K.说着便把弗丽达一把搂到怀里，她虽低头不语，仍立刻依从了，"不过我觉得这也证明事情并不完全像您想的那样。比如说吧，您说我在克拉姆面前什么也不是，这话确实不错，另外，我现在仍然坚持要求同克拉姆谈话，即便听了您这番解释后也不改初衷，这也还不等于说，我在没有隔着一道门的情况下见到克拉姆会感到没事一样，说不定他一在我面前出现我就会撒腿跑出房间呢。但是，这种虽说颇有道理的担心，我觉得还不能成其为理由，使我不敢去冒险求见。只要我能做到经受住他的威慑力量，在他面前站稳了脚，那么他同我谈话就没有什么必要了，我只需要看到我的话给他造成的印象就够了，即使我的话引不起他任何反应或者他根本不愿听我讲，我也还是有一点收获，即终于在一个掌权的大人物面前无拘无束地说了话。

您呢，老板娘太太，您有丰富的生活经验和知人的本领，还有弗丽达，她昨天还是克拉姆的情人——我看没有什么理由改变这个称呼——，你们肯定可以轻而易举地给我找到一个同克拉姆谈话的机会的，如果没有别的办法，那么就在贵宾楼好了，或许他今天就也还在那儿吧？"

"这是不可能的，"老板娘说，"我看您是榆木脑瓜怎么也说不通。您倒是说说看，您究竟想跟克拉姆老爷谈什么呢？"

"当然是谈弗丽达。"K.说。

"谈弗丽达？"老板娘大惑不解地问，然后便转身向弗丽达，"你听见没有，弗丽达，他，就是他，居然要同克拉姆，要同克拉姆谈你呢！"

"唉，"K.说，"老板娘太太，您是个很聪明的、令人尊敬的女人，可您也未免太大惊小怪了。不错，我是要同他谈弗丽达，这并没有什么可怕，恰恰相反，这是自然而然的事嘛。如果您觉得从我出现那一刻起弗丽达对克拉姆就无关紧要了，那您肯定又错了。要是您这样看，您就低估了他。我很清楚，在这一点上教训您对我说来未免太不自量力，可我不得不这样做。克拉姆同弗丽达的关系不可能因为我而发生任何变化。他们要么没有什么重要的关系——这实际上是那些把情人这个体面称呼从弗丽达身上拿掉的人们的看法——，果真如此，那么今天他们之间也没有什么关系；要么他们之间存在着这种关系，如果是这样，那么这种关系怎么可能因为我，如您刚才说的，一个在克拉姆眼里什么也不是的人，怎么可能因为我而遭到破坏？这种怪事一个人在吓一跳的瞬间会相信，但只要稍稍动一下脑子，就知道其大谬不然了。

不过我们还是让弗丽达来说说她对这事的看法吧。"

弗丽达把脸贴在 K. 胸前，眼睛瞅着远处说："事情肯定是像大娘说的那样：克拉姆不会再理我了。不过那当然不是因为你，亲爱的，不是因为你来了，这类事不会对他有丝毫影响的。我觉得倒反而可能正是他的恩惠，默许我们两人在那个柜台底下相会，那个时刻是应该祝福而不是应该诅咒的。"

"如果是这样，"K. 慢吞吞地说，因为弗丽达的话说得很甜，他闭上了几秒钟眼睛，以便充分品味这甜蜜的滋味，"要是这样，那就更没有理由害怕同克拉姆谈话了。"

"真是的，"老板娘以居高临下的架势看着 K. 说道，"您有时让我想起我的男人，您也同他一样倔，一样孩子气。您到我们这里才几天呵，就自以为什么都比本地人知道得多，比我这个老太婆、比弗丽达知道得还多，弗丽达在贵宾楼什么事没有眼见耳闻过？我不否认，完全违反规定、违反多年的老规矩办成件把事情也是有可能的，我自己没见过这样的事，可是据说有这方面的例子，就算是有吧，但是即使真有这种事，那么也一定不会像您这样干法，就是说老是顶牛，脑子老是拐不过弯来，丝毫也听不进别人出于好心好意的劝告。您以为我的担心是冲着您的吗？原先您独来独往那阵子，虽然说管管您恐怕是件好事，恐怕可以避免好多麻烦，但我那时候管过您吗？那时我对我男人只讲过一句关于您的话，那就是：'你离他远着点！'要不是弗丽达现在也卷到您的事情里去，和您同命运，两人拴在一起了，那么这句话我今天也还是要对她讲的。正是因为她——不管您爱不爱听——，我才来认真过问您的事，甚至才注意到您这个人的存在。您不能随随便便就把我推开，因为您要对我，这个唯一像母亲一样呵护小弗丽达的人，负完全责任。也许弗丽达说得对，你们之间发生的事全是按克拉姆的意思安排的；但是我现在一点不知道克拉姆的情况，我永远不会同他说话，他对我完全是可望不可即的，可是您呢，您现在就坐在这里，拉住了我的弗丽达，并且也被我——我没有必要隐瞒这一点——拉住了。是的，被我拉住了，不信要是我也把您赶出门，年轻人，您到这个村子里去找个住处试试看，要能找到，哪怕是个狗窝，那才怪呢！"

"谢谢，"K.说，"您的话说得很坦率，我完全相信您。这样看来，我的地位很不牢靠，并且这还牵连到弗丽达，连她的地位也不牢靠了。"

"不对！"老板娘怒气冲冲插嘴说，"弗丽达的地位在这件事情上同您的地位毫无关系！弗丽达是我店里的人，谁也没有权利说她在这里的地位不牢靠。"

"好，好，"K.说，"在这一点上我也承认您说得有理，特别是因为弗丽达看来非常怕您（我不明白这是为什么），怕得都不敢发表意见。所以，我们就暂时先只谈我吧。我的地位是非常不牢靠的，这一点您不否认，反而在竭力提供证明。跟您谈的每件事一样，您在这件事上也只说对了一多半，然而不是全部。比如我就知道有那么一个相当不错的地方可以随时让我去过夜。"

"在哪儿？在哪儿？"弗丽达和老板娘齐声叫起来，两人都同样急切要求回答，似乎她们提这个问题的动机也完全一样。

"巴纳巴斯家。"K.说。

"那是些什么东西！"老板娘嚷起来。"那是一窝坏透了的东西！住巴纳巴斯家！你们听见没有——"这时她扭头冲着屋角，但两个助手早已从暗处走了出来，手挽手站在老板娘身后，而老板娘此刻似乎需要人扶着她才能坐稳，于是一把抓住了其中一人的手，"你们听见没有，这位先生在哪儿混？在巴纳巴斯家！当然啦，他在那儿有过夜的地方，唉，要是他就在那儿过夜不就更好了吗，那要比在贵宾楼强！可你们两个当时到底在哪儿呢？"

"老板娘太太，"K.抢在助手答话之前说道，"这两个人是我的助手，可听您那话音倒好像他们是您的助手，是我的看守似的。在所有别的问题上我很乐意客客气气地同您至少是讨论讨论，但是在我的助手这个问题上不行，因为这里事情是再清楚不过了。所以我请您别跟我的助手讲话，如果求不动您，那我就要禁止我的助手回答您的问题了。"

"这么说我不能跟你们说话了。"老板娘说完这句话三个人都笑起来，老板娘是讥嘲的冷笑，但比K.预料的要温和得多，两个助手的笑则带着他们常有的那种煞有介事但却空洞无物、一点不负责任的神情。

"你可别生气，"弗丽达说，"你得理解我们的激动心情。其实也可以说，我们唯一应该感谢的人是巴纳巴斯，亏得他，我们两个现在才可能要好起来。我在酒吧第一次见到你之前——当时你挎着奥尔嘉的胳膊走进来——虽然也知道你的一些情况，但总的来说我对你是完全不在乎的。并且我不仅对你完全无所谓，差不多对什么、对什么我都无所谓。那时我也对许多事感到不满，对不少事感到气恼，可那是一种什么样的不满，什么样的气恼呵！比如客人中有一个在酒吧里侮辱我——这伙人老是来纠缠我，你已经在那里见过那些家伙了，可是来酒店的还有些人更难对付得多，克拉姆的仆人还不是最糟的——话说回来，刚才说有一个人侮辱我，那么这对我意味着什么？事后我的感觉是：似乎那是好多年前发生的事，或者事情根本不是发生在我身上，或者我只是听别人讲过，或者我自己已经把这事全忘了。但是现在呢，现在我不能细说这种事，我连再想一想它们都不能了，你看，自从克拉姆离开我以后，发生了多大的变化呵。——"

弗丽达中断了她的叙述，伤心地低下了头，双手交叉着放在怀里。

"您看看吧，"老板娘大声说道，那神气似乎不是她自己在说话而是把嗓子借给弗丽达用，同时她也把身子凑近弗丽达，几乎快挨着她坐了，"您看看吧，土地测量员先生，看看您都干了什么好事吧，还有您的助手，您不许我跟他们说话的两位助手，也可以在一边看看，受受教育吧！您硬是把弗丽达从命运从来没有给过她的最最幸福的生活中拽了出来，您所以成功，主要就因为弗丽达像个孩子似的心太软，她眼瞅着您挎着奥尔嘉的胳膊，想到您看起来是上了巴纳巴斯家人的当，于心不忍。她是救了您，牺牲了她自己。现在呢，在事情已经发生，弗丽达拿自己拥有的一切作代价才换到了坐在您腿上这种幸运之后，在这种时候您却跑出来打出您那张得意的王牌，说什么您有可能在巴纳巴斯家过夜。大概您是想证明您并不依赖我吧。确实，要是您真在巴纳巴斯家过了夜，那么您倒真的一点不必依赖我了，您得马上，就是说一秒钟也不许停留离开我们酒店！"

"我不知道巴纳巴斯家的人犯了什么大罪，"K.一面说一面把有气无力的弗丽达扶起来，又慢慢扶她在床上坐下，然后自己站起身，"在这个问题上也许您有理，但我刚才请您不要管我们的事，即不要管弗丽达和我的事，我这样做肯定也没有错。您刚才提到什么爱和呵护，可我却看不出有多少爱，多少关心，反而更多地体会到恨、嘲笑和逐客令的滋味，如果您是打算把弗丽达从我身边或是把我从弗丽达身边拉走，那么您做得还确实相当巧妙，但我觉得您终归不会成功，就说您万一成功了吧，那您也会——请允许我也来一个听起来不那么愉快的警告——后悔莫及的。至于说到您给我提供的住处——您指的只能是这间令人作呕的斗室了——，那么说您是出于自愿恐怕大成问题，相反，看起来关于这件事伯爵衙门是有一纸命令在案的。现在我就要去报告，说这里已经让我退房了，然后，如果上面给我分配另一住所，大概您会如释重负吧，可是我会更加感到轻松愉快呢。好了，现在我要去村长那里办这件事和另一些事了，请您至少关照一下弗丽达吧，刚才您那番慈母般的讲话已经把她折磨得够可以的了。"

说完这些话他转向两个助手。"跟我走。"他说，一边从钩上取下克拉姆的信，打算就这样动身了。老板娘一直一声不响地看着他，直到他手已经放在门把上时，她才开口道："土地测量员先生，我还想送您几句临别赠言，因为，不管您说了多少不得体的话，不管您怎样想侮辱我，侮辱我这个老太婆，您以后总归要做弗丽达的男人的。仅仅因为这一点我才想告诉您：您对这里各方面的情况无知得惊人，听您说话，再在心里把您说的、想的同实际情况一比，那简直就让人觉得天花乱坠天旋地转。您这种无知不是一下子能改变得了的，也许永远改变不了，但是如果您稍微听我两句忠告,并且牢牢记住自己的无知,许多事情就可能会好办些。比如说,那样一来您就马上会对我公道一点,就会慢慢体会到,当我看到我最可爱的小弗丽达简直等于离开了天上飞翔的雄鹰而把自己同地下乱爬的草蛇拴在一起时,我是给吓成什么样子了呵——这一惊吓的后果一直持续到现在还没有缓过劲来——,可实际上弗丽达的遭遇还要糟糕得多,现在我不得不使劲克制自己不去想它,要不我连一句话也没法平心静气地对您讲。唉,瞧您现在又火了。不过您先别走,我只要您再听听我这个请求了:无论您走到哪儿,您都要明白自己在这里是最无知的人,还是小心为好;在我们这儿有弗丽达在旁边保护您免受伤害,您还可以随心所欲地胡侃一气,比如您可以告诉我们,您打算去和克拉姆谈话,只是到了办正事,到了办正事的时候,您可千万、千万别再这样了!"

她由于激动而有点摇摇晃晃地站起来,走到 K. 跟前,拉起他的手,用请求的目光看着他。"老板娘太太,"K. 说,"我不明白您为什么为了这点小事要屈尊求我。如果真如您所说,我同克拉姆谈话是不可能的事,那么不论谁求我还是不求我不都一样吗,我反正谈不成就是了,但要是万一可能呢,那么为什么我就是不能去做这件事?特别是您持反对意见的主要理由一旦不存在,那么您的其他担心也就随着一律站不住脚了。当然,我的确是无知的,不管怎么说这是事实,这是我非常可悲的地方,可是这倒也有一个好处,那就是无知者往往更无畏,所以,在我的力量还够用时,我倒是挺愿意再保持一阵这种无知状态并承担它那肯定是很严重的后果的。可是这些后果基本上只是由我自己承担,这就使我不明白您为什么要来求我。您总是一定要照顾弗丽达的吧，如果弗丽达完全见不到我的面，那么在您心目中这不完全是一件幸事吗？所以说您究竟怕什么呢？您总不至于——无知的人似乎什么事都干得出来"——说到这里 K. 已经打开了门，"您总不至于是为克拉姆担惊受怕吧？"老板娘默默地目送着他匆匆下了楼梯，也瞅着两个助手紧跟在他后面走了。

第五章
在村长家

同村长的谈话并不使K.感到怎么头疼,这一点几乎他自己也感到奇怪。他试图这样来解释:根据他迄今为止的经验,他同伯爵衙门的公事往来一直是非常单纯的。这一方面是由于在处理他的事情上显然已经一劳永逸地颁布过一条明确的、表面上对他十分有利的原则,另一方面则由于衙门办事那令人赞叹的口径统一、步调一致,特别是在那些表面看去这种一致性似乎并不存在的地方可以觉出它特别完善地存在着。有时,当K.只想到这些时,他差不多快要觉得自己的处境是令人满意的了,虽然他每次在这样自我陶醉一阵之后很快就对自己说,危险也恰恰就在这里。同衙门各级办事机构直接打交道并不是件太困难的事,因为不论它们组织得如何严密,总是代表远在天边谁也看不见的老爷们,维护一些远在天边谁也看不见的事情,而K.则是在为活生生的、近在眼前的事情奋斗,在为自己奋斗,加之——至少在最初时刻——又是完全出于自己主动,因为他是进攻一方,并且不仅他在为自己奋斗,而且显然还有另外一些势力也在奋斗,他不知道这些势力,但根据衙门的措施他可以相信它们的存在。可是,由于衙门一开始就在一些无关紧要的事情上——到目前为止还不曾有过比较重要的事——给了K.不少照顾，它也就使他失去了获得一些微小胜利的可能，从而也就没有可能体验与胜利相联系的满足以及由此而产生的为今后进行更大战斗所必需的坚实信心。它给予K.的，反倒只是处处（当然只限于村里）开绿灯让他顺利通行，用这种方法娇惯他、削弱他的斗志，在这里把任何斗争都取消掉，把他置入一种非公务的、完全莫名其妙的、摸不清看不透的、与自己格格不入的生活之中。这样下去，如果他不是时时保持警觉，就可能出现这种情况，即有朝一日尽管衙门对他多方照顾，尽管交给他的全部轻而易举的任务都圆满完成，他也会在人家给予他的虚假恩宠的蒙蔽下在公务之外的生活中有失检点，致使自己在这方面栽大跟头，那时衙门就不得不出面，依旧是文雅而和蔼可亲地、摆出一副违反本意爱莫能助的姿态，根据某一条他不知道的有关公共秩序的法令把他清除掉。可是说来说去，那公务之外的生活在这儿究竟是怎样的？K.从来还没有在别处见过公务和生活像此地这样完全交织在一起，它们是如此纵横交错密不可分，以致他有时会觉得公务和生活似乎互换了位置。例如，克拉姆对于K.的公职所拥有的到目前仅仅有名无实的权力，同克拉姆在K.的卧室中拥有的实实在在的权力相比，究竟有多大分量？所以，在这个地方只有在直接面对衙门时采取一种比较随便、可说是纯粹放松的态度才是合适的，除此之外就必须经常保持高度警觉，每走一步都需要瞻前顾后、左顾右盼。

K.对此地衙门的这种看法，首先在村长处得到了完全的证实。这是个和颜悦色、胡须刮得干干净净的胖子，他是在病中，在风湿病严重发作时躺在床上接见K.的。"这么说您就是我们的土地测量员先生了。"他说,同时想坐起来表示欢迎,但怎么使劲也无用,于是带着歉意指指自己的腿又颓然躺回枕头上去。一个不苟言笑的女人给K.拿来了一把椅子摆在床前,这间屋子的窗子本来就很小,又拉上了窗帘而更加昏暗,所以几乎只能看得见这女人那影影绰绰的轮廓。"您请坐,您请坐,土地测量员先生,"村长说,"请告诉我您有什么要求。"K.念了克拉姆的信又加上几句自己的话。现在他再次体味到同衙门打交道时那种异常轻松的感觉。衙门简直就肩负着所有的重担,你可以把什么都推给它,自己落得个轻松自在。村长似乎从他那一方面同样感到了这一点,在床上很不舒服地翻了个身。最后他说:"您已经看到了,土地测量员先生,整个这件事情我是早就知道了的。我之所以还没有采取相应措施,第一是因为我生病,另外就是您很久没来,我已经在想您大概已经放弃这工作了。但现在呢,既然您如此友好亲临寒舍造访,我当然就必须把令人不快的全部实情倾囊相告。如您所说,您已被录用为土地测量员,但是遗憾得很,我们并不需要土地测量员。这里可以说一点让土地测量员做的工作也没有。我们这些小家小户的土地界线是划定了的,一应事项已全部有条不紊登记在案。产业易主的事极少发生,小的边界纠纷我们自己来解决。所以我们要土地测量员做什么?"虽然K.原先完全没有细想过这一点,但他内心深处确信,自己是早就料到会得到类似说辞了。正因为如此他立即说道:"我万万没有想到事情是这样。这使我的全部打算都落空了。现在我只希望这是一个误会。""可惜没有误会,"村长说,"情况正是我说的那样。""可这也太不像话了!"K.叫起来,"难道我千辛万苦长途跋涉到这里就为了让人再把我送回去吗！""这是另一码事，"村长说，"这件事我无权决定，但您所谓的那个误会是怎么产生的我倒可以给您解释解释。对一个像伯爵衙门这样的大衙门来说，有时难免会发生一个部门发出这一项指令、另一个部门发出另一项指令而互相不通气的事，虽然上一级的监督检查是极为严格的，但检查很自然地往往晚到一步，于是总会出点小差错。当然毫无例外都是在一些微乎其微的小事上出错，比如您这件事。在大事上我还没听说出过什么错，不过就是小事往往也够让人尴尬的了。至于说到您这件事，那么我可以用不着保守公务秘密——要保密我的官还太小，我是务农的，一辈子务农——坦率地把事情原原本本讲给您听。很久以前，那时我当村长才几个月，上头来了一份公函，我记不清是哪个部门发出的了，那公函用高级长官特有的命令口气通知说，拟聘任一名土地测量员，指令村公所将有关该测量员工作必需的各项计划和全部文字材料立即备齐待命。这公函上指的人当然不可能是您，因为这是好多年前的事了，要不是现在我卧病在床，有的是时间去回想那些最最可笑的事情，那么我也是不会记起这事来的。""米齐，"他突然中断叙述对那个一直在屋里跑来跑去不知在忙乎什么的女人说，"请你去那边柜里看看，兴许能找到那份文件。""这项指令，"他接着对K.解释，"是我刚当上村长那段时间下达的，那时我还把所有的文件都保存起来。"那女人当即打开柜子，K.和村长在一旁看着她。柜子里各种文件纸张塞得满满当当的，柜门一开，两大捆像劈柴一样被捆成一大卷的文件便骨碌碌滚了出来；这把那女人吓了一跳，一下子闪开了。"下面，可能在下面。"村长在床上指挥着，那女人则驯顺地张开双臂把大批大批的文件抱出来撂在地上,这样才好去拿最底下的那份文件。现在一卷卷文牍纸片已经堆满了半间屋子。"我们做了很多工作呵,"村长颔首说,"这些还只是一小部分呢。大宗的我都存放在库房里,而且,绝大部分文件都丢失了。谁有本事把全部文件都保存下来呀!库房里还有很多很多呢。""你找得着那份指令吗?"过一会儿他又对他女人说,"你得找一份上面有'土地测量员'字样,底下还画了蓝道道的文件。""这儿太暗了,"那女人说,"我去取一支蜡烛来。"说罢就迈步跨过地上的大堆文牍出屋去了。"我女人在这项繁重的公务中帮了我的大忙了,"村长说,"我还有别的重要事务,这项工作只能算是兼管一下,虽说我还有一个助手帮助我整理文字材料,这就是那位老师,可即使这样也仍然做不完,总是剩下许多堆积起来,还没整理的全部集中在那边那个柜子里。"他指指另一个柜子。"现在我这一病倒呢,那里简直就堆成山了。"说完这句他又疲倦地、然而却面带骄傲之色躺了下去。"我可不可以,"当那女人取来了蜡烛后又跪在柜子前继续找那份指令时,K.说道,"帮着您太太一起找?"村长微笑着摇摇头:"刚才我说过,对您我没有什么公务秘密可保;可是,要让您本人去文件堆里找东西,那我确实又走得太远了。"此刻屋里一片安静,唯闻翻动纸张窸窸窣窣之声,在这种情况下村长甚至微微打起盹来。一阵轻轻的叩门声使K.回身一看。当然又是两个助手。不过无论如何,两人现在总算有点长进:他们不是乒乒乓乓闯进屋来,而是站在外面通过微开的门缝轻声说:"我们在外面待着太冷了。""谁呀?"村长被惊醒了,问道。"没别人,是我的两个助手,"K.说,"我不知道该让他们在哪儿等我,外面太冷,这儿嘛他们又让人讨厌。""我不在乎他们，"村长和气地说，"您让他们进来好了。其实我认识他们。我们是老相识了。""但是我讨厌他们。"K.直言不讳，他把目光从两个助手移到村长身上，又从村长移回到助手身上，发现三个人的微笑一模一样，毫无区别。"既然你们两个到这儿来了，"他带着试探的口吻说，"那么就留下来帮着村长太太找一份文件吧，文件上写着'土地测量员'，字底下画着蓝道道。"村长并无反对意见；就是说，不许K.做的，两个助手倒可以做，两人也立即投身纸堆，甩开膀子大干起来，可是，与其说他们在找文件，倒不如说在纸堆里乱翻一气，而且，当一个人正拼读文件标题时，另一个人总是一把将文件从他手中抢走。那女人则跪在那现在已经空空如也的柜子前面，看样子根本没在继续找，至少现在蜡烛离她老远老远。

"这么说这两个助手，"村长又开口了，洋洋得意地微笑着，似乎在说：所有这些全是他一手安排的，而谁都无法预想到这一点，"这么说，他们让您感到讨厌，可他们是您自己的助手呵。""不对，"K.冷冷地说，"他们是我到此地后才跑到我身边来的。""怎么，跑来的，"村长说，"您的意思大概是说派来的吧。""好吧，就算是派来的吧，"K.说，"但说他们是从天外飞来的也未尝不可，这种派法也够欠考虑的了。""这里办什么事都不会欠考虑。"村长说，急得连腿疼也忘了，一骨碌坐起来。"办什么事都不欠考虑，"K.说，"那么招聘我这事又怎么说？""聘用您也是经过深思熟虑的，"村长说，"只是有一些次要因素起了干扰作用罢了，我可以用有关的文件向您证明这一点。""这些文件恐怕找不到了。"K.说。"找不到？"村长叫起来，"米齐，请快点找！不过，没有文件我也可以先把事情的经过讲给您听听。刚才我提到的那份指令，我们接到后当即回复上头表示感谢，说我们不需要土地测量员。但是这封回信看来是没有送回发出指令的那个部去，我管它叫A部吧，而是误送到另一个部，送到B部去了。这样A部就一直没有得到回音，然而可惜连B部也没有收到我们复信的全部；一种可能是公文袋里装的信落在村公所，再一种可能是在半路上遗失了——肯定不会在部里遗失，这我敢担保——，总之，B部也只收到一个空公文袋，袋上只注明封套内所装的、可惜实际上并不在内的文件是关于聘任土地测量员一事的。A部呢，一直还在等着我们的回复，这个部虽然已将此事记录在案，但部主管人指望着我们会答复，等着在收到答复之后他们或者聘任土地测量员，或者根据需要继续同我们就此事进行磋商，这种坐等下面回信的事绝非绝无仅有，这是可以理解的，在办什么事都讲求准确、一丝不苟的地方这样做也无可厚非。可是结果呢，因为他指望着我们，所以也就不大重视部里那份有关记录，弄到后来就把这事忘记了。但是在B部就不同，公文袋送到了一位以认真负责闻名的部主管人手里，他叫索尔蒂尼，是个意大利人，连我这个内行人也不明白为什么像他那样能干的人会被长期安置在那个可说最低的职位上。这位索尔蒂尼自然把空文件袋派人送回给我们要求补上内容。但是，从A部发出第一封函件到那时已经过了好几个月，甚至已经好几年了；这也不难理解，因为按常规如果一份文件送对路了，那么最迟在第二天也就送到部里，当天就可以处理，但如果没送对路——在组织非常严密完善的情况下，文件要走这条错误的路简直就必须费很大力气去找，否则是找不到的,那么,那么当然就会拖很长时间了。因此当我们收到索尔蒂尼的便函时,就只能隐隐约约地记起这件事来,当时我们管这事的只有两人,就是米齐和我,那位老师还没有分配给我,我们两个只能对最重要的事保存一份副本,简短地说吧,我们只能给他一个很笼统的回答,说我们完全不知道聘任一事,我们这里也不需要什么土地测量员。"

"但是,"村长顿住了,似乎发觉在乐此不疲的叙述中忘其所以,把话扯远了,或者至少有可能扯远了,"这个故事您听着不觉得腻味吧?"

"不,"K.说,"我觉得挺有意思,挺解闷的。"

然后村长说:"我讲这些给您听不是为了给您解闷。"

"我所以觉得它有意思,"K.说,"仅仅因为我听了这事后,对那种可笑的混乱算是窥见了一斑,这种混乱有时能决定一个人的命运哟。"

"您还没有真正窥见一斑,"村长正色说,"我可以接着跟您讲。我们的回答当然满足不了索尔蒂尼那样的人。我很佩服这个人,尽管一听到他的名字就头疼。为什么?因为他谁都不信赖,比如,即使他有过无数次机会进行了解,完全知道那是个最可靠的人,可到下一次再碰上时他还是不信任那个人,好像他根本不认识人家似的,或者更正确些说,好像他知道那人是个无赖。我觉得这是对的,一个公职人员就应该这样,可惜我的天性使我不能按这条原则办事,您不是看见了吗,我现在对您这个外乡人把什么底都亮出来了,我这叫作禀性难移,没法子。而索尔蒂尼一接到我们的回信就起了疑。于是便有了一连串的通信往来。索尔蒂尼问我为什么突然想起说不要聘用土地测量员，我仗着米齐的好记性回信说，这事最初是上头提出来的呀（至于事实上是另一个部发来的文件，这一点我们当然早忘记了）；索尔蒂尼对此的说法是：为什么我到现在才提起上级的这封公函，我又回复他说：因为我现在才想起这封公函来嘛，索尔蒂尼：这真是太奇怪了；我：对于拖了那么长时间的一件事，这是一点也不奇怪的；索尔蒂尼：这事确实很奇怪，因为我想起来的那封公函并不存在，我：当然不存在啦，因为关于这事的全部文件都丢失了，索尔蒂尼：如果确有那第一封函件，就必定会有一条有关的记录在，然而这样一条记录并不存在。这时我无话可说了，因为要说是索尔蒂尼那个部出了差错，这话我是既不敢讲也不相信的。您，土地测量员先生，也许会暗暗埋怨索尔蒂尼，心想只要他考虑一下我的话，至少会去向另外的一些部打打听听这事吧。然而真要这样做恰恰是不对的，我不想让您哪怕只是在心里产生一种索尔蒂尼身上还有点毛病的印象。压根不考虑有出错的可能性，正是衙门的一条工作原则。由于组织十分完备严密，这条原则是正确的，而如果想达到极高的办事效率，它也是必要的。所以说索尔蒂尼根本就不能去向其他各部打听，而且就算他去打听，这些部门也决不会答复他，因为它们马上就会感觉出：这是在追究一个出差错的可能性。"

"村长先生，请允许我打断您一下，向您提个问题，"K.说，"您不是提到过一个检查机关吗？按照您对这里办事情况的描述，如果设想一下这里对这些事居然会没有监督检查，这简直令人不堪忍受。"

"您非常严格,"村长说,"但您就是再严格一千倍,同衙门对待自己的那种严格相比,您的严格也仍然等于零。只有一个地地道道的外乡人才会提出您提的问题。要问有没有检查机关吗?这里有的只是检查机关。当然啰,这些检查机关不是为了查出一般意义上的错误而设立的,因为这里是不会出错的,即便某次出了一个错,如您的情况,但是谁敢下定论,说这肯定是一个错误!"

"这个说法真是太新鲜了!"K.叫起来。

"对我来说这是很旧很旧的说法,"村长说,"我同您差不多,也确信是出了一个错,索尔蒂尼因为对这事伤透脑筋毫无进展而得了重病,第一批检查机关官员来了,亏得他们揭出了错误的来源,看出这里有一个错。可是谁敢拍着胸脯说,第二批检查机关官员也会做出同样的判断,第三批和以后各批也都会得出同样的结论?"

"就算是这样吧,"K.说,"不过我最好还是不要对这些考虑妄加评论,我也是头一次听说这些检查机关,当然还不可能完全了解它们。但我觉得这里必须区别两点:第一是机关内部发生的事以及仍然从机关的角度出发对这些事可能有这样或那样的看法,第二是我作为一个具体的个人,我这个身在公职机关以外的人,现在正面临着公职机关无视我的存在的危险,这种无视现实是如此荒谬,以致我直到现在总不大相信这危险是实际存在着的。对于第一点,很可能您村长先生刚才讲的那些话都是对的,您对内情了解得如此了如指掌令人叹服,只是我在听了您这番话后也想听您说说我个人的事情了。"

"我也正想来谈这个,"村长说,"但如果我不预先说明几句,那您是听不懂我的话的。我刚才提起检查机关是为时过早了。所以现在我要再回过头来谈谈我跟索尔蒂尼的分歧。我已经说过，渐渐地我招架不住了。但索尔蒂尼哪怕只比他的对手略胜一筹，他就等于大获全胜了，因为这样一来他办起事来精力就更集中、精神就更饱满，就更加指挥若定，结果是他的手下败将一见他就胆战心惊，而他手下败将的敌人看着他就会拍案叫绝。只因为我对这后一点在另外一些事情上也有亲身体会，我才能像现在这样讲他这个人。不过我还从未有幸亲眼见过他，他不能到下面来，他真是日理万机，公务繁忙至极，有人对我描述过他的房间，说四壁全被大捆大捆的卷宗挡满，一捆摞一捆，形成了一根根高大的方柱，而且这些还仅仅是索尔蒂尼当时正在处理的文件，由于不断从一捆捆卷宗中抽出、插进文件，并且又都是为赶时间匆匆忙忙地做，这些卷宗堆成的柱子就不断倒塌下来，正是这种接二连三、每隔一会儿就出现一次的轰然巨响，成了索尔蒂尼办公室的突出特征。这也难怪，索尔蒂尼是个一丝不苟的工作人员，不论是最小的事还是最大的事，他都一视同仁，一样认真对待。"

"村长先生，"K.说，"您总把我的事叫作小事一桩，但我这件事使许多公职人员忙个不亦乐乎，或许它在开始时只是一桩很小的事，可是由于像索尔蒂尼那样的官员们积极参与，它确实已经变成一件大事了。这一点我感到非常遗憾，这是完全违反我的本意的；我不敢有那样的野心：想让关于我的事情的卷宗也变成高大的柱子又随时哗啦啦塌下来，我只希望做个小小的土地测量员，在一张小小的绘图桌旁安安心心地工作就心满意足了。"

"不，"村长说，"您的事不是大事，在这点上您没有理由抱怨，您的事确实是诸多小事中最小的一件。工作量大小并不决定工作的重要性，如果您这样想那您对衙门的了解就太皮毛了。但即使工作量大小能说明问题是否重要，您这件事也仍然是一粒微不足道的芝麻，普遍的事由，即那些没有出所谓差错的事，办理起来工作量就大得多，工作的成果自然也丰富得多。不过您还根本不知道您的事给人造成的实际上的工作量呢，我现在就来说说这个。首先要说的是，索尔蒂尼虽然不再追问我，但他手下的工作人员来了，每天都要在贵宾楼对一些有声望的村民进行几次质询并作翔实记录。大部分人支持我的说法，然而也有少数人起了疑心，土地测量问题触及农民的根本利益，农民们嗅出有人在算计他们，觉得这里头有些不公道的事，他们还找到了一个领头的，于是索尔蒂尼从他们提供的情况中得出结论，确信：如果我当初把问题提到村民大会上讨论，是不会出现全体一致反对聘用土地测量员的情况的。这样一来一件原本是明摆着谁都明白的小事——即不需要土地测量员——不管怎么说至少被弄得成为一个问题了。在这件事上，有一个叫布伦斯维克的表现得特别突出，您大概不认识他吧，他也许不是坏人，但又蠢又狂，他是拉塞曼的一个妹夫。"

"是那个鞣皮匠拉塞曼吗？"K.问，接着便描述了他在拉塞曼家见到的那个大胡子的长相。

"是的，正是他。"村长说。

"我还认识他的女人。"K.有点有一搭没一搭地说。

"这是有可能的。"村长说，然后便沉默了。

"她很美，就是气色不大好，病恹恹的。她大概是城堡里来的人吧?"这后一句话是带着一半疑问语气说出来的。

村长看了看表,将药水倒进一把汤匙里,急急忙忙灌下肚去。

"您大概只认得城堡里那些办事机构吧?"K.颇不客气地问道。

"对,"村长带着自嘲然而却是感激的微笑说道,"办事机构也是最重要的呵。至于说到布伦斯维克:要是我们能把他从村里驱逐出去,几乎对每个人来说都是件大快人心的事,拉塞曼也不会是最不开心的一个。可是当时布伦斯维克给自己拉了一些支持者:他虽然不是演说家,倒也会大喊大叫,而这样对某些人也能起作用。于是,终归我还是被迫把这件事提交村民大会讨论。不过这也就是布伦斯维克取得的唯一的胜利了,因为到了村民大会上,当然是绝大多数人反对聘用土地测量员的。这次大会也又过去好几年了,但是这些年来这件事一直没有平息,这部分是因为索尔蒂尼太认真,他通过极为周密细致的调查,力图摸清多数派和反对派的动机,再就是因为布伦斯维克的愚蠢和野心,他同官府有各种各样的私人关系,而且有层出不穷的、异想天开的新招数去利用这些关系。当然索尔蒂尼不会上布伦斯维克的当——布伦斯维克怎么瞒得了索尔蒂尼?——可是,恰恰是为了不致上当受骗,需要进行新的调查,新的调查还没有结束,布伦斯维克又想出了新花招,他这人很灵活,这正是他那愚蠢的一种表现。好,现在我来谈谈我们政府机构的一个特殊性质。与它的精细严密相适应,它也极为敏感。如果一件事已经深思熟虑了很久很久,那么即使考虑还没有结束也会出现这种情况:在某个事先无法预见事后也无法找到的地方会闪电般突然冒出一个解决办法,这办法虽说多半是正确地了结了那件事，但无论如何总带有一定的随意性吧。情形就好像是：政府机关再也受不了那绷得太紧的弦，受不了同一件也许本身是微不足道的事情那长年累月的刺激，从而自发地、不等哪个官员来过问就作出决定了。这当然不是说出现了什么奇迹，可以肯定地说是某位官员挥笔写下了这个解决方案，或是作了一个口头的决定，但至少从我们这里，从此地，甚至从公职机关也怎么都不可能弄清楚究竟是哪位官员在这事上作了定夺，是根据什么理由这样决定的了。这些全是检查机关在很久以后才查明的；而我们呢，就永远不得而知了，实际上这事过了那么久恐怕也不会再有谁感兴趣了。我说过，正是这类决定，它们多半是非常好的，只有一点不足，就是——这类事通常都是如此——一般人知道得太晚，因此在知道前的一段长时间里一直还在对那早已决定了的事进行热烈的讨论。我不知道在您的事情上是否也发出过一个这样的决定——有迹象说明发出过，也有迹象说明没有发出过——，假如已经发出，那么聘任书就可能早已寄给了您，然后您就会长途跋涉到此地来，这些花费了很多时间，而与此同时索尔蒂尼却还会一直在这里为这同一件事操劳着，累得筋疲力尽，布伦斯维克也还会绞尽脑汁搞阴谋诡计，而我就会在他们两人中间受尽了夹板气。这个可能性只是我的揣测，我确切知道的是这一点：一个检查机关查出来好多年前A部曾经就聘任土地测量员一事向村里发出过询问函件，而后直至现在一直没有收到回音。新近又有官员向我查询此事，这样一来全部事实当然也就真相大白了，A部对我提供的不需要土地测量员这一回答表示满意，索尔蒂尼则不得不看到：原来他并不主管这件事情，并且还做了许多无用的、让人伤透脑筋、把人弄得精疲力竭的虚功——当然,他是无辜的。要不是这段时间也同以往一样新的工作任务不断从四面八方源源而来,要不是您的事情说到底仅仅是桩很小的事——几乎可以说是诸多小事当中最小的一件——,那么我们大家一定都会感到如释重负了,我相信索尔蒂尼自己也会这样,只有布伦斯维克有一肚子怨气,但那只会让人觉得可笑罢了。好,现在,恰恰是现在,在整个这件事总算善始善终顺利了结之后——从那时起到今天又已经过去好久——,您突然又冒了出来,事情似乎又像要从头开始的样子,请您,土地测量员先生,设想一下我有多么失望呵。现在我下了大决心在我力所能及的范围内决不让这类事再发生,这一点想来您是很清楚也能理解的吧?"

"那当然,"K.说,"可是我更清楚我在这里得不到起码的尊重,这里甚至还滥用法律。我是知道该怎样保护自己的权益的。"

"您打算怎么办呢?"村长问。

"这我不能透露。"K.说。

"我不想强加于人,"村长说,"我只想请您考虑一下我是您的——我不想说是朋友,因为我们完全是陌生人——,可说是一个公务伙伴吧。我只是坚决反对聘任您作土地测量员,除了这一点以外您任何时候都可以信赖我,求我帮忙,当然要在我的权限之内,而我的权力是不大的。"

"您一再提到,"K.说,"要聘用我为土地测量员,可是实际上我已经被聘用了。这里是克拉姆的信。"

"克拉姆的信,"村长说,"这信因有克拉姆的签署而很有价值,很有分量,这签字看来也是真的,但除此以外就——可是我不敢独自一人对这封信发表意见。米齐！"他叫道，接着说，"你们究竟在干什么哟？"

他们好长时间没有理会的两个助手和米齐，显然没有找到那份需要的文件，就想把所有拿出来的东西再装回柜子里去，但因为文件是乱七八糟的一大堆，没法全装回去。于是，也许是两个助手想出来的主意吧，此刻他们正将它付诸实行：他们把柜子放倒在地，把所有的文件使劲往里塞，然后和米齐一起坐到柜门上，现在正在用尽全身力气一下一下地慢慢把门压下来关紧。

"那么那份文件没有找到，"村长说，"很遗憾，不过事情的经过您现在已经知道，其实我们也就不再需要那份文件了，但是肯定还能找到的，大概在那位老师那里，他那儿还有好多好多文件呢。现在把蜡烛拿过来，米齐，让我们来看看这封信吧。"

米齐走了过来，此刻，当她坐在床沿上，身体紧靠着这个眼下精神颇足的胖子，让他紧紧搂住自己时，她显得更加灰暗、更加不起眼了。只有她那张小脸在烛光中还有些引人注目，那上面线条清晰、冷峻异常，仅仅由于上了点岁数而稍显柔和。她目光一投向信纸，便轻轻交叉起双手。"是克拉姆写的。"她说。然后两人便一同看信，边看边轻声耳语，最后，当两个助手终于成功地将柜门压上关紧，在那里高声欢呼、米齐向他们投去感谢的一瞥时，村长说：

"米齐和我意见完全一致，我想现在我敢说出我的看法了。这封信根本不是公函，而是一封私人信件。从抬头'非常尊敬的先生'这一称呼来看，事情就很清楚了。此外信中只字未提您已经被聘为土地测量员，只是很笼统地说为大人供职，而且就连这话的措辞也没有约束力,说您被聘只是'如您所知',就是说您已被聘这一点要由您自己来证明。最后,在公务上,要求您只找我这个村长,您的直接上司,由我告诉您一切细节,这件事我已经做了一大半了。对一个读官方文件很在行、因此也更会读非官方信件的人,这些都再清楚不过了;您是外乡人,看不出这一点我并不觉奇怪。总的说来,这封信只能说明克拉姆仅在一种情况下打算亲自过问您的事,那就是:如果您被聘为大人供职。"

"村长先生,"K.说,"这封信经您这么巧妙地一解释,到最后只剩下一张白纸上的一个签名了。难道您不觉得您这么做是在贬低您口口声声说要尊重的克拉姆的名声吗?"

"这是误解,"村长说,"我并不是看不到这信的重要意义,我的解释并没有贬低它的价值,而是恰恰相反。一封克拉姆私人信件当然比一份公函意义要重大得多,只是您认为它有的那种意义它正好没有罢了。"

"您认识施瓦尔策吗?"K.问。

"不认识,"村长说,"你大概认识吧,米齐?也不认识。不,我们不认识这个人。"

"这真是怪事,"K.说,"他是城堡一位副主事的儿子。"

"亲爱的土地测量员先生,"村长说,"您怎么可以要求我认识所有城堡副主事的所有儿子?"

"很好,"K.说,"那么您就只好相信我说的,承认他就是城堡一位副主事的儿子。同这个施瓦尔策,我在到这里的当天就有过一次不愉快的争论。后来他打电话给一个叫弗里茨的副主事询问,答复是我已经被聘任为土地测量员了。这您又作何解释呢,村长先生？"

"很简单，"村长说，"这一点正好说明您从来还没有同我们的官府接触过嘛！所有这一切接触统统是表面文章，而您由于对情况完全无知，竟将它们信以为真。至于说到电话嘛，您瞧，我和官府在公务上的联系怎么说也是够多的了吧，可是我这里就没有电话。在酒店一类地方电话可能有相当大的好处，好比是八音盒那一类东西，然而更大的作用也就没有了。您在这里打过电话吗？打过？好，那您也许能明白我的意思。城堡里的电话显然非常灵；我听人说过，那里总是一个电话接着一个电话，这当然使工作的进度加快许多。那边连续不断的电话，我们这边电话机里听起来就是不停的嗡嗡声和歌唱声，这您一定也听到了。但我们这里的电话所能传达的唯一正确可信的东西，也就只是这种沙沙声和歌唱声罢了，别的信息全不是那么回事。我们同城堡之间并无确定的电话线路，没有总机接转我们打去的电话；从这里给城堡中某人挂电话时，那边最下一级的办事部门的电话就都一齐响起来，甚至于，这点我知道得很清楚，要不是城堡里几乎所有电话机上的响铃装置都关上了，那么所有的电话机就都会响起来的。偶尔有个别过于疲劳的官员觉着需要放松一下消遣消遣——特别是晚上或夜间——，他就会把响铃装置打开，那时我们就能听到回话了，可那叫什么回话，不过是开开玩笑而已。这也是完全合情合理的。谁有权利为了想解决自己一点小小的私人困难而用电话铃声去干扰那些极为重要的、忙得人晕头转向的紧张工作？我也不明白怎么连一个外乡人也会以为，要是他比如说打电话给索尔蒂尼，那么接电话答复他的就一定是索尔蒂尼了。说多半会是另一个毫不相干的部门的一个小小记录员,这可能性不是反倒更大些吗?反过来说,在极少有的时候也会出现打电话给小记录员时反倒是索尔蒂尼本人来接电话的情况。那时当然是趁着还没听到他开腔说第一句话就赶紧跑开为妙。"

"我确实没有这样去看问题,"K.说,"这些细节我是不可能知道的;可是我对这些通过电话进行的谈话并不寄予多大期望,我一直很清楚,只有直接在城堡听到的或者争取到的东西才是实实在在的重要的东西。"

"不,"村长抓住K.话中的一点说,"这些电话答复当然是实实在在的重要的东西,怎么能说不是?怎么可以说一个官员从城堡发出的一条信息一点不重要?这一层刚才谈到克拉姆的信时我已经说了。他的信中所有的话都没有公务上的重要性;如果您认为有,那您就错了;可是反过来说,它们在表达友情或敌意方面对个人来说有很大的重要性,而且多半比任何公务上的重要性还大。"

"好吧,"K.说,"如果情况真的都像您说的那样,那么我在城堡里已经有一大批好朋友了;严格说来,许多年前那个部关于可以考虑聘请土地测量员的想法本身,就已经是对我的一个友好行动,往后,这种友好行动便接踵而至,直到我终于——当然这不是好结果——被引诱到这里,现在又警告我说要把我赶出去。"

"您的看法中有一定的正确成分,"村长说,"您认为不能单从字面上理解城堡的话是对的。但是,无论在什么地方小心谨慎总是必要的吧,不仅仅在这里,而且,有关的那句话越是重要,就越要小心谨慎。可您后说的什么被引诱到这儿来,这话我就不懂了。如果您听我的话时更细心一些,那么您怎么会不知道,聘请您到这里来这个问题是太难太难了,我们不可能在这儿通过一次短短的交谈就说清楚的。"

"那么,我们谈话的唯一结果就是,"K.说,"除了赶我走这一条很明确外,别的都是一团乱麻、一笔糊涂账了。"

"谁敢赶您走呀,土地测量员先生?"村长说,"正是因为聘任前许多问题不清楚,才保证了这里能以最礼貌的方式对待您,只是看样子您这人太敏感了。这里的确没有谁拉住您不让您走,但这并不等于要赶走您呵。"

"哦,村长先生,"K.说,"现在您倒又成了对某些事情独具慧眼洞若观火的人了。我要告诉您的是,这里有的是拉住我不让我走的情况,我可以列举一些给您听:我为来这里牺牲了家乡的一些东西,我经过长途跋涉才到了这里,由于受聘,我心里萌发了一些合情合理的希望,我现在经济上莫名分文,现在也不可能在家乡重新找到一个合适的工作,最后,也是很重要的一条:我的未婚妻是这里的人。"

"哦,弗丽达!"村长毫不惊奇地说,"我知道的。不过弗丽达不管您去哪儿都会跟着去。当然对其余那几个问题的确需要做一些考虑,有关情况我将向城堡报告。万一有什么决定下来或者在此之前还有必要质询您,我会派人叫您来的。这样办您同意吗?"

"不,我决不同意,"K.说,"我不需要城堡的恩赐,我只想讨个公道。"

"米齐,"村长向一直紧贴在他身边坐着的妻子说,她早已把克拉姆的信折成一只小船，现在怔怔地把它拿在手里玩弄着，K.见状大吃一惊，立即从她手里把信夺了过来，"米齐，我的腿又疼得厉害起来了，我们得换一条新的敷布了。"

K.站起身来。"那么我就告辞了。"他说。"是得换换了，"米齐说，已经在调制膏药，"这儿过堂风也太大了。"K.转身准备走，两个助手呢，在一听到K.说要走的话之后立刻又表现出他们那总是文不对题的积极性，马上把两扇门都打开了。为了不让病人受到那骤然涌入的寒气袭击，K.只能匆匆向村长一鞠躬。然后他拽着两个助手跑出屋去，迅速把门关上了。

第六章
与老板娘的第二次谈话

　　酒店前，老板在等着他。看那样子不问他话他是不敢吭声的，因此K.问他有什么事。"你找到新住处了吗？"老板眼睛瞅着地面问。"是你太太让你来问的，"K.说，"你大概什么都得听她的吧？""不，"老板说，"不是她让我来问的。但是现在她因为你的缘故情绪很激动，心里很不舒坦，什么活也干不了，只是躺在床上叹气，一个劲地诉苦。""要我去看看她吗？"K.问。"我求你了，"老板说，"我早就到村长家去接你，一直在门外候着，但你们正在说话，我不想打搅，另外我也惦记着我女人，所以又跑回来了，可她不让我走近她跟前，我没法子，只好在这儿等你了。""那我们就快进去吧，"K.说，"我不需要多久就可以使她心安的。""要是真能那样就好。"老板说。

　　他们穿过明亮的厨房，那里，三四个女仆在有一搭没一搭地干活，相互离得挺远，一见K.进来简直就一下子呆若木鸡。在厨房里已经听得见老板娘唉声叹气了。她躺的地方是用一块薄木板从厨房隔出来的、没有窗户的隔断。这个隔间只能放下一张较大的双人床和一个柜子。床的位置放得使人可以从床上看到整个厨房以便监视女仆们干活。反过来，从厨房几乎看不见隔断里任何东西，那里黑洞洞的，仅可见白红相间的床单微微闪亮。人走到里面去，眼睛逐渐适应了之后，才能分辨隔断里的各种物品。

"您终于来了。"老板娘说，显然很虚弱。她仰卧着，四肢伸直，看来呼吸有点困难，羽毛被也掀了起来。她躺在床上比穿起衣服来时显得年轻得多，可是她头上戴着的用细花边织成的小睡帽，虽然由于太小扣在头发上有点摇摇欲坠，却使人对她那张病恹恹的脸产生怜悯之情。"我怎么会早来呢？"K.柔声说，"您又没有派人去叫我。""您不应该让我等这么久，"老板娘带着病人常有的固执说，"您请坐，"她说着指指床沿，"你们别的人统统出去！"原来，此时除了两个助手外那几个女仆也挤进这个小隔间里来了。"是让我也出去吧，加尔德娜？"老板说，这是K.初次听到这女人的名字。"你当然也出去，"她慢条斯理地说，心里似另有所思，又漫不经心地补充道，"为什么偏偏你一个人留下？"但当所有的人都退到厨房——两个助手这次也立即遵命，不过他们是紧追在一个女仆屁股后面——之后，加尔德娜又不那么走神了，她发觉从厨房里能听到这里面谈的每一句话，因为隔墙并没有门，于是就又命令所有的人离开厨房。全体也马上照办了。

"劳驾，"现在加尔德娜说，"土地测量员先生，柜子里靠柜门挂着一件斗篷，请递给我，我想拿它盖在身上，这羽毛被我受不了，压得人气都喘不过来。"K.把斗篷拿给她以后，她说："您瞧，这件斗篷很好看，不是吗？"K.觉得那是件很普通的毛呢斗篷，仅仅出于礼貌伸手摸了摸，什么话也没说。"是呵，这斗篷确实很好看。"加尔德娜一边说着一边便把斗篷围盖在身上。现在她心平气和地躺着了，似乎所有的烦恼都一扫而光，她甚至想到她那由于老躺着而弄乱了的头发,坐起来一会儿,用手整了整小睡帽四周的发穗儿。她有一头浓密的头发。

K.等得不耐烦了,就开口道:"老板娘太太,您曾经让人问我是不是找到了另一个住处。""我让人问您了吗?"老板娘说,"没有这事,您弄错了。""您丈夫刚刚问过我这事。""这我相信,"老板娘说,"我跟他吵了一架,我不愿让您在这儿那会儿,他留下了您,而现在呢,我很高兴您能住这儿了,他却要把您轰走。他这个人老这样,差不多总是跟我对着干。""这么说,"K.说,"您对我完全另眼相看了?一两个小时工夫看法全变了?""我并没有改变我的看法,"老板娘说,声音又变得弱了些,"请把手伸给我。对,就这样。好了,现在请您答应我要说心里话,我对您也说心里话。""好的,"K.说,"可谁先开始呢?""我先说。"老板娘说,这话给人的印象并非想照顾K.,倒像是她自己急于想先一吐为快似的。

她从床垫下面抽出一张照片递给K.。"您看看这张照片吧。"她央求说。为了看清楚一点,K.向厨房方向走了一步,然而即使这样,想看清照片上有什么也很不容易,因为这张照片日久褪色,有多处折痕,揉得皱巴巴的,并且上面尽是污渍。"这照片保护得不太好。"K.说。"太可惜,太可惜了,"老板娘说,"长年累月的老带在身边到处跑,就成了这样。可是您要是仔细看,那肯定还是什么都能看清的。另外我也可以帮帮您,您告诉我您都看见什么了吧,听人讲讲这照片我是很高兴的。那么,您看上面是什么?""一个年轻的男人。"K.说。"对,"老板娘说,"他在干什么?""我看他是躺在一块木板上,在那儿伸懒腰、打哈欠。"老板娘笑起来。"完全错了。"她说。"可这里明明是块木板，他就躺在这里嘛。"K.仍坚持自己的看法。"您倒是再仔细看看呀，"老板娘有点生气了，"他真的是躺着吗？""对了，不是躺着，"K.这回说，"他不是躺着，是悬在半空中，还有，现在我看清了，底下也根本不是什么木板，看样子大概是根绳子，这年轻人正在跳高。""这就对啦，"老板娘高兴地说，"他在跳高，官府的信差就是这样练习的。我早知道您一定会看出来。他的脸您也看清楚了吗？""脸很不清楚，"K.说，"他显然很卖力，张着嘴，眼睛眯成一条缝，头发也飘起来。""太好了，"老板娘赞许地说，"一个没亲眼见过他的人再多就看不出来了。他是个美男子，我只同他见过一面，时间也很短，但永远也忘不了他。""这到底是谁呀？"K.问。"他，"老板娘说，"就是克拉姆头一回派来叫我去的信差。"

K.现在没法集中精力听她讲，一阵咚咚咚咚敲玻璃的声音分散了他的注意。他很快找到了干扰的来源：原来是两个助手。他们在外面院里两脚交替不断在雪地里蹦蹦跳跳。这会儿做出一副再见到K.感到特别高兴的样子，每人都欢天喜地地指K.给对方看，并不停地用手指尖敲厨房窗子。K.向他们打了一个吓唬的手势，两人便立刻停止了敲窗，每人都想挤到另一人前面去，但另一个马上闪开，过一会儿两人又都站在窗前。K.赶忙跑到隔间里一个两人从外面看不到他而他也不必看他们的地方。可是即使在那里，窗玻璃那轻轻的好似在请求的咚咚声也久久缠绕着他。

"又是两个助手。"他抱歉地向外面指指，对老板娘说道。然而她没有理睬，这时她早已把照片从K.手里拿了过去，看了一阵后，把它抹抹平又塞到床垫底下去了。她的动作此时比先前迟缓了一些，但不是由于疲乏，而是回忆的沉重压力所致。她刚才是想给K.讲点什么，但讲着讲着倒把他忘了。现在她拨弄着她的手绢的穗子。片刻之后才又抬起头来，用手很快揉了一下眼睛说："这条手绢也是克拉姆的。还有这顶小睡帽也是他的。照片、手绢和睡帽，这就是我保存着的对克拉姆的三件纪念品。我没有弗丽达年轻，没有她那么大的野心，也没她那么会体贴人，她非常会体贴人；总之，我能将就着过日子，可有一样我得承认：那就是如果没有这三样东西，我在这里是挺不住这么久的，唔，我在这儿大概连一天也熬不下去。这三件东西也许您觉得微不足道，可您瞧，弗丽达同克拉姆来往时间够长了，却什么纪念品也没有，我问过她的，她太喜欢幻想，也太不知足，我恰好相反，克拉姆那里我只去过三次——后来他就再没派人来叫我，我不知为什么——，可是我好像有预感，知道自己的时间不长所以捎回来这几件纪念品。当然，这事得自己操心，克拉姆什么也不会主动给人的，但要是你看见他那里摆着什么，可以求他送你。"

不论这些故事与他多么有关，K.听了总是感到阵阵不舒服。

"这些都是什么时候的事？"他叹口气问道。

"二十几年前，"老板娘说，"是二十多年、快三十年前的事了。"

"过了这么长时间对克拉姆还那么一往情深，"K.说，"可是，老板娘太太，您心里是不是也很清楚，要是我现在想到自己将来的婚姻，那么听了您这些表白会使我忧虑重重吗？"

老板娘觉得K.要把自己的事情搅和进来很不应该，气呼呼地乜斜了他一眼。

"别生气，老板娘太太，"K.说，"我一句克拉姆的坏话也没说，但我不知怎么阴错阳差地竟同克拉姆有了某种关系；这一点就是克拉姆最大的崇拜者也不能否认吧。情况就是这样。所以说，只要一提到克拉姆，我便总联想到自己，这是一点办法没有的事。不过，老板娘太太，"——说到这里K.握住了她那犹犹豫豫的手——"您想想，我们上次谈话的结果是多么不愉快，让我们这次和和气气地分手吧。"

"您说得对，"老板娘说完低下头去，"但是请您不要捅我的痛处。我不比别人更敏感，而是相反，每个人都有自己的敏感部位，我只有这一个敏感部位。"

"可惜这正好也是我的敏感部位，"K.说，"但我一定能做到自我克制；不过老板娘太太，请您倒是给我讲讲，如果弗丽达在这方面也跟您差不多，那么我婚后究竟应该怎样忍受这种对克拉姆的可怕的一往情深呢？"

"可怕的一往情深？"老板娘不满地说，"难道那是忠贞不渝的深情？我只对我的男人有忠贞不渝的深情，而克拉姆呢？克拉姆曾经使我做了一回他的情人，难道我什么时候会丢掉这种风光体面？要问您在弗丽达身边怎么忍受这一点吗？哎呀，土地测量员先生，您到底是什么人，敢这样问？"

"老板娘太太！"K.发出警告了。

"我知道，"老板娘说，不再咄咄逼人了，"可我男人就没有提过这样的问题。我不知道该说谁更不幸：是那时的我呢还是现在的弗丽达。是那个轻率地离开了克拉姆的弗丽达，还是克拉姆没再派人来叫的我？也许还是弗丽达更不幸，虽说她看样子还不完全明白这一点。但是，我当时的不幸确实更使我揪心，因为我老想不开，老是问自己，就是到今天实际上我也还没有停止自问：为什么事情会变成这样？克拉姆三次叫你去过，不再叫第四次了，永远不会再有第四次了！那时候还有什么事让我想得更多呀？不久以后我就同我现在的男人结婚了，结婚后那段时间我跟他还能谈什么别的？白天我们没时间，我们接管酒店时铺子的情况很糟，我们得使大劲扭转局面让它好起来，可到了夜里呢？好几年我们夜里说话都只是围着克拉姆转，围着他为什么改变了主意转。有时说着说着我男人睡着了，我就叫醒他，然后我们又接着说下去。"

"现在我想，"K.说，"如果您允许，现在我想提一个很不得体的问题。"

老板娘沉默不语。

"那么您是不许我问了，"K.说，"行，我觉得这也够说明问题了。"

"当然啰，您觉得这也够说明问题了，特别是我的态度您觉得够说明问题了！您真是什么都要曲解，连不说话也要曲解，真没办法，您还会干什么别的呢？我允许您提问。"

"如果我什么都曲解，"K.说，"那么也许我同样会曲解我自己的问题，也许它根本就不那么不得体吧？我只是想问问您是怎样认识您丈夫的，这酒店又是怎样到你们手里的。"

老板娘皱起了眉头，但仍从容不迫地坦然说道："这事很简单。我父亲是铁匠，汉斯呢，就是我现在的男人，他原来是一个富裕农民的马夫，那时他常来找我父亲。那是在我同克拉姆最后一次会面以后的事,当时我伤心极了,其实不应该那样,因为什么事都没有出,不就是我不能再去克拉姆那儿了吗,这是克拉姆的决定,也就是说这是对的,仅仅是为什么不能去的原因不清楚,尽可以去弄弄清楚好了,伤心是不对的,可是有什么法子,我还是伤心了,干不了活,成天价坐在我家屋前的小花园里。汉斯就是在那儿看见我的,他时不时来我旁边坐坐,我没有对他诉苦,但他知道我的心事,因为他心眼儿好,所以我们两人经常哭作一处。那时候的酒店老板因为死了妻子不得不出让他的酒店——另外他也老了——,当他有一次路过我们的小花园,看见我们坐在那里时,就站住,干脆地提出把酒店租给我们,他说他信任我们,不要我们预先付钱,租金也定得很低。我当时只是不想成为父亲的累赘,别的什么都不在乎,于是,心里想着酒店,想着那新的工作,它也许能使我忘记一点往事,我便把手伸给汉斯①了。事情的经过就是这样。"

一阵短暂的沉寂之后,K.说:"那位店老板的做法是好样的,但不够谨慎,要不,是不是他有什么特殊理由才对你们两个这么信任?"

"他对汉斯很了解,"老板娘说,"他是汉斯的舅舅。"

"这就对了,"K.说,"就是说汉斯家显然很希望同您结亲了?"

"也许吧,"老板娘说,"我不知道,我从不操心这事。"

"事情肯定是这样的,"K.说,"不然这家人怎么会心甘情愿作

---

① 德奥风俗,表示答应对方的求婚。

出这么大的牺牲,把酒店就这样没有任何担保交给了您?"

"后来的事实说明他们这样做并不是不谨慎。"老板娘说,"我干活卖力,身体壮,铁匠女儿嘛,我不需要女仆也不需要男仆,哪里都是我管,店堂里、厨房里、马厩里、院子里,我做的饭菜好,把贵宾楼的客人都给拉过来了,您还没在我们酒店吃过午饭,中午的客人都不认识,那会儿客人比现在还多,后来有不少人不再来了。苦干的结果,我们不光按期交了租金,几年后又把整座酒店买下了,今天我们几乎一点债也不欠。当然另一个结果是我的身体垮了,得了心脏病,变成了一个老太婆。您也许觉得我比汉斯老得多,可事实上他只比我小两三岁,而且他是不会老的,他干的活——叼烟斗、听客人聊天、搕烟斗、偶尔去端杯啤酒,干这些活人怎么会变老呢?"

"您是劳苦功高,令人敬佩。"K.说,"这点没有疑问,可我们谈的是您结婚以前,那时汉斯舅舅家作出经济上的牺牲,至少是冒着把酒店白白送人的巨大风险,催着你们结婚,这样做时,看见的竟只是您这个当时人家还根本不知底细的劳动力和汉斯那实际上等于零的劳动力(这一点人家也一定早就知道),除此之外别的什么指望也没有,这种做法当时总会让人觉得奇怪吧。"

"是呵,"老板娘带着倦意说,"我知道您讲这些是什么意思,您这样想是大错特错了。克拉姆跟这件事一点关系也没有。他犯得着为我操心吗?说得更准确点:他怎么可能操心我的事?我们最后一次见面后他对我的情况就一点不知道了。他没有派人叫我,就明明白白表示他已经忘掉我。只要他不再叫谁,就是把谁忘得一干二净了。我不想当着弗丽达谈这一点。可事情还不只是忘记,比忘记还要糟。你要是忘了谁,以后还可以重新认识。但对克拉姆来说这是不可能的。如果他不再叫谁,那么他不光把这人的过去忘得干干净净,而简直就是今后一辈子也不可能再认得他了。我现在如果费点劲,完全能设想出您这会儿的心思,您这些想法在我们这儿是很荒谬的,在您的家乡也许行。很可能您已经荒唐到这种地步,就是以为克拉姆把汉斯给我做男人,正是为了他以后再叫我去时,我不会遇到多少阻碍。这种想法真是荒唐透顶了。克拉姆一发话,世界上哪个男人能挡住我跑到他那儿去?荒唐,不折不扣的荒唐;脑子里尽是这些荒唐想法,是会把人自己也给弄糊涂的。"

"不,"K.说,"我们不想把自己搞糊涂,虽然说句老实话我的思路已经朝着那个方向走,但我的想法还远不像您设想的那么糟糕。目前使我惊讶的只是,为什么您的亲戚会对这门亲事抱那么大希望,这些希望又都真的没有落空,当然,靠的是您全心全意的投入和牺牲了自己的健康。这些事实同克拉姆有关系,这个想法的确不由自主地在我脑里产生过,但并没有或还没有达到您说的那种荒唐程度,您所以要夸大,显然只有一个目的,就是为了有理由再训我一顿,因为这样做您感到愉快。好,我就给您这种愉快吧!然而我的真实思想是这样的:首先,克拉姆显然是促成这桩婚事的动因。要不是克拉姆,您当初就不会感到不幸,不会无所事事地坐在屋前小花园里,要不是克拉姆,汉斯就不会在那里看见您,当时您要是不伤心,那个腼腆的汉斯决不敢跟您搭腔,要没有克拉姆您决不会同汉斯哭作一处,没有克拉姆,好心肠的酒店老板舅舅决不会见到您和汉斯两人和和顺顺地待在一起,没有克拉姆您就不会把人生看淡了因而也就不会同汉斯结婚。好了，恐怕已经可以说在所有这些事上克拉姆的作用都够大了吧？然而还不止这些。要不是您一个心眼儿想忘掉过去，您就不会那样一点不顾惜自己拼命工作，就不会把酒店搞得那么红火。您看，这儿又有克拉姆。除此之外，克拉姆还是您得病的原因，因为您在婚前就已经被那不幸的热恋弄得心力交瘁了。现在还剩下的问题是，这门婚事对汉斯的亲戚吸引力这么大的原因究竟在哪里？您自己提到过做克拉姆的情人意味着一辈子丢不掉的风光体面，那么可能是这一条对他们有吸引力吧。但我认为除了这个还有一点，就是希望那颗福星，那颗把您引到克拉姆身边的福星——如果说那确是一颗福星的话，您自己是这样说的——能永远高照在您头上，永远与您同在，决不像克拉姆所做的那样，突然一下子离开您。"

"您这些话全是认真的？"老板娘问。

"全是认真的，"K.不假思索地答道，"不过我觉得汉斯的亲戚抱着那些希望既不完全对又不完全不对，我还觉得我已经看出他们究竟错在哪里了。从外表上看，似乎一切都如愿以偿，汉斯生活有了保障，有个身强力壮的妻子，日子过得体面，店铺也不亏欠。但事实上并非事事如愿，如果他同一个普通姑娘结合，如果他是这姑娘的初恋、热恋对象，那么他肯定比同您结合要幸福得多；您怪他有时候像丢了魂儿似的站在店里发愣，我看他之所以这样正是因为他的确感觉到自己像丢了魂儿似的——当然他肯定不会因此而觉得不幸，这一点我对他还是了解的——，可同样肯定的是，像他这样一个长相很好又一点不笨的男人，要是同另一个女人结婚,就会更幸福,我说的幸福同时也是指更独立、更勤快、更有男子气。而您本人呢,现在肯定是不幸的,并且如您说的,要是没有那三件纪念品您一天也活不下去,此外您还得了心脏病。这么说汉斯的亲戚抱着那些希望就错了吗?也不尽然。福星的确在您头上高照着,福气就在头上,只是你们谁也不知道怎样把它摘下来罢了。"

"我们到底耽误了什么机会呢?"老板娘问。这时她伸直身子仰卧在床上,眼睛看着天花板。

"你们本来该去问一问克拉姆的。"K.说。

"这不我们又回到您的事上去了。"老板娘说。

"或者说是回到您的事情上,"K.说,"我们的事情是紧紧连在一起的。"

"那么您究竟想找克拉姆干什么呢?"老板娘问。这时她坐直了身子,把枕头抖松垫在身后靠着,目光直视K.的眼睛。"我已经把我的事情坦率地告诉了您,希望您能从中得到一点教益。现在请您也同样坦率地告诉我您想问克拉姆什么。我费了好大力气才说服了弗丽达到楼上她自己房里去;我担心当着她的面您是不会痛痛快快说话的。"

"我没有什么可隐瞒的。"K.说,"但我想请您先注意一点。您刚才说克拉姆忘性很大。首先我觉得这种可能性很小,其次这一点也无法加以证明,显然不过是那些刚刚在克拉姆那里失宠的姑娘们臆想出来的无稽之谈。我觉得奇怪的是您怎么也相信这种一眼就能看穿的臆造。"

"这不是无稽之谈,"老板娘说,"而是大家的经验之谈。"

"所以说也就可以用新的经验来驳倒它嘛。"K.说,"另外您的情况同弗丽达的情况还有一点不同。说克拉姆不再叫弗丽达去了,可以说完全不是这么回事,相反,他是叫了她而她没有去。甚至有可能他一直还在等着她呢。"

老板娘不言语了,仅仅把K.上下打量了一阵,然后说:"我想平心静气地听听您有些什么要说的。您最好还是坦率地有什么讲什么,不要考虑我能不能接受。我只有一个请求。请您别提克拉姆的名字。您管他叫'他'或者什么别的都行,就是别点名。"

"完全可以,"K.说,"不过我想求他些什么很难说。首先,我想亲眼见见他,再就是想听听他的声音,另外还想知道他对我和弗丽达结婚抱什么态度;还想再求什么,就要看我们谈话的进展如何才能决定了。可能有些事要谈谈,但对我来说最重要的事就是能面对面地同他说上话。因为我到现在为止还没有同任何一位真正的官员直接谈过话。这事看起来比我原先设想的更困难。但是现在我有责任请他以私人身份同我谈谈,办到这点我觉得要容易多了;他以官员身份出现,我就只能在他那也许一般人根本进不去的办公室里会他,不是在城堡里就是在贵宾楼(这后者现在看来也成了问题)。可是如果以普通人身份出现,就不受地点限制了,可以在家里,在街上,只要我能碰上他,什么地方都行。碰见他时我面对的人附带也是个官员,这一层我将乐于忍受,但会见官员不是我的首要目的。"

"好,"老板娘说,一边把脸埋到枕头里去,似乎在说什么羞于启齿的话,"如果我通过我的各种关系把您求见的愿望转达上去让克拉姆知道,那么您能不能答应我,在回话下来之前不自作主张采取任何行动？"

"这个我不能答应，"K.说，"虽然我很乐于满足您的请求，照您的意思办事，可这个要求我不能答应。因为事情很紧急，特别是我同村长谈话的结果很不理想。"

"这种考虑没有必要，"老板娘说，"村长根本起不了什么作用。难道您没有看出这点？他什么事都是老婆说了算，老婆不在他连一天村长也当不下去。"

"是米齐吗？"K.问。老板娘点点头。"我见村长时她也在场。"K.说。

"她说什么了吗？"老板娘问。

"没有，"K.说，"我的印象是，恐怕她也说不出什么来。"

"您又来了，"老板娘说，"您把这里的事全看错了。总而言之：在您的问题上村长不管发什么指示都是无效的，而他的女人我有机会时会跟她谈谈的。现在，如果我再答应您克拉姆的回话最迟一星期就会来，您大概再没什么理由跟我顶下去了吧？"

"这些都不是最关键的。"K.说，"我主意已定，即便下来的回话是拒绝，我也仍要努力按我这个主意去做。但既然我一开始就有这种打算，我就不能事前请人转达我的会见请求了。未经事先请求去做，也许怎么说也只是冒昧的然而却是真心诚意的尝试，但如果在遭到拒绝后仍坚持做，那就成了蓄意违抗。那就糟得多了。"

"糟得多吗？"老板娘说，"不管哪种做法都是蓄意违抗。您想怎么办就怎么办吧。请把裙子递给我。"

她不再理睬K.，穿上裙子急忙到厨房去了。这时，已有好一阵子可以听到从店堂传来的吵闹声。有人敲过墙壁上的窥视窗，两个助手也有一次猛地把它推开，向屋里叫嚷肚子饿。接着又有另一些面孔在那里出现。现在甚至可以听见有几个人在哼唱一支混声合唱曲。

的确，K.同老板娘的谈话大大推迟了做午饭的时间；现在饭还没有做好，而客人已经聚起一大堆了，然而没有一个人敢违反老板娘的禁令进入厨房。可这会儿呢，窥视窗旁的几个探头探脑的人报告说老板娘已经动身，那帮女仆便马上跑进厨房去了，K.走进店堂时，那多得出人意料的一群人，二十多个男女，穿着俗气而不土气的衣服，便从窥视窗他们原来聚集的地方一窝蜂向店堂的一张张桌子拥去，为的是抢到一个座位。只有屋子一角的一张小桌旁已经坐着一对夫妇和几个孩子；那男的是个和颜悦色的先生，有一双蓝眼睛，长着灰色的、乱糟糟的头发和胡须，正弯腰向着孩子们，用餐刀指挥他们唱歌，不断示意孩子们压低声音。也许他是想用唱歌来使孩子们忘记肚子饿吧。老板娘过来向众人说了几句不痛不痒的道歉话，没有谁责怪她。她四下张望寻找店老板，但此公大概早已为躲开这难以应付的局面而逃之夭夭了。然后，她慢吞吞地向厨房走去，对现在奔向自己的房间去找弗丽达的K.，她再不看一眼了。

第七章
教 师

在楼上，K.碰到了那位教师。弗丽达真是个非常勤快的人，她已经把屋子收拾得焕然一新，几乎让人认不出来了。现在屋里空气新鲜，炉火正旺，地板也擦洗干净，床铺整整齐齐，那几个女仆的衣物，那堆讨厌的破烂儿，连同她们的照片全部杳无踪影，桌子呢，原先它那张糊满了污垢和油渍的面板简直像不管人转到哪里它都在身后紧盯着你，弄得你浑身不自在，此时也铺上了一块手工编织的白台布。现在已经可以在这屋子里接待客人了，K.的很少几件换洗衣服弗丽达显然一大早就洗了，这会儿挂在炉子旁边烘干，倒也并不怎么碍眼。教师和弗丽达原先坐在桌旁，一见K.进屋便都站了起来，弗丽达吻了吻K.，算是以此迎接他，教师则向他微微鞠了一躬。K.因为刚同老板娘那一席谈话的影响，情绪还没有平复，有点神思恍惚地向教师就自己直到现在还未能造访他表示歉意，那神态使人觉得似乎他以为：教师是因他一直未去而急不可耐地自己找上门来了。然而教师却表现出他一贯的那种从容不迫的神色，看起来好像他现在才渐渐回忆起在他与K.之间过去曾有过某种造访之约。"哦，土地测量员先生，"他慢条斯理地说，"您不就是我前几天在教堂广场幸会过的那位外乡人吗。""对。"K.简短地回答；上一次他是孤身一人无依无靠只好忍气吞声，现在是在这里，在他的房间里，用不着再受那份窝囊气了。他立即转向弗丽达，同她商量一次重要出访的事，说他必须立即进行这次访问，而且要尽可能穿得讲究些。弗丽达不再细问，立刻叫那两个此刻正琢磨新台布的助手，吩咐他们把K.就要脱下来的外衣和靴子拿到下面院子里去好好刷干净。她自己则从晾衣绳上拿下一件衬衫，跑到下面厨房里熨烫去了。

现在K.同那位重又默默坐在桌旁的教员单独在一起了，他让客人再等一会儿，自己脱下衬衫，到洗脸池边擦洗起来。到了这个时候，即当他背对着教员时，才开口询问他的来意。"我是受村长先生的委托来的。"他说。K.表示想听听是什么委托。由于K.的话音在水声干扰下听不清楚，教师只得走近一些，靠在K.身旁的墙上。K.以计划中的访问十分急迫为理由，请教员原谅他现在必须洗一洗，原谅他现在无法安下心来。教员对此不置可否，只是说："您对村长先生这位劳苦功高、经验丰富、备受尊敬的老前辈也太不客气了。""我不知道我对他有什么不客气的地方，"K.一边擦干身上的水一边说，"但是，要说我当时因为得考虑别的事而没有想到应该有高雅的风度举止，那倒是对的。为什么要想别的？因为事情关系到我的生存，我的生存受到可耻的官府办事作风的威胁，这套处理事务机制的详细情况我用不着向您做什么说明，因为您本人就是这个官府机构的一名活动分子。村长抱怨我了吗？""他向谁去发牢骚抱怨您呢？"教员说，"即便上头有人倾听，但难道他这个人会诉苦抱怨吗？我只是根据他的口述，整理了一份关于您同他谈话的简短记录，仅从这份材料中我对村长先生的善意、对您答话的语气就有了足够的了解。"K.一面找梳子——一定是弗丽达归掇屋子时把它收起来了——，一面说："什么？一份记录？背着我让一个谈话时根本不在场的人事后整理出一份记录？这可真不简单呀。请问究竟为什么要记录？难道那次谈话是一次官方的公务来往？""不，"教员说，"是半官方的，记录也是半官方的，这样做仅仅因为我们这里任何一件事都必须符合严格的制度。无论如何现在这份材料已经是白纸黑字，它不会给您脸上增添光彩的。"这时K.终于找到了梳子——它滑到被子里去了——，心情平和了一些，说道："白纸黑字就白纸黑字吧。您就是特地来告诉我这件事的吗？""不是，"教师说，"但我不是一部机器，是个活人，我得把我的看法告诉您。而我受委托来这里一事则进一步证明了村长先生的善意；我要强调一下：我自己并不理解这种善意，我只是职务在身，身不由己，再就是怀着对村长先生的敬意才来执行这个委托的。"现在K.已经梳洗完毕，安然坐在桌旁等着衬衫和其他衣服，他并不怎么急于想知道教员给他带来什么信息；另外老板娘对村长那不屑一提的态度也影响了他。"现在大概已经过了中午吧？"他心里想着要上路的事发问道，然后又改口说，"您刚才说要向我传达村长的什么话来着。"——"唔，是的，"教员说，耸了耸肩，似乎想以此摆脱自己对这事的任何责任，"村长先生担心，如果关于您的事的决定迟迟不能下达，您会自作主张采取欠考虑的行动，至于我，我不明白他为什么要担心；我的看法是您爱做什么就做什么好了。我们又不是您的守护神，没有责任您走到哪里跟到哪里。可有什么法子呢。村长先生持不同的看法。决定本身是伯爵大人当局的事，村长当然无法让它快些下达，然而他可以而且也准备在他的权限范围内作出一个临时的、真正是豁达大度的决定,现在问题只在您接不接受这个好意,那就是:作为临时措施,他先给您提供一个学校勤杂工的工作。"K.首先并不怎么在意提供他的是什么工作,倒是觉得给他提供一个工作这个事实本身颇能说明一些问题。这是一个迹象,表明村长认为他有能力为保护自己而采取某些行动,而为了防范这些行动使其不致危及自身,村公所甚至觉得作出某些破费也值得。他们是多么重视这件事呵!这个在这里等了他好一阵、来之前又整理了文字记录的教员,肯定是被村长下一道十万火急的命令催赶到这里来的!

教员看到他的话真的使K.动了心,开始考虑这个建议了,便接下去说:"我当时提出了反对意见。我指出我们一直不需要勤杂工,教堂司务的女人时不时来打扫一次,我们的女教师吉莎小姐负责督促她也就可以了,我自己光对付那帮孩子就够受的,不想再跟一个什么勤杂工怄气。村长先生回应说,可现在学校里确实很脏。我照实情对他说,情况并不是那么严重。然后我又补充说,难道我们用这个人当勤杂工就能使情况好转?肯定是不会的。撇开他完全不会干这些杂活不谈,拿住处来说,学校只有两间大教室,没有多余的房间,这个勤杂工来了只好同他的家属住两间教室中的一间,在那里睡觉,也许还要在那里做饭,这当然不可能改善学校的卫生状况。但是村长先生指出,这个工作对您来说是救您的急,所以您是会全力以赴,忠于职守的,村长先生又说,争取了您,我们同时也就争取到了您的妻子和助手作为劳动力,这样一来不仅学校那所房子,就是校园也可以保持最佳的清洁整齐状态。他这些话我全都轻而易举地驳倒了。最后村长再也提不出什么理由为您说好话,便笑着说,您不是土地测量员吗,那自然能把校园里那些花坛整治得笔直漂亮呵。您看,玩笑话是没法反驳的,于是我就带着他的委托到您这儿来了。""您过虑了,老师,"K.说,"我是决不会接受这个职位的。""这太好了,"教师说,"太好了,您这是毫无考虑余地的断然拒绝。"说完他拿起帽子,鞠了一躬,走了。

紧接着,弗丽达神色慌乱地跑上楼来,手里的衬衫并未熨过,问她话也不回答;为了给她打打岔,K.把刚才教师在这里的情况和学校的聘用建议讲给她听,但她还没有听完就把衬衫扔在床上跑了。过一会儿她再次回来,然而是同教员一起,教员一脸的不高兴,对K.不理不睬。弗丽达请他再耐心等一下——显然在到这里来的路上她已经求过他多次了——,然后就拉着K.穿过一道他原先完全不知道的侧门来到隔壁阁楼上,在那里激动得上气不接下气地给他讲她遇到的事。原来,老板娘因为自己在K.面前竟降低身份说了那么多心里话而大动肝火,更糟的是竟在关于同克拉姆会见的问题上对K.作出了让步,而且得到的结果用她的话来说只是冷冰冰的、毫无诚意的拒绝,盛怒之下她决心不再让K.在自己店里待下去了;要是他同城堡有联系,那么就请他自己赶快去利用这些渠道吧,因为他必须在今天之内,不,必须现在就离开这里,只有接到官方强制性的直接命令,她才会再次接纳他,但是她不希望出现这种情况,因为她同城堡也有不止一条联系渠道,她是知道怎样让它们发挥作用的。另外,他之所以来到店里纯粹是老板疏忽大意的结果,他本人也不是非住这儿不可,今天早上他还得意洋洋地夸口说有个地方为他预备好了住处呢。老板娘说，弗丽达当然应该留下来，如果弗丽达要同K.一起搬走，那么她作为老板娘会非常伤心，在下面厨房里她一想到这个就禁不住哭起来摔倒在炉灶旁边，她这个可怜的、有心脏病的女人！但是，现在事关克拉姆的荣誉（至少在她的想象中是如此），她哪里还有别的什么办法！弗丽达说，老板娘的情况就是这样。弗丽达呢，她说她当然会跟随K.走遍天涯海角，这当然无须多讲，可无论如何他们两人的情况现在都非常糟糕，所以她对村长的建议感到欢欣鼓舞，即使这工作对K.不合适，但人家不是特别说明了吗，它只是临时的，这样做可以赢得时间，容易再找别的工作，即便上头的最后决定下来对他不利也无妨。"万不得已时，"最后弗丽达大声说，她这时已搂着K.的脖子，"我们就出走，到外地去，这个村子有什么值得我们留恋的？可眼下呢，我最亲爱的，唔，我们就先答应做这个工作吧，我把老师拉回来了，你就对他说声'我同意'，别的什么都不要再讲，我们这就搬到学校去。"

"这可糟了，"K.嘴上这样说，心里却并没有把事情看得太严重，因为住什么地方他不太在乎，另外他现在只穿着内衣待在这里两边无墙无窗、仅有一股冰冷刺骨的穿堂风的阁楼上，也感觉冷得厉害，"现在你刚把房间归掇得整整齐齐舒舒服服，我们就要搬走！我真是很不乐意、很不乐意答应接受这个工作呵！在这个小小的教员面前表现得那么低声下气我已经很不自在了，何况还要让他做我的上司！哎呀，要是能在这里再待上一小会儿也好，或许今天下午我的情况就会有变化也难说。至少如果你能留在这里，我们就可以等着瞧，可以先给那教员一个不肯定的答复。至于我，如果需要，找个住处总还是很好办的，真的，在巴纳——"没说完弗丽达就用手掌捂住他的嘴。"别说了，"她胆怯地说，"求你别再说这个了。除了这点我什么都依你。要是你愿意，我就一个人留在这里，不管这样我多么伤心。要是你不愿意，我们就回绝人家，不管这样做我觉得多么不对。因为你看吧，要是你找得到另外的工作，就说今天下午就能找到吧，那么我们当然马上就放弃学校这个工作，谁也不会阻拦我们。说到在教员面前低声下气嘛，那么你让我来管这事好了，不会这样的，我会去同他谈，你只消一声不响站在一边就行，以后也是一样，如果不愿意你永远不必跟他说话，实际上只有我一人是他的下属，甚至我也不一定非当他的下属不可，因为我知道他的弱点。所以，如果接受这工作我们什么损失也没有，而要是拒绝，那损失就大了，特别是如果你不是今天以内就从城堡方面得到点什么，那么你在村里不论什么地方就都真的不能给自己哪怕是一个人找到住处，我的意思是说找到一个住处而不让我这个你未来的妻子感到寒碜。如果你没有住处，那么难道你要我睡在暖暖和和的屋子里、心安理得地想着你在外面黑魆魆的夜里顶着冷风东跑西颠吗？"K.这一阵子一直把两臂交叉抱在胸前，用手不断敲打后背以暖和暖和身子，现在他说："这么说是一点别的办法也没有，只好答应了。走！"

一到屋里，他立刻跑到火炉边去，教员在那里他根本不理不睬；这人坐在桌旁掏出表来，说道："时间已经很晚了。""可是好在我们大家意见完全一致了，老师，"弗丽达说，"我们答应做这个工作。""好，"教员说，"可是这个工作是提供给土地测量员先生的，他本人必须表明态度。"弗丽达来帮K.说话，"当然，"她说,"他答应做这个工作,难道不是吗,K.?"这样一来,K.就可以把他的表态压缩到只剩一个"是"字,甚至还不必对教员,而是对弗丽达说。"那么,"教员说,"我现在需要做的只还有一件事,即向您明确您的职责,以便我们在这方面自始至终保持一致:您,土地测量员先生的职责是每天清扫两间教室,在教室里生火,对楼内及学校的工具及体操器材如有轻度损坏进行修理,保证校园中路上没有积雪,负责为女老师和我递送文件,天暖和时还要负责校内全部园艺工作。与这些职责相适应,您有权在两间教室中挑选一间住宿;但是,如果不是两间教室同时上课,而您恰好在上课的那间住着,那您当然必须搬到另一间去。您不得在校内做饭,而是由村里出钱,让您和您的家属在这家酒店用膳。至于您的行为举止必须无损学校的尊严,特别是决不能让孩子们亲眼看到(尤其在上课时更不行)您家庭内部某些令人不快的场面,我这里只是附带提一提就够了,因为您是个有教养的人,一定明白这一点。与此有关,我这里还要提出,我们不能不坚决要求您尽快把您同弗丽达小姐的关系合法化。就我刚才讲的这些内容,再加上其他几件小事,我们要拟定一份供职合同,您一搬进学校就必须签署这份合同。"教员说的这一大套K.觉得都不重要,好像这与他无关,或至少对他没有约束力,只是教员那股子傲气激怒了他,于是他轻描淡写地说:"说来说去不过也就是一些很一般的职责罢了。"为减弱这话的影响,弗丽达出来打圆场,问薪水多少。"是否发给薪水,"教员说,"要试用一个月后才能考虑。""这对我们可太苛刻了,"弗丽达说,"要我们几乎两手空空地结婚,要我们白手起家白手安家!老师,我们能不能向村公所递一份申请，请求马上发给我们一小笔薪水？您看这样做合适吗？""不行，"教员说，他一直是冲着K.讲话，"只有经过我推荐，这样的申请才能获得批准，但我是不会推荐的。分配您这个职位只是对您的一种善意照顾，而对于一个责任感强的公职人员来说，这类善意照顾是不能做得太过分的。"现在K.终于忍无可忍，几乎违反他的本意插嘴了。"说到善意照顾嘛，老师，"他说，"我认为您错了。恐怕说我是在善意照顾人更合适吧。""不对，"教员微笑着说，他很得意总算把K.的嘴巴撬开了，"这方面的情况我非常了解。我们对勤杂工需要的迫切程度，就跟对土地测量员的差不多！不论勤杂工还是土地测量员，都是我们背上的包袱。雇勤杂工我还得大伤脑筋，考虑如何向村公所说明这笔开支的必要性。干脆把要求扔到桌上而根本不作任何解释，那样最好、最符合实际情况了。""我正是这个意思。"K.说，"您是违心地、无可奈何地接受我，虽然这事要让您大伤脑筋，可您还是不得不接受我。好了，如果某人被迫接纳另一个人，而这另一个人顺从了，愿意让他接纳，那么，总该说是这另一个人是善意照顾他吧。"——"真是奇谈怪论，"教员说，"究竟是什么迫使我们接纳您？是村长先生那颗善良的、过于善良的心迫使我们这样做！现在我看得很清楚，土地测量员先生，您得丢掉您那些稀奇古怪的念头，否则恐怕就无法做一个有几分用处的勤杂工了。对于发不发薪水一点来说，您这些言论当然也只能是帮倒忙。还有，令人遗憾的是我又发现您的品行以后还会给我带来许许多多麻烦；看吧，您和我谈话这么长时间了，可一直——我是瞪大眼睛不断看着，简直就不相信有这种事——只穿着背心裤衩。""对了，"K.一拍巴掌，笑起来说道，"这两个助手真够可以的！他们到底在哪儿杵着？"弗丽达忙向门口跑去，教员感到现在想再让K.同自己谈话已不可能了，就问弗丽达，他们打算几时搬进学校。"今天。"弗丽达说。"那么我明天早上到学校查看一下。"教员说，然后挥手告辞，打算从弗丽达为自己打开的那道门出去，但在那里却同原先住在这里的那两个女仆撞了个满怀，原来她们已经抱着自己的东西回来，准备在这屋里重新安家了，两人简直就是横冲直撞，教员不得不左躲右闪地从她们中间穿行，弗丽达跟在他后面走了出去。"你们也真够性急的，"K.说，这一回他对她们非常满意，"我们还没有走你们就非得搬进来了？"两个女仆不回答，只是不好意思地把抱来的大捆衣物翻了一个个儿，于是K.看见他早先见过的那些脏兮兮的破衣烂衫从包袱皮里耷拉出来。"你们大概从来没洗过这些东西吧。"K.说，话音里并不带气而带有某种怜爱。她们也觉出了这点，同时咧开她们那棱角分明的嘴巴，露出两排美丽的、像动物牙口一般健全的牙齿，不出声地笑着。"来吧，"K.说，"把你们的东西铺开放好，这是你们的房间呀。"当她们仍犹豫时——大概她们觉得自己的房间变得面目全非了吧——，K.就拉起其中一人的手臂，准备帮她迅速行动起来。但他立即又撒了手，因为两人目光极度惊讶，她们互使一个会意的眼色，然后就目不转睛地盯着K.。"现在你们总算把我看够了吧。"K.一边说一边力图驱散淤积在心中的某种不舒服的感觉，他拿起弗丽达刚送上来（两个助手紧紧地跟着她，弄得她有点不好意思）的衣服和靴子，一一穿起来。他一直就不明白，现在仍然不懂：为什么弗丽达对两个助手竟有那么大的耐心。他们本应在院里刷衣服的，她下去找了半天，才发现两人在底下心安理得地吃午饭，衣服没刷，而是揉成一团放在腿上，于是她只得自己动手去刷那几件衣服，她很会驾驭下人，完全不同他们吵，并且，在他们面前数落他们太不认真时就像讲一个小笑话那样，甚至还像讨好似的用手指轻轻弹一下其中一人的脸。K.打算过一会儿就这一点好好说说她。但现在刻不容缓的事是赶快走。"两个助手留在这里帮你搬家。"K.说。可是他们不同意，两人这会儿已经填饱了肚子，兴高采烈地很想活动活动筋骨。直到弗丽达说"当然啦，你们留下"时，他们才顺从了。"你知道我现在要到哪儿去吗？"K.问。"知道。"弗丽达说。"那么你不再阻拦我了？"K.问。"你会遇上许许多多阻碍的，我说句话管什么用？"她给了K.一个告别的吻，因他还没有吃午饭，又给了他一小包她从楼下为他捎来的面包和香肠，提醒他不要再回这里而是直接去学校，然后就一手扶着他的肩，把他送出门外。

第八章
等待克拉姆

撇开别的先不说，K.首先庆幸自己终于摆脱了热烘烘的屋子里两个女仆和两个助手的纠缠。户外温度已是零下，有一点冰冻，雪冻得更硬，路也就好走些了。只是这时天色已渐渐暗下来，他加快了步伐。

城堡的轮廓已渐次模糊，它仍一如既往，一动不动地静卧着，K.还从未见到那里有过哪怕一丝一毫生命的迹象，或许站在这样远的地方想辨认清楚什么根本不可能吧，然而眼睛总是渴求着看到生命，总是难以忍受这一片死寂。每当K.观看城堡时，他往往有一种感觉，似乎他在观察着某个人，这人安然静坐，两眼直视前方，但并非陷入沉思而不能对周围事物作出反应，而是自由自在、无忧无虑；犹如一人独处，无人在观察他；可是他又不得不觉出有人在看着他，然而这又丝毫也不能打扰他内心的平静，的确——不知是原因呢，还是结果——到后来，观察者的目光到底还是坚持不住而移往别处去了。这一印象今天由于天黑得早而更加强烈，他看城堡时间愈长，能辨认出的东西就愈少，眼前一切就愈加陷入一片朦胧混沌之中。

K.来到还没有上灯的贵宾楼时，恰好二楼一扇窗子打开了，一个胖胖的、穿着皮上衣、脸刮得光光的年轻人从窗口探出身来，然后呆住不动了。K.向他招呼问好，可对方毫无反应，连一丝点头作答的影子都没有。在门厅和酒吧里K.均未遇上任何人，泼洒在地上的啤酒散发出比上次更刺鼻的气味，这种事在"大桥"酒店大概是不会有的吧。K.径自向上回窥视过克拉姆的那道门走去，轻轻按下门把，可是门从里面闩上了；然后他试着去摸那个窥视孔，但也许小孔的挡板装得太严丝合缝了吧，他光用手摸怎么也摸不到，于是他划着一根火柴。火光一闪，他被"呵"的一声吓了一跳。原来，在门和服务台之间，离火炉不远处，一个少女蜷缩在角落里，火柴闪亮时她吃力地睁开惺忪的睡眼盯着K.。显然，她是弗丽达的接替人。她迅速恢复了镇定，拧开了电灯，脸上仍余怒未消，这时她认出了K.。"哦，是土地测量员先生。"她微笑着说，一面把手伸给他，自我介绍道，"我叫佩碧。"她小个子、红脸蛋、金黄中微呈红色的头发编成一条粗大的辫子，脸庞四周鬈发丛丛，身穿一件松散宽大很不合身的、用光洁的灰色衣料做的连衣裙，腰间像孩子般很不利索地系着一条绸带，绸带尽头处打了个蝴蝶结，这带子看样子勒得她挺难受。她问起弗丽达，问她是不是不久就要回来。这问题简直近乎恶意挖苦。"我是弗丽达刚走，"她接着说，"就被紧急调来的，因为这里不是随便哪个女人都能顶得上用场的，来这儿前，我是客房女招待，不过换到这里来可不是什么美差。这儿晚上、夜间活儿很多，太累人，我都快受不了啦，弗丽达不想再干下去我一点也不奇怪。""弗丽达在这里是非常满意的。"K.说，以便让佩碧明白她和弗丽达的不同，这个区别她是忽略了。"您可别信她的。"佩碧说，"弗丽达很会克制自己的感情，没几个人有她这种本事。要是她不愿承认做了一件事，那她就是硬不承认，可是别人根本看不出来其实正是她自己干了那件事情。我在这里同她一起干活好几年了，我们一直睡一张床，可我跟她还是不熟，肯定就是现在她也不再会想到我了。也许她唯一的朋友就是大桥酒店那个上了岁数的老板娘，这也很能说明问题哟。""弗丽达是我的未婚妻。"K.一边说一边顺便寻找门上那个窥视孔。"我知道，"佩碧说，"所以我才说这些。要不讲这些有什么用呢。""我懂了，"K.说，"您的意思是说，我可以为追上了一个这么含蓄内向的姑娘而骄傲了。"——"对。"她说着发出满意的笑声，那神情，好像她已经争取到K.同自己就弗丽达这个人达成了一项心照不宣的默契似的。

但是此刻K.脑子里转着的、弄得他不能集中精力找门上窥视孔的，其实倒不是她说的这番话，而是她的外貌以及她这个人在这里这件事情本身。当然，她比弗丽达年轻得多，几乎还带着稚气，她衣服也很可笑，显然她是根据自己对一个酒吧女郎的重要性所作的夸大设想来穿着打扮的。另一方面这些设想从她的角度来看又不无道理，因为，这个她根本不适合做的工作，大概是在她并没有突出表现的情况下意外地让她来临时做一做的，就连弗丽达在这里时经常掖在腰间的那个小皮包，人家也还没有放心地转给她使用。口称对这工作不满意嘛，实际上不过是炫耀自己有能耐罢了。但是无论如何，不管她多么幼稚、多么糊涂，却很可能同城堡有一定的关系，要是她没有说谎，她不是当过客房女招待吗？她真是不知道自己拥有一笔财富却在这里糊里糊涂混日子呢，但是，拥抱一下这个胖胖的、稍微有点虎背的娇小身子，虽说还不能一举把她这笔财富完全夺到手，然而却可以有点滴收获，鼓舞自己去走面前这条艰难的路吧。那么，同她在一起跟同弗丽达在一起也许没有两样？呵不，还是不一样。只消想想弗丽达的眼神，就能明白这一点了。K.是决不会碰佩碧一下的。可是现在他不得不用手把眼睛挡住一会儿，因为他是那样馋涎欲滴地盯着她。

"现在用不着开灯，"佩碧说，又把电灯关了，"刚才只是您把我吓着了我才开灯的。您到这儿来有事吗？是不是弗丽达忘了什么？""是的。"K.说，指了指门，"这隔壁屋里的一块桌布，一块手工编织的白桌布。""对，是她的桌布，"佩碧说，"我记得的，织得真好，我帮着她一起织的，可是恐怕不在这间屋子里。""弗丽达说在里面。谁住这儿呀？"K.问。"没人住，"佩碧说，"这是贵宾室，贵客们在这里吃饭喝酒，我的意思是说这屋子是派这个用场的，但大部分客人都待在楼上自己的房里不下来。""要是我知道，"K.说，"现在隔壁没人，我还真想进去找找那块桌布。但我拿不准，比如克拉姆就常常喜欢坐在里面。""克拉姆这会儿肯定不在里面，"佩碧说，"他马上就要乘车离开这里，雪橇已经在院里等着了。"

K.一听到这个，一句对佩碧解释的话也没有就马上离开了酒吧，来到门厅后也不是向大门而是转身向酒店后院跑去，三步并作两步，很快就到了院里。呵，这里是多么寂静、多么让人感到舒坦呀！一个四四方方的院子，三面被酒店环抱，另一面临街——是一条K.不知道的侧街——，只隔着一堵高高的白墙，墙正中是一道又大又重的门，此时敞开着。在这里，从院子一侧看去，酒店似乎比从正面看要高些，至少是这后面整个二楼完全扩建过，从这里看显得比前面大，因为它四周加盖了一条木结构的封闭式游廊，只留出了一条齐眼高的很细的缝隙与外界沟通。在K.的斜对面，有一个通进酒店的入口，敞开着，没有门，这入口仍属于酒店主建筑，但已接近同侧楼连接的拐角处了。入口前停着一乘加了篷的、套好了两匹马的深色雪橇。由于离得较远，此时在昏暗的光线中K.只能隐约觉出车夫的身影而看不清他的外貌，除了他之外这里就见不到任何人了。

K.两手插在衣兜里，小心翼翼、左顾右盼地沿着白墙附近走，走过方形院子两条边，来到了雪橇跟前。车夫是最近去过酒吧的那些农民中的一个，他紧裹在皮袍里，无动于衷地看着K.向雪橇走来，就像看一只猫爬过来似的。就是K.已经站在他身边，同他打招呼，甚至连两匹马也被这个从黑暗中冒出来的生人惊动了时，他也仍然纹丝不动，呆若木鸡。对此K.感到正中下怀。他靠在墙上，把食品包打开，心里很感激弗丽达，她替他想得多周到呵，接着便偷偷往房子里窥探。只见那里有一道楼梯从上面通下来，中间拐了一个弯呈直角形，在下面又垂直地接上一条低矮的、然而似乎很长的走道，墙壁全刷得白白净净，映入眼帘的都有棱有角、轮廓分明。

在这里等待的时间比K.预料到的要长些。面包香肠他早吃完了，寒气袭人，薄暮已让位给伸手不见五指的黑夜，而克拉姆却迟迟不出来。"可能还要过很久很久呢。"一个粗嘎的声音突然在他耳边响起，吓了他一跳。原来这是车夫，他好像刚睡醒，一边伸懒腰一边大声打呵欠。"什么事还要过很久很久？"K.问，心中对这句话不无感激，因为这无休无止的寂然无声和紧张等待早已使他腻烦了。"到您离开这里那会儿。"车夫说，K.不大明白他的意思，但也不再追问，他感到这是让摆架子的人开口的最好办法。在这个黑魆魆的地方，发问而得不到回答简直让人恼火。真灵，车夫过了一小会儿果真开口了："您想喝口白兰地吗？""太好了。"K.不假思索地说，现在他正冻得打寒战，这层好意对他诱惑实在太大。"那么请您打开雪橇门，"车夫说，"侧面那个口袋里有几瓶，您拿一瓶，喝几口再递给我。我穿着皮袍下来太不方便。"K.本不喜欢像这样给他递东西，不过既然已经同他搭上了腔，也就依着他，甚至不惜冒着可能在开雪橇门时克拉姆突然出现的危险。他打开那扇宽宽的门，本可以立即从拴在门后那个袋子里取出一瓶酒，但门既然开了，一股强烈的好奇便油然而生，他按捺不住，很想进去哪怕只坐上几秒钟也好。于是他轻轻一纵身跳了进去。雪橇内暖和异常，并且虽然车门大开着——K.不敢关上它——仍一直暖和如初。他一点不知道是否坐在一张凳子上，因为身下是一大堆毛毯、软垫和皮衣；人坐在里面身子可以变换各种方向，随意伸胳膊蹬腿，无论怎么活动都陷进一堆软绵绵、暖融融的东西里去。现在，K.伸开两臂，头靠在一堆软垫上——里面这东西真是唾手可得——，从雪橇里向昏暗的房子深处看去。为什么克拉姆这么久还不下来？K.在久立雪地之后被这里面那暖烘烘的空气弄得有点昏昏沉沉的，心里只盼着克拉姆赶快出来。至于最好别让克拉姆撞见他像现在这样待在雪橇里，这个念头仅在他脑中一闪而过，留下一点点怅然的余味。车夫的态度对他这种憎然忘乎所以的精神状态无异是一种支持，因他明知K.在雪橇里待着而不闻不问，连白兰地也不向他要了。唔，他的确挺会照顾人，不过原先是K.要帮他一个忙呀；想到这里K.笨拙地、一点不改变自己的姿势伸手去够门后挂着的口袋，然而不是开着的那扇门，那门离他太远，而是身后另一道关着的门，其实倒也无所谓，这扇门上反正也挂着几瓶酒。他抽出一瓶，拧开了盖子，拿起来闻了闻，不禁微微笑了，那气味真是香气袭人、甜美无比，犹如一个人听见一个他非常喜欢的人夸他，尽说好听话，然而他一点不知道那人到底在说些什么，也根本不想知道他说什么，只知道是他，是这个自己最喜欢的人在娓娓而谈从而心里感到无比舒畅。"这真的是白兰地吗？"K.将信将疑地问自己，满怀好奇尝了一口。不错，确实是白兰地，真奇怪这儿竟有它，辣乎乎、热烘烘的。怎么会一喝到嘴里就变了味呢，从一种几乎只散发出甘美馥郁清香的酒，一下子变成一种只适合车夫的口味的饮料！"这怎么可能呢？"K.自问着，似乎在自责，接着又喝了几口。

这时——正当K.往下咽一大口酒的当儿——周围豁然一亮，电灯一下子全打开了，楼里是楼道、走廊、门厅，楼外是那个敞开的出入口的上方，霎时间灯火通明。下楼梯的脚步声清晰可闻，K.手里的酒瓶子滑落了，白兰地洒在一件皮外衣上，K.一跃而起跳出了雪橇，他刚来得及把门撞上——这发出一声巨响——，便见一位先生慢条斯理地从房子里走了出来。现在唯一令人感到宽慰的是，此人并非克拉姆，或许恰恰是这一点令人深感遗憾？来人是K.先前在二楼窗户里看见过的那位先生。这位年轻的先生保养得极好，皮肤白里透红，但表情十分严肃。K.也阴沉着脸注视他，然而这阴沉的眼神是针对他自己的。他心想：还不如把两个助手派来呢；刚才自己做的那些事，他们也一定完全做得来。现在，他眼前这位先生仍一直沉默不语，就好像他那过于宽阔的胸膛里现存的空气不够用，无法将他想说的话说出来。"这太不像话了。"可过了一会儿他还是开口了，同时抬手把戴得过低的帽子微微向上推了一下。什么？这位先生大概总不至于知道K.刚在雪橇里待过一阵吧，怎么他竟觉得有什么事不像话？比如说，他是在指责K.不该私自闯到这后院来吗？"您是怎么到这里来的？"没等K.想出个头绪，这位先生已经轻声动问了，他已呼出了胸膛里的积气，露出对既成事实无可奈何的神情。这叫什么问题呵！要他怎么回答呀！难道要他K.郑重其事地亲口向这位先生承认，他抱着这么大的希望来到这里又是白费力气了？ K.不答话，而是转身向雪橇走去，打开门把忘在里面的帽子拿了出来。这时他颇不痛快地发现，白兰地还在滴滴答答落在踏板上。

然后他又转向那位先生；现在他对让这人知道自己刚才在雪橇里待过已经没有顾虑了，他知道这一点也还不是最糟糕的事；如果这人问起来，当然也只是在他主动问起时，他不想隐瞒是车夫让他去的，至少是他让他打开雪橇门的。真正糟糕的是，这位先生猝不及防地走了出来，就使他来不及回避以便过后再无所顾忌地继续等候克拉姆，或者说糟糕的是他刚才没有做到遇事不慌，镇静自若地在雪橇里待着，把门关上坐在那里面的皮大衣上等克拉姆，或者至少在那里先待着，等这位先生走远了再说。不过话又说回来，他原先怎么可能知道这个现在出来的人一定不是克拉姆本人？如果知道是克拉姆出来，那么自然是在雪橇外面迎接他要合适得多。是的，刚才还有考虑的余地，可现在一点没有了，因为事情已经过去了。

"您跟我来。"那先生说,这话其实本身不带命令语气,但命令不在话音里,而在那伴随这句话的短促的、有意做得若无其事的一个挥手动作里。"我在这里等一个人。"K.说,这时他已不抱任何成功的希望,而只想笼统地说说算了。"您跟我走。"那位先生再次坚定不移地说,似乎想表示他从未怀疑过K.在等一个人。"可是一走开我不就错过了我等的那个人了吗。"K.耸耸肩说。无论有过多少波折,他觉得到目前为止自己争取到的可说是一笔财富,虽说现在他抓在手里的是一份无影无形的虚财,但也不能一听到谁随便发个什么命令就轻易把它扔掉吧。"您反正是要错过他的,等和走都一样。"那位先生说。这话的内容本身虽然冷酷,但对处于目前思想状况中的K.来说却很像句软话。"那么我宁肯在这里等着错过他。"K.仍硬顶住,他决意不让这个年轻人几句话就把自己从这里赶走。之后,年轻人把头微微向后一仰,脸上带着一种优越的神态闭目少顷,似乎在表示他要从K.那不可理喻的态度转回到自己通情达理的立场上来,又用舌头舐了一圈那微开的嘴唇,然后对车夫说:"把马的套具卸了吧。"

车夫对这位年轻先生的吩咐表现出唯命是从的样子,同时狠狠地乜斜了K.一眼,现在他不得不穿着皮外衣从驾驶座上跳下来,拉着马开始把雪橇退着向侧楼推去,显然那里的一道大门后面便是马厩和车房,他拉马动作犹犹豫豫,好像在等什么,不是等年轻人发出相反的命令,倒像在等着K.改变主意似的。K.眼见只剩下自己一人留在这里,这一边,雪橇逐渐离他远去,那一边,沿着他刚才来的路,那年轻人也走远了,当然,两边走得都很慢,似乎在告诉K.，现在扭转局面把他们叫回来的权力仍操在他自己手里。

也许他有这种权力，但这权力对他却没有丝毫用处；把雪橇叫回来无异于把自己赶走。于是他一声不吭，成了这儿成功固守阵地的胜利者，然而这胜利却不能给人带来喜悦。他一会儿目送年轻人，一会儿目送车夫远去。年轻人这时已走到K.先前进院的那道门，他再次回过头来看，K.隐约觉得他在为K.的顽固不化不住摇头，然后，毅然一转身进了门厅，接着就消失了。车夫在院子里时间要长些，他在雪橇上还有不少活，他得打开那沉重的厩门，把雪橇退着推回原位，给马下套然后牵回马槽边，这一切他做得严肃认真，旁若无人，一点没有流露出希望不久再套车出行的情绪；K.感到这种一声不响、目不斜视、对K.不屑一顾、一个劲儿只管干活比那年轻先生对他的责怪要厉害得多。现在，马厩里的活干完了，车夫便慢吞吞、摇摇晃晃地横穿过院子，关上大门，又走回来，每一步都很慢，简直就像是在细看自己在雪地里踩下的脚印，然后便把自己锁在厩里，接着各处的灯也全关了——开着灯给谁照亮呢？——只剩上面木结构的回廊上那条细缝还透出光亮，可以稍稍吸住人那游移不定不知所之的目光，到这时，K.突然觉得似乎人们斩断了一切同他的联系，似乎他现在比过去任何时候都自由，可以在这块原是禁止他来的地方愿等多久就等多久，并且他是经过奋斗争得的这个自由，这点很少有谁能做到，现在谁也伤不了他一根毫毛或是把他赶走，甚至谁都不得跟他说上一句话；虽然如此，但同时他又觉得——这个想法至少同上面的感觉一样强烈——世界上再没有比这种自由、这种等待、这种刀枪不入的状态更荒谬、更让人绝望的事了。

第九章
抵制审问

他下了个狠心使劲挪动步子，走回贵宾楼酒店去，这一次不是沿着墙走，而是在院子中央踏雪前进，在门厅里遇见了店老板，老板向他默默点头招呼，又向他指指通往酒吧的门，他只觉浑身发冷，也想见见人，便顺老板所指的方向走去。但是，当他看见在一张兴许是特意临时支起的小桌旁——因为平时那儿只放几个酒桶权且充作座位——端坐着那位年轻先生，而在他前面——这场面K.看了心里觉得压抑——看着大桥酒店老板娘时，他感到非常失望。佩碧得意地扬着头，脸上挂着永远一成不变的微笑，看得出她充分意识到自己那不容置辩的风光体面，每一转身都把发辫一甩，在酒吧里来往穿梭奔忙着，这时又拿来啤酒、墨水和钢笔，原来那位年轻先生面前桌上摆满了一份份摊开的文件纸张，他一会儿在这张纸上，一会儿又在桌子另一端的一张纸上找到某几个数字，将两者进行比较，现在正准备写点什么。老板娘的眼睛从高处向下俯视，她嘴唇稍稍翘起，好像很心安理得地看着年轻人和那堆文件，那神情似乎表示她已经把最重要的事全部说完，她的话也都毫无遗漏地记录下来了。"土地测量员先生，终于来了。"年轻人在K.进来时抬头望了他一眼说，话音一落便又埋头纸堆。老板娘也只向K.投来漠然的、毫无惊异之色的一瞥。佩碧则似乎是当K.来到柜台前要一杯白兰地时才看见他。

K.靠在柜台上，一只手捂住眼睛，对周围的事一概不予理会。然后他呷了一口白兰地，把杯推回去，说这酒简直没法喝。"所有的贵宾都喝这种酒嘛。"佩碧只说了这一句，就把剩酒倒掉，冲洗了酒杯，把它放回架上去了。"贵宾们也还有比这更好的白兰地喝。"K.说。"可能吧，"佩碧说，"可是我没有。"说完她就算是招待完了K.，转身去伺候那位年轻先生了，可是那位现在并不需要什么，她就只是在他脊背后面打转转，从这边到那边，那边到这边，来回走动，每次都毕恭毕敬地试着越过他的肩膀看一眼桌上的文件；但她这样做纯粹是好奇，是装模作样抬高自己，就连老板娘也皱起了眉头对她这种做作颇感不满。

突然间，老板娘露出注意的神色，竖起耳朵，两眼直勾勾地视而不见，全神贯注地倾听着什么。K.回过头去，但他什么特别的也没有听见，看样子别人也没有听到什么响动，可是老板娘却踮起脚尖大步向通往后院的门跑过去，穿过锁眼往外看了看，回过头来时，眼睛便瞪得老大老大，腮帮涨得通红通红看着众人，然后用手指招呼他们过去，于是，众人便轮流趴在锁眼上往外看，看的次数最多的自然是老板娘，佩碧也屡受照顾，而与众人相比，对此最为冷漠的要算那位年轻先生了。佩碧和那位先生也在不多时以后就回到自己原来的地方，只有老板娘还在那里使劲张望，她腰弯得很低，简直都快跪倒在地上，这种样子简直就给人一种似乎她只是在那里苦苦哀求锁眼开恩放她出去的印象，因为这时外边院子里恐怕早就什么也看不到了。当她终于又直起身，两手在脸上抹了一把，理了理头发，深深吸了一口气，眯起眼睛做出一副很不情愿、勉为其难地不得不重新适应这房间和这里的人们的神态时，K.开口发问了——并不是想让她确证一下他已经知道是怎么回事，而是为了先发制人，免得再次受到打击，现在他已经成了惊弓之鸟，一想到可能受打击简直就心惊肉跳——："这么说，克拉姆已经乘雪橇走了？"老板娘不言语，从他身旁走了过去，而那位先生却从他的小桌那边回答道："毫无问题，走了。既然您放弃了您坚守的岗位，克拉姆当然就可以走了。可老爷非常之敏感，这真是太令人佩服了！老板娘太太，您注意到了刚才克拉姆老爷是多么焦躁不安地往四下里察看吗？"看来老板娘并没有注意到这一点，但那位先生仍接着说下去："唔，幸亏什么也看不出来，连雪地里的脚印车夫也全都扫平了。""老板娘太太什么也没有注意到。"K.说，然而他说这话并非出于某种希望，而只是被那位先生的话惹恼了：听他那口气，好像一切都成了定局，一切都无可挽回似的。"也许那会儿正好没轮到我从锁眼往院里看，"老板娘说，这话首先是为了袒护那位先生，接着她又想说明克拉姆没有任何一点不对之处，于是补充道，"不过，我不相信克拉姆会非常非常敏感。当然，我们生怕他受到打扰，想方设法保护他，我们是从设想他是个非常非常敏感的人出发这样做的，这是对的，肯定也符合克拉姆的意思。可是事实究竟怎样我们并不知道。不错，克拉姆不想跟谁谈话他就决不会跟这个人谈话，不论这人费多大力气，不管他怎么软磨硬泡也没有用，但是，克拉姆决不会跟他谈话、决不会主动让他来到自己面前，这个事实本身就足够了，为什么一定要说他真的是——看见某个人就受不了呢。至少这一点没法证明，因为这种例子是永远不会有的。"那位先生不住点头。"当然我的想法其实也是这样，"他说，"刚才我那些话措词上有些不同，这只是为了让土地测量员先生好懂些。不过克拉姆刚才出门跨进院子时，确实向左右两边来回看了好几次。""也许他是在找我吧。"K.说。"有可能，"那位先生说，"我还真没有想到这一层呢！"这句话引起全场哄笑，佩碧对所讲的这些几乎完全听不懂，可她却笑得最响。

"既然我们现在高高兴兴地聚在一起，"过了一会儿那位先生说，"我想恳请您，土地测量员先生，给我提供一些情况，以便对我这些卷宗里的材料作进一步的补充。""这里写下来的东西真是太多了。"K.说，一边从远处向那堆文件投去一瞥。"是呀。这是个坏习惯，"那位先生说着又笑起来，"可是您也许还一点不知道我是谁吧。我叫莫姆斯，是克拉姆的村秘书。"这话一出口，整个屋子里气氛顿时严肃起来；老板娘和佩碧虽说当然是认识这位年轻先生的，但在听到提及他的名字和光荣职务时仍为之一震。就连那位先生本人似乎也觉得自己说的话超出了自己的承受能力，似乎他想至少是躲避一下这句话中蕴含着的、说出后仍继续震撼屋宇的非同小可的威力，便赶紧埋头去看他的文件并提笔书写起来，以致屋里一时只听见笔在纸上划动的沙沙声。"村秘书？村秘书是做什么的？"少顷K.问道。莫姆斯认为在他作了自我介绍之后再亲自作这类解释是不合适的，于是老板娘便代他回答："莫姆斯先生是克拉姆的秘书，跟克拉姆另外好几个秘书一样，但他的办公地点，还有，要是我没有弄错，还有他的职务范围、职权范围——"这时莫姆斯一面写一面起劲地摇头，于是老板娘纠正自己的话说："这就是说，只是他的办公地点在这个村子，不是说他的职权范围仅限于本村。莫姆斯先生负责起草克拉姆在本村需要拟定的全部文件，最先过目和处理本村人呈送上来的所有申请书。"K.这时脑子还没有完全转过弯来，用失神的两眼木然盯着老板娘，弄得她有点发窘，于是她补充道："我们这里就是这样安排的，城堡的每位老爷都有一批自己的村秘书。"莫姆斯听这些话比K.专心得多，这时他补充老板娘的话说："绝大部分村秘书只为一位老爷服务，而我是同时为两位老爷办事，克拉姆和瓦拉贝纳。""对，"老板娘现在想起这点来了，便又对K.说，"莫姆斯先生为两位老爷办事，克拉姆和瓦拉贝纳，所以他是双重秘书。""嚄，秘书还外加双重。"K.一边说，一边向这时几乎完全趴在桌上抬起头来面对面瞅着自己的莫姆斯点头，恰似听别人夸一个孩子时向那孩子点头一般。如果说这种神态包含着某种轻蔑的成分，那么它不是没有被注意到，就简直是完全自找。怎么偏偏要在这个连让克拉姆偶然看上一眼的资格都没有的K.面前大夸特夸一个克拉姆手下人的功劳，毫不掩饰地意欲博得K.的赞赏呢！可是K.却一点不识抬举；比如，他现在是在千方百计要求一见克拉姆的，却不觉得一个能在克拉姆眼皮底下过日子的叫作莫姆斯的人的地位有什么了不起，更谈不上欣赏和羡慕，因为，说实在的，接近克拉姆本人并不是他认为值得追求的目标，而是：他K.要亲自（不是别人）带着自己的（不是其他任何人的）要求去会见克拉姆，会见克拉姆并不是为了在那里歇着而是经过他身边继续前进，到城堡里去。

于是他看了看表说道："现在我得回去了。"这话一说出口，情况马上变得有利于莫姆斯。"唔，当然啦，"莫姆斯说，"学校勤杂工的活在等着您。不过您还得再给我一分钟。只有几个简短的问题。""对此我不感兴趣。"K.说着便想向门走去。莫姆斯一捶桌上一份文件，站起来厉声说："我以克拉姆的名义要求您回答我的问题。""以克拉姆的名义？"K.重复道，"难道他会管我的事吗？""对这一点，"莫姆斯说，"我无权发表意见，您恐怕就更没有这个权利了；所以我们两个还是放心让他自己去决定吧。但是我凭着克拉姆授予我的职权，却可以要求您留下回答问题。""土地测量员先生，"老板娘插嘴说，"我不想再给您出什么点子了，我给过您不少劝告，我纯粹是为您着想，那是天底下最最好心的劝告了，可您不识好歹，全都顶了回来，我现在所以到秘书先生这儿来——我什么都用不着隐瞒——，仅仅是为了好好向村秘书汇报一下您的所作所为、您的意图，并且永远杜绝您以后再到我们店里留宿，我们之间的关系就是这样了，这种情况恐怕以后再不会有什么改变，所以，现在我说出自己的想法决不是为了帮助您，而是为了给秘书先生稍微减轻一点负担，他面对的是您这么个人，同您打交道这项任务真是太艰难了。话虽然这么说，可是正因为我是完全坦率的——同您打交道我只能坦率直说而不可能有别的方式，但即便这样我也是勉为其难——，所以只要您愿意，您还是可以从我的话里得到好处的。要是您愿意，我现在就请您注意：您想到克拉姆那儿去，唯一的通路就是先让这位秘书先生作记录。不过我也不想把话说过头，也许这条路还是通不到克拉姆那里，也许它在离他很远的地方就到头了，这全得看秘书先生的意思。但不管怎么说，对您来讲这是唯一一条至少是朝着克拉姆那个方向去的路。可您现在却不想走这条唯一的路，又没有什么别的理由，只是因为爱顶牛吗？""唉，老板娘太太，"K.说，"这既不是通向克拉姆的唯一道路，它也不比别的路更值得去走。您呢，秘书先生，如果我在这里说点什么，那么是您来决定我这些话能不能传到克拉姆那里去了？""当然啰，"莫姆斯说，一面得意地低垂眼皮左顾右盼，然而两边什么也没有，"否则要我这个村秘书干什么。""好，老板娘，您瞧，"K.说，"现在的问题不是我到克拉姆那里需要一条通路，我首先还得打通到秘书先生这里的路呢。""我原想给你打通这条路的，"老板娘说，"上午我不是提出愿意把您的请求转到克拉姆那里去吗？我想的就是通过秘书先生去办。可是您拒绝了，而现在除了这条路您确实没有别的路好走。当然，照您今天的表现，在您试图对克拉姆来个突然袭击之后，成功的希望是更小了。但是这最后一丁点儿、一丝丝儿、差不多等于零的希望，却是您唯一的希望。""这是怎么回事，老板娘，"K.说，"为什么您原先起劲地阻拦我，叫我别费力去找克拉姆，现在却这样重视我的请求，好像以为要是我这事办不成就一切都完了？如果说您原来是真心诚意劝我干脆放弃找克拉姆的打算，那么怎么可能现在又似乎是同样真心诚意简直是催着逼着我走这条路，甚至明明知道这条路根本通不到目的地也还是要劝我去走？""我催您逼您了吗？"老板娘说，"我说您的打算没有什么成功希望，这叫催您逼您吗？您居然想这样把自己的责任推到我身上，这真是——天下还有比这更蛮不讲理的吗？是不是当着秘书先生的面您才来劲了？不，土地测量员先生，我一点没有催您逼您去干什么，我只可以承认一点，就是我头一次见到您时也许把您估计过高了些。您那么快就把弗丽达弄到手，把我吓着了，当时我真不知道您还能干出些什么可怕的事来，我想避免再出什么祸事，就以为只有通过请求、警告等办法能打动您，防止事态恶化。可从那时到现在这段时间我学会了比较冷静地全面考虑问题。好了，您爱干什么就干什么吧。您的活动也许能在外边雪地里留下很深的脚印，除了这还会有什么结果？""您说了半天，我觉得您这种前后矛盾的态度现在仍然没有完全讲清楚，"K.说，"不过我总算是指出了这个矛盾，这我也就知足了。但现在我倒要请您，秘书先生，告诉我一下，老板娘刚才说，您同我谈话的记录以后可能会有一个结果，那就是允许我去见克拉姆，这话对不对？如果的确如此，那么我愿意马上回答您的问题，为了这个我是什么都豁出去了。""不，"莫姆斯说，"这种因果关系并不存在。这里做的事仅仅是把今天下午的情况翔实地记述下来以便交克拉姆的村档案室存档备案。现在这篇记述已经写完，只差两三处空白需要由您补上，这只是制度上的需要，作记录没有任何其他目的，抱有任何其他目的也是不可能达到的。"K.默默地看着老板娘。"您干吗老盯着我？"老板娘问，"难道我说的同他说的有什么不同？他就是这样，秘书先生，他就是这样。先歪曲人家提供给他的情况，然后硬说别人给他提供了错误的情况。我打一开始就是对他这么说来着，今天这样说，以前也这样说，告诉他想受到克拉姆接见是没有丝毫指望的，既然没有丝毫指望，那么有了这份记录不也一样？这不是再清楚不过了吗？我又说这记录是他能同克拉姆建立的唯一的、真正的公务上的联系，这话不也同样清清楚楚，一点怀疑的余地也没有吗？但是现在他不信我的，一个劲儿地希望——我不知道他为什么这样、有什么目的——能钻到克拉姆身边去,那么,如果顺着他的思路想,不就只有他现在同克拉姆之间仅有的这一真正的公务联系,就是说这份记录,才能帮他一点忙吗?我说的话就只有这层意思,谁要是硬把别的意思安在我头上,那就是不怀好意歪曲我的话。""如果是这样,老板娘太太,"K.说,"那么我请求您原谅,是我误会您的意思了;因为我原以为——现在看来这是错了——从您以前的话里听出的意思是我确实还有一星半点希望的。""对极了,"老板娘说,"这确实是我的意思,您现在又在歪曲我的话了,不过这一回是倒过来歪曲了。按我的意思,这种希望对您来说确实是存在的,但它只能建立在这份记录上。说有希望,也不是说您就可以劈头盖脑地拿'我回答了问题,就可以去见克拉姆了吗'这样的问题将秘书先生的军。要是一个孩子这样问,大家一笑就完了,但如果一个成年人提这种问题,那就是对官府的一种侮辱,只是秘书先生给您留点情面,用他那巧妙的回答把这点掩盖过去了而已。我说的那一点点希望,正是指您通过这份记录才同克拉姆有了联系,也许可以算是一种联系吧。难道能说这不是希望吗?要是问问您,您到底有什么功劳使您有资格心安理得地接受别人送给的这点希望,您能讲得出一丝一毫来吗?当然,对这点希望现在还不可能说得那么确切,特别是秘书先生以他的官员身份,绝不可能对这个作出哪怕只是一星半点暗示。正如他刚才说过的,他只是按制度办事,把今天下午的情况记录下来,多一点他也是不会说的,即使您现在根据我说的去问他,也一定问不出什么来。""秘书先生,"K.问,"克拉姆会不会看这份记录?""不会的,"莫姆斯说,

"为什么要看？他看得了所有的记录吗？实际上他连一份记录也不看，他经常说的一句话就是'别拿你们那些记录来烦我！'""土地测量员先生，"老板娘抱怨道，"您这些问题真是让我头疼得要命！要克拉姆一个字一个字地看这份材料，了解您生活里那些鸡毛蒜皮，这难道有什么必要，或者哪怕只有一点点益处？您放下架子，恭恭敬敬地求人不要让克拉姆看到这份记录，不是更好些吗？当然，这个请求也同那个一样荒谬——谁能瞒得了克拉姆什么事？——可怎么说也还能让人对您有点好印象吧。再说，为实现您所谓的希望，有必要让克拉姆看材料吗？难道不是您自己说的，只要有机会在克拉姆面前讲话就满足了，即使他不看您一眼不听您说话也行？有这份记录，您不是至少可以达到这个目的吗？弄得好说不定收获还会大得多呢！""大得多？"K.问，"怎么个多法？""哎呀，您别总像小孩子似的，"老板娘叫起来，"希望人家把饭菜做好了端到嘴边给您吃哟！谁有本事回答您这些问题？记录要送到克拉姆的村档案室，这您已经听到了，对这个问题只能说到这儿，再多就说不准了，还有一点，您知道这份记录有多么重要，秘书先生、村档案室有多么重要吗？您知道秘书先生审问您意味着什么？也许，唔，很可能连他自己也不知道这审问的重要性呢。正如他说的，他是按制度办事，平心静气地坐在这里尽他的职责。但请您注意，他是克拉姆任命的，是代表克拉姆办事的，他做的事即使永远到不了克拉姆耳边，却是自始至终得到克拉姆同意的。如果不是完全符合克拉姆的精神，能得到他的同意吗？我说这些决不是想赤裸裸地当面拍秘书先生的马屁，我要有这个意思他也会坚决制止的，我不是在孤立地谈他这个人，而是在谈克拉姆同意他办事究竟意味着什么，我谈的是现在的实情：他是一个工具，克拉姆的手就放在他身上，谁不服从他谁就等着倒霉吧。"

K.并不怕老板娘这些恐吓，而她用来诱他上钩的这希望那希望他也听腻烦了。克拉姆是远不可及的。有一次，老板娘曾把克拉姆比作老鹰，当时K.觉得这未免可笑，现在不然了；他想到克拉姆的远不可及，想到他那无法攻克的住所，想到他总是一声不响，也许只偶尔被他自己那K.还从未听到过的大声喊叫打断，想到他那从上向下俯视时凌厉逼人的目光，那既无法证实又无法否认的咄咄逼人的目光，想到他那高高在上、按人们无法理解的规律在自己四周划出的一层又一层的圆圈，这些圆圈人们的眼睛只能偶尔看见，K.从他低下的地位看去是一道又一道牢不可破的防线——这些都是克拉姆同老鹰的共同点。然而眼下这份记录同这肯定是风马牛不相及的，此刻，莫姆斯正趴在记录上掰开一个椒盐卷饼，就着啤酒津津有味地吃起来，盐粒和卷饼碎屑撒得满桌文件上到处都是。

"晚安，再见，"K.说，"我对任何审问都很反感。"说完他真的移步向门走去。"他到底还是要去。"莫姆斯几乎是噤若寒蝉地对老板娘说。"他不敢。"老板娘说，下面的话K.就听不清了，他已经到了门厅里。天气很冷，刮着大风。从对面一道门的后面，老板走了出来，看来他一直在那门后通过窥视孔监看着门厅的动静。门厅里穿堂风猛烈地吹打他外衣的左右下摆，使他只好把它们卷起掖在腰间。"您这就走了吗，土地测量员先生？"他说。"您觉得这很奇怪吗？"K.问。"是的，"老板说，"没审问您吗?""对,"K.说,"我不愿受审。""为什么不愿?"老板问。"因为,"K.说,"我不知道为什么要让人审问,为什么要让别人拿我开玩笑,为什么要服服帖帖让人在我身上使官老爷性子。也许哪天我也来了兴致,开开玩笑,使使性子,那时可以奉陪,可是今天不行。""是呵,对,没错。"老板唯唯诺诺,但只是出于礼貌随声附和,而不是发自内心的同意。"现在我得叫服务员们到酒吧去了,"他接着说,"他们早该上班了。刚才我只是不想打扰审问才没叫他们来。""您觉得这审问有那么重要吗?"K.问。"当然非常重要。"老板说。"那么说我刚才不该不接受审问了。"K.说。"是呵,"老板说,"您不该这样做。"因为K.不说话,老板又补充一句,或者为了安慰K.,或者为了快点脱身,说道:"咳,咳,不过事情总还没有严重到引起天上下雹子吧。""对极了,"K.说,"看这天气不像会下雹子。"两人哈哈大笑着分手了。

第十章
在大路上

K.走出去,来到狂风阵阵的露天扶梯上,眼前一片漆黑。天气真是很糟、很糟啊。似乎与此有某种关联,他想起老板娘如何竭力迫他就范配合作记录,而他自己如何顶住没有服从。当然,她的努力又是比较隐晦的,实际上她暗中同时又在把他从记录拽开,弄到最后他简直不知道自己究竟是顶住了她呢还是向她屈服了。真是诡计多端,就像这风一样,表面上漫无目的,实际上却是受到遥遥远方某种异己力量的驱使,这内中的奥秘从来是讳莫如深,从未有人窥见过的。

他刚在大路上走了几步,就看见远处有两盏灯在摇摇曳曳闪亮;这点人间烟火的标志使他心里一阵高兴,使匆匆向灯光走去,那灯光也自是摇摇晃晃向他迎来。当认清原来是两个助手时,他感到莫名的失望,但他们确实向他走来了,大概是弗丽达派来的吧,那两盏风灯把他从包围着他的一片黑暗中、从四面袭击他的呼啸的寒风中解脱出来,它们可能就是他自己的物件,但尽管如此他仍感到失望,他原期望着遇上陌生人而不是这两个老相识,这简直是他背上的两个大包袱。然而来者还不止两个助手,从两人中间的暗处,又走出来另一人:巴纳巴斯。"巴纳巴斯!"K.叫道，向他伸出手，"你是来找我的吗？"意外重逢的惊喜，使他把巴纳巴斯曾在他心中引起过的一切不快全忘记了。"是找你，"巴纳巴斯同往常一样和气地说，"我带来一封克拉姆的信。""克拉姆的信！"K.猛一仰头说，同时急忙从巴纳巴斯手中接过信来。"你们两个拿灯给我照着！"他命令两个助手，于是两人一左一右紧挨着他举起了灯。K.不得不把那张很大的信纸折成小块来念，因为风刮得太厉害了。他读道："大桥酒店土地测量员先生鉴：对您迄今为止进行的土地测量工作我深感满意。二位助手的工作也值得赞扬；这是您督促有方的结果。请先生切勿懈怠！并请善始善终做好各项工作！如工作中辍我将十分不快。此外请放宽心，酬金问题指日可获解决。我将继续关注您。"读完，K.的眼睛一直瞅着这封信，直到比他看得慢得多的两个助手为欢庆这一好消息而发出三声欢呼，同时不断摇晃风灯时，K.才抬起头来。"你们别嚷。"他说，然后转向巴纳巴斯，"这是个误会。"巴纳巴斯不明白他的意思。"这是个误会。"K.重复道，下午的倦意又向他袭来，现在他觉得到学校去的路还很长很长，在巴纳巴斯身后，他的全家人都出现了，两个助手仍不断挤他，使他只得用胳膊肘把他们顶开；弗丽达也真是，怎么能把这两个家伙派来迎接呵，他明明吩咐过让他们留在她那儿的。他一个人也能找得到回家的路，比有这伙人跟着还容易些呢。讨厌的是，一个助手脖子上系着一条围巾，两角被狂风吹得噼里啪啦乱飞，好几次打在K.的脸上，虽说每次另一个助手总是马上用他那又长又尖、时常用来搔首弄姿的手指把围巾从K.脸上撩开，可这样仍然于事无补。更气人的是两个家伙甚至渐渐发觉这种来回折腾本身就是一种乐趣，就像他们对刮风、对不安生的夜晚本身就感到兴高采烈那样。"走开！"K.喝道，"你们既然来接我，为什么不把我的手杖捎来？现在我拿什么赶你们回去？"两人应声后退，躲到巴纳巴斯身后去了，但也并没有被K.这些话吓倒，还是大胆地把他们的风灯一左一右地放在他们主人的肩上，当然，K.立刻就甩脱了这个负担。"巴纳巴斯，"K.说，感到心情沉重，因为巴纳巴斯显然没有听懂他的话，平时，巴纳巴斯的上衣就闪着悦目的光，但到了关键时刻却不能给K.帮助，而只是用沉默的抵抗来对付他，对这种抵抗他是奈何不得的，因为巴纳巴斯自己也赤手空拳束手无策，唯有他那张脸总是笑嘻嘻的，但这同天上的星星之于地上的狂风，完全是无济于事的，"你看看，老爷大人都给我写了些什么。"K.说着便把信递到巴纳巴斯眼前，"老爷大人听到的情况是错的。我哪里在做什么土地测量工作呵，至于两个助手能帮上什么忙，你也亲眼看到了。我没有做的工作，当然也无法中辍，我连让老爷不快都没法办到，又怎敢当之无愧地领受他的深感满意！在这种情况下让我宽心，我怎么可能办得到！""我会把你的这层意思汇报上去的。"巴纳巴斯说，这段时间他早把目光从信上移开，一直瞅着别处，其实他想看也无法看，因为那信离他的脸太近了。"唉，"K.说，"你答应我把我的意思汇报上去，可是我能相信你吗？我眼下非常需要一个值得信赖的信使，现在比任何时候都更需要！"说着K.急得用牙齿紧紧咬住嘴唇。"先生，"巴纳巴斯说，温顺地低下头去——K.几乎又被这个驯顺的动作迷惑而相信巴纳巴斯——，"我一定会把你的意思汇报上去，你最近让我办的那件事，我也同样一定要汇报上去。""什么？"K.叫起来，"你怎么到现在还没有把那件事汇报上去！你不是第二天就到城堡去了吗？""没有，"巴纳巴斯说，"我慈祥的爸爸年纪大了，你不也亲眼见过他吗，那时候正赶上家里有很多事，我得帮助我老爸呀，不过现在我很快就要再去城堡了。""你都干了些什么呵，我真服了你了！"K.拍拍自己的脑门叫道，"难道克拉姆的事情不比别的事情更重要？你肩上担负着信使这样重要的职责，就是这样马马虎虎地办事吗？伺候你老爸，谁来不行？克拉姆在那里等着消息呵，可你呢，你倒好，不是勤勤恳恳、三步并作两步拼命赶路，反而去干那些起圈运粪的事去了！""我父亲是鞋匠，"巴纳巴斯不管K.怎样发火仍不动声色地说他自己的，"他接了布伦施维克的订货，而我是父亲的帮工。""鞋匠——订货——布伦施维克。"K.强忍怒气恨恨地从牙缝中挤出这几个字，好像要把这些字每一个都打入十八层地狱似的。"在这些一辈子也见不着人影的路上，谁需要穿靴子？这些乱七八糟的做鞋、补鞋什么的，与我到底什么相干？我信任你，让你替我传递一条消息，难道就是为了叫你到鞋匠铺去坐着把它忘掉或是把它记错了吗？我当时是叫你马上把它带给老爷去的呀！"说到这里，K.稍稍冷静了一点，因为他突然想起，很可能克拉姆这一段时间一直就不在城堡而在贵宾楼，可是当巴纳巴斯为了证明他还清清楚楚地记得K.的第一次口信而开始一字一句背诵起来时，他又被激怒了。"够了够了，我什么都不要听。"K.说。"先生，请别生我的气。"巴纳巴斯说，同时，似乎下意识地要惩罚K.，他扭头不再看K.而把目光低垂下去，不过这也可能是对K.的叫嚷感到惊异而不知所措的表现吧。"我没有生你的气，"K.说，现在他的气转而针对着自己了，"我的气不是冲着你，但是，为我办重要事情的，竟只有一个像你这样的信使，这对我来说实在是太糟糕了。""你看，"巴纳巴斯说，那语气，好像在斗胆犯上为他的信使荣誉辩护，"克拉姆并没有在等着消息呀，甚至我每次去他那里他都觉得讨厌。'怎么，又有新的消息了'有一回他这样说，还有，他多半是老远看见我来就站起身到隔壁屋里去不接见我。再说，也没有哪条规定要我一有信立刻就送去，如果有这样的规定，那么我当然会马上就去的，可事实上根本没有这种规定，就是我一次不去，也不会受到告诫处分。我送信完全是自愿的。""很好。"K.说，一面审视着巴纳巴斯，使劲把目光从两个助手身上移开，原来，这两个家伙轮番地在巴纳巴斯肩后好像从地底下钻出来似的慢慢露出脸来，转眼又模仿风声轻轻打个呼哨然后便消失得无影无踪，似乎一见到K.就吓得魂飞天外，两人就这样乐此不疲地嬉戏了好久，"克拉姆那里的情况我不知道；说你有本事把那里的情形看个一清二楚，我也表示怀疑，而且就算你有本事把什么都看明白，我们想改进局面也是心有余而力不足的。不过送个口信你总是能做到的吧，我正是请你做这件事。就那么条简短的口信。你能不能明天就把这信送去，明天就把回话告诉我，或者至少回来告诉我你在那里受到了怎样的接待？你能不能做这件事，愿不愿做这件事？你做了，就是帮了我一个大忙。也许我还会有机会酬谢你，要不或许你现在就有一个什么愿望吧，我可以满足你的要求。""我肯定要去办你吩咐的这件事的。"巴纳巴斯说。"那么你愿意努一把力尽量把这件事办好，就是说把口信带给克拉姆本人，从克拉姆本人讨得回话，而且是马上去做，全都在明天，不要过了明天上午，你愿意这样做吗？""我会尽最大努力的,"巴纳巴斯说,"不过我一直都是这样做的呀。""现在我们不再争论这个问题了,"K.说,"我这就把口信清清楚楚地说一遍给你听:土地测量员K.,请求长官大人准许他本人面见长官,如果需要的话他将毫不迟疑地接受得到该项许可所附加的任何条件。他不得不提出这项请求,因为迄今为止通过所有中间人联系均未能成功,这一点他可以举例证明,如迄今他从不曾做过任何一点测量工作,而且据村长说今后也决不会做此类工作;因此读了长官大人最近来信实在是羞愧难当,无地自容,现在唯有面见长官大人一法才有助于问题的解决。本土地测量员深知这一请求确有斗胆不自量冒犯神威之嫌,但他将努力将对长官大人的打扰减小到最低限度,并愿意接受任何时间限制,即使大人认为有必要对他在会见时被允许说话的字数加以限定,他也乐于服从,比如他自己觉得,只要让他说十句话就足够了。眼下他正诚惶诚恐、万分焦急地期待着长官大人的定夺。"K.忘其所以、滔滔不绝地说了一大篇,仿佛他已经站在克拉姆的门口,在同守门人说话一般。"这些话现在这么一说出来,比我原先想的要长多了,"他接着说,"不过你还是得把它们口头转达上去,信我是不想写了,写下来的信不又得去长途跋涉,走那条没有尽头的公文旅行老路吗?"为备忘计,K.摊开一张纸放在一个助手背上,另一个助手则举灯照着亮,他想就这样草草地写下以上口述的内容,仅仅为了帮巴纳巴斯作为备忘,但意外的是,K.这时已经可以听着巴纳巴斯口授来写了,这家伙已经把那一大堆话完全记在脑子里,现在像个小学生背书那样一字不漏地背诵出来,丝毫不受两个助手的干扰,——这两个在一旁不断插嘴提词,但张口就错。"你的记性真是太不寻常了,"K.说,一边把写好的纸条递给他,"可是我求求你,请你在别的方面也表现得不寻常些,好吗?现在就来说说你的愿望吧,你没有什么要求要提吗?我就直说吧,考虑到让你带的这个口信的前途命运,你最好还是向我提些要求,那样我会心安一些。说说看,有什么要求?"巴纳巴斯先是不做声,过一会儿他说:"我的姐姐和妹妹让我向你问好。""你的姐姐和妹妹,"K.说,"对了,就是那两个长得很壮实的高个子姑娘。""她们两个都让我给你带好,不过特别是阿玛莉娅,"巴纳巴斯说,"这封给你的信也是她今天从城堡带回来的。"一听这话,K.便抛开所有别的先紧紧抓住这个新情况,问道:"那么她能不能也把我这口信带到城堡去?或者,你们能不能两人都去,每人都试一试自己的运气怎么样?""阿玛莉娅没有进官府办公厅的许可,不能进去,"巴纳巴斯说,"否则她一定非常乐意办这件事。""我也许明天到你们家去,"K.说,"但你一定要先把回话告诉我。我在学校等着你。请你也代我向你的姐姐妹妹问好。"K.表示要去他们家看来使巴纳巴斯非常高兴,握手告别后,他又轻轻碰了碰K.的肩膀。此刻K.觉得好像一切又都同以前——即巴纳巴斯第一次充满朝气地来到饭馆里农民们中间时——完全一样,他觉得这接触像是一种奖励,只不过这次是面带微笑罢了。由于心情已经平静了一些,他在回去的路上就听任两个助手为所欲为了。

第十一章
在学校里

他冻得浑身麻木地回到了现在的家——学校，四处一片漆黑，马灯里蜡烛早已燃尽，他在这两个对此地环境很熟悉的助手带领下摸索前行，好大一阵才走进了一间教室。"这是你们今天立的头一个大功。"他心里想着克拉姆的信，这样说道——这时从一个角落传来弗丽达睡意蒙眬的叫声："你们让K.睡吧！别打搅他了好不好！"她多么惦记K.呵，甚至就在半醒半睡状态中，在她无法抗拒睡魔、等不及他回来先就寝的情况下，心里仍然想着他。现在灯点着了，但是不可能拧到足够的亮度，因为煤油太少了。学校建校时间不长，还有这样那样的欠缺。屋里虽然生了炉子，可是这间同时又充作体操室的大房间——各种体操器械到处乱放着，还有的挂在天花板上——里存放的劈柴已全部用光，据说刚才屋子已经烧得相当暖和了，可惜现在又完全凉了下来。虽然在一个仓库里还堆着大批木柴，但这个仓库锁着，钥匙掌握在那个教员手里，而他是要到上课生火时才准许去取木柴的。其实，要是这里有两条厚被可以钻进去躺着的话，那么也就勉强过得去了。但是说到这一点嘛，屋里除了唯一的一个草袋之外别无长物，弗丽达把她的一件呢子斗篷平平整整地铺在上面充作垫褥，令人顿生赞赏之情，可是，没有羽毛被盖，只有几乎不能保暖的两条硬邦邦的粗毛毯。然而即便是这个可怜巴巴的草袋，两个助手也馋涎欲滴地盯着，当然他们并不抱任何希望获准在那上面躺下。弗丽达怯生生地看着K.；她善于把哪怕最简陋的房间也布置得舒适惬意的本领，在大桥酒店已充分表现出来，但是这里就不同了，她是巧妇难为无米之炊呵。"我们唯一的室内装饰就是这些体操器械了。"她满脸泪痕、强作笑颜说。但是，提到两项最大的欠缺即床铺和取暖柴火时，她却胸有成竹地告诉K.说，第二天局面就会改观，请K.暂时忍耐一下。虽然K.扪心自问不得不承认是他从贵宾楼、这次又从大桥酒店硬把她拽走，但此刻他却没有听到她有一句话、一丁点儿暗示，没有看见她脸上有一点儿特别的表情说明她对K.怀着哪怕只是一丝一毫的怨气。因此，K.现在努力克制自己，对一切都表示可以将就，事实上做到这点他也根本不觉困难，因为现在他一门心思在巴纳巴斯身上，一面思想上随他远去，一面还在逐字逐句重复自己的口信，不过不是追忆他先前如何如何说给巴纳巴斯听，而是设想着根据自己的估计巴纳巴斯在克拉姆面前会怎样说这些话。当然他也的的确确满心欢喜地等着喝弗丽达用一个小酒精炉为他煮的咖啡，并靠在逐渐冷却下去的炉子上，瞅着她以十分灵巧、极为纯熟的动作在讲桌上铺开那块必不可少的白台布，摆上一只绘有花卉图案的咖啡杯，又在杯子旁边摆上面包、腊肉，甚至还有一个沙丁鱼罐头。现在一切就绪了，弗丽达自己也还没有吃晚饭而是一直等着K.。屋里有两把椅子，于是K.和弗丽达便在桌旁坐下，两个助手则坐在他们脚边、讲台的台基上，但两人从不老老实实待着，即便在吃饭时他们也不断来骚扰；虽然他们每样东西都得了不少，离吃完也还差得很远，却一而再，再而三地站起来，探头探脑地向桌上张望，看看东西是否还富余，他们是否还有希望再分得一些。K.没有理他们，只是弗丽达的笑声才引起他对他们的注意。他讨好地把自己的手压在弗丽达放在桌上的手上面，轻声问她，为什么她对他们这样宽容，连他们的坏毛病也只一笑置之。像她这样永远也别想甩脱他们，而如果换一种方法，用比较强硬的、实际上对他们的胡来倒是对症下药的态度对待他们，也许就能做到：或者是使他们变得老实、规矩，要不就是——这是可能性更大的、更好的情况——使他们无法忍受现在这个位置而终于溜之大吉。看来，在这儿这所学校待下去是不会太痛快的了，当然啦，在这里也是待不长的，不过要是两个助手走了，只剩他和她两人住在这所安安静静的房子里，那么这里的所有缺憾就几乎觉察不出了。难道她没有和他一样看出来，两个家伙一天比一天更放肆，情形实际上好像是因为有弗丽达在场他们才这样有恃无恐，抱着希望，心想在弗丽达面前K.不会像她不在时对他们那么厉害，两人这才胆更壮了。另外，也许还有很简单的办法干脆利索地摆脱他们，也许弗丽达就知道这类办法，她对这里的情况不是非常熟悉吗？况且，对两个助手来说，想个法子赶走他们未必不是件好事，因为他们在这里过的也不是多么舒服的日子，到目前为止他们一直无所事事清闲懒散，可从现在起至少不会完完全全那样了，因为他们得干活啦，弗丽达在近几天的紧张、激动之后需要体恤一下自己，而他K.呢，也得集中精力想出一条良策以摆脱眼前的困境。不过，如果两个助手真的走了，那么他会如释重负，这样就一定可以轻松愉快地完成学校勤杂工的全部工作以及其他一切工作的。

弗丽达专心听他讲完了这番话之后，慢悠悠地抚摩着他的手臂说，这些也完全是她的意愿，只是K.也许把两个助手的坏毛病看得过于严重，这不过是两个年轻小伙子，生性活泼，有那么点儿缺心眼儿，刚刚脱离城堡的严格管教，是初次被指派为外来客人服务，所以他们总是有点控制不住自己，什么事都感到新鲜稀奇，处在这样的心态中有时也就会干出些蠢事来，对这些胡闹，生气是很自然的，但更聪明的办法就是哈哈一笑由它去。她自己有时就忍不住要发笑。不过话说回来，她还是完全同意他的意见，即最好把两人打发走，她和他能单独在一起。她一边说着一边把椅子挪近K.，将头靠在K.肩上，蒙住了自己的脸。这样的姿势，说话声音很不清晰，以致K.不得不也弯腰低头去就着她，她说，但是她想不出什么法子支走两个助手，她担心K.的想法会完全落空。据她所知，是K.自己要他们来的，现在他们来了，也只好留下他们。最好的办法就是不把他们放在心上，把他们当成可有可无的人，实际上他们也正是这样的人，这才是对付他们的上策。

K.不满意这个回答，他半开玩笑半正经地说，看来她同他们是一伙，至少是对他们很有好感，是呀，两个家伙长得倒是挺讨人喜欢，不过世上无难事，只怕有心人，只要有点真心实意想甩脱，那么怕是没有谁能硬是死缠住人的，他将拿这两个助手做例子证明这一点给她看。

弗丽达说，如果他真能甩脱他们，她会非常感激他。不过嘛，从现在起她将不再笑两个助手，也不再同他们说一句多余的话。她的确也觉得他们身上再没什么可笑之处了，老是被两个男人紧紧盯着也确实不是什么无所谓的小事,她渐渐学会用他的眼光去看这两个人了。她说到这里,两个助手又一次站起来,一是想再看看清楚桌上还有多少吃的,二是竖起耳朵想听明白弗丽达和K.在喊喊喳喳谈些什么,当她看到这个场面时,也真是觉得一阵浑身不自在。

K.赶紧抓住机会让弗丽达疏远两个助手,他把她拉过来紧紧贴在自己身边,两人就这样肩挨肩地吃完了饭。这个时辰本来早该睡觉了,几个人都很疲倦,一个助手甚至吃着吃着便睡着了,对此另一个助手非常开心,他想引起主人注意,看看那个伙计睡着以后的傻样,然而没有成功,K.和弗丽达没有理他,而是高坐台上无动于衷。屋子里冷得越来越无法忍受,所以他们也拿不定主意要不要躺下睡觉,最后K.宣称必须再生火取暖,否则睡觉是根本不可能的。他到处找斧子一类工具,两个助手知道哪里有斧子,便去取了来,接着他们便到堆放劈柴的仓库去了。不一会儿那道轻便的门便被撬开,两个助手兴高采烈地——似乎他们从未得到过这种美差——你追我赶、你推我搡地把木柴往教室里搬,不久便堆起了一大堆,火生起来了,大家都围着炉火躺下,两个助手得了一条毯子,可以钻进去把全身裹起来,一床毯子就够用,因为商量好两人轮流睡觉,始终有一个人负责看炉子续柴火,并且,不多久炉边就也暖和得完全不需要被盖,关灯以后,K.和弗丽达便在这温暖、寂静的气氛中舒坦地躺下,伸直身子睡觉了。

半夜里,当K.被不知是什么声响吵醒,睡眼惺忪地伸手去摸弗丽达时,他发现不是弗丽达而是一个助手躺在他身边。他吓了一大跳,大概由于他现在处于一种惊弓之鸟的精神状态吧(突然被吵醒也让他烦躁不安），这猛然一惊成了他到这村子以来受到的最厉害的惊吓。他大叫一声半坐起身，怒不可遏地给了这个助手狠狠一拳，打得他当即哭了起来。然而事情马上也就真相大白。原来是弗丽达先惊醒，原因是——至少她觉得是这样——有一只很大的动物，大概是一只猫吧，跳到她胸口上然后又跑了。她起来点起了一支蜡烛，在屋里到处找这个动物。这时助手之一便趁机跑来享受一下躺草袋的滋味，现在他是为此尝到苦头了。弗丽达什么也没找到，刚才也许只是她的错觉吧，她走回K.这里来，半路上，似乎已把昨晚一席谈话全忘了，她抚摩了一下那个缩成一团呜呜咽咽哭着的助手的头发以示安慰。对此K.一句话没说，他只是吩咐两个助手不要再续柴火了，因为搬来的劈柴差不多完全用上，现在屋里已经热得让人难受了。

早晨，直到第一批小学生已经到校并好奇地围观他们的床铺时，几个人才一觉醒来。这局面令人颇为难堪，因为，由于屋里太热——当然凌晨时分又有点凉意了——，他们全都脱去了衣服，仅穿着贴身衬衣，另外就是正当他们开始穿衣服时，这里的女教师吉莎，一个头发金黄、容貌美丽、只是动作稍嫌生硬的高个子少女，便在门口出现了。她显然对新来的学校勤杂工有了思想准备，并且也已从男教师处得到了如何对待这个人的行动指示，瞧，一跨进门她就开口了："这实在是太不像话了。看你们把这屋子弄成了什么样子！您只得到许可在教室睡觉，而我可没有义务在你们的卧室里上课！好家伙，一个勤杂工，全家都住到这里来了，懒觉一睡就睡到大上午！呸！"唔，K.心想，这一指责未免也太过分了点，特别是什么全家人和睡懒觉，一边想，他一边急忙同弗丽达一起——两个助手现在没有一点用,他们躺在地上直眉瞪眼地盯着女教师和孩子们——把双杠和木马推过来,把被子搭在上面,算是打了一个小小的隔断挡住了孩子们的视线,这样便至少可以穿衣服了。但是要说消停嘛,却连半分钟也没有,先是女教师不住地骂骂咧咧,因为洗脸盆里没有一点干净水——K.刚刚还想去把脸盆拿过来给自己和弗丽达使呢,听到叫骂声他暂时放弃了这个打算,免得给女教师的怒气火上浇油,然而这忍让也无济于事,过不了一会儿又爆发出一阵大吵大闹:原来他们昨晚不慎把吃夜餐剩下的残渣留在了讲桌上忘了收拾,现在女教师用一把直尺把所有残留的食物稀里哗啦一下子全拨到地上;沙丁鱼油和没喝完的咖啡溅得到处都是,咖啡杯被砸了个粉碎,这一切女教师全不用犯愁,不是有勤杂工吗,他马上会来收拾的。还没有完全穿好衣服的K.和弗丽达,倚在双杠上眼看他们这份小小的财产横遭毁灭,两个助手显然没有丝毫想穿衣起来的意思,他们趴在地上,从挂着的两条被子中间探出头来向外窥视,那模样使孩子们看了乐不可支。弗丽达最心疼的自然是那只咖啡杯给毁了,只是当K.安慰她,向她保证一定立刻去找村长要求补发时,她才稍稍心安,并且顾不得只穿着衬衣衬裙立即从这个小隔间跑了出去,以便至少把桌布抢救下来,免得再弄上什么脏东西。尽管女教师不住地用她那把直尺震耳欲聋地劈劈啪啪抽打讲桌吓唬她,到底她还是成功地把台布取过来了。K.和弗丽达都穿好衣服后,他们又不得不连催带打地叫两个助手——两人在这一连串的事件面前变得跟木头人似的——穿衣服,甚至还得亲自动手帮着他们穿。然后,待大家都穿着停当,K.便分派下一步的工作:两个助手去取劈柴生火，不过首先要到另一间教室去生火，那边现在还是个随时可能爆炸的火药库，因为男教师大概已经来了，他让弗丽达扫地擦地，他自己则马上去提水并负责收拾别的，早饭目前暂时是谈不上了。但是，为了先大致摸一摸女教师情绪如何，K.打算自己先走出去，让其余三人等他叫时再跟出去，所以这样安排，一方面是因为他不想因两个助手干点什么蠢事而一开始就把局面弄得更糟，另一方面则由于他想尽可能保护一下弗丽达，因为她有虚荣心而他没有，她很敏感而他不，她只想着眼前的一些让人腻味的琐碎小事而他心里却想着巴纳巴斯和未来。弗丽达对他的安排一一听从照办，几乎是眼不离他。他刚一走出隔间，女教师就在孩子们的哄笑声——这笑声从此就再也没有停过——中叫道："唔。终于睡够了？"因为这并非真正在问他，所以K.也没有理睬而是径直向盥洗台走去，于是女教师又问道："您到底把我的咪咪怎么样了？"只见一只又肥又大的老猫，懒洋洋地趴在桌上，女教师在察看它那显然受了点轻伤的爪子。这么说弗丽达还真是猜对了，这只猫虽然并没有跳到她身上，因为它恐怕是想跳也跳不动了，但却是从她身上爬过去的，由于这间一向空空荡荡的屋子里突然来了好几个人，它受到惊吓，在很不习惯地慌忙躲藏时不小心受了伤。K.试图心平气和地向女教师解释这一特殊情况，但对方却只抓住面前的结果不放，说："好呵，你们伤了它，这就是你们到我这儿来的见面礼！您倒是来瞧瞧！"这时她把K.叫到讲台上去，拿猫爪给他看，转眼间，K.还没明白怎么回事她已经用猫爪在他的手背上狠抓了一下；虽然那爪子并不很锐利，但女教师——这次她可顾不上心疼那只猫了——却紧紧按住爪子使劲抓，结果K.的手背上立时出现了道道血痕。"现在您去干您的活吧。"她不耐烦地说，又弯腰去看她的猫了。同两个助手倚在双杠后面把这一幕完全看在眼里的弗丽达，一看到血不禁叫了起来。K.把手背伸给孩子们看，说："你们看吧，这是一只又凶恶又狡猾的猫给我抓的。"他这话当然不是说给孩子们听让他们安静下来，因为这帮孩子的叫闹和嬉笑现在早已成了自然而然的事，什么新刺激都不需要，也没有什么话能盖过吵嚷声或对它有什么影响。但是，由于女教师对这句挖苦话也只报之以一眼斜睨，然后就又去对那猫大施温存，也就是说，经过这流血的惩罚，她开始时的震怒此刻似已平息下去，于是K.便呼叫弗丽达和两个助手，于是他们开始干活了。

当K.把盛满脏水的桶提出去，换了干净水回来，开始在教室里扫地时，一个约莫十二岁光景的男孩离开座位走过来，碰了碰K.的手，说了点什么，在一片嘈杂中完全听不清。这时，所有的喧哗声突然间戛然而止，K.立即回头去看。整个早晨一直在担心着的事终于发生了。原来，此刻男教师站在门口，别看他个子小，却两手一左一右各揪住一个助手的衣领，大概他是在他们去搬木柴时把两人截在半路抓获的吧，只听他一字一顿地厉声呵斥道："是谁胆大包天，竟敢硬闯到木柴仓库里去？是谁指使他们干的？我要把他剁成肉酱！"这时弗丽达从地上爬起来，她正趴在女教师脚边呼哧呼哧地擦地，她看了K.一眼，好像想靠这个给自己打气，然后，目光里、神态中又带上往日那种优越感开口道："这是我干的，老师。我没有别的法子。要想生火，让两个教室一早就暖暖和和的，就得去打开仓库门，可是半夜三更去找您拿钥匙我又不敢，那时候我的未婚夫在贵宾楼酒店，可能一宿不回来，所以我只好自己决定了。要是我做错了，请您原谅我没经验，我未婚夫回来看到我干的这些事，把我骂了个够。他甚至不许我一大早生火，因为他觉得您既然把门锁了，就说明您不想让人在您自己到校前先把火生着。所以说，没有生火是他的错，而撬开仓库门是我的错。""是谁把门撬开的？"男教师喝问两个助手，两人直到现在仍在白费力气，使劲想挣脱他的手心。"是那位先生。"两人答道，为了免除误会，又用手指着K.。弗丽达哈哈笑起来，这笑声似乎比她的话更有说服力，笑过之后，她便用桶接着，动手把擦地板用的那块抹布拧干，那神情似乎在说，由于她已经解释过，这事也就已经了结，而两个助手的话，不过是事后开个玩笑罢了，直到她又跪下去，准备继续干活时，才又说道："我们这两个助手是两个大小孩儿，岁数不小了，可还是跟小学生似的欠管教。事情是这样的：我一个人傍晚时用斧子砸开了门，做这件事非常简单，完全用不着助手，他们两个只会越帮越忙。但后来我的未婚夫夜里回来了，为了看看到底损坏成什么样子，如果可能就修理一下，他又出去了一趟，那时两个助手也跟着跑了出去，大概他们是害怕单独同我一起待着吧，他们见我未婚夫在撬开的门边干活，所以现在就这么说——没法子，他们是孩子呀。"虽然两个助手在弗丽达作解释时不住摇头，不停地指着K.，拼命使眼色想叫弗丽达改变她的说法，但这些努力一概无效，最后他们还是顺从了，把弗丽达的话当成命令，不再回答男教师又提出的一个问题。"这么说，"男教师说，"你们刚才是说瞎话？至少也是不负责任地责怪学校勤杂工了？"两个助手仍一声不吭，但他们浑身发抖、目光怯怯，好像说明他们知道自己有了过错。"那么我要好好打你们一顿。"男教师说着便派一个小孩到另一间屋去取藤条鞭子。到他举起鞭子就要打下去的时候，弗丽达突然叫起来："两个助手说的是实话呀！"她说完就把抹布狠命往桶里一扔，水溅得老高，接着她就跑到双杠后面躲起来了。"没句真话的东西！"女教师说，这时她刚替猫包扎完爪子，把它抱在怀里，她的腰身比较瘦削，相形之下这猫简直就太胖太大了。

"现在就看勤杂工先生怎么说了。"男教师说，一面推开了两个助手，转身向这段时间一直拄在扫帚把上默默旁听着的 K. 说道，"这位勤杂工先生居然胆小怕事到心安理得地默认别人歪曲事实，让别人代己受过的程度！""好吧，"K. 说，他现在看得明白，弗丽达为息事宁人挺身而出，总算使男教师初时的狂怒平息了一些，"如果两个助手挨点儿打，我是不会心疼他们的，他们是有十次该打而每次都被宽大了，那么挨一次冤枉鞭子算是赎回以前的过失，也未尝不可吧。然而即使不谈这点，我还是非常希望，要是我同您这位老师之间不幸发生正面冲突能避免就好了，也许甚至您也不是不愿意这样吧。可是既然现在弗丽达为救两个助手牺牲了我，"——说到这里 K. 顿了一下，在片刻的寂静中可以听见挂着的被子后面弗丽达在抽泣——"那么当然必须把事情弄个明白。""这真是太不像话了。"女教师说。"我完全同意您的想法，吉莎小姐。"男教师说，"您，勤杂工，由于犯下这个可耻的职务过失，当然是立即被解雇了，同时我还保留进一步对您进行惩处的权利，现在您马上卷起您的铺盖从学校滚出去！这样我们就甩掉了一个大包袱，总算可以开始上课了。快滚！""我不打算从这里挪动一步,"K.说,"您是我的上司,然而并不是任命我担任这个职务的人,任命我的是村长先生,我只能接受他的解聘令。但他给我这个位置,大概总不会是让我同我的人在这里冻死,而是——如您自己也曾经说过的——为了防止我在村里冒冒失失轻举妄动。因此,现在突然解雇我是直接违背他的意愿的;只要我没有听到他亲口说出与此相反的话,我不相信他会解聘我。顺便再说一句,我不服从您这条轻率的解雇令,恐怕到头来对您本人也是大有好处的呢。""这么说您是不服从了?"男教师问。K.摇摇头①。"您要好好考虑考虑,"男教师说,"您作的决定并不总是最明智的,比方说,想想您昨天下午拒绝受审的事吧。""您为什么现在要提这件事?"K.问。"因为我乐意,"男教师说,"现在我再最后重说一遍:滚出去!"但是当这句话也仍然没有效果时,男教师便向讲台走去,在那儿同女教师嘀嘀咕咕商量了一阵;女教师提到警察什么的,但男教师不同意,最后两人达成一致,男教师叫孩子们都到他那个班去同那边的孩子合班上课,这种新鲜事使所有的孩子兴高采烈,于是孩子们在一片欢笑喧闹声中离开了这间教室,男教师和女教师跟在后边。女教师一手抱着班级记事簿,上面悠闲自在地趴着那只大肥猫。男教师似乎很想把猫留在这边,然而他婉转地表示了这层意思后女教师立即以 K. 对猫很残忍为理由坚决反对;这样一来,K.除了给男教师惹了各种气恼之外现在又多了一条罪状:把猫这个累赘也加在他身上了。这一点很可能

---

① 在西方一些国家,回答是非疑问句时不论其是否含否定词,摇头均表示"非",在这里,摇头就是表示不服从。

对男教师走到门口时再回过头来对K.说的最后几句话起了作用："由于您顽固不化，拒绝服从我的解雇令，又由于谁也无权要求吉莎小姐——人家是位年轻姑娘——在您这肮脏龌龊的吃喝拉撒睡居家环境中上课，小姐现在是迫不得已，只好同孩子们一起离开这间教室了。这就是说，您现在可以旁若无人地在这里为所欲为，不用担心正派人的厌恶和反对了。然而这种情况是长不了的，这点我可以担保。"说完便砰的一声带上门走了。

第十二章
两个助手

那些人刚一走，K.就对两个助手说："你们出去！"两人被这突如其来的命令弄得目瞪口呆摸不着头脑，一时便服从了，但当K.在他们出去后把门闩上时，他们又想进来，在门外苦苦哀求，不住地敲门。"你们已经被解雇了！"K.叫道，"今后我永远不会再用你们。"两个助手自然不肯就此罢休，他们乒乒乓乓地对教室的门拳打脚踢。"我们要回到你那里，先生！"他们声嘶力竭地喊着，好像K.是汪洋中的一片陆地，而他们立时就要被大浪吞没似的。但是K.丝毫不为所动，他急切地等待着这难以忍受的噪音终究会迫使男教师出来干预。这个愿望很快就实现了。"您倒是让您这两个倒霉的助手进去行不行！"他大声嚷道。"我已经把他们解雇了！"K.也大声喊叫着回答，这句话起了一个意想不到的副作用，就是让男教师看一看，某某人不仅有足够的力量宣布解雇别人，而且也能将这解雇令付诸实施，这是多么气派！现在，男教师试图对两个助手好言抚慰，要他们在这里耐心等着，再坚持一会儿K.终归是不得不让他们进去的。说完这些他就走了。这时，如果不是K.又开始大声对他们说，他们的被解雇是最终决定，没有丝毫收回成命的希望，那么也许他们就不再吵闹了。而由于

K.说了这样的话,两人便再次同先前一样大吵大闹起来。于是男教师又过来了,但这次可不是又来同他们周旋,而是把他们从学校赶了出去,显然用上了那根令人望而生畏的藤条鞭子。

然而过不多久,两人又在这间体操室的窗外露头,不断敲打玻璃,大声嚷嚷,究竟喊些什么完全听不清。不过他们在那里待的时间倒也不长,因为积雪很厚,他们心急火燎总想蹦蹦跳跳,这点无法做到。于是他们就跑到学校花园的栏杆处,纵身跳上那石板基座,从那个位置,虽说远些,却可以比较清楚地看到教室里的动静,他们在那儿手扶栏杆跑来跑去,过一阵子又停下来远远向K.打躬作揖苦苦乞求。就这样软磨硬泡了很久,丝毫不考虑他们这些辛苦完全是白费力气;他们简直完全失去理智了,为了免得看着心烦,K.干脆放下窗帘,虽说眼不见耳不闻,但两人大概也还没有停止这种折腾。

现在屋里光线昏暗,K.走到双杠边去,想看看弗丽达在做什么。他眼瞅着她站起身,整理了一下头发,用毛巾擦了擦脸,默默地去煮咖啡。虽然她对刚才发生的事一清二楚,K.仍然正式通知她:他已经把两个助手解雇了。她只点了点头。K.坐在学生座位上观看她那疲惫的一举一动。以前,是她的青春活力、她的决断果敢赋予她那瘦小的身躯某种美丽,但现在这种美已然消逝得无影无踪。同K.一起生活才几天,就把她拖到了这步田地!酒吧里服务工作并不轻松,可现在看来,大概对她更适合一些。或者会不会是因为离开了克拉姆,才使她日渐憔悴呢?经常在克拉姆左右,使她具有令人难以抵挡的魅力,正是由于有这种魅力,她才一举把K.俘虏了,可是现在呢,在K.的怀抱里她凋谢了。

"弗丽达。"K.说。这时她正收起咖啡壶,朝K.坐着的地方走过来。"你在生我的气吧?"她问。"不,"K.说,"我想你也只能这样做。你在贵宾楼日子过得挺舒服。我本该让你留在那儿的。""对,"弗丽达说,忧伤地凝视着前方,"你本该让我留在那里的。我不配同你生活在一起。没有我的拖累,也许你想办什么事都能办成。为了我,你宁愿受那横蛮的教员的气,为了我你答应了这份倒霉差事,又费牛劲去争取同克拉姆谈一次话。这些全都是为了我,可是我却以怨报德了。""不对,"K.说,一面伸出手臂温存地搂起她的腰,"这些全是小事,我一点也不在乎,去找克拉姆也不单纯是因为你的缘故。再说,你为我做了多少事呵!认识你以前,我在这里完全是两眼一抹黑。谁也不愿留我,我硬是厚着脸皮去求人吧,人家也是过不多久就让我走人。而如果说我本来可以在某些人家里找到安身之所,可恰恰是这些人我又赶紧躲开了,比如巴纳巴斯家的人就是这样。""你赶紧躲开了他们?真的?最亲爱的!"弗丽达兴奋地大声说,但在K.吞吞吐吐地说了声"对"之后,便又恢复了无精打采、疲惫不堪的样子。可就是K.这时也打不起精神来对她解释,由于同她相好,情况对他来说已经大有转机具体体现在哪里。他缓缓从她腰间把手臂撤了出来,两人默默地坐了一会儿,弗丽达呢,好像K.的手臂刚才给了她温暖而现在她再也缺少不了这温暖似的,又开口说道:"这里的日子我真是受不了啦。如果你想让我留在你身边,那么我们必须离开这里。不管去哪儿,法国南部,西班牙,都可以。""我可不能离开这里,"K.说,"我到这里来就是为了留在这里。我一定要留在这里。"然后,好像在自言自语,他又补充了一句反过来说的话，然而丝毫无意对此作出解释："要不是有留在这里的强烈愿望，还有什么能把我吸引到这个荒凉的地方来？"接着他又说："可是你也要留在这儿的，这里不是你的家乡吗。现在你只不过缺少了克拉姆，就使你这么心灰意懒了。""你是说我离不了克拉姆？这叫什么话！"弗丽达说，"这里克拉姆要多少有多少，走到哪儿都能碰上克拉姆；正是为了躲开他，我才想离开这里的。我不是离不了克拉姆，我是离不了你。为了你我才想走；因为在这儿我没法尽情享受同你在一起的幸福，这里谁都来缠我。唉，我宁愿哪一天干脆破相，宁愿哪一天变得面黄肌瘦，只要能在你身边过上安稳平静的日子就好！"K.从她这番话里只听出一点。"克拉姆还一直同你有联系吗？"他马上问道，"他还叫你去吧？""克拉姆的情况我一点不知道，"弗丽达说，"我现在说的是别人，比如那两个助手。""呵，原来还有这两个助手！"K.大吃一惊说道，"他们在纠缠你吗？""难道你一点没看出来？"弗丽达问。"没有，"K.答道，同时却怎么也回想不起什么时候、什么地点有过这类事，"说这两个家伙嘴馋、眼馋、好纠缠人，大概不冤枉他们，但要说他们竟敢对你动手动脚，那我倒还没看见。""没看见？"弗丽达说，"你没看见在大桥酒店我们的房间里怎么也赶不走他们？你没看见他们一身的醋劲盯我们的梢？没看见其中一个不久前居然躺到草袋上我睡觉的地方来？没听见刚才他们回话时尽说你的坏话，唯恐赶不走你，拼命毁你的名声，好让他们可以单独同我在一起？难道这些你全没有看见？"K.凝视着弗丽达不作答。对两个助手的这些指控可能都不错，但是，也可以用两人那可笑、幼稚、古怪、放肆的品性来解释，这样他们的问题也就轻得多了。

并且，他们两个总是处心积虑地紧紧尾随K.而不是留在弗丽达身边，这一事实难道不也是对这种指控的反驳？想到这里K.说了一句意思与此大致相同的话。"他们是假装正人君子，"弗丽达说，"这一点你也没有识破？对了，如果不是这些理由，那你又为什么把他们赶走了呢？"说到这儿她走到窗前，将窗帘拉开一条缝朝外面看了看，然后招呼K.过去。两个助手这时仍然在外面那栏杆边上；尽管看上去已经很疲劳，仍时不时铆足了劲朝学校房子这边打躬哀求。其中一个为了不必老用手扶着栏杆，就把上衣的后摆撩起来套在一根栏杆的顶部挂住。

"真可怜，真可怜！"弗丽达说。"要问我为什么赶走他们吗？"K.接上弗丽达刚才的话问道，"直接的导火线就是你。""我？"弗丽达问，一直目不转睛地看着窗外。"你对这两个助手态度太好了，"K.说，"你惯着他们的坏毛病，你对他们总是嘻嘻哈哈的，你抚摸他们的头发，你老觉得他们可怜，这不，现在又说他们'真可怜，真可怜'！最后就是刚才发生的事，为了使两个助手免遭鞭打，你拿我做牺牲品也在所不惜。""你说到点子上了，"弗丽达说，"我想说的正是这个，正是这一点使我难过，使我同你有距离，而对我来说，最大的幸福就是待在你身边，永不分离，没有间断，没有尽头，我梦见这世界上没有一块净土让我们在那里不受干扰地相爱，村里没有，别的任何地方都没有，所以我向往着一座坟墓，一座又深又窄的坟墓；在那里我们俩像被钳子夹住一样紧紧拥抱在一起，我把脸紧贴着你，你也把脸紧贴着我，谁也再看不到我们了。可是这里呢——瞧这两个助手！他们打躬作揖，不是冲着你求你而是冲着我求我。""但是现在盯着他们看的,"K.说,"不是我,而是你。""当然啦,是我,"弗丽达几乎是怒气冲冲地说,"我不是一直在讲这一点吗?要不然,两个助手老缠着我不就不用大惊小怪了吗?就算他们是克拉姆派来的人,老跟着我也不必在意。""克拉姆派来的。"K.说,虽然他觉得这个说法很合情理,但乍一听仍然感到一惊。"一定是克拉姆派来的,不会错,"弗丽达说,"但是又怎么样?他们不同时也是两个浑球吗?管教他们还得用鞭子。这两个家伙要多讨厌有多讨厌,要多丑有多丑!他们的脸倒是长得像大人,甚至有点像大学生,可是他们的举止又多幼稚、多蠢!这两种矛盾的东西硬放在一处简直是四不像!你以为我没有看到这点吗?我只是为他们感到害臊罢了。可问题的关键也正好在这里:我并不厌恶他们,而是为他们感到害臊。我忍不住老想看他们一眼。如果谁跟他们这样的人怄气,我会憋不住要笑的。如果谁要揍他们,我又忍不住想去胡噜胡噜他们的头发。夜里我躺在你身边睡不着时,就老是越过你的身子看着他们,一个紧紧裹在被子里蒙头大睡,另一个跪在打开的炉门前生火,我得使劲欠着身子看,生怕把你碰醒。其实并不是那只猫吓了我一跳——嗨,什么猫我没见过,在酒吧里整夜睡不踏实经常被吵醒的日子我也早习惯了——不是那只猫吓着了我,是我自己吓着了自己。根本不需要吓人的大肥猫捣乱,随便一点小小的响动都会使我受惊。我一会儿担心你会醒,那样就一切都完了,一会儿我又翻身跳起来点上蜡烛,想叫你快些醒来保护我。""这些我原来全不知道,"K.说,"我只是凭着一种隐隐约约的感觉把他们赶走的,不过现在既然他们已经走了,那么也许一切都好了。""是呀,他们总算走了,"弗丽达说,然而说这话时脸上露出的是痛苦而并非愉快的神色,"可是我们不知道他们究竟是从哪儿来的呵。说他们是克拉姆派来的人吧,我在心里只是有一搭没一搭玩笑似的这样看他们,但是也许他们真的就是克拉姆派来的呢。瞧他们那眼睛,那两双直愣愣的但同时又是熠熠闪光的眼睛,总使我不知怎的联想到克拉姆的眼睛,对了,是这话:从他们眼里发出的那种有时叫我不寒而栗的眼神,就是克拉姆的目光!所以,我刚才说我为他们感到害臊是不对的。我其实只是希望事情就是这样。我知道,如果是别人在别处做出同样的举动,那么我一定觉得是愚蠢的、讨厌的,可是他们这样做就不一样了,我是怀着尊敬、赞赏心情看着他们做那些蠢事的。但是另一方面呢,如果他们真是克拉姆派来的人,那么谁有本事使我们摆脱他们,再说摆脱他们究竟有没有好处?很难说。如果没有什么好处,那么你恐怕得赶紧去把他们找回来,而他们来了你就应该很高兴是不是?""你是想让我再把他们放进来?"K.问。"不,不,"弗丽达说,"我最不愿的就是这个。要我看着他们欢蹦乱跳冲进来,看着他们又见到我时那种兴高采烈的模样,看着那跟孩子一样的蹦蹦跳跳和大人一样的打躬作揖,这些我也许根本就受不了。可是我又想,要是你这样对他们强硬下去,也许就等于是自己把克拉姆找上门来的路子堵死了,这样我就又打算千方百计劝阻你不要硬顶,免得带来严重后果。所以说,我觉得你还是让他们进来为好。你就快让他们进来吧!不用管我,我有什么要紧!我会尽量提防他们的,万一我跟他们斗输了,那就让它输吧,那时我也会想到这是为了你而心安的。""你说的这些只能更加坚定我对两个助手的看法,"K.说,"我是决不会同意让他们进来的。我已经把他们弄出去了,这不是证明这两个家伙有时也还是可以驾驭的吗?同时这一点又证明他们同克拉姆并没有什么重要的关系。昨晚我刚收到克拉姆一封信,从信上可以看出,克拉姆对这两个助手的情况的了解完全是错误的,而从这里又只能得出结论:两人对他完全无足轻重,否则他是一定能设法弄到有关他们的准确无误的信息的。至于说你看他们像克拉姆,这什么也说明不了,因为,非常遗憾的是你一直还摆脱不掉老板娘的影响,所以到处都看见克拉姆的影子。你现在实际上依旧是克拉姆的情人,还远不是我的妻子。有时想到这个我心里很难受,觉得似乎一切都完了,觉得我好像是刚刚来到村里似的,可又不真像初来时那样满怀着希望,而是心里很明白有一连串的失望在等待着自己,我得一杯接一杯地喝完这苦水,连底上的残渣也得吞下肚里去。""不过,这种感觉只是时不时才有,"最后这句,是 K. 看见弗丽达听了他这番话两腿发软站不住,才微笑着补上的,"并且它实际上说明了一件好事,即你在我心里的分量是很重的。如果你现在让我在你和两个助手之间作出选择,那么两个助手一上来就输了。要你还是要两个助手,这还用考虑吗?好了,现在让我们就彻底摆脱他们吧。哎哟,谁知道我们两个现在浑身发软是不是因为一直到现在还没有吃早饭呢?""很可能。"弗丽达说,一面带着疲倦的微笑干活去了。K. 也又重新拿起了扫帚。

第十三章
汉　斯

　　过了一小会儿响起了轻轻的敲门声。"巴纳巴斯！"K.大叫一声，扔下扫帚三步两步来到门边。一听到这个名字，弗丽达比听见任何别的声音都更惊愕地看着K.。他激动得两手直发颤，一时竟打不开那把旧锁。"我这就给你开门。"他不断地重复着这句话，也不问问究竟来人是谁。结果他不得不眼看着门被猛地一下推开，紧接着跨进屋来的并非巴纳巴斯，而是一个小男孩，就是以前曾经有一次想和K.说话的那个孩子。但K.这时毫无心思去回忆在哪里见过他。"你上这儿来干吗？"他说，"上课是在隔壁。""我就是从那儿来的。"男孩说，同时毫无惧色地抬起头，用他那双褐色的大眼睛凝视着K.，两只手臂紧紧贴着身子，笔直地立正站在那里。"那么你到底想干什么？快说！"K.说着把腰稍微弯下一点，因那男孩说话声音很轻。"我可以帮助你吗？"男孩问道。"他想帮助我们呢，"K.转过身去对弗丽达说，接着又问男孩道，"你叫什么名字？""汉斯·布伦施维克，"男孩说，"四年级学生，马德莱纳街上的鞋匠师傅奥托·布伦施维克的儿子。""哦，你是布伦施维克家的。"K.说，对男孩态度和蔼些了。原来，汉斯先前看到女教师在K.手上抓出几道血印时就感到很气愤，当时就决心要帮助K.了。现在他擅自行动，冒着受严厉处罚的危险，像个逃兵似的从隔壁教室偷偷溜了出来。这个行动可能是出自小男孩常有的好打抱不平的天真心理吧。与这种心理相适应，他现在每句话和每个动作都表现出一本正经的严肃神情。只在开始时还有点腼腆、拘束，很快就同K.和弗丽达混熟，而等到他喝上了热气腾腾的上好咖啡时，就越发活泼、亲昵起来，一个接一个地提些刨根究底的问题，好像他想尽快摸清全部重要情况然后单独为K.和弗丽达拿大主意似的。另外他还带着一种颐指气使的神气，而这种神气又同天真无邪的稚气混合在一起，使人一半认真一半玩笑地心甘情愿在他面前俯首听命。总而言之，他这段时间占据了两个人的全部注意力，结果他们什么正经事没做，早饭时间也拖得很长很长。虽然这孩子坐在课椅上，K.坐在台上讲桌上，弗丽达坐在K.旁边一把椅子上，但给人的印象却是：好像汉斯是教员，是考官，在对考生的回答给出评语，他那线条柔和的嘴唇四周浮着一丝笑意，仿佛在暗示别人他心里很明白这只是一场游戏，然而唯其如此，他除了这点以外对其余的事情就表现出高度的认真，或许，那浮现在嘴边的根本就不是微笑，而是幸福童年的一种流露吧。过了好一阵子他才承认他早就认识K.，就是K.到拉塞曼家去的那一次。K.听到这点非常高兴。"那天你是不是在那个女人的身边玩儿？"K.问。"是的，"汉斯说，"那是我妈。"这话一说出口，他就只好讲讲关于他妈的一些事，可是有点支支吾吾，而且是经过一再追问才说，这时的他，终究还是表现出是个小男孩，虽然时不时，特别在提问题时，或许出于对未来的某种预感，但也可能仅仅是焦急、好奇的听众的一种错觉，他似乎表现出一种近乎大人的果断、聪明和目光远大，可是这个大人转瞬间又会猝然恢复小学生的面目，一下子又成了一个对某些问题丝毫听不懂对另一些问题则作出错误解释的小学生，虽一再提醒他大点声他仍耍小孩脾气，继续叽叽咕咕说话，再就是对某些急迫的问题似乎犯犟脾气根本不愿回答，只是一声不吭而且没有一点窘态，这是一个成年人无论如何做不出来的。整个谈话给人的印象是，好像在他看来仅仅他有资格提问，别人问他则好像违反、破坏了某项规定，纯粹是浪费时间。所以，问他话时他就低着头撇着嘴，直挺挺地坐着半天不开腔。弗丽达很愿意看他这个样子，于是不断向他提问，希望拿这些问题封住他的嘴。她这样做有时也的确很灵，但是 K. 却不痛快。总的说来是问了半天没有打听出多少新东西，得知的情况只有他母亲常常闹点小病，究竟什么病不清楚，她抱着的那个孩子是汉斯的妹妹，名字叫弗丽达（听说盘问他的女人也叫弗丽达，汉斯一脸的不高兴），他们全家都住在村里，但不是住拉塞曼家，那天他们只是去他家洗澡，拉塞曼家有个大澡盆，在那里面洗澡、扑腾、玩水是小孩子们特别快活的事，但他汉斯已经不是小小孩儿，不觉得那有什么好玩；谈到父亲时，汉斯脸上显出敬畏或者说惧怕的神情，不过只在单独谈起他而不是同时谈到父母时才这样，显然，同母亲比起来父亲在他感情生活中分量不重，除此以外，对有关他们家庭生活的所有问题，不管用什么办法试图探听，他都一律不予回答，关于父亲的职业，得知他是本村的头号鞋匠，谁也比不上他，这一点在他回答别的问题时也多次重复，说他爸爸甚至还给别的鞋匠派活，比如巴纳巴斯的父亲，给巴纳巴斯父亲派活大概只是一种特殊照顾，至少，汉斯在谈到这点时洋洋得意地把头一摆，让人猜测是那么回事，这个挺可爱的扭头动作使弗丽达情不自禁地跳下讲台去吻了他一下。问他是不是去过城堡，这问题只是在重复了好几次之后他才回答"没去过"，问他妈是不是去过，他压根就不回答。最后K.觉得很累了，另外也觉得这样问下去毫无用处，这一点他觉得男孩是对的，再者，想兜着圈子从一个天真无知的孩子嘴里套出人家的家庭秘密真有些丢脸，而加倍丢脸的是用这种办法也仍然一无所获。于是，当最后K.问那孩子到底想来帮他们做什么，他回答说只是想帮他们干活，免得男老师和女老师再同K.吵得那么凶时，K.就不再觉得奇怪了。K.向汉斯解释说，他们不需要他帮着干活，大概那位老师本来就爱吵架，恐怕活干得再细再好也免不了要吵，说到活嘛，这里的活并不重，只是因为出现了一些偶然情况，他今天才没有按时干完，另外他对这种吵嘴也不像一个小学生看得那么重，吵过就不放在心上，可以说他对吵架一点也不在乎，更何况他还有希望不久就完全摆脱男老师的支配呢。既然汉斯来这里只是为了帮K.同男老师处好，那么他K.非常感谢汉斯的好意，现在他可以回去了，但愿他不要因为到这里来又受处罚。虽然K.没有特别强调说他不需要的仅仅是帮助他同男教师和解，只是无意随便说出来，没有提需不需要其他方面的帮助，但汉斯还是完全听明白了他的意思，就问他也许还需要什么别的帮助，说他很愿意帮K.，如果自己帮不了他可以去求他妈帮忙，那就一定行。就连父亲有难处也去求母亲帮助的。他妈有一次也问起过K.呢，她自己可以说简直不出门，那次去拉塞曼家只是一次例外，他汉斯倒是常常去找拉塞曼的孩子们玩，所以有一次妈妈问他土地测量员是不是又去过那儿了。是呵，妈妈身体那么弱，精神那么不好，不能让她着急，所以他只简单地答了一句，说他在那儿没见着土地测量员，说完以后大家也都没再提这事了；可是现在他发现K.在学校里，所以觉得一定要同他说句话，好去把情况告诉妈妈。因为妈妈最高兴的就是不等她开口就主动照她的意思去办。听完汉斯这些话，K.思索片刻后说道，他不需要任何帮助，他什么都不缺，但汉斯提出要帮他是一片好心，他感谢他这片好心，说不定以后他还会需要什么的，那时一定找他帮忙，他不是已经知道他们家的住处了吗。这一次也许反倒是他K.能帮上一点忙：汉斯的母亲体弱，爱闹点病，看来这里又没有人能治她的病，这使他感到心里很不安；这样耽误下去，一种本来很轻的病也往往可能会拖严重的。他K.正好有一点医学知识，更有用的是他还有看病的经验。有些连医生都没办法的病他也给人治好了。在家乡，因为他有这妙手回春的本领，还得了个"苦口良药"的绰号呢。总之他很愿意去看看汉斯的母亲，同她谈谈。也许他能出个好主意，即便仅仅为了汉斯，他就也很乐意这样做了。当K.提出愿为母亲看病时，起初汉斯眼睛一亮，这使K.误以为有门了，便进一步提出具体意见，想把事情定下来，但结果却令他很不满意，因为，不论K.怎样翻来覆去地问，汉斯都只说——说时甚至显得对母亲的病不那么心焦——陌生人是不能去见他母亲的，她需要好好保养；那一次K.虽然只同她说了一两句话，事后她也接连好几天起不了床，当然，几天起不了床的事是常有的。父亲当时对K.非常生气，他是决不会再让K.去看母亲的，对了，当时他甚至想专门找K.一趟，就他的表现惩罚他一下，仅仅因为母亲阻止才没有去成。但主要是母亲自己一般不愿同任何人谈话，她打听K.，并不能说明K.可以例外，恰恰相反，提到他时她本来正好可以趁机表示一下见见他的愿望，可她并没有这样做，这不就已经把她的意愿表示清楚了吗。她只想了解K.的情况，而同K.谈话是不愿意的。再说她也不是真有什么病，她心里很明白自己的身体为什么像现在这样不好，有时从她的话里也能听出这层意思：她说大概是这儿的空气她不适应，可是考虑到父亲和孩子们，她又不愿离开这里，说现在比起从前来也已经好些了。以上这些，大体就是K.从汉斯嘴里听来的全部情况；一旦需要保护自己的母亲免受K.的打扰，汉斯的思维能力显然比平时高出许多，他在抵制K.，抵制这个他宣称要帮助的人；是的，他出于好心，为了阻拦K.去找自己的母亲，在某些方面甚至说出些自相矛盾的话，比如在谈到母亲的病时就是这样。尽管如此，现在K.也仍然觉得汉斯对他还是怀着善意，只是一涉及母亲他就把别的全忘光了；不论什么人站到母亲对面去，这个人马上就一无是处，这一次是K.，但也可能是别人，比方说是他父亲。K.很想利用这后一种情况，便说，汉斯的父亲这样尽力保护母亲免受外人打扰当然做得很对啦，而他K.呢，当时要是对汉斯母亲的身体状况哪怕只是稍有察觉也是肯定不会莽撞地去跟她说话的，现在虽说事情已经过去，但他还是要请汉斯回家去代自己请求她原谅。可是他不完全明白，既然病因已经清楚，像汉斯刚才说的，那么为什么他父亲还要阻拦他母亲去别处换换空气休养休养呢；只能说是他在阻拦她，因为她不愿离开家的唯一原因是孩子们和他，但孩子们她可以带上一块儿去，因为她不用离开很久，也不必去很远的地方；到城堡山上去，不就完全换了一种空气吗？这样一次临时迁居的费用他父亲也不必发愁，他不是村里的头号鞋匠吗，再说他或者母亲在城堡里肯定也有亲戚或熟人，他们会乐意接纳她的。为什么他不让她走？请他不要小看这种病，他K.只同汉斯的母亲匆匆见过一面，正是她那引人注目的脸色苍白和体质虚弱使他禁不住去同他攀谈两句，当时他就觉得奇怪汉斯的父亲怎么竟让自己生病的妻子待在那么多人洗澡、洗衣裳的地方呼吸污浊空气，而且还一点不收敛地大声说话。这位父亲大概不知道情况的严重性吧，即使病情近来可能有点起色，但这一类病是反复无常的，如果不去治，不下大力去治，那么终究是会严重恶化的，到那时就毫无办法了。如果说他K.一定不能同汉斯的母亲谈，那么，也许同他父亲谈谈，提醒他注意刚才说的这些，总是会有好处的吧。

汉斯专心致志地听完了这番话，听懂了一大半，剩下的虽然没听懂，但其中包含的警告他也强烈感觉到了。尽管如此，他仍坚持说K.不能同他父亲谈，他父亲不喜欢K.，可能会像男老师一样对待他。汉斯在说这几句话时，提到K.就腼腆地微笑，提到他父亲就露出怨恨和伤心的表情。然而他又补充说，也许K.还是有可能同他母亲谈谈的，不过一定不能让他父亲知道就是了。说完这话，汉斯两眼便直勾勾地在那儿动了一小会儿脑筋，那样子活像一个想偷吃禁果的女人正在想办法怎么能吃到果子又不受惩罚，然后，他说，也许后天就行，他父亲后天晚上要去贵宾楼，他在那里有事同人洽谈，到时候他汉斯会来接K.到他母亲那儿去，当然，这还得他母亲同意才行，而这一点现在还非常难说。主要的问题是她做事从不违背父亲的意思，什么都顺着他，就连那些他汉斯都看得出是不近情理的事，她也完全依着他。现在，汉斯是真的在求K.帮他想法对付他父亲了，就好像是他认识到了他原来误以为是自己想帮助K.，实际上呢，因为本地谁也帮不了忙，他是想来弄清楚现在这个突然冒出来的、连母亲也提到过的陌生人能不能帮这个忙的。这男孩自己并不知道他是多么讳莫如深，简直有点诡计多端了！这一点此前从他的举止和言谈中几乎丝毫觉察不出，只是从那些有意无意间从他口里追问出来的、可说是事后的表白里，才让人感觉出来。现在他和K.促膝长谈，仔细考虑有哪些困难需要克服，他们看到，不管汉斯多么想促成此事，这些困难几乎是不可克服的，他自己在使劲动脑子，同时不断焦急不安地眨巴着眼睛向K.求援。在父亲离家之前他一点不能向母亲透露此事，不然父亲一知道，所有的路子就堵死了，就是说他只能在父亲走后提这件事，然而即使在父亲走后，考虑到母亲的特殊情况，也不能没头没脑地一下子告诉她，而要慢慢来，找到适当的时机，到那时，才可以去请求母亲同意这事，然后再来接K.过去，但是那样一来会不会就太晚，父亲随时可能回家呢？不会的，这不可能。但K.却提出证明说这不是不可能的。他说，大可不必担心他在他们家的时间不够用，一次简短的谈话，一次简短的会见就足够了，汉斯也完全不用来接他。他将藏在他们家近处某个地方等着，只要汉斯给一个信号他就立即行动。不行，汉斯说，K.决不能在他家附近等——这时候那种一想到母亲便突然警觉、敏感起来的心态又控制了他——，不行，母亲知道此事之前K.决不能先动身去他们家，他汉斯决不能瞒着母亲同K.达成这样的默契，一定得他到学校来接K.，而且必须在母亲知道并且准许他这样做以后。好吧，K.说，如果非这样不可，那么就真是很危险了，这样做父亲很可能在家里当场把K.抓住，退一步说即便不出现这样的情况，母亲也一定会因为害怕出现这种情况而根本就不让K.来，这样，最终一切还是都会因为父亲的缘故而告吹的。K.这些想法，说出来后又遭到汉斯反驳，于是这场争辩就这么你来我往地继续下去。K.这一阵子早已把汉斯从课椅上叫到了讲台上，让他坐在自己两腿间，时不时怜爱地轻轻抚摩他。虽然汉斯有时还表现出抗拒心理，但这种亲昵表示终归还是起到了使他们感情融洽的作用。最后两人达成了如下的一致意见：汉斯先去对母亲讲出全部真情，不过，为了使她表示同意不致感到太困难，还要加上一句，说K.也想同布伦施维克本人谈谈，自然不是谈母亲的事，而是谈他自己的事。其实跟他谈谈K.自己的事也是应该的，因为在同汉斯谈话的过程中K.突然想到过，就算布伦施维克在别的方面是个心怀叵测的危险人物，但他实际上已经不可能是K.的敌人了，因为，至少据村长说，他曾经是那批——尽管出于政治原因——要求聘任土地测量员的农民的带头人呵。这样分析起来，K.到村里布伦施维克心中必定是很欢迎的了；不过要是这样的话，头一天他那气呼呼的见面礼，还有汉斯说的那种不喜欢K.的情绪又从何而来呢？会不会恰恰是因为K.没有先找他帮忙他才耿耿于怀？或者出了一个什么别的误会？总之这些都是可以通过几句话就解释清楚的。要是果真把事情说清楚了，那么布伦施维克很可能就会成为K.在同男教师甚至同村长较量时的后盾，村长和男教师用来对付K.，阻碍他去找城堡当局，又把他硬安插到学校勤杂工位置上的那一整套官府愚弄老百姓的把戏——不是这个还能是什么别的？——就可以被揭露出来，可以设想，如果最近在布伦施维克和村长之间出现过因K.而引起的争执，布伦施维克一定会把K.拉到自己一边，这样，他K.将有可能成为布伦施维克家的座上客，布伦施维克的权力手段他将可以使用，村长也就奈何他不得，谁知道这样一来他的事情会取得多大的进展呵，不管怎么说，经常在那女人左右是不会有问题的了——K.就这样沉湎在这些虚虚实实的梦幻中，而汉斯呢，心里只惦记着他母亲，忧心忡忡地注视着沉默不语的K.，就好像面对着一位正在冥思苦索、力求想出能治好某种重病的良方的医生时的神情。对于K.建议打算同布伦施维克谈谈他的土地测量员职位问题，汉斯表示同意，然而仅仅因为这样做可以应付父亲保护母亲，并且这也只是不得已时的做法，但愿不会出现这种情况。除此之外，汉斯就只问了问K.，他怎么向他父亲解释这么晚到他们家来，最后虽然脸色有点阴沉，总算还是勉强同意了K.的回答，即K.将这样说：他不能忍受学校勤杂工的职务，加上男教师又侮辱他的人格，这就使他在一阵突然袭来的绝望情绪中一时把什么别的都忘了。

这样，他们尽可能地提前考虑了各种情况，看到成功的可能性至少不是一点没有时，汉斯才从他那苦思苦想的重压下得到解脱，样子变得快活些了，接着，他又带着稚气先同K.后同弗丽达闲聊了一阵，这多半天弗丽达一直好像心不在焉地呆坐一旁，到现在才又开始参与交谈。她问汉斯长大后想做什么，他略加思索便说他想做一个像K.那样的人。问他为什么，他自然是答不上来，而问他莫非想当学校勤杂工，他说绝对不是。经一再追问，才发现原来他是拐了一个大弯才萌生这个愿望的。K.目前的处境丝毫不令人羡慕，而是相反，他的情况是可悲、可惨的，这一点汉斯也看得很清楚，而且为了看清这点他根本不需要去察言观色琢磨别人的态度，他自己早就很不乐意K.看母亲一眼、同母亲说一句话，怕那会影响母亲的情绪。可是尽管如此他还是来找K.，求他帮助，在他答应帮助时感到高兴，他觉得好像别人也抱着跟他类似的想法，但是最重要的是母亲自己也提起过K.呀。由于对K.的这一矛盾态度，在汉斯心中逐渐生出一个信念，就是K.目前虽然还地位低下，令人退避三舍，但将来——当然这个将来遥远得很，还在虚无缥缈中——将来他终归会出人头地的。正是这种虚无缥缈的远景，以及那种可以引为骄傲的、朝着这个方向的步步发展，对汉斯有很大的吸引力；想到将来那个K.，为了那个K.，他甚至对现在这个K.也将就点，认了。汉斯这个愿望，既是稚气未消又是少年老成的，这表现在：他以一种长辈看年轻人的姿态看K.，觉得这个年轻人比他自己前途远大，比"他自己"，可他不过是一个小男孩！另外，在弗丽达一再追问下他不得不谈这些时，那神态也是一种近乎忧郁的严肃。只是当K.说，现在他知道汉斯究竟是羡慕他什么了，说一定是喜欢他那根好看的曲柄手杖时，他才又高兴起来，这手杖一直放在桌上，在他们谈话的这段时间里，汉斯走神时曾经摆弄过它。现在K.说，好了，这样的手杖他自己会做，等他们的计划实现以后，他一定给汉斯做一根更好看的。汉斯听到K.这个许诺非常高兴，他欢天喜地地同K.告别，还紧紧握了握K.的手，并说："那么后天见。"这时已经搞不大清楚，他究竟是否真的仅仅因为将要得到手杖才那么兴高采烈。

第十四章
弗丽达的责备

汉斯再不走确实也不行了,他刚离开一会儿男教师便猛地推开门,一见K.和弗丽达还心安理得地在桌旁坐着便大喊道:"实在对不起,打搅二位一下!你们倒是说说到底要到什么时候才能把这间屋子打扫出来?我们只能在那边挤着,挤得气都透不过来,教学大受影响,可你们倒好,在这间大体操室里如鱼得水,要躺下就躺下,要坐着就坐着,干什么都自由自在!就这样还嫌地方不够,又把两个助手也轰走了!都什么时候啦,这会儿你们总该站起来活动活动筋骨了吧?"说完这些又冲着K.嚷道:"你现在就去大桥酒店给我把早餐端来!"这些话全是怒气冲冲、气急败坏地大吼出来的,但用词还算比较温和,甚至那个本来很粗鲁的"你"字①也显得不那么太生硬。K.准备马上照办,但为了顺便再从男教师口中探出点东西,他又说了一句:"我不是已经被解雇了吗?""解雇了还是没解雇,你都去给我把早饭端来!"男教师说。"解雇了还是没解雇,我想知道的恰恰就是这个。"K.说。"你

---

① "你"(Du)字:在德语中,除对亲戚、好友、小辈等用"你"称呼表示关系亲密外,有时也用"你"称呼下属和下人。

废什么话,"男教师说,"你不是没有接受解雇令吗?""我没有接受,解雇令就无效吗?"K.问。"对我来说它仍然有效,"男教师说,"这一点你给我听明白,可是对村长来说它就是无效的了,真让人弄不明白。好了,现在你给我麻利点,要不你真的就要滚出去了!"K.满意了,从男教师的话判断,看来他已经去找村长谈过,或者也许根本没有去谈,而只是说出了据他自己预料村长一定会表示的意见,然而不论是哪种情况,村长的意思都是对K.有利的。于是他立即行动,急忙去取早饭,可是刚走到走廊上,男教师就又把他叫了回来,可能是他想用这个特别的命令来考验一下K.是否忠于职守,并据此决定自己下一步如何行动,也可能是他此时再次心血来潮,很想耍一耍发号施令的威风,以看到K.在自己号令下先是忙不迭地跑开,听到自己另一个命令又马上像个堂倌似的急匆匆转回来为乐事吧。从K.这方面来说,他很清楚,如果自己过于逆来顺受,就会沦为男教师的奴仆和由他任意打骂的小厮,但是现在他愿意在一定的限度内忍受男教师的颐指气使,因为,虽然现在看来男教师没有合法的资格解雇他,但千方百计折磨他直至无以复加非人所能忍受的地步,这人却是完全做得出来的。而对K.来说,恰恰是这个位置现在比以往更加重要了。同汉斯的长谈令他萌发了一些新的希望,不能不说这些希望十分渺茫,几乎纯属空中楼阁,然而却始终萦系脑际不能忘怀,有了这些希望使他差点忘掉了巴纳巴斯。每当他沉湎于其中时——他无法控制自己,无法摆脱它们——,他总是集中全部心力,什么别的都不去想,不想吃的,不想住处,不想村公所,连弗丽达也不想,可是说到底,一切都只是为了弗丽达,因为他所有的操心事都与她有关。因此，他必须竭力保住这个多少能给弗丽达一些安全感的差事，为达到这个目的去忍受男教师那超出自己所能忍受限度的折磨，就不能老是想不开了。其实，这一切也不是什么大不了的痛苦，它们是生活中那一系列永无休止的细小烦恼的一部分，同K.追求的目标相比，简直就算不上一回事，再说他也不是为了过体面、平静的生活才到这里来的呵。

于是他同先前一听到命令就准备马上跑到酒店去一样，现在一听到新的命令也立即执行，打算动手先把这个房间收拾干净，以便女教师能再把她那班学生带过来上课。但是动作必须十分迅速，因为这里收拾完他还得去取早餐，男教师这会儿已经很饿很渴了。K.保证一切都按男教师的意思办；男教师这时站在旁边看了一会儿，他看着K.急急忙忙把床铺挪开，把体操器具推回原来位置，又飞快地清扫地面，而弗丽达则擦洗讲台。看到两人干活卖力，男教师似乎感到满意了，他又提醒他们，说门前还放着一堆准备生火用的木柴——仓库他大概不会准许K.再去——，然后，一面威胁着说他过一会儿就要回来检查，一面抬脚到孩子们那边去了。

不声不响地干了一阵之后，弗丽达问K.为什么现在对男教师这么顺从。看来这是个表示同情的、充满了关切的问题吧，但K.这时想到弗丽达原来曾答应过要保护他免受男教师滥施淫威之苦，那个诺言几乎一点没有能够兑现，所以他只冷冷地回答她一句说，既然他已经当了学校的勤杂工，当然就得做自己分内的事了。这之后又是一阵沉默，然后K.——刚才这简短的一问一答，正好提醒了他，使他想起弗丽达已经有好长时间一直好像若有所思、心事重重，特别是几乎在他同汉斯谈话的整段时间里都是一副茫然若失的样子——就在搬木柴进屋时直率地问她到底在想些什么。她缓缓地抬眼望他，回答说没想什么特定的事，她只是想到了老板娘，想她说的有些话真是很对。在K.不断逼问下，她才在好一阵吞吞吐吐欲言又止之后多说了几句，但说话时仍不停手里的活，这倒不是因为勤快，她手里的活实际上没有丝毫进展，她所以不停下来仅仅是为了不必正眼看K.罢了。现在她告诉他的是：在K.同汉斯谈话时，起初她专心听着，后来K.有些话使她大为吃惊，就开始仔细琢磨这些话的意思，这一琢磨，就再也止不住老想着K.那些话实际上证实了她从老板娘那里听来的一种看法，原先她一直不愿意相信那看法是对的。K.听着这些不痛不痒的话心里恼火，弗丽达那眼泪汪汪的表情、诉苦抱怨的腔调让他气恼多于感动——特别是因为老板娘现在又一次闯入他的生活，至少是由于她本人到目前为止在K.身上成效甚微，现在就通过让他回忆的方式再次闯入他的生活——，于是他赌气地把抱着的柴火往地下一扔，一屁股坐了上去，义正词严地要求弗丽达把事情原原本本说个清楚。"已经有许多次了，"弗丽达开始讲了，"从一开始起就这样，老板娘总使劲跟我唠叨，想让我怀疑你，她倒不是说你撒谎，正好相反，她说你这人跟孩子一样直，可是你的为人和我们太不同了，所以即使你说老实话我们也很难强迫自己相信你，而且要不是有一个要好的女性朋友早点救我们，我们就得经过痛苦的切身经验才能学会相信这一点。她说，即使是她有眼力善于知人，碰上你这号人也跟别人一样没法子。但是上次在大桥酒店同你谈话以后——我现在只是把她当时讲的那些恶狠狠的话重复一遍——，她算是看透了你的鬼把戏,现在哪怕你使劲掩饰自己的意图,想再诓她也办不到了。她这样说你:'可是事实上呢,他是什么都不掩饰呵。'这一点她自己也说了又说。后来她又对我说:'你随便找个机会好好听听他说话吧,别只是浮皮潦草地听,那样不行,要真正一点不走神地仔细听。'她说她自己也仅仅是这样做了,结果就从你的话里听出你对我的意图来:你之所以打我的坏主意,跑来纠缠我——她的话说得就那么难听——,只是因为碰巧遇着我,瞅着我也还不难看,还因为你把一个酒吧女招待错误地看成命中注定的、随便哪个伸手求欢的酒客都可以玩弄的牺牲品。此外她又从贵宾楼老板那里听说,你当时不知出于什么原因想在贵宾楼过夜,而为了达到这个目的,唯一的办法当然就是利用我啦。这几点加起来,就足够促使你跟我来个一夜风流了,但是为了再多捞到点什么别的,就还需要别人,而这'别人'就是克拉姆。老板娘没有硬说她知道你想从克拉姆身上得到什么,她只是说,认识我以前和认识我以后你都坚决要求见克拉姆。不同的仅仅是:以前你觉得那是件没有希望的事,而现在呢,以为有了我这条可靠的路子,靠我就能很快地真正去接近克拉姆,甚至以更优越的身份去到克拉姆跟前了。今天听你说你认识我以前在这里是两眼一抹黑时,我真是吓了一跳——不过这只是乍猛一惊马上就过去了,没有什么更深的意思。你那句话和老板娘跟我说的简直就差不多,她也说你是在认得我以后才目标明确起来。她说,这是因为你觉得占有了我就是把克拉姆的一个情人夺到手,也就等于有了一个人质,只有出最高的价码才能赎回。她说,跟克拉姆就这件事讨价还价就是你唯一孜孜以求的。她还说,因为我对你无足轻重，只有那价码才是你的头等大事，所以你在关系到我的问题上怎么妥协都行，而在关系到价码的高低时就寸步不让。所以你对我丢掉了贵宾楼的位置完全无所谓，对我不得不离开大桥酒店也完全无所谓，对我只得去干学校勤杂工的重活也完全无所谓，你对我没有什么柔情，甚至一点多余时间都不给我，你撒手把我交给了两个助手，没有一点嫉妒，我在你心中的唯一价值就是做过克拉姆的情人，实际上你完全不知底细，就一个劲儿地想让我别忘记克拉姆，以便当决定性的时刻到来时我不至于太抵触，尽管这样，你同时也在同老板娘过不去，你认定她是唯一能把我从你身边拉走的人，所以就有意同她越吵越凶，达到同我一起离开大桥酒店的目的；如果命运只由我自己来左右，那么我在任何情况下都是你的人，这一点你并不怀疑。你把同克拉姆的谈话设想成一宗交易，一手交钱一手交货。你考虑到各种可能性；如果能争取到你要的价码，你什么都肯干；如果克拉姆要我，你就毫不犹豫把我送给他，如果他要你待在我身边，你就待在我身边，如果他要你把我赶走，你就把我赶走，可是你也愿意演一出喜剧，只要有利可图，你会假惺惺地说你爱我，叫如果他对这一点满不在乎，你就会特别强调自己的微不足道，然后用连你这么个什么也不是的人居然也成了他的接替人这个事实使他感到羞耻，这样来促使他不能满不在乎，或者，还有一个办法，就是你把我确实说过的对他这个人表示爱慕的那些话转告他，请求他再次接纳我，当然，条件是付给你那笔要价；如果实在没有别的法子，那么你会以 K. 夫妇两人的名义干脆去向别人乞讨。老板娘最后说，但是如果你后来发现自己完全错了，各种估计都错了，所有的希望也都落空了，你想象中的克拉姆以及他和我的关系也错了，那么，我受苦受难的日子也就到了，因为，那时候我才真成了你的唯一财产、你的唯一依靠，然而同时又是你手里一件已被事实证明是毫无价值的东西，你也就会以相应的态度对待这件东西了，因为你对我除了占有的欲望之外没有别的感情。"

K.一直紧闭嘴唇，聚精会神地听着，竟一点没有注意到他坐下的柴禾早就在他身体的压力下开始滚动，他自己也快要滑到地上去了，这时他才站起来，坐到讲台上，拉起了弗丽达的手——她想轻轻挣脱他——说道："在你刚才说的这么多话里，我有好些地方分不清哪是你的，哪是老板娘的意思。""全是老板娘的意思，"弗丽达说，"她说什么我都听着，因为我崇拜她，可是这回我是这辈子第一次百分之百地反对她的看法。当时我就觉得她说的那些话全都一文不值，对我们俩的情况是一点也不了解，一点没说到点子上，我倒是觉得她说的那些话的反面才是对的。那时我想起了我们相会第一夜过后的那个阴天的早晨，想起你当时跪在我身边时眼里露出的沮丧神情，似乎一切都完了。我又想到，后来事情果然不尽如人意，不管我努多大力都帮不上你的忙，反而给你添了不少麻烦。因为我的缘故，你同老板娘结了仇，这是一个强大的敌手，到现在你还是对她估计过低；你对我非常关心，为了我你不得不去努力争取一个位置，在村长面前处于不利地位，又不得不低三下四地去伺候那个男教师，还要忍受两个助手的捣乱，但最严重的是：为了我的缘故，你恐怕已经大大冒犯、得罪了克拉姆。当时我还想：你现在老惦记着找克拉姆，实际上这不过是一种软弱的、希望缓和平息一下他的怒气的努力罢了。我私下对自己说,老板娘对这一切都比我知道得更清楚,她之所以要给我说那么些悄悄话,只是不想让我过分自责吧。她倒是出于好心,可是她费这个力气完全多余。我对你的爱,就能帮助我渡过所有的难关,我的爱终归也能激励你奋发有为,不是在这个村里也会在别处,我这种爱情的力量,难道不是已经得到一次证明了吗:它救了你,使你免受巴纳巴斯家的纠缠。""这就是你当时同老板娘的看法相反的看法了,"K.说,"那么打那以后有什么变化吗?""我不知道,"弗丽达说,看了一眼K.的手,这只手现在拉着她自己的手,"也许什么都没有变吧;现在你坐得离我这么近,这么心平气和地问我话,我就觉得什么都没变。可事实上呢"——说到这里她挣脱了K.拉着她的手,正对他坐直了身子,伤心地哭了起来,也不蒙脸;她这样毫无顾忌地把这张泪如泉涌的脸正对着他,似乎在表示她并不是在为自己而哭泣,所以也没有必要羞羞答答遮遮掩掩,似乎她是在为K.的负心而痛哭,所以就该让他好好看看她这副模样以便受到良心的谴责——,"可实际上呢,从我刚才听了你同那个男孩子的一席谈话以后,一切全变了。瞧,你开始时表现得多么单纯无辜呵,你问他们的家庭情况,问这问那;我一时好像又看到你刚来酒吧时的样子,大大方方的有什么说什么,像个孩子似的着急地不断看我的眼睛。你的样子同那时比确实没什么不同,我当时真希望最好老板娘也在这里,也在旁边听你说话,看她还有什么本事坚持她的看法!可是过了一会儿,不知怎的,我突然就觉得你同那孩子说话是别有用心。你说了那些关心的话,赢得了他那一般人很难赢得的信任,这一着得手后,你就长驱直入向你的目标大步挺进了,我也一点一点地越来越看清了你这个目标：就是那个女人！从你对她那些貌似关心的话中，只是赤裸裸地暴露出你心里那本生意经。你是在还没有赢得那女人的信任之前就先欺骗了她。从你的话里我不光听到了我的过去，也听到了我的将来，我当时的感觉是好像老板娘就坐在我旁边，你一边说她一边给我解释你的话，我呢，我使出全身的力气想把她从我脑子里赶出去，可同时心里又明白这完全是白费力气，当时我又觉得受骗的其实根本就不是我——我连受骗的份儿也没有了，而是那个陌生女人。后来我还是使劲打起精神，问汉斯他长大后想干什么，他说他想成为一个像你一样的人，瞧，他已经完完全全成了你的尾巴了，这时候，他这个在这里被利用的好心男孩，同当时酒吧里的我，我们两人之间究竟还有多大区别呢？"

"你说的这些，"K.说，由于已经听惯了指责，他现在反而平静下来，"你说的所有这些在某种意义上是对的，这些话不是不符合事实，只是敌对情绪太重。这些全是老板娘，即我的对头的想法，这个事实，即便你觉得它们是你自己的想法，也是改变不了的，想到这点我觉得很欣慰。可是这些思想倒很有教育作用，向老板娘还是能学到不少东西的。虽然她对我一向不留情面，但并没有对我本人讲过这些想法，显然，她把这件秘密武器传授给你，是希望你在某个对我来说特别艰难、面临重大抉择的时刻使用它；如果硬要说我在利用你，那么她同我差不多，也在利用你嘛。可是，弗丽达，你要考虑一点：就算一切都像老板娘说的那样丝毫不差，那么也只有在一种情况下事情会非常严重，那就是你不爱我。在这个条件下，也只有在这个条件下，情况才的确是我搞阴谋要诡计把你骗到手然后再拿你作筹码去敲诈勒索。如果真是这样,那么恐怕连我同奥尔嘉手挽手走到你面前那件事也是我蓄谋的一部分,是为了勾起你的同情心,只是老板娘忘了把它列入我的罪状中去罢了。但是实际情况并没有那么严重,并不是一头狡猾的猛兽扑到你身上把你攫获,事实是你主动亲近我,我也同样主动亲近你,我们心心相印,一同陶醉在爱情中,你说说看,弗丽达,从这个事实应该得出什么结论呢?只能说我们两人有如一人,我做我的事也就是在做你的事,这里我们是不分你我的,哪个女人硬要分开我们,她就只能是我们的仇敌。这一点在哪里都可以这么说,也包括和汉斯的关系。顺便提一句,谈到我同汉斯的谈话时,你太敏感,所以也言过其实了,因为尽管汉斯和我的目的不完全一致,可是也还没有到针锋相对那样严重的地步,另外就是,你我之间的不一致也没有逃脱汉斯的眼睛,要是你不信这点,那你就太小看这个细心的小家伙了,退一步说,即使这一切完全瞒过了他,可总不会有谁对此感到难受吧,我希望这样。"

"想把这些事情搞清楚真是太难了,K.,"弗丽达说着叹了一口气,"我对你绝对没有过不信任,如果说我在这方面受了老板娘一点影响,我是会把这点影响痛痛快快地甩脱掉,然后跪下来请求你原谅的,其实我也一直在这样做,虽然我说的话很不中听。但你呢,你有好些事瞒着我可一点不假;你忽而来了忽而又走了,我根本不知道你打哪儿来上哪儿去。汉斯敲门那会儿,你甚至叫出'巴纳巴斯'这个名字来。唉,要是你有哪一回像叫他那么亲热地叫我一声就好了,真不明白你究竟为什么叫起这个可恨的名字来有那么股子亲热劲儿!你不信任我,又怎么能要求我不起疑心呢,你那样做就是把我完全推到老板娘一边去了,你看上去就像是在用你的行动证实她的看法似的。不是在所有的问题上,我不敢说你在所有的问题上都在证实她的看法,你看,难道不正是你为了我把两个助手赶走的吗?唉,你不知道我是多么满心希望在你做的每件事、说的每句话中,不论它们多么使我痛心,也能找出一个为我考虑的善意出发点来呵!""最重要的是,弗丽达,"K.说,"我确实对你没有丝毫隐瞒呀。你瞧瞧,老板娘多恨我,使出多大的劲想把你从我身边拽走呵!她使用的手段又是多么卑劣!而你呢,又那么言听计从,弗丽达,你对她太软了!你倒是说说,我到底哪件事隐瞒了你?我想找克拉姆,你是知道的,你不能帮我办成这件事所以我只好完全靠自己单枪匹马地干,这你也是知道的,这事直到现在没有成功,你也看见了。莫非你要我给你讲我每一次努力怎样白费力气,讲我实际上是一次又一次地受够了窝囊气?再讲一遍不是让我受双份的窝囊气吗?难道你要我拍拍胸脯吹嘘自己如何站在克拉姆的雪橇旁边挨冻,白白等了整整一个下午?我好不容易庆幸自己不必再想这些事,兴冲冲赶到你身边来,可是现在这些乱七八糟的东西又一股脑儿气势汹汹地从你那里冒出来了!要说巴纳巴斯吗?不错,我是在等他。他是克拉姆的信差呀;又不是我给他派的这个差使。""又是巴纳巴斯!"弗丽达叫起来,"我看他决不是个好信差。""也许你说得对,"K.说,"可他是派到我这儿来的唯一的信差呵。""那就更糟,"弗丽达说,"正因为他是唯一的信差,你就更应该提防他。""可惜到目前为止他没有让我感到有任何提防他的必要,"K.微笑着说,"他很少来,而且每次带来的东西全是无关紧要的;这些东西的重要性仅仅在于它们是直接从克拉姆那里来的。""瞧瞧,"弗丽达说,"现在连克拉姆也不再是你的目标了,也许我最担心的就是这个;原来你老是想撇开我去找克拉姆,这很糟,而现在呢,你好像对克拉姆也不再感兴趣了,这就糟糕得多,这一点连老板娘也没预料到。照老板娘的看法,我的幸福,就是那种很成问题的、然而又是真正的幸福,在你终于看清你对克拉姆抱的希望完全落空的那一天就到头了。可是现在你连这一天也等不及;突然冒出来一个小男孩,你就开始同他一道拼命争取他的妈妈,就像在拼命捞救命稻草似的。""对我跟汉斯的谈话,你倒是没有理解错,"K.说,"事实的确是这样。但是,难道你以前的生活就沉沦到这种地步(当然,只在你同老板娘走到一起之前,因为老板娘是不让自己被你拽着一起沉沦下去的),以至于你都不明白一个人要想上进就必须努力奋斗,特别是一个出身最底层的人?你不知道必须利用一切可以利用的机会,哪怕是一线希望也要争取?那个女人是从城堡来的,这是我头一天迷路去到拉塞曼家时她自己告诉我的。难道这不是一个绝好的机会,请她出个主意甚至帮个忙吗?如果说老板娘知道得非常清楚的只是要去见克拉姆有哪些障碍,那么这个女人很可能知道该走哪条路才能通到克拉姆那里去,因为她自己就是从这条路走下来的嘛。""通到克拉姆那里去的路?"弗丽达问。"不错,是通到克拉姆那里去的路,不去他那里还能去哪里?"K.说,接着便跳了起来,"哎呀,都什么时候了,再不去取早饭绝对不行了!"弗丽达执意求他别走,那坚决态度,远远超出仅仅出于不愿让他去取早饭这一个原因,那神情,似乎唯有留下才能证明他刚才所有安慰她的话是真心实意。但是K.提醒她想想男教师的命令,指指那随时可能被乒乒乒乓乓踢开的门，答应她马上就回来，说她甚至不必给炉子添柴禾，等他回来他会弄的。最后弗丽达不再坚持，默然顺从了。当K.来到室外，踏着积雪艰难地移步时——路上的积雪早该铲除、清理干净了，真奇怪，这活怎么干得这样慢呵——，他看见两个助手中一人在那里紧紧扶着栏杆，一副精疲力竭的样子。只有一个，另一个到哪里去了？这么说，K.终于还是至少摧垮了一个人的韧劲儿？当然，留下来的这一个仍然在十分卖力地干他的那套营生，这一点很清楚，因为他一看见K.立时就活跃起来，当即使劲不断地向K.打躬作揖，着急得眼珠都快瞪出来了。"他那股子顽强劲真够得上模范了，"K.自语着，却也不得不添上一句，"可这股子劲会让人冻死在这栏杆上的。"心里虽然这样想，但表面上K.只对这个助手恨恨地扬了扬拳头，表示绝对禁止他走近自己跟前来，这助手被吓得打着哆嗦，往后退了好几步。这时弗丽达正好打开一扇窗户，这是她同K.商量好的，要在续火之前先给屋子换换空气。那个助手一见此景立刻受到不可抗拒的吸引，马上扔下K.转身向那窗户溜了过去。此刻弗丽达既对这个助手和颜悦色，又对K.露出苦苦哀求而又无可奈何的神情，以致她的脸扭曲得相当难看，她从窗户上面伸出手来微微挥动了一下，这个动作就连是表示拒绝呢还是表示欢迎都不清楚，那个助手倒也并不因她这个动作而在他向窗户逼近的行动上有所迟疑。于是弗丽达急忙关上了外层窗，可是自己却仍然站在窗后，一手扶着窗把，头歪向一侧，眼睛睁得老大，脸上挂着僵硬的微笑。她知不知道这副模样对那助手更多的是引诱他过来而不是将他吓跑呢？然而这时K.不回头看了，他现在一心想着的是赶快走，尽快回来。

第十五章
同阿玛莉娅交谈

现在K.总算 ——天已经黑下来,是傍晚时分了——把花园里路径上的积雪扫净,将雪堆在道路两旁,用铲夯实,这样,白天的活就算是干完了。他站在学校花园的大门边,环顾四周,目力所及处就他独自一人。几小时前他就把那个助手赶跑,追击了他好长一段路,后来那家伙藏到小花园和花园小屋间某处去了,怎么也找不到,之后也再没有钻出来。弗丽达在屋里,要不是在洗衣服,就是仍在给吉莎的猫洗澡;吉莎把这个任务交给弗丽达,说明她对弗丽达的巨大信任,当然,这活挺腻味,不适合弗丽达做,要不是觉得在一连串失职之后利用每个机会改善一下他们在吉莎心中的印象很有好处,K.是决不会让弗丽达接这活的。当时吉莎先是站在一旁高高兴兴地看着K.把那只儿童用的小澡盆从顶楼上拿下来,接着他同弗丽达烧热了水,最后小心翼翼地把猫抱到盆里去。之后,吉莎甚至完全放心地把猫交给了弗丽达,因为施瓦尔策,即K.来此第一晚上认识的那个人,到这里来了,他同K.打招呼时脸上露出一种混合表情:源于那天晚上的某种心虚歉疚和对一个学校勤杂工理应表现出的极度轻蔑,两者兼而有之,招呼过后他就同吉莎一起到另一间教室去了。现在两人还待在那里。在大桥酒店时,曾有人告诉过K.说施瓦尔策这位副主事公子因为爱上了吉莎,已经在村里住了很久,他通过他的关系网让村政府任命他当上了助理教师,但是,担任这个职务的主要方式,却是几乎次次必到地去听吉莎的课,不是坐在学生当中课椅上,就是——更乐意——坐在讲台边上吉莎的脚边。他这样做早已不再碍眼,孩子们早见怪不怪了,并且,由于施瓦尔策既不喜欢孩子也不懂得孩子的心理,同孩子们几乎无话可讲,除了接替吉莎上体操课之外,对总待在吉莎身边闻她呼出的空气、感受她身体的温暖这样的日子就觉得挺满意,这样一来也许孩子们就更容易习惯他、容纳他了。他最大的愉快就是坐在吉莎身旁批改学生的作业。今天他们也是做这件事,施瓦尔策抱来一大摞练习本,男教师也总是把他的本子交给他们改,天没有完全黑之前,K.一直看见两人坐在靠窗的一张小桌旁工作,头挨着头,一动不动,而现在呢,只看得见两支蜡烛的烛光在那里晃动。把两人联结在一起的,是一种一本正经、少言寡语的爱情,凡事自然是吉莎说了算,她是个慢性子,虽然时不时也会起急冒火而言行失控,但却受不了别人在别的时间有类似的行为,所以这个性格活跃的施瓦尔策也只好顺着她,走起路来慢条斯理,说起话来慢吞吞的,经常不苟言笑,不过可以看出,他做这一切都是有丰厚报偿的,那就是这样一来吉莎便毫无二话地安然待在他身边。可是也许吉莎根本就不爱他,反正从她那双可说从来就目不斜视而似乎只有瞳仁在转动着的圆圆的灰色眼睛里,是找不出这个问题的答案来的,人们只看见她默默地、相安无事地同施瓦尔策待在一起,毫无反感,然而她心里肯定没有对自己荣幸地被一位主事公子爱上而感到受宠若惊,而且不论施瓦尔策是否在盯着她紧瞅,她都同样一如往常,处之泰然,并不在他看自己时着意显示自己那丰腴、富态的肉体。施瓦尔策则相反,他对她作出持续的牺牲,即屈居在这个小村子里;父亲经常派人来接他回去,他却怒气冲冲地把来人打发走,似乎由于差人的到来使他哪怕只有短暂的一瞬间想到城堡,想到他做儿子的义务就是严重地、不可弥补地打扰破坏了他的幸福。可是实际上他的空闲时间又绰绰有余,因为吉莎一般说来只在上课和批改作业时才在他的眼前露面,这自然并非出于心计,而是因为她懒得动弹,因此也最喜欢一人独处,大概她感到最痛快的时候就是能在家里自由自在地伸开手脚躺在长沙发椅上,有那只猫趴伏在自己身边,它一点也不给她捣乱,因为它几乎已经动弹不得了。于是,施瓦尔策一天倒有大半天无所事事,到处闲逛,但他也还是乐此不疲,因为在这样的时候他总有可能——他也多次利用了这种可能性——跑到吉莎住的狮子巷去,跑上楼梯来到她那间小阁楼房间门前,驻足于此,在那永远是闩着的门上俯耳细听良久,每次都毫无例外地确认屋里真正是一片绝对无声无息的、令人大惑不解的寂静之后,冉匆匆离去。然而无论如何,某些时候——但永远不会当着吉莎的面——这一独特的生活方式也会在他身上表现出它的后果:在他身上那官少爷的骄气蓦然苏醒的某些瞬间,他会突然十分可笑地大发雷霆,当然,这种表现与他目前的地位恰恰极不相称;出现了这种情况后,收场自然不太美妙,这一点K.那一次已经体验到了。

只有一点令人颇感惊异,即人们谈到施瓦尔策时——至少在大桥酒店是如此——总带有几分敬意,即使在谈到一些可笑而并不令人尊敬的事情时也是这样，甚至吉莎也在这些敬仰者之列。但是如果施瓦尔策觉得自己是助理教师，在K.面前就无比优越可以趾高气扬，那么他就错了，这种优越性并不存在，一个学校勤杂工对于所有教员，尤其是对像施瓦尔策这样的教员来说，是个非常重要的人，轻视不得，否则就要吃苦头，如果哪个教员出于等级观念不能摆脱对勤杂工的轻视，那么他至少必须用适当的安抚来加以补偿。K.准备在适当时机考虑这个问题，加之施瓦尔策在他到达的头一个晚上也还欠下他一笔债，那笔债并不因为此后几天发生的事实际上证明了施瓦尔策对K.的那种接待方式没什么问题而有所减少。因为不能忘记，也许是施瓦尔策那次接待为尔后发生的一切定了调子。由于施瓦尔策的做法，出现了很荒唐的事，即K.在刚刚到达的第一个小时内就已引起官府注意，当时，他在村里完全是个陌生人，没有一个熟人，没有栖身之地，一路长途跋涉使他精疲力竭，躺在那个草袋上一筹莫展，陷于随时可能被官府揪住质问的被动地位。只要那头一夜平平静静什么事也没发生，以后一切便都可以大大改观，他的事情就可以安安稳稳地、基本上是静悄悄地而不是沸沸扬扬地顺利进行下去了，可以肯定地说，谁也不会知道他来干什么，不会对他起疑，至少也会毫不犹豫地把他当成一名漫游工匠[①]收留一天，人们会发现他是有用的、可靠的人，这个消息会在这一带居民中传开，这样他很可能不需多久就能在某一家当上雇工而住下来。当然，这是瞒不过官府的。但是，半夜三更因为他的缘

---

① 漫游工匠（Wanderbursche）：旧时手工业帮工需外出漫游几年，增长见识，然后才能参加出师考试。

故去惊动城堡的中央办公厅或是接电话的另外什么官员，要求立刻作出决定，表面上诚惶诚恐讨求指示，实际上却是提出一个令人讨厌的咄咄逼人的要求，加之打电话的又是这个上面大概不怎么喜欢的施瓦尔策，这情形同另一种局面相比怎么说也是大不一样的吧，那另一种局面便是：这一切全都没有发生，而是K.在第二天办公时间内去求见村长，老老实实地按规矩报上自己的外来漫游工匠身份，声明自己已在某一村民家有了住处，很可能明天就继续上路，接下去也许又会出现另一种哪怕是可能性极小的情况，即他在此地找到了活干而留下来，当然只留几天，因为他决不想在这里多待。想想看吧，要不是施瓦尔策跑来插一杠子，情况就会是这样或者大致是这样了。官府自然也会继续管这事的，但那时就会是平心静气地、完全通过正常的官府渠道进行而不受那种官府大概特别讨厌的干扰，即下面诸方各执一词、都急不可耐地要求解决问题而不断来纠缠。现在看来，对已经发生的一切K.并没有责任，施瓦尔策对此应负全责，可是施瓦尔策是某位城堡主事的儿子，而且从表面看他的所作所为一概名正言顺，无可指责，于是，就只好由K.来代人受过了。然而再一想，引发这一切忙乱的那根十分可笑的导火索是什么呢？回答是：也许那天正好吉莎情绪不佳，因而导致施瓦尔策彻夜不眠，东游西逛，然后就碰上了K.，于是就拿K.作了他的出气筒。当然，从另一方面看，也可以说K.必须大大感谢施瓦尔策那天的态度和做法。多亏了他，K.才做成了他单独一人绝对做不到、决不敢冒险去做、官府方面恐怕也不会承认的事，那就是：他从一开始就没有耍什么计谋，而是公开地、面对面地同官府打交道，这一点在一般情况下恐怕是很难办到的。不过这实在是一种令人头疼的垂青，K.能这样做，诚然是省得他去编造各种谎话，去搞许多遮遮掩掩的动作，可是同时也弄得他几乎失去了自卫能力，怎么说也是使他在这场较量中处于劣势，在这种情况下，要不是他只得对自己说：在权力上，官府同他之间有天壤之别，这样大得无以复加的差距，他就是使出浑身解数，用尽全部心机也不可能使之发生有利于他的重大变化，而只能是比较不显眼地继续存在着，——要不是他这样想，那么看到这种绝对的劣势很可能使他陷于完全绝望的境地。但是这不过是K.聊以自慰的想法罢了，施瓦尔策怎么说也还欠他一笔债；如果说他以前损害过K.，那么也许他近期有可能帮点忙吧，今后，K.即便是很微小的些许帮助可能也是需要的，他需要最最起码的帮助，在这一点上，比如就是巴纳巴斯看来也没有做到。考虑到弗丽达的情绪，K.一整天都在踌躇，没有到巴纳巴斯家去打听他在哪里；为了不必当着弗丽达的面接待巴纳巴斯，K.一直在屋外干活，活干完后也仍然留在外边等着巴纳巴斯，但巴纳巴斯就是迟迟不来。没有别的办法了，只好去找他的两个姐妹问问，只去一小会儿，只站在门口问一下很快就回来。想到这里他把铁铲往雪堆上一插，拔腿便跑。他上气不接下气地来到了巴纳巴斯家，在门上敲了两下便猛地推开门，也没有好好看看屋子是什么样子就问道："巴纳巴斯一直还没有回来吗？"问完这句话才发现奥尔嘉不在，两个老人和上次一样神情呆滞地在很远处那张桌子边上坐着，一时还没弄明白门口发生了什么事，过一阵才慢慢地转过头来，最后K.看见阿玛莉娅捂着被子躺在灶沿凳[①]上，一见K.便猛

[①] 灶沿凳（Ofenbank）：旧时砌在炉灶边上的长凳。

一惊翻身坐起,用一只手掌捂住脑门以便定定神镇定下来。如果奥尔嘉在家,便会立刻回答K.的问题,他也就可以马上走了,可现在呢,他起码得走上那几步路来到阿玛莉娅跟前向她伸出手来。她默默无言地握了握他的手,K.又不得不请她劝劝两位受惊的老人不要随便乱走,她照办了,同他们说了几句话阻止了他们。阿玛莉娅告诉K.,奥尔嘉这会儿在院子里劈劈柴,她自己刚才累得一塌糊涂——她没有说干什么这样累——只好躺下休息,巴纳巴斯现在还没有回来,但肯定很快就会回来,因为他从不在城堡过夜。K.感谢阿玛莉娅告诉他这些,心想现在可以走了,但是阿玛莉娅问他想不想再等奥尔嘉一下,他说可惜他没有时间了,阿玛莉娅又问他今天是不是跟奥尔嘉谈过,他惊奇地回答说没有,并问阿玛莉娅,奥尔嘉是不是有什么特别的事要告诉他,阿玛莉娅好像有点赌气似的撇了撇嘴,一声不响地冲K.点点头——分明是在下逐客令,之后便又重新躺了下去。躺下后她仍继续打量着K.,那神情似乎是奇怪他为什么还不走。她的目光同往常一样冷峻、明澈、凝滞,这目光不是径直对准观察的对象,而是——这使人感到颇不自在——稍微偏离目标一点点,不细心也觉察不出,然而却是确定无疑的,其所以如此,看来并不是软弱,不是难为情,也不是因为做了什么亏心事,而是出自一种对孤独的不断渴求,这渴求压倒了其他一切感情,也许她自己唯有这样做才能意识到自己有这种渴望吧。K.依稀记得好像在他来这里的头一个晚上这目光就引起过他的注意,甚至可以说,这家人第一面就给他留下的整个不愉快的印象大概就是这目光造成的,它本身倒并不让人讨厌,而是充满自豪,冷若冰霜恰恰显示了它的真诚。"你总是那么忧伤,阿玛莉娅,"K.说,"你有什么烦恼吗?难道不能说说吗?我还没有见过像你这样的农村姑娘呢。说实在的我是直到今天,直到现在才注意到这点的。你是本村人吗?是在这里出生的吗?"阿玛莉娅回答"是的",似乎K.只提了最后一个问题,然后她说:"这么说你还是想等等奥尔嘉了?""我不明白你为什么老问这个。"K.说,"我不能久待,因为我的未婚妻在家等着我。"阿玛莉娅用胳膊肘支起身子,说她不知道K.有什么未婚妻。K.说出了名字,阿玛莉娅说不认识。她问,奥尔嘉知不知道他订婚了,K.说他想大概是知道的,奥尔嘉见过他跟弗丽达在一起,另外这类消息在村里也传得很快。但是阿玛莉娅十分肯定地对他说,奥尔嘉并不知道,她听到这事一定会非常伤心的,因为看样子她在爱着K.呢。她没有公开对人讲过,因为她非常内向不爱说话,可是爱情是会自然流露出来的啊。K.说他确信阿玛莉娅是弄错了。阿玛莉娅微微一笑,虽然这是苦笑,却使她整个皱缩的、阴沉的脸为之一亮,沉默有了含意,陌生变为熟悉,这微笑泄露了一个秘密,一个迄今为止一直秘而不宣的隐私,这个隐私虽说也还可以收回,然而绝不可能全部收回了。阿玛莉娅说,她肯定没有搞错,唔,她甚至知道得更多,她知道K.也对奥尔嘉有好感,知道他来找她嘴上说是为了听巴纳巴斯带回的一些什么消息,但这不过是借口,实际上他是专为找她而来。她说,现在呢,既然她阿玛莉娅完全知道底细了,你K.就不用再严守秘密,可以常来了。她说,她想对他讲的就只有这一点。K.一边摇头一边再次提醒说,他已经是订了婚的人了。阿玛莉娅看来没把这订婚当回事放在心上,对她来说,K.现在明明白白是独自一人站在她眼前,这个直接的印象起着决定性作用，她只是问K.什么时候认识那个姑娘的，他来村里不是还没有几天吗。K.叙述了在贵宾楼那个夜晚的经过，讲完后阿玛莉娅只简短地说，她当时非常反对把他领到贵宾楼去。她又叫这时刚好抱着一堆劈柴进来的奥尔嘉，让她为她作证，奥尔嘉此时带着满身清爽凛冽的寒气、勃勃的生机与活力从外面进来，同她一向闷声不响站在屋里的那副形象相比，这室外劳动竟好像使她判若两人了。她把劈柴就势往地上一扔，无拘无束地同K.打招呼，接着便问起弗丽达。K向阿玛莉娅投去会意的一瞥，但是看来她并不认为自己输了，事实证明她错了。K.对此有点恼火，便干脆讲起弗丽达来，讲得比他平时来得详细，他讲述弗丽达如何在非常艰苦的条件下仍然坚持在学校里操持——怎么说也算是一种——家务，由于讲得过急——因他一直惦记着赶紧回家——，慌忙中竟在同这姐妹俩告辞时脱口说出请她们哪天到他那里去坐坐的话。当然，话一出口，他自己也大吃一惊，说不下去了，阿玛莉娅则根本不给他一点打圆场的机会，立时宣布接受这一邀请，现在奥尔嘉也只好附和她，表示接受邀请。但K.呢，一再被必须赶紧离开的念头所迫，又在阿玛莉娅那种目光下浑身不自在，便不再犹豫也不再加任何别的搪塞掩饰，直言不讳地承认自己刚才的邀请是大大欠考虑，纯粹是他个人一时心血来潮时的失言，很遗憾，他只能收回这一邀请，因为弗丽达同巴纳巴斯家有不小的仇，虽说他完全不明白为什么他们会如此势不两立。"这不是什么仇，"阿玛莉娅说，一面掀开被子从灶沿凳上站了起来，"没什么大不了的事，不过是随大流，跟着大伙儿起哄罢了。好了，现在你走你的，去找你的未婚妻吧，瞧你都急成什么样子了。你也不用害怕我们来，我打一开始就只是跟你开个玩笑，故意激你一下。你倒是可以常上我们这里来，这大概没什么障碍吧，你每次都可以打着找巴纳巴斯听消息的幌子嘛。我还可以告诉你，拿这一条作掩护也是很容易的：告诉你，以后即便巴纳巴斯有信从城堡带来给你，他也不能再跑到学校去找你报告了。他不能老那么东跑西颠的，可怜的小伙子，这差事都快把他拖垮了，以后你得自己来，自己来讨信。"K.还没有听阿玛莉娅一连串说过那么多话，语气也同她以往说话很不一样，这里面有一种威仪，不仅K.觉出这一点，奥尔嘉显然也感觉出来，因为她这个姐姐对妹妹平素太熟悉了，奥尔嘉站在离他们稍远的地方，两手搁在怀里，仍是她平日那种两腿叉开、上身稍向前倾的姿势，两眼盯着阿玛莉娅，而阿玛莉娅则只看着K.。"这是一个误会，"K.说，"如果你以为我等巴纳巴斯只是做做样子，那么这是一个很大的误会，在这里我最大的愿望就是把我同官府之间的事处理好，这实际上也是我唯一的愿望。而要达到这个目的，我需要巴纳巴斯的帮助，我对他抱着很大的希望。虽然他曾让我大大失望了一次，但是那主要是我的过错，他的责任很小，事情发生在我初来乍到的头几个小时，当时一切都毫无头绪，我那时以为通过晚上的一次小小的散步就能解决所有的问题，后来一见事情不成——其实要办成谈何容易，我便对他耿耿于怀。这种情绪甚至影响到我对你们家、对你们几个人的看法。这都是过去的事了，现在我觉得我对你们有了更多的了解，你们甚至是，你们也许比村里任何别的人更……"——说到这里K.一时找不出确切的字眼，于是就勉强用上碰巧想到的一个词——"好心肠，比我到现在为止认识的任何一个村里人心肠都好。可是现在,阿玛莉娅,现在你又把我搞糊涂了,你即使不是在贬低你哥哥的工作,那么至少也是贬低他这个工作对我所具有的重要性。也许你不详细了解巴纳巴斯办的那些事的内情,那么这叫作情有可原,我就不想再深究,可你也许是了解内情的——我的主要印象是这样——,那就很糟糕,因为这说明你哥哥在骗我。""放心吧,"阿玛莉娅说,"我不了解内情,给我多少好处我也不想去听他讲他那些事,就是为了你,我也不想管他的事,本来我是很愿意帮你的,像你刚才说的,我们是好心肠的人。可我哥哥的事情是他的事,我除了有时实在躲不开偶然听到一星半点之外别的什么都不知道。奥尔嘉就完全不同了,她什么都可以告诉你,因为她跟巴纳巴斯是无话不谈的。"说完这些,阿玛莉娅就转身走开,她先到父母那里同他们说了几句悄悄话,然后就到厨房去了;她没有同K.道别就走,似乎知道他还要在这里待很久,现在还用不着道别。

第十六章

　　K.脸上带着几分惊异的神色眼看阿玛莉娅走了，奥尔嘉笑他，把他拽到灶沿凳边，看来她确实为现在可以同他单独待在一起坐一会儿感到高兴，然而这是一种平静、舒坦的喜悦，肯定没有掺和嫉妒心的杂质。正是这种与嫉妒心不沾边因而也没有任何疾言厉色的态度使K.感觉舒服，他很愿意看着这双蓝色的、不作媚态、毫不霸道而只是娴静腼腆、羞怯凝视的眼睛。他觉得似乎弗丽达和老板娘向他发出的那些警告并没有使他对这里的一切感到更易于理解，而是使他注意力更集中、脑子更加灵活了。奥尔嘉表示奇怪，为什么K.偏偏要说阿玛莉娅心肠好，说阿玛莉娅这也行，那也行，唯独说她心肠好其实是不恰当的，奥尔嘉一说这，K.便同她一起笑起来。然后K.解释说，当然他这句赞扬话是冲着她奥尔嘉说的，但阿玛莉娅太霸道了点，她不仅把别人当着她的面说的所有夸奖话全都揽到自己头上，甚至逼得人把什么好话都冲她一个人说。"这倒是一点不假，"奥尔嘉稍微收敛笑容，正色说道，"简直比你想的还厉害。阿玛莉娅比我小，也比巴纳巴斯小，可在家里是她说了算，是好是坏全由她定夺，当然，她的担子也比我们重，不管是好事还是坏事，都是她承担的多。"K.觉得这话未免言过其实，因为阿玛莉娅刚才还举例说她对哥哥的那些事就不想过问，而奥尔嘉什么全知道。"我怎么给你解释好呢？"奥尔嘉说，"阿玛莉娅是既不关心巴纳巴斯也不关心我；事实上她除了关心父母以外谁也不关心，她白天黑夜地照顾他们，刚才又在问他们想要什么，到厨房给他们做吃的去了，为了他们她撑持着从床上爬起来，从中午开始她就病了，一直躺在这里凳上。可是虽然她不过问我们的事，我们却得听她的，就好像她是老大似的，要是她给我们出主意，我们都一定会照着她的意思去办，但是她不管我们的事，我们在她眼里跟陌生人一样。你是从外地来的，接触过的人很多，你难道不也觉得她特别聪明吗？""我觉得她特别不快活，"K.说，"可是你说你们很尊重她的意见，而现在比如说巴纳巴斯当信差阿玛莉娅是不赞成的，甚至她看不起这工作，这怎么解释呢？""要是他知道还可以干别的，那他马上就会扔下这个他非常不满意的信差工作的。""他不是学过鞋匠活吗？"K.问。"不错，"奥尔嘉说，"所以他附带着也帮布伦施维克干干活，而且只要他愿意干，白天黑夜都有活干，可以挣好多钱。""就是嘛。"K.说，"他做鞋匠不干信差也能挣钱嘛！""不干信差也能挣钱？"奥尔嘉惊奇地问，"难道他是为挣钱才干这个差事的吗？""也许是吧，"K.说，"不过你刚才不是提到他对这差事不满意吗？""他是不满意这差事，这里有各种各样的原因，"奥尔嘉说，"可是，干这个是为城堡工作呀，不管怎么说也算是为城堡办事，恐怕至少应该相信这一点吧。""怎么，"K.说，"就连这一点你们也还有怀疑吗？""唔，"奥尔嘉说，"实际上并没有怀疑，你看吧，巴纳巴斯到城堡的各个办公厅去，同那儿的管事们平等地打交道，也能远远地看见个别官员，人家非常信任他，交给他送的信都是比较重要的，甚至放心让他带口信，你说他办的事还不够多吗？我们可以为他这么年轻就这样有出息感到骄傲了。"K.点点头，现在他不想回家乡了。"他也有一套专用的制服、号服什么的吧？"他问。"你指的是那件上衣吗？"奥尔嘉说，"不，那件衣服是阿玛莉娅给他做的，那时候他还不是信差呢。不过你已经快接触到要害问题了。他早该得到的不是什么制服号服，城堡是没有这玩意儿的，他早该得的是一套在职工作服，上头也答应过要发给他，可是在这类事情上，城堡的人办事是很慢很慢的，最糟糕的是你永远不知道这种慢速究竟是什么意思；它可能是说明事情正在受理过程中，但也可能是表示根本还没有开始受理，就是说官府还打算对巴纳巴斯先进行一段时间的考察，最后，又可能意味着事情已经受理完毕，上头根据某些原因收回了成命，巴纳巴斯这辈子也休想领到那套工作服了。具体情况到底是怎么回事没法知道，或者要过很久以后才能知道。我们这里有句俗话，可能你听到过，叫作：'官府的决定像大姑娘一样腼腆，千呼万唤难出来。'""真是独具慧眼，"K.说，对这事，他比奥尔嘉还要更重视些，"的确是独具慧眼，看得挺准，官府的决定恐怕同大姑娘还有一些别的共同特点吧。""也许还有，"奥尔嘉说，"不过我不明白你这话具体意思是什么。说不定你是在夸官府吧。可是说到在职工作服，这确实是巴纳巴斯的许多烦恼之一，而又因为我和他有着同样的烦恼，所以这个问题也让我头疼。我们怎么也想不出个答案：为什么他得不到工作服呢？不过话说回来，整个这件事也并不那么简单。比如说，官员们好像根本就没有什么工作服；

据我们所知，巴纳巴斯也告诉我们，官员们都是穿着普通服装，当然，都是高级的好看的便服啦。对了，你不是见过克拉姆吗？巴纳巴斯当然不是什么官，连最低一级的芝麻官都不是，他也不敢妄想当官。可是即使职位比较高的管事（这些人你在村里当然根本见不着），按巴纳巴斯说也没有专门的工作服；也许可以从一开始就认为这对他是个安慰吧，但这是自欺欺人，因为，难道巴纳巴斯是职位较高的管事吗？不是，不管大家怎么对他有好感，也不能说这话，他不是高级管事，他到村里来，甚至还住在村里，这本身就证明他不是这种人，高级管事比官员们更少出头露面，也许这有它的道理，兴许他们级别甚至比某些官员更高，我这样说是有根据的：他们做的事要少些，听巴纳巴斯说，看着这些非常高大非常富态的男人慢条斯理踱着方步穿过走廊真是让人大开眼界，巴纳巴斯总是大气不敢出、蹑手蹑脚在他们中间钻来钻去。总而言之，巴纳巴斯绝对谈不上是职位较高的办事人员。那么照理说他就应该是个低级的办事人员了吧？可是那些低级办事人员全都有工作服，至少，在他们下到村里来时是穿着工作服的，这不是真正的制服，各人穿的也有很多小地方不一样，可是不管怎么说看到这种服装一眼便能认出是城堡来的人员，在贵宾楼你不是也见到过这样一些人嘛。这种服装最引人注目的一点就是多半都非常紧身，干农活的或者做手工的人恐怕是没法穿的。好了，巴纳巴斯没有这种衣服；这不光是让人感觉寒碜，觉得脸上无光，这倒还能忍受，严重的是让你对什么事都怀疑起来，特别是在情绪低落消沉时更是这样——我们，就是巴纳巴斯和我，我们有时会情绪很低落的，我说有时，并不是说这样的时候就很少很少。

遇上这种时候我们就对什么都怀疑起来，我们琢磨：巴纳巴斯做的工作到底算不算是城堡的工作；不错，他是在那些办公厅里进进出出，但那些办公厅就是真正的城堡吗？就说城堡肯定有不少办公厅吧，但是，允许巴纳巴斯进出的那些办公厅是城堡的办公厅吗？他是走进了一些办公厅，可那毕竟只是所有办公厅中的一部分呀，那儿另有些栅栏门，栅栏门后面还有另外一些办公厅。人家倒也没有禁止他穿过这些栅栏，可他不可能再往前走了，因为在栅栏这边他就找到了他的那几个上司，他们听完他的报告就让他走人了。另外，在那里行动一直是受到监视的，至少到过那里的人有这个感觉。再说即使他穿过了栅栏又有什么用处呢，他在那边又没有要办的事，那样做岂不是成了一个擅自闯入公务重地的异己分子？你也不能把这些栅栏设想成某种不许越过的界线，巴纳巴斯也一再让我注意这一点。原来，在他进出的那些办公厅里也是有栅栏的，这就是说也有那么一些栅栏是他经常穿行的，而且这些栅栏跟他还没有穿越的那些看上去并没有两样，所以说也不能一开始就猜想在他没有穿越的栅栏后面会有跟他去过的那些办公厅人不相同的什么别的办公厅。不就是我们只在情绪低落消沉时才有这种想法嘛！就这样，我们的疑心越来越大，根本无法抗拒。巴纳巴斯是跟一些官员说话，巴纳巴斯是得到人家让他传送的信，可那究竟是些什么官员，是些什么信呵！他自己说他现在是分配到克拉姆手下了，克拉姆本人亲自给他派任务。好，这应该说是很抬举他了吧，连一些高级管事也没有争取到这份差事，唔，恐怕这是把他抬得太高了，真让人担心会摔个粉身碎骨的。你想想看，直接分给克拉姆调遣，同他嘴对嘴地说话！真是这么回事吗？是呀，确实是这么回事，可是到底为什么巴纳巴斯又怀疑那个被称为克拉姆的人是不是真是克拉姆呢？""奥尔嘉，"K.说，"你别开玩笑了；怎么可能对克拉姆的外貌产生怀疑呢，他的长相谁都清楚，连我都亲眼见过他。""我一点也不是开玩笑，K.，"奥尔嘉说，"这不是什么玩笑，这是我最感到揪心的忧虑。但是我给你讲这些并不是想宣泄一下烦恼轻松轻松，让你替我分分忧，而是因为你刚才问起了巴纳巴斯，阿玛莉娅又嘱咐我跟你讲讲这些，另外还因为我觉得知道些详细情况对你也有好处。再就是我也是为了巴纳巴斯才讲这些，让你知道后好别再对他抱太大希望，免得他使你失望，他又因为你失望而难受。他是个非常敏感的人，比如昨天夜里他一宿没睡觉，就因为你昨天晚上对他表示了不满，听说你昨天对他说，只有一个像他巴纳巴斯这样的信使，你觉得实在是太糟糕了。你这句话弄得他整夜睡不着觉，当时你自己大概没怎么发觉他情绪异样吧，因为城堡的信差必须要抑制自己的感情不让它们外露。可是真够他难的，就连伺候你也不容易呵。你自己呢，一定觉得对他要求并不太高，你对信使工作自有你一套从外面带来的看法，又拿这套看法作标准去衡量你对他提出的要求。但城堡对信使工作却有另一套标准，这同你的标准并不一致，即使巴纳巴斯为这工作把自己全身心都搭进去也难达到，而我心疼的是，他有时候真像是很乐意牺牲自己去干呢。本来嘛，做这个工作就应该服从，不应当有二话，可问题出在不知道自己做了半天是不是真在做信使工作。在你面前他当然是不能对这点表示怀疑的，要是他这样做他就是砸自己的饭碗，就是严重违反那些他自己觉得现在还必须遵从的法规，就连在我面前他说话也不自由，我得哄着他、捧着他，使劲吻他，才能从他嘴里挤出那些表示怀疑的话，甚至就是说出了那样一些话以后，他也还是躲躲闪闪，不肯承认那些怀疑话就是怀疑。他的性格有点像阿玛莉娅。虽然我是唯一他可以说说心里话的人，他肯定还是没把什么全告诉我。可是我们有时候倒也谈谈克拉姆，我还没见过克拉姆，你知道，弗丽达不怎么喜欢我，她是怎么也不乐意让我见到克拉姆的，但他的相貌在村里当然是人人都知道的，有少数人见过他，所有的人都听说过他，于是从见过的人得到的印象、道听途说听来的材料，再加上某些别有用心的人的添油加醋的描述，就勾画出了一幅克拉姆画像，这画像也许大体上符合实际。但只能说是大概像。除基本轮廓外，别的方面就有比较大的出入了，而这些描述的出入之处也许还没有克拉姆的真正外貌的变化来得大呢。据说他到村子里来时完全变了模样，而到离开村子时又变一个样，喝啤酒前是一个样，喝完后又是另一个样，醒时一个样，睡着了又一个样，独自一人时一个样，跟人谈话时又一个样，根据这些，说他在上头城堡里时几乎完完全全是另一个人的模样就由不得你不信了。再就是，即使那些有关他在村里时的外貌的说法，也有相当大的出入，关于他的个子、姿势、胖瘦、胡子等方面的说法都很不一致，只有在穿着一点上，幸好大家的说法总算一致了：都说他总是穿同样的一件衣服，一件有长摆的黑色上装。为什么会有这这些不一样的说法？当然不是克拉姆会变魔术，而是因为见到他的人当时的心情、激动的程度、各自抱的希望或者绝望的复杂心境千差万别，数也数不清，加上见到他的人多半都只被允许匆匆一面，考虑到这些因素，有那么多不同说法就非常容易理解了。现在我对你讲的全是巴纳巴斯常对我讲述的话，如果不是亲身参与，一般说来听了他这些解说就可以心安了。可是我们不能心安，对巴纳巴斯来说，同他谈话的是否真是克拉姆，这是件性命攸关的大事呵。""对我来说这个问题的重要性并不亚于他。"K.说，这时他们在灶沿凳上坐得更靠近了些。听到奥尔嘉讲的所有这些对他很不利的新闻，对K.虽然是当头一棒，但是，他在这里发现有些人至少从表面上看同他的遭际相去无几，就是说他可以加入到他们的行列中，同他们在许多方面有共同语言，而不是像他跟弗丽达那样只在某几个方面可以交谈，这样一想，他的惊愕便又大部分释然了。尽管他对巴纳巴斯带来的信息能否助他成功已渐渐失去希望，但巴纳巴斯在上头愈是不顺利，在下面跟他K.就愈加接近，K.做梦也没有想到这村子里竟会出这么一件如此不幸的事，即巴纳巴斯和他姐姐的努力竟完全劳而无功。当然，事情离清楚明白还差得很远，最后甚至跟原来想的完全相反也未可知，不能一看到奥尔嘉那确定无疑的率真无辜的性格，就马上不假思索地认为巴纳巴斯也一定是老老实实的。
"有关克拉姆的相貌的各种说法，"奥尔嘉接着说，"巴纳巴斯都知道得很清楚，他搜集了很多，把它们互相比较，也许他搜集得太多反而把自己搞糊涂了，有一次他透过一辆车的车窗亲眼看到了克拉姆，或者说他觉得好像是看见了克拉姆，好了，总可以说他为了认出谁是克拉姆，准备做得够充分了吧，然而——你怎么解释这怪事呢？——当他到了城堡，走进一个办公厅，别人在几个官员中指着一个告诉他说那就是克拉姆时，巴纳巴斯还是认不出来，事后也有好久没法说服自己相信那人就是克拉姆。但是如果你问巴纳巴斯,那人跟人们脑子里想象的克拉姆有什么不同,他又回答不了这个问题,而是向你一点一点细说城堡里那位官员的外貌,可说来说去同我们所知道的关于克拉姆的那些说法又丝毫不差。'哎呀好了好了,巴纳巴斯,'我说,'你干吗要怀疑,干吗要折磨自己?'然后,他急得满头大汗地一五一十地告诉我城堡里那个官员有些什么特点,可这些特点倒像是他凭空臆想出来而不是真正看到的,而且又全是些鸡毛蒜皮——比如什么点头的姿态有点特别啦,什么上装背心的扣子没扣上啦等等——,弄得人哭笑不得。我觉得,更重要的倒是克拉姆怎样跟巴纳巴斯打交道。巴纳巴斯常常给我细讲这一点,甚至还画了一张图。通常,巴纳巴斯被领进一间很大的办公室,可那不是克拉姆的办公厅,也根本不是某一个人的办公厅。这个大房间是长方形的,一张两头顶着边墙的长斜面写字台,把它又隔成一窄一宽两半,窄的那一半,两个人迎面走需要侧身让道,那是官员们的地方,宽的那一半则供上访上告各方、观众、管事、信差一应人等使用。写字台上,一本挨一本地打开放着又厚又大的书,大部分书前面都有一个官员站在那里阅读。但他们并不只是老看一本书,可也不是交换书而是交换位置,使巴纳巴斯感到最最稀奇的景观就是他们在互换位置时不得不你挤我,我挤你,熙来攘往好不热闹——那隔间确实是太窄了一点。紧靠写字台的前面立着一张张小矮桌,每张桌旁坐着一个秘书,他们根据官员们的要求把他们口授的东西记录下来。巴纳巴斯对这种口授记录的进行过程总觉得非常稀奇。原来那批官员口授前并没有发出什么明确的指令,口授时声音也很小,人们几乎感觉不出有谁在口授,那口授的官员反倒是像在继续看他的书，跟原先可以说没有两样，要说不同只有一点，就是他现在一边看书一边口里念念有词打着喳喳，而就是这一丁点儿声音秘书也还是听明白了。有时，官员口授的声音实在太小太小，秘书坐着根本不可能听到什么，那时他只好跳将起来，伸长脖子竖起耳朵使劲捕捉这空中信息，一经截获便飞快坐下刷刷刷把它们记下，然后再次跳起来，……这样不断循环往复下去，真是稀奇、新鲜极了！简直让人觉得不可思议。巴纳巴斯当然有的是时间观察这一切细节，因为，在克拉姆的目光终于落到他身上之前，他在那个观众间里要站上几个、十几个小时，有时甚至好几天。即使克拉姆已经看见他，他赶紧直挺挺地摆出立正姿势站好等待命令，也还不等于就有戏了，因为克拉姆可能又把目光从他身上移开再去看书而把他忘掉，这种情形是经常发生的。这到底算个什么信使工作呵，有和没有不是完全一样吗？每当巴纳巴斯一大早说他要去城堡时，我心里真是好难受。大概又是白跑一趟，大概又是白白浪费一天，大概又是一次希望落空。这究竟算个什么事儿？再看看家里吧，家里是鞋匠活堆成山没人做，布伦施维克天天又催又赶。""不错，"K.说，"巴纳巴斯是要等很长时间才能接到一项任务。这是很好理解的，因为这里的职员人数看来是绰绰有余的，不可能每人每天都有事做，这你们就不必抱怨了，恐怕谁都这样吧。可是不管怎么说巴纳巴斯总归还是得到任务了，就拿我来说，他不是已经给我送来两封信了吗？""可能我们抱怨是没有道理，"奥尔嘉说，"特别是我，因为我什么都是道听途说听来的，我又是女的，对这些事不像巴纳巴斯那么懂，何况他还有一些事瞒着我。可是现在你听我说说他送的那些信究竟是怎回事，就拿送给你的那两封信做例子吧。这两封信他不是直接从克拉姆手里而是从秘书那里拿到的。不知道是哪天有信，不知道是白天有还是晚上有，随便什么时间都可能有——所以我说这份差事表面看很轻松，实际上非常累人，因为巴纳巴斯一刻也不能放松警觉——，只要那位秘书一想起他，就马上招呼他过去。看样子也根本不是克拉姆让他叫，克拉姆正在旁若无人地看他的书，当然，有时巴纳巴斯到那里时恰好碰上他在擦他的夹鼻眼镜（他平时倒也常擦眼镜的），那时他也许就会看看巴纳巴斯，还得有一个条件，就是他不戴夹鼻眼镜也能看得见人，巴纳巴斯怀疑他是否能看见，因为擦眼镜时克拉姆的眼睛几乎是闭着的，样子像在打瞌睡，似乎只是在梦里擦眼镜。这时秘书从他桌子下面的一大堆文件和书信中翻出了一封给你的信，就是说，那信并不是他刚写好的，恰恰相反，从那信封看，是一封已经在那里搁了很久的、很旧很旧的信了。既然是一封旧信，那为什么让巴纳巴斯等那么久？也可以说为什么让你等那么久？最后还可以说，为什么让信等那么久？这时才拿出来，不早就过时没有意义了吗？这样一来还让巴纳巴斯也背上了黑锅，人们会说他是个很不像话的、办事拖拉的信差。秘书当然轻松得很，他只消把信交到巴纳巴斯手里，说一声'克拉姆写给 K. 的'就完事了，就把巴纳巴斯打发掉了。可是接下去呢？巴纳巴斯回家来了，一路赶得上气不接下气，把那封终于抓到手的宝贝信小心翼翼地放在衬衣底下贴身揣着带回家，然后我们就坐下来，也是在这灶沿凳上，就跟我们两人现在似的，他给我讲了事情的全过程，我们就一点一点地分析、琢磨，看看他这一趟究竟有什么收获，最后得出的结果是：太少太少了，可就连这一点点很少很少的收获是不是真正的收获也还是成问题的，于是巴纳巴斯便把信搁在一边，没有心思去送，但他也没有心思去睡觉，拿过鞋匠活来做了一阵又做不下去，结果是坐在小凳上发了一夜的愣。事情就是这样，K.，这就是我的全部秘密，现在你大概不会再奇怪为什么阿玛莉娅不愿意过问这些事了吧？""那么我那封信呢？"K.问。"信？"奥尔嘉说，"唔，过了一段时间，我把巴纳巴斯催烦了，大概是过了好几天、好几个星期吧，他这才拿起那封信去送。这些大面上的事他倒是完全听我的。因为听了他讲的那些个事情我开始时虽然受不了，但能很快理智起来，不再感情用事，而这一点他是做不到的，大概因为他比我知道的事情多吧。冷静下来后我经常对他说：'巴纳巴斯，你到底想要什么呀？你是在做梦，做官儿梦，做干大事的梦吗？难道你想爬到一个高官儿的位置上去，要到永远也见不着我们、永远见不着我的面才甘心？这就是你拼命追求的目标吗？我不能不这样想，要不我就不懂：为什么你对现在已经有的东西会这么老大的不满意？你倒是睁开眼睛看看，我们左邻右舍有哪一个混得跟你一样？当然，人家的经济情况跟我们不同，人家不需要千方百计去捞外快，不过就是不跟人家比，你不也得承认你现在是一路顺风的吗？难处是有的，不顺心的事是有的，失望的时候也是有的，可是这些难道不是仅仅说明一个道理，就是什么东西都不会白送给你，正相反，每件小东西都得靠自己努力争取才能获得吗？这样做了，应该使人更有理由感到自豪，而不是沮丧！再说，你难道不也是在为我们奋斗吗？难道这对你竟一点不重要？不能给你鼓劲？还有，我觉得很幸福，甚至差点为有你这样一个弟弟感到骄傲，难道这不会使你心里感觉踏实吗？说真的，你使我失望的倒不是你在城堡难得如愿，而是我在你身上难得如愿呵。你能去城堡，经常在那些办公厅里出出进进，整天同克拉姆待在一个房间里，是个大家公认的好信差，有资格要一套在职工作服，得到重要的公文和信件去递送，这就是你呀，这些你全能办到，你已经很不错了，但是你从上头下来，一见到我不是和我拥抱，不是同我一起高兴得流泪，倒反而见了我像个泄了气的皮球，你什么全怀疑，只有鞋楦头可以吸引你，而那封信呢，那是我们未来的保证呵，你倒好，让它躺在那儿睡大觉！'我就是常常这样说他的，而每一次，都是我把这些话来回唠叨了好几天，他才叹口气，拿起信走了。可是，大概根本不是我的话起了作用，而是他自己又急着想去城堡了，因为要是没有完成手里的任务，他是不敢再到那儿去的。""可是你对他说的这些话也没有一点错呵，"K.说，"你这些话说得多对，总结得多好呵，真让人佩服。你头脑多清楚呀！""不，"奥尔嘉说，"你这个印象错了，这么说，我的话兴许也使他产生了错觉。你看，他到底达到了什么目的呢？说他能进一个办公厅，可是那地方看样子并不是什么办公厅，倒更像一个办公厅的前厅，也许连这个也不是，而只是一间专用房间，用来阻挡那些不该去真正的办公厅的人。说他同克拉姆谈话了，可那人真的是克拉姆吗？说那是个样子有几分像克拉姆的人不是更恰当些吗？那人也许充其量是个秘书，因为长得有点像克拉姆，就使劲装得更像克拉姆一些，装模作样地模仿克拉姆那种半醒半睡、迷迷糊糊、不把人放在眼里的样子。克拉姆身上这一点最容易模仿，不少人都试着这么干，当然，对他的其他方面，他们都有自知之明，不敢随便胡来。像克拉姆这样一个谁都渴望着能见面可又很难见到的人，是很容易在人们的心目中形成各种各样的形象的。比如克拉姆在这村子里有一个叫莫姆斯的秘书。什么？你认识他？这人也是很少露面的，不过我倒见过他几回。这是位年轻的、长得挺富态的先生，对吧？说实在的，他长得一点不像克拉姆。但村里就有那么一些人，他们可以拍着胸脯赌咒发誓，说莫姆斯就是克拉姆而绝不能是别人。你瞧瞧，人就是这样自己把自己越搞越糊涂的。城堡里又怎么样？肯定不会是这样吗？有人告诉巴纳巴斯说那个官员就是克拉姆，那人同克拉姆也的的确确有相像的地方，但对这点相似巴纳巴斯总是一再产生怀疑。而且，各种迹象都说明他的怀疑是有道理的。想想吧，难道说克拉姆竟然必须坐在这谁都可以进来的房间里，铅笔夹在耳朵后面，在别的官员中间挤来挤去？这不是太玄乎了吗？巴纳巴斯有时常常带着点孩子气——不过这已经是一种有信心的情绪了——说：'那个官员真是太像克拉姆啦，要是他坐在一间自己的办公室里，坐在自己的书桌旁边，并且门上有名牌——那么我就不会再有什么怀疑了。'是的，这话是有点孩子气，可也确实很在理。当然，如果巴纳巴斯在上面时趁热打铁，多向几个人打听一下实情，那他就更明白事理，就成熟多了，他自己不是说那个大房间里闲站着好多人吗？就算这些人回答他的不见得比那个不等问话就主动把克拉姆指给他看的人说的可靠多少，可是从他们那五花八门的说法中至少总能归纳出几条线索，一些可作比较的线索来吧。去问问这些人，这不是我的新招，是巴纳巴斯自己想到的，可是他还是不敢去动问；因为怕会在不知不觉中违犯不知哪一条法规而丢掉他的这个位置，所以他跟谁都不敢搭腔；你看他心里多没底，多胆怯呵；他这种说来真够可怜的心虚胆怯，使我对他这个位置究竟是怎么回事看得更清楚，比说上几百句话更灵。你想，连张嘴问一个谁也碍不着的问题都没有胆量，他在那里要不是看着什么都疑神疑鬼、战战兢兢才怪呢。一想到这些，我就责怪自己怎么让他到那个人生地不熟的地方去做事，结果弄得连他这个本来不胆小而倒是有些莽撞的小伙子，也成天在那里害怕得大概会浑身发抖呢。"

"说到这儿，我想，你就要道出问题的症结了，"K.说，"关键正在这里。你说了那么多话，到现在我觉得事情已经一目了然了。这就是：巴纳巴斯做这个工作人太嫩了点。他说的那些话没有哪句可以完全当真。既然他在上头害怕得六神无主，在那里就不可能做到耳聪目明，硬要逼他讲那里的事，听到的又怎能不是一堆乱糟糟的无法相信的话？对这种惧怕心理我不觉得有什么奇怪。你们这里的人是天生对官府抱着诚惶诚恐的敬畏态度，出生后又有人用各种各样的方式从四面八方不断向你们灌输一辈子这种敬畏心理，你们自己也竭尽全力配合人家向自己灌输。不过，对这一点我原则上并不反对；一个官府衙门如果是好的，为什么不让人对它抱着敬畏的态度呢？问题是，敬畏只管敬畏，怎么能把像巴纳巴斯这样一个连村子大门都没出过、对世事一无所知的毛头小伙子一下子派到城堡去，接着便要求他回来如实地报告那里的情况，然后又把他说的每句话都当成神明启示仔细琢磨研究，接下去再把对这些话的破译看成决定吉凶祸福的大事？这实在是大错特错了。当然，我也一点不比你高明，我也让他给搞蒙了，又是对他寄予希望，又是为他经受失望的痛苦，而希望也罢，失望也罢，两者都是根据他说的话，就是说都几乎是无源之水无本之木。"奥尔嘉沉默不语。"我知道，"K.说，"想动摇你对你弟弟的信任是不容易的，我看到你太爱他，对他抱着太大的期望。然而无论多困难我也得劝你改变看法，而且我之所以要这样做，相当重要的一个原因正是考虑到你对他的爱和期望。不是吗，你看，总是有点什么东西——我也不知道那是什么——妨碍你看清楚事情的底细，不是要你去看巴纳巴斯爬到了多高的位置，而是看看清楚人家都送了一些什么东西给他。就拿他能到办公厅去这件事来说吧，哦，或者照你说的，是一个什么前厅，唔，前厅就前厅好了，可是那里总有门可以通到别处去，总有一些栅栏可以过得去，只要人机灵点不就行了吗？比方说我吧，我就根本没法去那个前厅，至少暂时完全不可能。巴纳巴斯在那儿跟谁说话我不知道，也许那个秘书是最低一级的办事人员，可就算他是最低级的，他总可以带你到他的顶头上司那里去，再如果他不能带你去，那么至少可以告诉你那位上司的名字，再退一步，如果他也不能告诉你上司的名字，那么总可以指定你去找一个能告诉你这名字的人吧？就算那个被认为是克拉姆的人同真克拉姆丝毫不像，看上去像克拉姆不过是巴纳巴斯太紧张眼神出毛病产生的幻觉，就算那人是个最低级的官员，甚至什么官儿都不是，可是他既然在写字台前站着，总有一个什么任务、总是在他面前的那本大书里看点什么、总是跟那个秘书喊喊喳喳说了点什么吧，过了很长一段时间，他目光一下子落在巴纳巴斯身上了，那时他脑子里无论如何总会动一动吧？好，现在退一万步说，即使我刚才说的这些全不对,那人和他那些神情举动什么都说明不了,那么总归还得有人安排他站在那儿,叫他站在那里必定是有某种用意的。说了这么一大堆,我的意思是:巴纳巴斯手里总归还是有点东西的,总归人家是给了他一点什么,至少是一点点什么,如果说拿着这点东西却什么也不会干,反而生出一大堆怀疑、恐惧,人也搞得灰溜溜的,那么这完全是他自己的问题。还有一点,就是我说的这些都是作最坏的设想,而这种最坏的情况可能性是极小的。因为,我们现在到底还有两封信在手里攥着,虽然我不敢太相信它们,但它们总比巴纳巴斯的话可信得多吧。就算这是两封过时的、没有什么价值的信,是从一大堆同样毫无价值的信中胡乱抽出来的,像年市上的金丝雀那样,不动脑筋,碰上什么就是什么,从一大堆纸签中把一个人的命运之签叼出来①,即使是这样,但这两封信至少是提到了我的工作,虽然它们的内容也许对我不利,但很明显是写给我的,经村长和他的妻子证实,它们的确是克拉姆的手笔,而且,还是根据村长的话,虽然它们只是写给我个人的,并且意思相当含混,但毕竟是有很大重要性的。""村长说过这话吗?"奥尔嘉问道。"对,他说过。"K.答道。"我要把这个告诉巴纳巴斯,"奥尔嘉接口就说,"这对他会是个很大的鼓励。""可是他并不需要鼓励。"K.说,"鼓励他,就等于跟他说他做对了,他只管照自己现在的做法一直做下去就行了,然而恰恰是照这种做法他将永远一事无成。如果一个人的眼睛被手巾蒙住,那么无论别人怎样鼓励他使劲瞪大眼睛看,他也是永远看不见什么的;只

---

① 德奥等国旧时民俗,在年市等场所用鸟叼纸签的方式算命。

有给他把那块手巾解下来，他才看得见。巴纳巴斯需要的是帮助而不是鼓励。你想想吧：那边山上就是官府，它是个让人理不出头绪来的庞然大物，一个解不开的谜——我来这里以前，竟然自以为对它已经有了一个大致不差的了解，你看我那时候多幼稚呵——，好，接着说下去，那里就是官府，巴纳巴斯朝它走去，没有别人，只有他一个人，可怜巴巴，孤孤单单，像这样干法，如果他将来不是落一个缩在不知哪个办公厅中哪个黑洞洞的角落里一辈子下落不明的下场，那还算是万幸了。""K.，你别以为，"奥尔嘉说，"别以为我们对巴纳巴斯承担的任务那种艰巨性估计不足，我们对官府抱着诚惶诚恐的敬畏态度，你自己刚才就是这样说的嘛。""但这是一种错误的敬畏态度，"K.说，"敬畏态度用错了地方，结果反而给受到敬畏的一方脸上抹黑。你看吧，巴纳巴斯能去那个房间，这是人家送他的一份礼物，他却不好好利用，而是成天待在那里无所事事，东张西望，浪费时间，从那里下来以后，又对那些他刚刚还敬畏得发抖的人又是怀疑又是贬低，或者，由于灰心绝望或太累又不马上去递送信件，不立刻去办上头信任他让他去通知的事情，他这样做，还能叫作敬畏吗？恐怕谈不上是什么敬畏了吧。然而我的责备还不止限于巴纳巴斯，我还要说说你，奥尔嘉，我没法不怪你，你虽然自以为对官府怀着敬畏，又明明知道巴纳巴斯是个不懂事的毛头小伙子，为什么又偏偏叫他孤零零一个人到城堡去？至少是没有阻止他去？"

"你埋怨我这一点，"奥尔嘉说，"实际上我自己也一直都在这样埋怨自己。当然我不是责怪自己叫巴纳巴斯去城堡，我并没有叫他去，是他自己去的，可是也许我应该千方百计阻止他，硬性强迫也好，使个计策也好，拼命说服也好，都是可以的嘛。我本应该阻拦他，可是，如果今天是那一天，是我决定让他去的那一天，如果现在我又像当时那样深深感到巴纳巴斯的窘迫和我们家的窘迫，如果巴纳巴斯还是同那天一样，明明知道这样做责任重危险大仍然微笑着轻轻挣脱我的手执意要去，那么，就是今天，虽说从那时到现在我长了好多见识，我还是不会阻拦他的，并且我想如果你是我，你也只能这样做。你不了解我们家的困难和窘境，所以你错怪了我们，但首先是错怪了巴纳巴斯。当时我们抱的希望比今天大些，可是即使那时这种希望也不是很大，很大的是什么？只是我们的困难和窘境，直到现在这困难还是一样大。弗丽达没有给你讲过我们家的事情吗？""只是蜻蜓点水式地讲了一点点，"K.说，"没讲太具体的东西，可是一提到你们的名字她就很激动。""老板娘也什么都没讲吗？""对，一点没讲。""别人也一点没讲过？""没有。"——"当然啰，怎么可能有人给你讲点什么呢！谁都知道一点我们家的事，不是知道实情——如果那些人能听到实情的话——，就是至少也相信听来的或者多半是自己编造的谣言，人人都想到我们，连个该想的时候也想，可是要说把这些想法讲给别人听吧，谁都不这样做，把这些事用嘴说出来他们觉得难为情。他们是对的。这些话的确很难出口，就是对你K.讲也一样困难，尽管这些事看起来同你没什么关系，很可能你听完后拔腿就走，再不想同我们来往。那样的话我们就失去了你，而你现在对于我来说，不瞒你说，差不多比巴纳巴斯为城堡办事更重要。可是想来想去——这种矛盾心情已经折磨了我整整一晚上了——我觉得你还是得知道这些事，否则你对我们家就没有一个完整的了解,就会一直错怪巴纳巴斯,那样我会特别痛心的,不这样我们就不齐心(齐心是非常必要的),你就不能帮助我们,也不能接受我们的帮助,我们的特殊帮助。不过这儿还有一个最起码的问题:你到底想听不想听?""你为什么要问这个?"K.说,"既然有必要,我当然想知道;可是你为什么要这样问呢?""因为我有点迷信,"奥尔嘉说,"我怕你会卷进我们家的事情里来,而你是无辜的,几乎跟巴纳巴斯一样无辜。""你快讲吧,"K.说,"我不怕。你们女人老是前怕狼后怕虎的,结果把本来不那么严重的事也给弄严重了。"

第十七章
阿玛莉娅的秘密

"你自己判断吧,"奥尔嘉说,"说来也怪,这些事听起来非常简单,可你就是不能马上明白它们怎么会那么重要。事情是这样的:城堡里有一个叫索尔替尼的大官。""我知道这人,"K.说,"聘任我的官员中就有他。""我不信,"奥尔嘉说,"索尔替尼几乎不在公众场合露面,你一定是把他跟索尔蒂尼搞混了吧,就是'蒂'字用'd'拼写的那个?""你说对了,"K.说,"我听说的是索尔蒂尼。""是的,"奥尔嘉说,"索尔蒂尼是非常有名的,他是最最勤恳的官员之一,人们经常谈起他;而索尔替尼就简直不露面,没有几个人认识他。三年多以前,我是第一次也是末一次见到这个人。那是七月三日,那天消防协会举办一次联欢活动,城堡也来人参加了,还捐赠了一台新的灭火器。据说索尔替尼是兼管消防事务的,但他也许只是临时代理——当官的经常是你代理我我代理你,所以很难弄清楚某位官员真正主管的部门——,那天他来参加灭火器的捐赠仪式,当然,城堡还来了些别的官员和办事人员,索尔替尼一直待在别人最不注意的地方,这一点完全符合他的性格。这位先生个子矮小,身体瘦弱,喜欢闷声不响地思考问题,使每一个眼尖发现他在场的人印象比较深的,是他皱眉头时样子非常特别，原来，他额头上的皱纹——虽说他肯定超不过四十岁，但皱纹却非常之多——在蹙眉时一条条笔直地奔向鼻根聚拢，活像一把没有完全撑开的折扇，这模样我可从来没见过。好，回过头来说那次联欢活动。我们，就是阿玛莉娅和我，好几个星期前就高兴地盼着这次活动了，我们把自己的节日盛装拿出来，有几件还重新浆洗熨烫一遍，特别是阿玛莉娅的衣服好漂亮，白衬衫的前胸高高鼓起来，花边摞花边，妈妈把她在这上头的全部家当都拿出来给她用，当时我眼红得在联欢活动前一天夜里整整哭了半宿。直到第二天清早大桥酒店的老板娘来看我们时……"——"大桥酒店的老板娘？"K.问。"对，"奥尔嘉说，"她和我们家是很要好的朋友，对，她来了，看到阿玛莉娅比我打扮得好看，为了安慰我，她就把自己的镶有波希米亚钻石的项圈借给我戴。可是，我们都梳妆打扮好准备要出门了，阿玛莉娅站在我面前，我们大家都对她的美赞不绝口，父亲说：'你们记着我说的吧，今天阿玛莉娅准会找到新姑爷的。'在这样的时候，我不知怎的一下子就把这个给我脸上添了光彩、使我很得意的项圈摘下来给阿玛莉娅戴上了，我这时一点不妒忌她了。她能压倒群芳，我低头服输了，当时我还想，谁都会在她面前低头服输的；这样想，也许是因为我们当时见她跟往常比完全变了样而突然惊呆了吧，因为，她的长相原本说不上美，但她那忧郁的目光（从那天以后就一直保持下来了）有一种比我们高出许多的、傲视一切的气势，使人真正要不由自主地在她面前低头弯腰呢。所有的人都看到了这一点，包括来约我们一起去参加活动的拉塞曼和他的妻子。""拉塞曼？"K问。"对，拉塞曼也来了。"奥尔嘉说，"我们家当时很体面呵,比如说这次联欢活动吧,要是没有我们参加恐怕很难搞得起来,因为父亲是消防队的第三教练。""那时你们父亲的身体还挺硬朗么?"K.问。"我们的父亲吗?"奥尔嘉反问道,似乎不完全明白K.的意思,"三年前他还可以说是个年轻人呢,比如有一次贵宾楼发生火灾,他能把一个官员,就是那个又胖又重的加拉塔,背在背上跑步救出来。当时我也在场,那次虽然算不上真正的火灾,只是一个炉子边上堆放的干柴开始冒烟了,但加拉塔害怕起来,从窗户往外呼救,消防队来了,尽管火已经扑灭,我父亲还是得把他背出去。是呵,加拉塔行动很不方便,遇到这类危险时只能多加小心呗。我讲这件事的目的是想说明我父亲的变化,从那时到现在才不过三年出头,可是你看看吧,他坐在那里变成什么样子了。"现在K.才发现阿玛莉娅又回到屋里来了,不过这一次她站得离K.很远,在她父母坐的那张桌子旁边,喂母亲吃东西,母亲风湿病很重,胳臂不能活动,阿玛莉娅一边喂又一边不断安抚父亲,要他耐住性子再稍等一会儿,她很快也就来喂他了。然而这些宽慰话未能奏效,那位父亲现在是馋涎欲滴,恨不得马上把摆在面前的汤喝到嘴里,在这种强烈欲望的驱使下,他居然克服了体力上的衰弱伸长脖子使劲去够,一会儿想够着汤勺啜上一口,一会儿又想直接从盘里喝,然而这也不行,那也不成,每次都在他嘴还没有碰到汤勺之前汤就撒光了,而且总不是嘴而是那两绺耷拉着的小胡子泡进了汤里,弄得汤汤水水稀里哗啦四处乱溅,唯独一滴也进不了他的嘴,急得他气呼呼地咕哝起来。"三年就把他弄成这副模样了?"K.问,但他一直到这时对这两个老人、对那个放祖传饭桌的屋角仍然还是没有同情而只有厌恶。"三年,"奥尔嘉慢吞吞地说,"或者更准确些说是一次联欢活动上的几个小时。那次活动是在村前小溪边一块草地上举行的,我们到那儿时,人已经很挤很挤了,附近几个村子也来了许多人,吵吵嚷嚷弄得人头昏脑涨。首先父亲当然带我们来到那台新灭火器旁,他一看见这机器便高兴得笑起来,一台新灭火机使他很快活,他一边摸摸这儿摸摸那儿,一边给我们讲解这部机器,他滔滔不绝地讲,不许别人说半个不字,也不许别人不置可否,如果需要看看机器底下的什么部件,我们就得大弯腰,甚至几乎爬到机器底下去,巴纳巴斯不愿往里钻还挨了打。只有阿玛莉娅一个人不关心这台灭火器,她穿着那件漂亮的连衣裙昂然站在一边,谁都不敢跟她搭腔,有几次我跑过去挎起她的胳臂,但她还是一声不响。就是到了今天,我也还是弄不明白当时我们怎么会在灭火机那儿站那么长时间,你看,直到父亲从灭火机旁走开时我们才发现索尔蒂尼也在那儿,父亲讲话这段时间他显然一直站在灭火机后面,靠在一根手柄上。那天真是吵得要命,比平常的节日活动吵闹声厉害得多;原来城堡又送了消防队几支小号,这几支号挺特别,根本不用使多大劲,连孩子也能行,就能吹出震耳欲聋的声音;听到这种声音简直会以为土耳其人又来了①,你简直没法适应这声音,每次重新响起来都又吓一大跳。再说因为全是新号,谁都想拿过来吹两下,又因为这是一次老百姓的娱乐活动,也没人禁止这种胡闹。我们周围正好有几个这样的蹩脚号手,也许是阿玛莉娅把他们招来的吧,在这种乱哄哄的情况下要

---

① 十六世纪奥斯曼帝国侵占许多欧洲国家,此处即指这一历史事件。

集中注意力已经很难了，如果还要照父亲的要求仔细听他讲灭火机，那么你可以想见，我们当时只能是把吃奶的劲都使出来竖起耳朵听才行，所以才那么老半天都没有注意到索尔替尼，何况我们原先又谁也不认识这个人呢。'索尔替尼在那儿。'拉塞曼终于悄悄凑着父亲的耳朵打喳喳说，我正好站在他俩旁边把这话听见了。于是，父亲转身向他深深鞠了一躬，并激动地示意我们也鞠躬。在此之前父亲根本不认识索尔替尼，但一直知道他是个消防专家，对他很敬佩，在家里多次提到他，所以，现在面对面地见到索尔替尼了，我们大家就感到意外的惊喜，觉得是件大事。但是索尔替尼对我们不理不睬，这不是索尔替尼的什么独特之处，大部分当官的在公众场合都是一副冷冰冰的样子，再说他也很累了，仅仅因为想到公务在身，他才坚持在这下面村子里没有离开；那天参加活动的官并不是最坏的官，他们恰恰觉得这种代表官府、显示官府气派的任务是一种负担，别的官员和办事人员心想，既然来了，就干脆与民同乐，就和老百姓一起活动吧，索尔替尼却不然，他一直待在灭火机旁边，谁试着去请他或是对他说句恭维话，一概被他用一声不响的方法挡了回去。这样，他发现我们就比我们发现他还要晚。只是到了我们毕恭毕敬地向他深深鞠躬，父亲又一再为我们告罪时，他才朝我们这边扫了一眼，然后就没精打采地挨个儿看我们每一个人，神色很疲倦，看那神态似乎在叹气：怎么看完一个，旁边老是又冒出一个来？一直看到阿玛莉娅，他才停了下来，他只能抬起头看她，因为她比他高好多。一看见阿玛莉娅，他惊呆了，接着竟纵身跳过灭火机的辕杆，这样可以离阿玛莉娅近一些，开始我们误会了他的意思，大家都准备在父亲的带领下走近他，可是他举手示意我们不要近前，接着又挥手示意我们走开。全部情况就是这样。过后我们好多次拿这事逗阿玛莉娅，说她真的找到一个新姑爷了，那天整个下午我们还都傻乎乎的，玩得非常高兴，但阿玛莉娅却比往时更加少言寡语了。'她是完全让索尔替尼把魂儿勾去了。'布伦施维克说，他这个人平素老有点粗里粗气，对像阿玛莉娅这样性格的人完全无法理解，可是这一次我们倒觉得他这话说对了十之八九；那天我们都玩得昏头昏脑，后半夜回到家时，除了阿玛莉娅外，谁都让城堡送下来的甜葡萄酒给整治得晕晕乎乎的。""那么索尔替尼呢？"K.问。"是呵，索尔替尼，"奥尔嘉说，"后来在联欢活动中我好几次从他身边走过时都还看见他，他坐在灭火机辕杆上，两只胳臂交叉着放在胸前，一动也不动，就这样一直坐到城堡来车把他接走。他甚至连消防表演也没有走过去看看，而那天的表演，父亲之所以在他的同龄人面前表现得特别突出，正是因为他总抱着希望，就是索尔替尼会在旁边看着。""那么后来你们就再没听到他的消息了吗？"K.问，"听你的口气你好像特别尊敬索尔替尼似的。""对，是尊敬。"奥尔嘉说，"对，你说得不错，我们也又听到他的消息。那是第二天早上，我们头天的酒劲还没有完全消退，大家都还在昏睡中，突然间被阿玛莉娅的一声大叫惊醒了，别人是一惊坐起来，然后便又躺下去接着睡，可我是一点也睡不着了，就跑到阿玛莉娅那里去，她站在窗子旁边，手里拿着一封信，那是一个男人刚从窗户外面给她递进来的，那人还站在外面等着回话。阿玛莉娅已经看完信——信很短——，拿着信纸的手有气无力地耷拉着；每次我见到她那种疲倦的样子，总觉得她又可怜又可爱。我在她身边蹲下来看她手里那封信。但我还没来得及看完,阿玛莉娅瞟了我一眼就又把信拿起来,可是已经无法强迫自己再看一遍了,而是将它撕个粉碎,把纸屑向外面那人的脸上扔了过去,然后就关上了窗子。这天早上对我们来说就成了决定命运的一个早晨。我说它是决定命运的早晨,但是头天下午的每一分钟也同样是决定命运的。""那信上写了些什么呢?"K.问道。"对了,这个我还没有讲,"奥尔嘉说,"是索尔替尼的来信,写明收信人是戴钻石项圈的姑娘。写些什么我没法说。信里提了个要求:要阿玛莉娅到贵宾楼他那里去,而且是立刻去,因为再过半小时他索尔替尼就要走了,那封信里全是些不堪入耳的话,我还从没听到谁说过那样的话,我只能从上下文猜出他的大致用意是什么。谁如果不了解阿玛莉娅而是只看这封信,一定会认为,即便这姑娘身子还没有被男人碰过,那她至少也是个名声很不好的姑娘,竟有人敢写这样的信给她!那不是一封情书,里面没有一句奉承的甜言蜜语,相反,索尔替尼显然是在为自己看见阿玛莉娅后心旌动摇、神不守舍、再也无法专心去办他的公事而大为恼火。后来我们是这样来分析这件事的缘由的:大概索尔替尼原来想参加完活动以后当天晚上就回城堡,仅仅因为阿玛莉娅的缘故才在村里留下了,到了第二天早晨,又因为自己整整折腾一夜也没法忘掉阿玛莉娅而气急败坏,这才怒气冲冲地写下了那封信。不管是谁,看到这封信都必定会先是非常气愤,连最有涵养的女人也受不了,可是气愤过后呢,如果换了别人,不是阿玛莉娅,多半就会被那气势汹汹的恐吓语气吓倒,害怕就会占了上风,但阿玛莉娅不同,她是一直怒气难平,她是天不怕地不怕,不怕自己遭殃也不怕别人受罪。后来我又钻进被窝,心里重复着信上最末了那句只说出了一半的话:'你面前只有两条路:是马上来,还是——!'这时阿玛莉娅一直还坐在窗台上往外看,似乎她还在等着第二个、第三个……信差,随时准备用对付头一个的办法去对付他们。""这些当官的原来就是这样,"K.迟疑片刻说道,"他们当中竟有这类货色。你父亲有什么反应?我希望,要是他不愿意走那条又近又稳当的路去贵宾楼告索尔替尼,那么也去过主管部门对索尔替尼提出强硬投诉了吧?其实这件事情上最令人恶心的倒不是阿玛莉娅受到侮辱,这是很容易得到补偿的,我不知道你为什么偏要特别看重这一点;索尔替尼怎么可能靠这样一封信就使阿玛莉娅一辈子背上坏名声呢?听了你刚才的话也许会这么想,其实不然,这一点恰恰是不可能的,要求给阿玛莉娅赔礼道歉并不难做到,然后过不了几天人们也就把整个这件事忘了,索尔替尼并没有使阿玛莉娅丢脸而是使自己丢尽了脸。我听了这事倒是被索尔替尼吓坏了,居然会有这种滥用职权大施淫威的事,真是闻所未闻!索尔替尼在这件事上所以没成功,是因为信上是白纸黑字写得非常露骨,又偏偏碰上阿玛莉娅这么个高明的对手,但是在上千件别的事情上呢,只要情况比这一件稍稍不利一点,他就完全能够得手,而且还可以瞒天过海做得神不知鬼不觉,连受害者本人也蒙在鼓里呢。""快别说话,"奥尔嘉说,"阿玛莉娅在朝我们这边看。"阿玛莉娅已经喂完两个老人吃饭,此时正在给母亲脱衣服,她刚给她解开了裙子,让母亲的胳臂搂住自己的脖子,这样把她稍稍抱起来一点,褪下她的裙子之后又把老人轻轻放回原处坐好。那位父亲呢,一直还在为刚才先伺候母亲嘟囔着——其实阿玛莉娅这样做显然只是因为母亲身体更不方便，比他更需要照顾——，现在他赌气试着自己脱衣服，大概这也是为了对女儿表示惩罚吧，因为他觉得女儿太拖拉、动作太慢，但是，虽然他是从最不需要别人帮助、最容易的地方开始，即先脱那双比他的脚大出许多、只是松松地套在脚上的拖鞋，却仍然怎么也脱不下来，他累得呼哧呼哧直喘气，只好作罢，重又直挺挺地靠在他的椅子背上。"最关键的地方你没有看出来，"奥尔嘉说，"你说的也许都对，但关键的问题是阿玛莉娅没有去贵宾楼；她对那个信差的态度其实倒可能没什么大不了，也许还是可以遮掩过去的；但是她这一不去贵宾楼，我们家就要大难临头了，这下子连对信差的态度也成了不可原谅的，对外人家甚至把这个硬说成是最主要的问题。""你说的这是什么话呵！"K.叫起来，但随即又压低了声音，因为奥尔嘉向他摆双手叫他别太大声，"你这个做姐姐的总不至于想说阿玛莉娅当时应该对索尔替尼俯首帖耳，立刻跑到贵宾楼去吧？""我不是这个意思，"奥尔嘉说，"你可千万别这样猜我的心思，你怎么能这样想呢！我不知道还有谁能像阿玛莉娅这样事事做得在理的了。当然，如果她真去了贵宾楼，我也会同样说她做得对；而她没去呢，就叫作英勇。拿我来说吧，跟你说句实话，如果是我收到这样一封信的话，那么我就去了。那种担惊受怕、害怕大祸临头的折磨我会受不了的，只有阿玛莉娅什么都不怕。遇上这种事，本来也还是有些办法对付的，比如说，要是换了另一个女人，可能会把自己打扮得漂漂亮亮的，这样不就磨蹭掉了一些时间吗，然后呢，那时再上贵宾楼去，到了那里就会听说索尔替尼已经走了，兴许会听说他在刚把信差派出去之后就走了,这后一种情况甚至可能性非常之大,因为老爷们是喜怒无常,情绪来得快去得也快的。可是阿玛莉娅不这样做或是来些类似的服软的举动,她深深感到自己受到了很大的侮辱,对那封信回绝得斩钉截铁,不留一点后路。假如说她哪怕只是表面上装作服从一下,只要及时到、哪怕只刚刚迈进贵宾楼的门槛,那么我们家的厄运也还可能得到扭转,我们这儿有那么些聪明绝顶的律师,有能耐把没有的事也照你的意思说得有鼻子有眼,可是在这件事情上,连'没有的事'这个有利条件也不具备,有的反倒是对索尔替尼的信的大不敬和对信差的侮辱两条事实。""可是你们遭受的究竟是什么厄运,"K.说,"这里有的又是些什么样的律师呵;总不至于会因为索尔替尼的罪恶行径反而指控阿玛莉娅甚至判她的刑吧?""会的,"奥尔嘉说,"人家可以这样做的;当然,不是正儿八经地起诉给她判刑,而且也不是马上就惩处她,而是用别的方式惩罚她和我们全家,这惩罚究竟有多厉害,你现在也许开始有点体会了吧。你这会儿觉得这是一件不公道的、骇人听闻的事,这种看法在村里只是极个别的人有,这看法对我们很有利,有这种想法的人想用这话安慰我们,而如果这一看法不是显然基于一些错误的认识,那么对我们也的确是一种安慰。我可以很容易地给你证明这一点,对不起,为了证明这个我要提到弗丽达,告诉你吧,弗丽达同克拉姆之间发生的事,不管事情最后发展成什么样,它跟阿玛莉娅同索尔替尼之间发生的这件事是非常相似的,而你呢,虽然起初可能曾经大吃一惊,可现在终归还是认为这没什么不对了吧。这并不是习惯成自然,在只需要作出简单明了的判断时,人是不可能因为习惯势力而变得这样麻木不仁的；我要说你只是改正了原先的错误认识。"——"不对，奥尔嘉，"K.说，"我不知道你为什么要把弗丽达扯到这里头来，弗丽达的情况跟这件事完完全全是两码事，你可别把两件根本不同的事搅和在一起，还是接着讲你的故事吧。""对不起，"奥尔嘉说，"请你别见怪，我还是坚持要拿这两件事来作比较，谈到弗丽达，如果你觉得一定得挺身出来保护她，反对拿她来比较，那么你也还是没有完全摆脱错误认识。弗丽达根本用不着谁来为她辩护，她只应当受到称赞。我把两件事放在一起比较，不是说我认为它们是一样的，这两件事放在一起就好比黑色和白色那样地不同，而白的是弗丽达。对于弗丽达，人们最多只能笑笑她，就像我那次在酒吧里笑她那样——过后我很后悔，这做得很不像话——，但即便是只笑笑她这个人，也已经是不怀好意或者心怀妒忌了，不过，不管怎么说笑一笑总还是可以的吧，对阿玛莉娅呢，除去她的亲人，别人就只能是看不起她。所以，这两件事虽然根本不同，就像你刚说的，但也还是有相似的地方吧。""它们也不相似，"K.一边说一边很不高兴地摇头，"你饶了弗丽达吧。弗丽达没有像阿玛莉娅那样收到一封索尔替尼的信，一封满纸'斯文话'的信，弗丽达真正爱克拉姆，不信可以问问她自己，她直到现在还爱着他呢。""可这又有多大区别呢？"奥尔嘉问道。"你以为克拉姆不会给弗丽达写过同样的信吗？老爷们从他们的写字台后面一站起来就是这个样子；他们只要一走进现实世界，就不知道自己在干什么；就会漫不经心地说出些最最粗野的话，我不是说所有的老爷都这样，但许多人是这样。给阿玛莉娅那封信，就很可能是在一种脑子里想着别的事、完全不知道在写什么的情况下草草写就的。我们怎么晓得老爷们脑子里想些什么？难道你没有亲耳听到过或是听人讲过克拉姆同弗丽达交往时用的是一种什么腔调吗？关于克拉姆这个人，大家都知道他说话很粗鲁，听说他会接连几个小时不说一句话，然后劈头盖脑来一句凶神恶煞的粗话，吓得人魂不附体浑身哆嗦。没听说索尔替尼态度是这样，这个人的情况我们本来知道的就少。实际上只知道他的名字和索尔蒂尼很像，如果没有这一点名字上的相似，大概谁都不会知道这个人的。就拿消防专家这一条来说，人们很可能也把他同索尔蒂尼搞混，索尔蒂尼才真正是这方面的专家，并且还利用两人名字差不多这一点，把出头露面的事全推给索尔替尼，自己乐得个清净，可以不受打扰地工作。你得承认，一个像索尔替尼那样的很不善于同别人周旋的人，突然被一个乡村姑娘弄得神魂颠倒，那么这种爱情的表现形式当然同比方说隔壁的木匠帮工爱上哪个姑娘是不一样的。另外还要考虑到，一个当官的和一个鞋匠的女儿，这两人之间确实有一段很大的差距，总得有个什么办法拉近才行，索尔替尼试图用他这种方法，另一个人可能就用另一种方法。虽然都这么说：大家都是属于城堡的人，我们之间根本就没有距离，也就没有什么拉近消除差距的问题，这话在平时讲讲也许是对的，但是，可惜我们有了机会看到，恰恰在节骨眼上就不是那么回事。说了那么多，现在至少你对索尔替尼的做法可能比较能理解，不会再感到那么骇人听闻了吧，事实上，他的行为和克拉姆的行为比起来，的确是可以理解得多，并且，即便事情与自己关系相当密切，也容易忍受得多。克拉姆即使写一封温情脉脉的信，也比索尔替尼写一封满是粗话的信更加令人难堪。我说这话你不要误会，我可不敢对克拉姆评头品足，我只是打个比方给你听，因为你对我打比方不理解。克拉姆简直就是女人头上的司令，一会儿命令这个女人，一会儿命令那个女人到他那儿去，不许让他久等，而且如同他命令一个女人马上来一样，他也很快又命令她赶快走。唉，我看克拉姆恐怕压根儿就懒得提笔写信呢！那么，比较起来，平素深居简出的索尔替尼——至少我们并不知道他同女人有什么关系——现在坐下来，用漂亮的官员字体写上一封信，就算是一封让人恶心的信吧，还能说是件骇人听闻的事吗？如果说我这个比较的结果不是对克拉姆有利，而是相反，那么，难道可以用弗丽达对他的爱来说明比较结果是对克拉姆有利的？告诉你吧，女人同官员的关系很难说清楚，或者恰好相反，总是很容易说清楚的。这里决不缺少爱。不幸的官员之爱是没有的。说某个姑娘——我这里指的远不止弗丽达一个人——是纯粹因为爱情才委身于某个官员，在这里并不是一种夸奖。不错，姑娘因为爱官员，才把自己的身子给了他，这是事实，但这没有什么值得夸奖的。你会反驳说，但是阿玛莉娅并不爱索尔替尼呵。好吧，她没有爱过他，可是也许她真的爱过他呢？谁说得清？连她自己也说不准。她断然拒绝了索尔替尼，恐怕从来还没有哪个官员碰过这么硬的钉子，她这样做了，怎么还可以认为自己爱过他？巴纳巴斯说，阿玛莉娅直到今天有时想起三年前她使劲撞上窗户时那种激动心情来还会浑身发抖。这也是老实话，所以不能问她，去捅她的痛处；她同索尔替尼的关系已经了结，现在记得的只有这一点了；她不知道自己是爱索尔替尼还是不爱他。可是我们知道，当官的一看上哪个女人，这女人就除了爱这个官员而没有别的法子，甚至不管女人自己怎么否认，实际上她们是在当官的看上她们之前就爱当官的了，而索尔替尼不仅仅是一般地看上阿玛莉娅，他是一看到阿玛莉娅就纵身跳过了灭火机辕杆，并且是用他那双趴在办公桌上坐僵了的腿，一下子跳了过去。你又可能会说，但阿玛莉娅是个例外。对，她是个例外，用拒绝上索尔替尼那儿去的行动，她证明了这一点，这的确够得上是例外了；但除此以外，如果硬要说她根本没有爱过索尔替尼，那么恐怕这个例外就有点太稀奇，简直让人弄不懂了。那天下午我们虽然都玩得昏头昏脑，稀里糊涂，但不管有多糊涂，我们对阿玛莉娅坠入情网还是有那么一点点察觉，这总说明我们还有一分清醒吧。好了，现在要是把我讲的这些都加在一起，弗丽达和阿玛莉娅还有什么不一样的地方吗？只有一点不同，就是弗丽达做了，而阿玛莉娅拒绝做而已。""也许是这样吧，"K.说，"然而对我来说她们的主要区别是：弗丽达是我的未婚妻，而阿玛莉娅实际上只在一点上与我有关，就是她是巴纳巴斯的妹妹，城堡信使的妹妹，她的命运同巴纳巴斯的工作也许是交织在一起的。如果一个官员对她做了一件令人极为气愤的错事——你讲起这事来我最初觉得是这回事——，那么我对此自然非常关心，然而就是关心，也更多的是作为一件与百姓疾苦有关的事而不是针对阿玛莉娅个人的痛苦。可是现在呢，听你讲完之后，看来事情又不是我原先想的那样了，尽管我不完全明白为什么，但因为这不是别人而是你讲出来的，是完全可以相信的，所以我现在很愿意完全不管这事，听了权当没听，我又不是消防队员，索尔替尼与我有什么相干。但是弗丽达我却很关心，所以我就觉得很奇怪，不可理解，怎连你这个我原来就很信任以后也愿意永远信任的人，居然试着从阿玛莉娅身上拐个弯儿来攻击弗丽达，使我对她生疑。我并不认为你是有意这样做，更不认为你这么做是怀着恶意，否则我在这里早就待不住了，你不是故意的，你做这件不该做的事是客观情况造成的，因为你爱阿玛莉娅，于是就把她捧得很高，高出所有别的女人，又因为你为了达到这个目的在阿玛莉娅身上找不到足够的值得称道的东西，于是就用贬低别的女人的办法来抬高她。阿玛莉娅的表现是很奇怪的，可是你对她的行为表现讲得越多，听的人就越难说她究竟是伟大呢还是渺小，是聪明呢还是愚蠢，是勇敢呢还是怯懦，阿玛莉娅做那件事的动机，她是深深锁在心底里的，谁也撬不开她的心扉看个究竟。而弗丽达正好相反，她一点怪事也没有做，她只是跟着自己的感情走，对于任何一个不是抱着成见去看她的所作所为的人，这一点非常清楚，谁都可以去调查实际情况，在这里闲言碎语背后议论是没有市场的。我既不想贬低阿玛莉娅，也不想为弗丽达辩护，而只想跟你说清楚我同弗丽达的关系，让你明白对弗丽达的任何攻击也就是对我本人的攻击。我是自愿到此地来的，同样出于自愿在这里留下来，但我到这儿以后得到的一切，尤其是我在这里的前途——不管这前途多么黯淡，然而无论如何总还是有前途的——，这一切都要归功于弗丽达，这是怎么议论也抹煞不掉的。尽管我是以土地测量员身份被接纳到这里，但这不过是表面现象而已，实际上人家是拿我耍着玩，哪家都把我赶出门，到今天我也仍然被人耍着玩，只不过现在不那么容易了，可以说我在这里已经有了一点根基，而这一点就是不小的收获了，你看，不论听起来多么微不足道，我终归已经有了一个家,一个位置,也真正有事可做,我有了一个未婚妻,在我需要处理别的事务时她代我上班尽职,我将要同她结婚,成为村子里正式的一员,同克拉姆,我除去公务上的关系之外也还有一层私人关系,只是这层关系到目前为止还没有利用上罢了。这些成果难道能说很少吗?再说,我到你们家来,你们欢迎的是谁?你是对谁推心置腹地讲出自己家的故事?你又是希望谁能给你们一点不管什么样的帮助,哪怕得到这种帮助可能性很小,微乎其微?你大概不会对那个当土地测量员的我,那个仅仅一星期前还被拉塞曼和布伦施维克从他们家里赶出来的土地测量员抱什么希望,而只能对一个手里已经握有一点权力的人抱希望吧,可是我现在有这点权力全靠弗丽达,弗丽达又很谦虚,如果你想问问她这方面的事,她一定会丝毫不肯承认自己有这种能耐。可我们谈来谈去,看来还是天真无知的弗丽达比傲气十足的阿玛莉娅办成的事要多些,你看吧,现在我的印象是你在为阿玛莉娅求援。求谁帮助她呢?难道实际上不恰恰是在求弗丽达吗?""我真的说了弗丽达那么多坏话吗?"奥尔嘉说,"我的本意绝不是这样,我相信我也没有中伤她,不过客观上这是有可能的,因为我们家的情况很糟,同所有人的关系都很坏,只要一发起牢骚来就打不住,连自己也不知道自己扯到哪里去了。是的,你说得对,现在我们和弗丽达的确很不一样,强调一下这种不同是有好处的。三年前,我们两姊妹是市民家的女儿,弗丽达是孤儿,在大桥酒店当女用人,那时我们从她身边走过连看都不看她一眼,当然,我们当时是太傲气了点,可是没办法,我们受到的教育就是这样的。但是在贵宾楼那个晚上,你可能就已经看出现在的情况怎样了:弗丽达手里拿着鞭子,而我却挤在一大堆仆人当中。可是还有更糟的呢。弗丽达看不起我们倒也罢了,她有那个位置,这也难怪,是客观环境促使她这样做的。难受的是,不管什么人都看不起我们!谁要是决定给我们白眼,他马上就身价百倍。你认识接替弗丽达的那个姑娘吗?她叫佩碧,我是前天晚上才认识她的,她原先是客房女招待。看她那样子,对我的蔑视肯定超过了弗丽达。她从窗户里看见我来打啤酒了,就跑到门口把门闩上了,我不得不央求半天,还得答应把我头发上扎的那条丝带送给她,她才给我开了门。可是当我把丝带送给她时,她一把接过去就扔到墙犄角去了。有什么法子,只好让她看不起了,在有些事情上不是得依赖人家吗,人家是贵宾楼的酒吧女招待呵,当然啦,她这个位置也只是临时的,要说长期受雇做那个工作,她肯定还不够格。只请听一下老板用什么语气跟她佩碧说话,再比一比他又是怎样同弗丽达说话就够了。可是这并不能阻止佩碧同样看不起阿玛莉娅,其实,阿玛莉娅只需要瞪她一眼,就足够把这个小小的佩碧吓得三步并作两步跑出房间,梳着什么样的小辫、戴着什么样的发网都没用,而要不是想钻地缝,那么她那两条又短又粗的腿,恐怕一辈子也跑不了那么快的。就拿昨天来说吧,我又得硬着头皮强忍怒气听她没完没了地数落阿玛莉娅,直到最后酒客们来帮我她才罢休,当然,那些人是怎样帮我解的围,这你已经见过一回了。""瞧你把自己说得那么可怜巴巴的,"K.说,"我不过是把弗丽达摆到她应有的位置上,并不像你现在错误理解的那样,想贬低你们家的人。我也感觉到你们家有某种特殊的地方,这一点我从不讳言;但是为什么这一点特殊之处竟能造成人们都瞧不起你们,这我就搞不懂了。""唉,K.,"奥尔嘉说,"恐怕连你也还会尝到这种滋味的;阿玛莉娅对索尔替尼的态度,是引发这种蔑视的第一个原因,难道这一点你怎么也搞不懂?""真是太离奇了。"K.说,"可以因为阿玛莉娅那种态度佩服她或者谴责她,怎么会出来个蔑视?再者,人们出于一种我不明白的情绪真的蔑视阿玛莉娅也就得了,为什么又要把这种轻蔑扩大到你们身上,你们家里别人不是无辜的吗?比如,连佩碧这样的人也瞧不起你,这未免太过分,我再去贵宾楼一定为你出出这口气。""K.,"奥尔嘉说,"要是你想说服所有鄙视我们的人改变态度,那么这可是太难了,因为这一切的根子都在城堡。现在我还很清楚地记得那个早晨过后第二天上午的情形。布伦施维克那时是我们家的帮工,他跟每天一样到我们家来,父亲给他派完活就让他回家去了,然后,我们全家坐下来吃早饭,除阿玛莉娅和我之外,大家都谈笑风生,父亲喋喋不休地讲头一天的联欢活动,他考虑了有关消防工作的好几个方案,原来城堡有一支专职消防队,这个队也派了一些代表参加联欢,父亲同他们商量了他的某些计划,城堡下来的老爷们那天看到了我们消防队的成绩,对这些成绩表示相当满意,把城堡消防队的成绩同我们的作了比较,结果肯定了我们的一些优点,于是谈到可以考虑对城堡消防队进行一次改组整顿,为了这个目的,需要从村里派出一些技术指导人员,虽然有好几个人可以考虑,但父亲是最有希望的人选了。吃早饭时他就大讲特讲这些,他同往常一样,喜欢在饭桌上横行霸道,就是把两只胳臂趴在桌上占去半张桌子,后来他又把头探出窗外仰望天空,那张脸显得非常年轻,喜笑颜开,充满了希望,打那以后我就再也没有见到他这种表情了。话说回来：当时阿玛莉娅带着一种我们在她身上还没有见过的洋洋得意的神色说，对老爷们讲的这一套不要信以为真，在这样的场合老爷们就是喜欢说好听的，他们的话没有几句能兑现或者全是空话，刚一说完就忘得一干二净了，可也怪，到下次人们还是会上他们的当。母亲训斥阿玛莉娅，说她不该讲这些无礼的话，父亲只是笑阿玛莉娅这副少年老成、似乎饱经沧桑的样子，但过一会儿他突然一愣，接着便好像在找什么刚发现丢了的东西，可实际上又什么都不缺。然后他说：布伦施维克刚才对他提到一个信差，又讲到一封信被撕碎什么的，于是他问我们是不是听说了，信是写给谁的，撕信到底是怎么回事。我们都不吭声，当时还年轻得像只小羊羔的巴纳巴斯讲了一句特别荒唐或是特别鲁莽的话，然后大家便谈起别的事情来，这件事也就没有再提了。"

第十八章
阿玛莉娅受罚

"可是没过两天，我们就得应接不暇地答复来自四面八方的有关那封信的询问，来的人有朋友，有对头，有熟人，有生人，但都待不长，越是要好的朋友越是急急忙忙说几句话就告辞，拉塞曼平时总是慢条斯理、大模大样的，这一回走进我们家时，那样子像是只想考察一下这房间有多大，只见他眼珠一转，事情看来就都齐了，我们眼看他急急忙忙开跑，父亲马上撂下别人跟在他后面猛追，追到大门口怎么也追不上，只好作罢，这场面真是跟小孩打闹捉迷藏差不多，搅得人心烦意乱，布伦施维克也来通知父亲他不再跟父亲干了，说他想独立干，话说得很诚恳，那是个聪明人，很会抓时机，我们的顾客也都上门来了，他们到父亲的库房里把送来修补的靴子全找了出来，起初父亲还试图劝说他们改变主意——我们每个人都尽自己所能帮着他说——，后来他放弃了这种徒劳的努力，一声不响地帮着顾客找鞋，接活登记本里划掉了一行又一行，顾客们存放在我们家的皮料也都退给了人家，欠款一一如数付清，没有一点争吵什么事全办完，人人都满意能这样干净利索地同我们家断绝关系，即使在了结这些事情时受点损失也不在乎。最后，也是预料中的，泽曼来了。他是消防协会会长，当时的情景我现在还历历在目：泽曼又高又大，只是稍微有点罗锅，还有点肺病，脸上老是一本正经，压根儿就不会笑，他站在我父亲面前，这人原来很欣赏父亲，两人在谈得热火时他曾经答应过一定帮忙让父亲将来当副会长，现在他的任务是通知父亲协会取消了他的会员资格，并请他交还会员证书。当时正好在我们家的那些人一听说泽曼来了，都停下手里正在做的事，走过来围住了这两个男人。泽曼一句话也说不出来，只一个劲儿拍父亲的肩膀，好像想把那些他应该说而又说不出口的话拍打出来似的。他一边拍一边还不住地笑，大概是想这样来缓和一下他和众人的紧张情绪吧，可是，因为他根本就不会笑，别人也从来没听他笑过，所以这时也就没有一个人把他那种表情和声音当成是笑。但是父亲呢，他这一天已是筋疲力尽，心灰意懒，完全绝望，再也没法帮谁什么忙了，唉，瞧他那模样，好像他累得连想一想这究竟是怎么回事的劲儿都没有了。我们几个儿女也同样绝望，不过因为我们还年轻，还不相信我们家怎么能就这样一垮到底，那些天我们总是暗暗希望，在那些挨个儿到我们家来的人中间，哪一阵终于会出来这么个人，他断然下命令停止这一切胡闹，用他的铁腕把整个局面扭转过来，让它朝相反的方向发展。我们傻乎乎地觉得泽曼就是最适合做这件事的人了。所以我们怀着紧张的心情等待着，希望他笑着笑着，末了终究会迸出那句我们盼望已久的钉是钉、铆是铆的话来。我们心想，这会儿究竟有什么事情可笑呢？难道不是只可能笑那强加在我们家头上的莫须有的罪名吗？会长先生，会长先生，请您倒是快些对这些人说句公道话呀，我们就这样一面想着一面挤到他身边，可是结果呢，这只能使他怪模怪样地扭动身子躲躲闪闪。最后，他到底还是开口说话了，虽然不是为了满足我们隐秘的心愿，而是为了对付那不断从人群中发出的喊叫声，这些人一部分在鼓励他快开口，另一部分对他老不开口感到不耐烦，不管怎样，他到底说话了。他开始讲时我们仍然抱着希望。他先是把父亲大大夸奖了一通，说他是协会的光荣，年轻一代人望尘莫及的表率，不可或缺的成员，他的退出简直等于协会失去了顶梁柱，没有了他这样的中坚，协会简直就面临崩溃。这些话说得太好了，要是他就讲到这里为止多好呵！可是他说下去了。他说，现在协会不得不忍痛割爱，决定恳请父亲退出，当然啦，这只是暂时的，不过既然必须这样做，可以看出迫使协会非走这一步不可的情况是多么严重了。也许，要是父亲没有他那些卓越成绩，昨天联欢活动时他没有表现得那么好反倒好些，可是，恰恰是这些大大引起了官府的关注，这样一来，协会现在正处在众目睽睽之下，不得不比原先更加注意自己队伍的纯洁了。就是在这种情况下发生了侮辱信使事件，协会实在是别无选择，而他泽曼呢，也只得硬着头皮接受这个艰巨的任务，来宣布这项决定。请父亲千万不要再给他完成任务增添困难。泽曼终于鼓足了劲说完了这些话，说完之后他是多么轻松呵，因为自信讲得还不错，他甚至不再像先前那样横不是竖不是的了，现在他干脆就指着挂在墙上的协会会员证书，动动手指示意把它取下来。父亲点了点头便走过去取证书，可是他的手抖得厉害，不能把证书从钩子上摘下来，于是我就站到一把椅子上去帮他摘。就是从这个时候开始，什么都完了，父亲连把证书从相框中取出来的精力都没有，而是把东西整个儿地递给了泽曼。然后，他走到一个角落里坐下去，一动不动，再也不跟谁说一句话，所以就只好由我们几个同来客洽谈各项事务，尽我们的能力，争取做得好一点就是了。""那么你觉得在这件事上城堡的影响在哪里呢？"K.问。"看来城堡暂时还没有干预吧。这一阵你说来说去不外是讲了些村民们莫名其妙地害怕、对别人出问题抱着幸灾乐祸情绪、再加上靠不住的友谊，等等，这些并不新鲜，哪里都可以碰到，即使从你父亲的角度来看——至少我觉得是这样——也可以说只是件小事，因为，那张证书究竟是什么东西？不过是证明他有某种能力罢了，而他的能力不是还在他身上谁也抢不走吗？如果说这些能力使他成为一个不可缺少的人，那就更好，把证书连相框一起递过去也没什么，只有在会长开始宣布那项决定，话还没有说完如果你父亲就把证书扔到他脚底下，才可以说是真正给会长的工作添麻烦了。不过，我觉得你讲的这些有一点特别值得注意，那就是绝口不提阿玛莉娅；阿玛莉娅是这整个灾祸的罪魁祸首，你们在着急，她大概还心安理得地待在哪个角落里袖手旁观这毁灭性打击吧。""不，不，"奥尔嘉说，"我们遭遇的不幸谁也不能责怪，谁都是身不由己的，这一切全是城堡的影响。""城堡的影响，"这时刚刚悄然从院子里进来的阿玛莉娅重复着这几个字，父亲和母亲早已在床上躺下了，"这是在讲城堡的故事吧？你们到现在还一直坐在一块儿？你来时不是说马上就要走吗，K.？现在都快十点了。这些事和你到底有什么关系？我们这儿有些人是靠讲这些故事吃饭的，他们也总是像你们两个这样凑到一起神聊这些事，我给你大讲特讲，你给我大吹特吹，可是我看你不像是这种人哪。""不，"K.说，"我恰恰是这样的人，我对那些自己不关心而只是让别人去操心这些事的人反倒没有多少好印象。""就算是这样吧,"阿玛莉娅说,"可人跟人的兴趣是很不一样的,我就听说过这么个男人,他是白天黑夜都一个心思惦记着城堡,别的什么事都不管,别人都担心他要变得不食人间烟火了,因为他的整个心思全部都只在上头的城堡里面打转转,但后来真相大白,原来他并不是关心城堡,而只是念念不忘在那儿的办公厅洗碗刷盘子的一个老妈子的女儿,终于他也真的得到了那个姑娘,于是一切就又恢复正常了。""我想,我会喜欢这个人的。"K.说。"你会喜欢那个人?"阿玛莉娅说,"这我不信,也许你喜欢他的老婆倒还差不多。好了,我不想打搅你们了,不过我现在要去睡了,我得把灯关掉,这是为了照顾二老,虽说他们是躺下就着,可是睡一个钟头就再也睡不踏实,那时候一丁点儿亮他们都是受不了的。晚安。"不一会儿屋里也真的就变得一片漆黑,阿玛莉娅可能在父母的床近处什么地方打地铺。"她刚才讲的那个年轻男人是谁?"K.问。"我不知道,"奥尔嘉说,"也许是布伦施维克吧,虽然这门亲事跟他不怎么般配。不过兴许会是另一个人。阿玛莉娅的话不怎么好懂,你常常不知道她是在说反话呢还是说正经的,多半是一本正经,听起来那口气又像是反话。""别尽琢磨她的话了!"K.说,"你是怎么变得这样什么都受她左右的?是不是那次大祸之前早就这样了,还是那以后才这样?你就从来没有想自己也要有点主见,不要老依赖她?还有,这种凡事都依着她也总得有点正当理由吧,有吗?她是最小的,最小的就该听话才是呀。先不追究谁的责任,反正使全家遭殃的是她嘛。现在她不仅不每天请求你们每个人原谅,反而在众人面前趾高气扬,除了简直有点像施舍那样关心一下父母之外，就什么也不管，像她自己说的，什么都不想过问，如果开一次金口，跟你们说句话，那也'多半是一本正经，听起来那口气又像是反话'。要不，是不是像你有时候说的，她是因为长得漂亮才在家里那么霸道？我得说，你们三个长得都很像，但是，她跟你们两个不同的地方是完全对她不利的，在我初次见到她时，她那种冰冷呆滞的目光就把我吓跑了。再就是，虽说她是年龄最小的，但从外表上一点看不出来，她属于那种从外貌无法确定年龄的女人，这种女人总不见老，但又很难说什么时候真正年轻过。你是天天见她，久而不闻其味，一点觉不出她脸上的神情是多么冷峻生硬。所以细想起来，我甚至也不能把索尔替尼对她的好感太当真了，说不定他只想用这封信惩治她一下而不是真的想叫她去呢。""我不想谈索尔替尼了，"奥尔嘉说，"城堡的老爷们是什么事都做得出来的，不管对方是最漂亮的还是最难看的姑娘。不说这个吧，你对阿玛莉娅的看法完全错了。你瞧，我有什么必要一定要让你对阿玛莉娅印象特别好呢！我所以在你面前为阿玛莉娅说话，只不过是替你着想。阿玛莉娅在一定意义上可以说是造成我们家不幸的根子，这点没有问题，可是就连父亲，你得承认受到这次不幸打击最重的是他吧，他又是个想说什么就非说什么不可的人，肚子里从来存不住话，尤其在家里更是这样，可即便是父亲在我们家最艰难的那些日子里也从没说过一句责备阿玛莉娅的话。而这又绝对不是因为他赞成阿玛莉娅的行为；父亲这个很敬佩索尔替尼的人，怎么可能赞同她的做法呢，他一丝一毫也不能理解她为什么会干出那样的事来；他也许恨不得把自己的全部所有都奉献给索尔替尼才好，当然不是像现在这种奉献法，现在是已经奉献完了，索尔替尼大概还在那里生气呢。我说大概还在生气，因为从那以后我们再也没有听到索尔替尼半点消息；如果说在那件事以前他已经是深居简出了，那么那件事以后他就是无影无踪，好像世界上根本不存在这个人了似的。说到阿玛莉娅，你真应该看看她那段时间里是个什么样子。我们大家心里都清楚，不会再对我们家有什么正儿八经的惩罚了。就是人人都不再同我们家来往罢了。这里的人也好，城堡的人也好，全都一样。但也有不一样的地方，就是这里的人避开我们当然是看得见觉得出的，而城堡方面我们就影子也见不着。可不是吗，以前我们就没有感觉出城堡对我们有过任何关心，现在又怎么可能感觉出什么态度上的突然变化来呢？这种一点动静也没有的滋味是最难受的了。人们回避我们倒还不那么严重，他们并不是因为确实相信我们家有问题才躲避我们，也许他们对我们根本就没有多大意见，那时候，今天他们对我们的这种鄙视态度还一点没有，他们躲开我们纯粹是害怕，躲开了，又在观望着看事情最后怎样了结。当时我们也还不用为衣食犯愁，欠我们钱的也全都还清了，生意上原来商定的价钱就没有让我们吃亏，即使偶尔缺点吃的吧，有几个亲戚暗地里帮我们一把，这事不算难，因为当时正值收获季节，当然我们自己并没有土地，而想帮人家干活吧又哪儿都不欢迎，我们这辈子头一次简直可以说是被判服无所事事刑。每人就那么在家里干坐着，七八月大热天关着窗户，什么动静也没有。没有传我们去问话，没有一星半点新消息，没有人来我们家坐坐，什么也没有。""那么，"K.说，"既然什么事都没有，也不必担心会有什么正儿八经的惩罚，那你们究竟还怕什么呢？真是拿你们这些人没办法！""我该怎么给你解释才好啊？"奥尔嘉说，"我们不是害怕将来会有什么事，我们是在受眼皮子底下事情的折磨，我们已经在服刑了。村里的人只不过是在等着我们主动上门找他们，等着父亲的铺子重新开张，等着做得一手漂亮服装活的阿玛莉娅——当然她只给最尊贵的人家做活——再来揽活，这并不奇怪，因为大家都为对我们做得那么绝情感到内疚；如果村里一户挺有威望的人家突然被完全排除在大伙的交际圈以外，那么这对每个人来说都或多或少有一点点损失吧；村里的人在同我们断绝来往时实际只是觉得在做一件等因奉此的事，我们要是处在他们的地位也会这样做的。他们其实也不很清楚到底发生了什么事情，只是听说有个信差手里捧着一堆碎纸片回到了贵宾楼。弗丽达看见他出去然后又见他回来，同他说了几句话，接着就把从他那儿听到的立时传开了，但是她也完全不是存心要和我们作对，而只是出于责任感，任何别人处在她的地位都会尽这种责任的。现在再说村里的人吧，我刚才说过，要是这档子事最终能得到皆大欢喜的解决，那就最符合他们的心愿了。假如我们突然到他们家，带去消息说什么问题都没有了，比如，可以这样说：事情原来就是一场误会，现在已经完全消除，或者也可以告诉他们说，虽然我们做错了一件事，但已经用行动改正了错误，再不还可以说——即使这么说人家也会满意地接受——：我们通过在城堡里的关系，成功地把这件事压了下去——如果我们这样做了，人们一定会重新张开双臂欢迎我们，吻我们，拥抱我们，同我们一起热烈欢庆，这种事我已经不止一次见到别人家有过了。但是，再退一步说，就连送去这样一条消息也都不必要；假如我们想开了，跟没事一样大胆主动去找别人，恢复从前同众人的联系，只字不提那封信的事，那也就足够了，大家也都会高高兴兴地闭口不谈那件事，因为，人家之所以同我们断绝往来，除了害怕以外，主要的原因就是事情本身令人感到尴尬，人们和我们断绝往来，主要是为了不再听到那件事，不必谈到、不必想到、不必以任何方式同那事沾边。弗丽达把这事捅了出去，她这样做不是幸灾乐祸，不是为了说着解气，而是要让自己和所有的人提高警觉，提醒全村人注意：这里出了那么件事，希望大家千万小心别做类似的事。不是说我们这家人怎么怎么样，而只是这件事情不好，谈我们只是对事不对人，是我们全家都卷进这件事中去了嘛。话说回来，总而言之只要我们又走到众人面前，只要我们让过去的事过去算了，只要我们用行动证明我们已经把那件事完全抛开（不管是用什么办法），这样大家就会确信，那件事无论在发生的当时掀起过多大的波浪，以后再也不会旧事重提，只要情况是这样，那也就皆大欢喜了，我们就会跟从前一样到处遇到人们向我们伸出援助的手，就即使我们没有把那事忘得一干二净，大家也会理解我们，会帮助我们把它完完全全忘掉。但是，我们并没有这样做，而是窝在家里，闭门不出。我真不知道那时我们究竟在等什么，可能是等阿玛莉娅作决定吧，自打那天早上起，她就把家长的大权夺了过去，然后紧紧抓住不再撒手。可她又不安排我们做什么特别的事情，不下任何命令，不提什么要求，几乎只用一声不吭的方式来主持这个家。当然，我们另外的几个人有许多事要商量，家里从早到晚都是喊喊喳喳的声音，有时父亲会突然感到心惊肉跳，把我叫过去，于是我便在他的床沿上坐到半夜。或者，我们有时蹲在一起，我是说我和巴纳巴斯，他对这档子事前前后后有很多很多地方弄不明白，所以一个劲儿逼着我给他讲这讲那，提的老是同样的问题，他心里清楚，他的同龄人将来都会有的那种无忧无虑的岁月，他是不会再有了，我们就这么紧挨着坐着，K.，很像我们两人现在这个样子，完全忘记了时间，从晚上到深夜，又从深夜到早晨。母亲是我们当中最经不起打击的，大概因为她不光经受全家共同的苦难，而且还要同家里每个人一起经受那个人特有的苦难吧，就这样，我们吃惊地发现她身上有了许多变化，我们又预感到明天这些变化也会在全家人身上发生。那时她喜欢待的地方是一把长沙发的一角——我们现在早没有这张沙发了，现在它摆在布伦施维克的大屋子里——，母亲当时就是坐在这沙发的角落里，不知道她究竟在那儿做什么，是打盹呢，还是在没完没了地自言自语？从她嚅动着的嘴唇看似乎是自言自语。事情渐渐发展到了这步田地，就是我们几个人自然而然地不断反复讲那封信，横着讲，竖着讲，讲大家都确有把握的全部细节，也讲谁也说不准的各种可能性，我们每天挖空心思绞尽脑汁想一些能使问题得到妥善解决的办法，一个高招赛过一个高招，一个主意压倒一个主意，这些都成了家常便饭，一天不这样也过不去，可是很不妙，因为这样一来，我们本想从那个泥潭里爬出来，实际上反而在烂泥中愈陷愈深。但是，这些招数再高又有什么用呢，每一个主意离了阿玛莉娅都行不通，所有的点子说来说去不过是敲敲边鼓罢了，左敲右敲反正都敲不到阿玛莉娅耳朵里，所以这些喊喊喳喳就都成了废话，退一步说即使阿玛莉娅听清了，这些敲敲打打也只能撞在她那堵一声不响的墙上。唔，幸亏我现在比那时更了解阿玛莉娅了。她当时承受的压力比我们所有的人都大，她居然硬是挺住了，一直坚持到今天还好好地和我们一起过日子，实在是不可思议。母亲当时也许承受着我们所有人的痛苦，她只能承受着，因为苦难降临到了她头上，可她承受这压力的时间并不长；不能说她今天还在承受着这些痛苦，其实就在当时，她脑子也已经糊涂了。而阿玛莉娅当时不仅承受着痛苦，同时也保持着清醒的头脑，看穿了这痛苦是怎么来的，我们当时只看到结果，她却看到了根子，我们寄希望于一些小小的解决办法，而她心里很清楚一切已成定局无法改变，我们当时可以喊喊喳喳悄悄商议，而她只有默不作声一条路，她就是这样面对现实，正视现实，默默忍受着我们这种苦难的生活，当时这样，直到现在仍然还是这样。我们当时虽然也有很多苦处，但是比起她来我们的日子还算好过多了。我们当然得搬出我们住的房子；布伦施维克搬了进去，上头把这个小棚子分配给我们住，我们用一辆小推车跑了几个来回，把全部家当都搬到这里，巴纳巴斯和我在前面拉，父亲和阿玛莉娅在后面帮着推，母亲呢，一开始我们就把她先送到了这里，让她坐在一个木箱上，每次我们运东西来到时都见她抽抽搭搭地哭。可是我还记得，就连在这几趟很累人的搬家路上——不光很累人，也让人感到很寒碜，因为我们不止一次碰到运送新收割下来的庄稼的车子，那些跟车的见到我们马上停止交谈，赶紧把头扭开去——，就连在这搬家的路上，我们，巴纳巴斯和我，也还是撂不下那件事，老是谈我们的种种烦恼和打算，谈着谈着就站住不动，直到父亲'喂，喂'叫我们，才提醒我们又该往前走了。但是不管怎么谈来谈去，说破了嘴皮也还是改变不了我们的苦日子，搬家后和搬家前都一样痛苦，只有一点不同，那就是搬家后我们也逐渐开始尝到过穷日子的滋味了。亲戚们停止了资助，我们的钱也很快就要用光，而正好在这段时间里，鄙视我们的人越来越多，越来越瞧不起我们，这就是你也看见的情形。人们发觉我们老是在撕信事件上想不开，庸人自扰，不能自拔，就对我们全都没好气，尽管人家对我们遭遇的细节并不十分清楚，但并没有低估命运对我们的沉重打击，而且人家也知道如果自己碰上同样的事未必能比我们家更好地经受住命运的考验，但是，越是这样就越觉得有必要同我们完全绝交，如果我们自己摆脱了这件事的阴影，人家就会非常敬佩我们，但因为我们没有做到这点，人家就往前进了一步，把原先只是暂时对我们采取的态度变成永久性的了，终于把我们排除在每一个社交圈子外面。现在谈起我们来时，就好像我们不是人，完全不提我们的姓名；在不得不提名道姓地谈到我们时，也只说巴纳巴斯那一家，因为他是我们全家最无辜的；连我们住的这个小窝棚也声名狼藉，如果你扪心自问，也得承认第一次上这儿来时你似乎觉察到人家看不起我们不无道理；稍后一些，偶尔又有人来我们家了，但是一来就对一些鸡毛蒜皮的小事撇嘴摇头，譬如说看着那盏小油灯挂在桌子上方不顺眼。不挂在桌子上方，让我们挂在哪里好呢？可人家就是觉得受不了。但是如果我们把油灯挂到别处去，同样一点不解决问题，人家看着会照样碍眼、讨厌。总之，凡是跟我们沾点边，不管我们怎么着，人家都一概看不起。"

第十九章
四处求情

"在那段时间里，后来我们又干了什么呢？我们做了一件糟得不能再糟的事，我们让人瞧不起，原本还有点冤枉，可是一做出这种事，恐怕人家瞧不起我们就理所应当了：我们甩开了阿玛莉娅，挣脱了她那无声的命令的束缚，我们感到没法再那样生活下去，那种没有丝毫希望的日子，我们确实过不下去了，于是我们各显其能，各人按自己想出的办法去行动，去向城堡提出请求或者苦苦哀求，求上头宽恕我们。虽然我们明明知道自己没有能力弥补我们的过失，我们也知道，由于已经发生的事情，我们同城堡之间唯一有希望能对我们有帮助的联系，即通过索尔替尼，通过这个对父亲印象还不坏的城堡官员同城堡沟通，现在已经是完全不可能了，可尽管如此我们每个人还是不顾一切行动起来。父亲首先带头，左一趟右一趟地去找村长，找各位秘书、各位律师、各位书记求情，可全是白跑，十次有九次人家不见他，即使他靠耍个小花招或者运气好碰巧见到人家的面——听到这样的消息我们真是高兴得手舞足蹈——，也是被人家三言两语打发走，以后就再也不接见他了。另外回答他的请求也确实非常容易，城堡办什么事都是那么轻松容易！听听人家怎么说吧：他到底求人做什么呢？谁把他怎么样了？他想请人家宽恕、原谅什么？城堡里究竟在什么时候、有谁对他哪怕只是动过一个小手指头？当然，他穷了，失去主顾了，等等，等等，可这些都是日常生活中司空见惯的事，是手工工匠的事，是市场的事，要城堡大大小小事无巨细一概都管，可能吗？当然实际上城堡也在操心着方方面面的事，但它不能仅仅为了个别人的利益而简单粗暴地干预事态的发展吧。难道要求城堡派出许多官员跟在父亲的顾客屁股后面跑，追上他们，强迫他们回到父亲那里去？父亲反驳说，但是——所有这些事我们都是大家一起事先在家挤在一个角落里仔细商量，事后又同样蜷缩在那个旮旯里谈论唠叨，好像躲着阿玛莉娅似的，阿玛莉娅虽然把一切全看在眼里，但她总是一声不响，不管我们——，父亲反驳说，但是他现在并不是跑去哭穷呀，所有在这里失去的物品，他是能够很容易重新得到的，这些是次要问题，只要得到宽恕、原谅，别的就什么都好办了。'可你究竟要别人原谅你什么呢？'这就是他从人家嘴里得到的回答，接着人家又说，到目前为止，官府并没有接到告发，至少在案卷里没有这项记录，再退一步，至少在律师们有权看到的案卷里没有这项记录，所以，在目前可能查明的范围内，既没有什么人告发过他，也没有人在作这方面的打算。他举得出有哪一条针对他的恶行颁发的官府命令吗？父亲自然是举不出来。于是人家又说，或者有哪一个官府部门干预过这事？父亲对这方面又是一无所知。那么好了，既然他什么都不知道，既然什么事情也没有发生，那么他到底要什么？究竟让人家原谅他哪一点呢？充其量也许可以请求人家原谅他现在对官府各部门进行无端骚扰吧，然而这种行为恰恰是不可原谅的。父亲仍不罢休，那时他身体还很有劲，而且，既然把无事可干的日子硬加在他头上，他也有的是时间。'我要替阿玛莉娅把名誉争回来，你们等着瞧吧，不需要多久了。'他有几次白天对我和巴纳巴斯说，但是声音很轻，为了不让阿玛莉娅听见；不过这话到底还是说给阿玛莉娅听的，因为实际上父亲根本没有想到争回名誉，而只是想着请求宽恕。但为了求得宽恕，他得先弄清自己犯了什么过错，可官府各部又都否定了他有过错。这样一来他便生出一个古怪念头，深陷进去不能自拔——这说明他当时精神状态已经相当虚弱——，这就是，他总觉着别人是在瞒着他，不告诉他有什么过失，而原因又是他打点得不够；原来，他一直只上缴明文规定的各种款项，这笔费用，至少从我们这样的家庭经济情况来看，已经是够高的了。但是现在父亲觉得他必须再多交些钱，他这个想法肯定不对头，因为我们的官府虽然为了办事简便避免不必要的口舌也收受一点贿赂，可是行贿的人是什么目的也达不到的。毫无办法，既然这是父亲的愿望，我们也就不忍心阻拦他。我们变卖了家中仅有的家私——差不多尽是生活必需品——，好让父亲有足够的钱去摸清情况，这样，我们便有相当长的一段时间每天早晨可以自我安慰一下，因为父亲早上动身出门时，口袋里至少总有那么几块硬币叮当响。我们呢，当然就得挨一天饿，而靠变卖东西弄钱给父亲得到的唯一实惠，就是父亲能维持总觉得还有希望那样一种乐观心境。但是这一点也很难说是好事。你看，这样一来他成天东跑西颠疲于奔命折磨自己，而没有钱倒干脆些，该是什么结果很快见个分晓心里也就踏实了，有点钱呢，事情反而拖泥带水，没完没了，短痛成了长痛。官府既然实际上不可能因为父亲多给了钱而给他一些额外的特殊优待，有时候某位书记员便试着至少做做样子，为父亲做点什么，譬如答应他说将要作进一步的调查，暗示他已经发现某些迹象，官府将跟踪查询，说这并不是他们职责范围内的事，纯粹只为了照顾父亲的愿望，——父亲听了这些不是更加起疑，而是越来越信了。他把这种明眼人一看便知是敷衍搪塞的空头支票带回家来，高兴得就像把福星请进了家门似的，每逢这样的时候他总是站在阿玛莉娅背后，咧着嘴笑，笑得比哭还难看，瞪大眼睛朝阿玛莉娅努努嘴，悄悄暗示我们，由于他的奔走努力，阿玛莉娅得救的日子已经不远了，对这事她自己会比谁都更感到意外惊喜的，不过嘛，现在还一点不能泄露，我们得严守秘密——每次我们看到他这个样子真是痛心极了。要不是我们到最后完全到了山穷水尽的地步，再也不能给父亲弄到一点钱，那么这种让人心碎的日子肯定还会继续很久很久。在那些日子里，虽然经过我们多次请求，巴纳巴斯被布伦施维克收为助手，但只能是晚上摸黑去取活，做完后又摸黑去送活——必须承认布伦施维克收巴纳巴斯当助手是为了我们而承担一定的风险：他的生意可能因此受影响，不过他也得到了一定补偿，那便是他付给巴纳巴斯的工钱也非常少，而巴纳巴斯干的活是无可挑剔的——，话说回来，虽然巴纳巴斯被收为布伦施维克的助手，但是他的工钱也只够我们家勉强维持生计，让我们不致饿死罢了。为了不伤父亲的心，我们做了很多准备工作才向他宣布我们不得不停止给他资助，可他听了之后情绪却非常平静。这是因为，尽管他已经不再能从理智上看清自己那些辛苦奔波是毫无希望的，但那接二连三一次又一次的失望也确实弄得他太疲倦了。虽然他说——他的口齿不像以前那样清楚了，而原来他说话口齿是最清晰不过的——，其实他只再要一点点钱就够了，明天，甚至今天，兴许他就可以把什么全打听明白，而现在是前功尽弃了，没别的，失败的唯一原因就是缺那么点钱，等等，但说话的语气表明，他实际上也一点不相信自己的话。可不是嘛，他马不停蹄，立刻又想出了新的计划准备付诸实行。由于没能查清自己犯了什么过错，也就无法进一步通过官方途径达到请求宽恕的目的，于是他最终就把全部精力用在求情上，到处去找当官的私人求情。当官的肯定也有一些好心眼的、有同情心的人，虽然不许在办理公务时表现心软，但在公务以外，只要在合适的时机趁他们没有作思想准备时意外造访，那么他们也是完全有可能发善心的。"

这时，一直在聚精会神听她讲述的K.插问道："那么你觉得这种想法是不对的了？"尽管他知道奥尔嘉讲下去对他这个问题必定会有答案，但还是迫不及待地想立刻先知道这一点。

"不错，我是这样想，"奥尔嘉说，"什么同情啦、怜悯啦，这类事情是根本不会有的，不论我们多么年轻，多么没有经验，叫这一点还是知道的，父亲当然也知道，但是他把这给忘了，什么事他差不多全忘光了。他想好了一个计划，就是到城堡附近大路上官员们乘车总要经过的地方去站着，一有机会赶紧抓住向当官的提出希望得到原谅的请求。说句良心话，这个想法真是太糊涂了，即使太阳从西边出来，他的请求真的能传到某个当官的耳朵里，这也还是糊涂透顶的想法。难道个别官员能对他表示原谅？最多恐怕只能是整个官府作这种表示，但就连整个官府大概也不能对他表示什么原谅，而只能依法作出裁决。可是即使一个当官的愿意屈尊下车过问这事，他又怎么可能在听了父亲这个可怜巴巴、有气无力的糟老头子对他咕咕哝哝说几句话后就把事情的前前后后弄清楚？当官的都很有学问，但是每个官员也只是精一行，如果涉及的是本行，一个官员听到老百姓说一句话马上就可以猜透他的一大串思想，可要是隔行呢，老百姓可以跟他解释上几个钟头，他也许会客客气气地点头，却一句也听不懂。这是不言而喻的；谁要是不明白，只消好好想一下那些与自己有关的细小的公事，那些芝麻大的琐碎公事就行了，想一想，当官的只用耸耸肩膀的工夫就把问题解决掉，而他自己如果想去从根本上弄清楚这些琐碎的、芝麻大的公事，那么这辈子就什么别的也别再做，即使赔上这么多工夫，末了也还是弄不出个所以然来。退一步说，即使父亲走运，恰好碰上一个主管这件事务的官员，那么这位官员在有关这件事的全部案卷不在身边的情况下，也是什么问题都解决不了的，尤其是不能在大马路上解决，没法子，他还是不能表示什么原谅，而只能照章办事，为此又只能指示父亲去走公事公办的路，而想靠走这条路捞到点什么，父亲不已经是一败涂地了吗？唉，你看，父亲居然认真地想用这一手，用这个新招去找到突破口，这说明他的精神状态惨到什么地步了！假如这样干有一丝一毫成功的希望，大路上请愿告状的岂不是要挤破了头？而事实上呢，这事连初小学生都懂得是绝对不可能的，所以那里的路上总是空空荡荡的。也许就连这一点也让父亲又添了一分希望吧，他是不管抓到什么都赶紧拿来为自己打气了。父亲也不能不这样做，一个理智健全的人，根本用不着像他那样盘算来盘算去钻牛角尖，必定能从明摆着的一些现象上就看出事情根本不可能。再说每次官员们乘车到村里来或是回城堡去可都不是游览观光兜风消遣，而是村里和城堡里有事等着他们去做，所以他们的车子总是跑得飞快。另外他们也是决不会心血来潮，有什么雅兴看看车窗外面，更不会去找有没有人等着要递上申请书什么的，车上满满当当装载着各种文件，官员们一路都在用心研究呢。"

"可是我却见过，"K.说，"可我见过一个官员乘坐的雪橇里是什么样子，那里并没有什么文件。"奥尔嘉的叙述，无异在K.眼前展现了一个十分巨大的、几乎不可信的世界，结果是他简直憋不住想用自己的一桩桩细小的经历去碰一碰它，以便自己能真正相信这个世界的确存在着，他自己这个人也的确存在着。

"这是可能的，"奥尔嘉说，"可是这种情形就更糟，就是说，它说明那个官员需要处理的事务非常重要，所以有关文件太贵重或者太多，不可能随车携带，这样的官员就总是让车夫使劲催马飞奔。总而言之，谁都腾不出一点多余的时间来听父亲讲他那一套。还有呢：从大路通往城堡的车道有好多条。有一阵子，某一条车道很走俏，大多数官员都走那条路，过一阵，换了另一条了，大家又一窝蜂地挤到那边去。这种流行色的变化有什么规律现在还没有人琢磨出来。譬如早晨八点钟时，所有的车都在第一条车道上，半小时后所有的车又跑到另一条车道上去，十分钟后都跑到第三条车道上去了，再过半小时也许又在第一条上，然后就整天都在那条路上跑，可是每秒钟又都可能有变化。虽然所有车道都在这村子附近汇合，可是到汇合处时所有的车子都已经跑得跟飞似的，而到离城堡不远处时速度倒还稍稍慢下来一点。正如车子经过哪条车道驶出城堡没有规律无法搞清楚那样，车子究竟有多少也是谁都说不清的。经常是连续好几天一辆车都见不着，可是接下去就有大量车子出行。现在你想想看，我们的父亲面对的就是这么多让人头疼的困难。他每天早晨穿上他最好的那套衣服——过不了多久这套衣服就成了他唯一的一套了——带着我们大家的祝福走出家门。一枚很小的消防队徽章，那是他本应交出去而不应该留给自己的，他也装在身上，打算到了村外再把它佩戴起来，在村里，虽然这枚徽章小到别人离他两步远就几乎看不见，他也害怕人家发现他戴着，可是就连这么个不起眼的小东西，父亲竟然也认为用来吸引乘车路过的官员注意他挺合适！离城堡大门不远的地方，有一个菜贩种植的菜园，这园子的主人是一个叫作贝尔图赫的商贩，专门供应城堡蔬菜，父亲就在他那园子铁栅栏的石头基座上挑个地方坐下来。贝尔图赫也允许他坐那儿，因为这人以前是父亲的朋友，也是他的一个最忠实的老主顾；这又是因为这人的一只脚稍微有点畸形，他觉得只有父亲能替他做一双合脚的靴子。于是，父亲便天天在那里坐着，那是一个阴沉沉的、雨水很多的秋天，可天气他一点不在乎，每天早上他总是在固定的钟点把手放在门把上，向我们示意他要走了，而到晚上回来时——看上去他一天比一天更躬腰驼背了——总是全身湿透，一头躺倒在墙犄角就不能动弹。最初几天他还给我们讲讲他碰上的一些小事，比如贝尔图赫怎样同情他，怎样讲老朋友交情，从栏杆上给他扔过来一条毯子，或者，讲他隐约觉着在一辆路过的马车中认出了某位官员，再不，就是说又有哪几个马车夫认出他来，还跟他开玩笑，用马鞭轻轻地在他身上蹭了一下。后来他就不讲这些了，显然他已经不抱希望能在那里哪怕只得到一丁点收获，而只是把每天去那儿待一天当成一种义务，当作一种打发日子的手段。也就是在那段时间里他得了风湿病，冬天快到了，雪也来得很早，我们这里冬天是说来就来的；唔，就这样，在那个地方他有时坐在满是雨水的、湿漉漉的石头上，有时又坐在雪地里。到夜里他浑身疼痛，唉声叹气，第二天早晨有时候就拿不定主意要不要再去，可是经过一阵思想斗争最后还是去了。母亲老是死死拽住他不放他走，而父亲呢，大概是想到他那双已经不那么听使唤的腿脚有点心虚吧，也就答应让她跟着自己一块儿去，这样一来母亲也得了风湿病。我们经常到他们待的地方去，有时是送吃的，有时只是去看看他们或者想劝他们回家，唉，我们有多少次看到两位老人背靠背地瘫在那块巴掌大的石头基座上，缩成一团，披着一块不能将两人完全裹严实的薄薄的毯子，包围着他们的只有一片灰蒙蒙的雪花和雾气，方圆几里内几天不见一个人影和一辆马车，哎呀，真是太惨了，K.，真是太惨了！就这样一天又一天过去，直到一天早上父亲怎么也没法把他那双僵硬的腿从被子里伸出来；情况很糟，一点办法没有，父亲那天还有点发烧说胡话，他说他好像看见恰好是现在有一辆马车在半山坡上贝尔图赫家门前停住了，一位官员正从车里走出来，眼睛顺着栅栏看，到处找他，瞧，那不是他这会儿不住地摇着头，气呼呼地又回车里去了吗！说到这里从父亲嘴里突然迸出一阵撕肝裂胆的大叫，听起来好像他人躺在这里就想让上头那位官员听见他看见他，而且他要向那个当官的解释：他这会儿所以不在那里，完全不是他的过错，他是心有余而力不足呵！结果呢，这一不去就不是三五天，而是成了长期缺席，从此他再也回不到那儿去了，好多个星期一直卧床不起。阿玛莉娅伺候他，给他换洗，给他治病，什么全是她干，除了中间休息过几次，她实际上就这样一直干到今天。她会用各种镇痛的草药，她精神好，几乎不需要睡觉，又从不胆怯，天不怕地不怕，也从不会不耐烦，照顾父母的活她一人全包了下来；在我们谁也帮不上忙只是急得团团转的时候，她却能在任何艰难困苦面前保持冷静沉着。但是，后来当最困难的时期已经度过，父亲已经可以由人一左一右扶着小心翼翼地慢慢爬下床来时，阿玛莉娅立刻就撒手不管，把父亲完全交给我们了。"

第二十章
奥尔嘉的计划

"现在的问题是，得给父亲再找一个他力所能及的事情做做，要有那么一件事，至少可以使父亲觉得他做起来是在为洗刷我们家的罪名尽一点力才好。找到这样一件事给他做其实不算难，能起到像在贝尔图赫的菜园子前面坐着那种作用的事，实际上到处都有，但是我却找到了一件甚至让我看到一点希望的事让他去做。事情是这样的：不论在哪儿，官府衙门里也好，秘书们当中也好，还是在什么别的地方，只要一谈起我们家的过错，一概都只提侮辱索尔替尼的信差那件事，谁也不敢再进一步追问下去。于是我就琢磨，既然大家都只知道侮辱信差一事，即使只是装装样子，那么，如果可以找到信差给他道个歉，说几句好话，哪怕也是做做样子，不也就行了，不也就可以弥补我们的过失了吗？不是说官府还没有收到举报告发信吗？也就是说，还没有哪一级官府正准备受理这桩事，所以那个信差完全有自由针对只牵涉他个人而不涉及其他问题的这件事对我们表示原谅，这应该可以吧。虽说这样做不能从根本上解决问题，只是做做表面文章，也不可能再带来什么别的结果，但是总可以使父亲高兴高兴，也许能使那许许多多让父亲一次又一次失望的官府办事人员稍稍感到一点难为情，也就能使父亲多少感到一些宽慰了吧，那伙人用他们那些一点问题也解决不了的回答，把父亲也折磨得够呛了。当然，首先得找到那个信差。当我把这个打算告诉父亲时，他先是很生气，这段时间他的脾气变得非常倔，原因一方面是他以为——这种想法是他生病期间产生的——我们总是在他快要大功告成时给他来一手，使他前功尽弃：起先是撤了给他的资助，现在又硬要让他躺在床上不许他去，另一方面是因为他脑子已经迟钝得不能完全领会别人的意思了。我还没有把我的打算讲完，他就气呼呼地把它给毙了，照他的意思，他得继续每天去贝尔图赫的花园等着，并且，因为他肯定不能再像原先那样每天走路爬坡了，我们就必须用手推车推着他到那里去。但是不管他有多倔，我还是苦口婆心地劝他，渐渐地他也就勉强同意了我的主张，只有一点他心里还老有个疙瘩，那就是办这件事他完全得依赖我，因为只有我那时见过那个信差，他不认识那人。不过，所有的仆人外貌都很像，就是我，也不敢打保票准能再认出那个信差来。主意已定，我们就开始到贵宾楼去，在那里的好些仆人当中寻找。虽然那个信差是索尔替尼的一个仆人，而索尔替尼不再到村子里来了，但是老爷们是经常互换仆人的，所以很有可能在另一位老爷的仆人中找到他，如果找不到，那么也许总可以从别的仆人那里打听到他的一点消息吧。当然，为达到这个目的就必须每天晚上到贵宾楼去，而我们是到处遭白眼的，在这个地方就更不用说了；要说以酒客身份出现，在那儿花钱吃喝我们又做不到。但是事实说明我们去那里确实还是有点用处；你大概很清楚，弗丽达是非常头疼那帮仆人的，不过总的说来那伙人多半是安安分分规规矩矩的，因为不干什么重活，把他们都给惯坏了，做事很不利索，官员们中间常说的一句相互祝愿的口头禅就叫'祝你活得像个跟班的'，事实上，说到过舒心适意的日子，听说那些跟班的仆人才真正是城堡里的老爷呢；他们自己也知道并且很珍惜这一点，所以当他们在城堡里，就是在有法律、规章约束他们行动的地方时，就表现得又斯文又正经，这一点我得到过多次证实，到村里来的仆人中也还能见到个别人有这种表现，但只是极个别的，此外那些仆人就因为在村里城堡的法规不完全能管束他们而好像完全变了样；他们成了一群粗野的、简直要造反的暴徒，根本不管什么法律，只知道在他们那永远满足不了的欲望支配下任意胡来。他们无耻到了极点，对我们村来说，幸亏他们只有得到命令才准离开贵宾楼，但在贵宾楼里呢，我们就必须设法对付这伙人了；弗丽达觉得这事非常难办，所以，能用上我、让我帮着她同那些仆人周旋，是她求之不得的事，两年多来我最少每星期两次整夜同那些仆人一起待在马厩里。早些时候，当父亲还能同我一起去贵宾楼时，他就在酒吧里随便找个地方睡觉，等着我也许清早就能告诉他好消息。每次都没有多少新鲜事好讲。直到今天我们也还是没有找到那个信差，听说他一直还在给索尔替尼当差，索尔替尼很满意他，在索尔替尼辞去原职被调到比较远的办公厅去时，听说他也跟去了。在贵宾楼遇到的那些仆人也多半同我们一样很久没有见到他，即使有个别人硬说前一阵还见过他，那也大概是记错了。这么说，我的计划应该说是落空了吧，但实际上又不完全是这样，不错，我们是没找到那个信差，而且父亲跟着上贵宾楼，一路往返很劳累，在那里过夜又睡不好，也许还要加上一条：在他精神稍好时，还要为我受苦跟着一起痛苦，唉，所有这些加在一起，就把父亲完全拖垮了，到现在差不多快两年的时间里，他一直是你现在看见的这副模样，唔，说起来可能比母亲还强一点，我们心里都明白，母亲每天都可能走到人生的尽头，所以能拖到今天，全仗阿玛莉娅花大力气精心护理。话说回来，不错，我们虽然没有找到人，又添上那么些倒霉事，但是我在贵宾楼还是有点收获的，那就是跟城堡建立了一定的联系；如果我现在说，我对自己所做的事一点不后悔，你可别看不起我。你也许会想，天晓得那是什么了不起的同城堡的联系哟。你想得对；那的确不是什么了不起的联系。虽然说我现在已经认识许多仆人，认识所有近几年到村里来过的老爷们的仆人，万一哪天我去城堡，在那里我就不是陌生人了。当然我只是在村里认识这些仆人，在城堡里他们就完全两样，很可能见谁都不认得，特别是一个只在村里同他们打过几次交道的人，他们就更不认识你是老几了，尽管在马厩里他们上百次赌咒发誓，说要是将来在城堡里能再见面他们很高兴，那也完全白搭。其实那伙人说这样的话差不多等于没说，对这点我已经有亲身体会了。但是，最重要的根本不是这个。重要的是通过这伙仆人我不仅同城堡有了联系，而且兴许还会出现一种情况——但愿如此——，就是有人从上面观察我，观察我的表现——管好这么大的一支仆人队伍，当然是官府的一项极为重要的、劳神费事的工作——，而经过观察，这个人也许就会对我的看法不那么苛刻，他兴许会看出，虽然我努力的方式很可怜，但我怎么说也是在为自己的家争取应有的待遇，是在继续做父亲努力想做到的事呀。如果能这样看，人家也许就会原谅我收那些仆人的钱拿来补助我们的家用了吧。除此以外,我还有别的收获呢,可是你也把它看成是我的过错了。什么收获?就是我从用人们那里知道了一些怎样通过别的路子,不经过那种一拖就是好几年的、难得要命的正式申请就能到城堡去工作的办法,这样做尽管还不是正式受雇,而只是一个人家睁只眼闭只眼悄悄接受下来的准雇员,既没有权利也没有义务,没义务更糟,但却有一个好处,就是,因为各种事情都能在近处看到,就能较方便地抓住和利用一些有利机会,尽管不是雇员,却偶尔也可能有事可做,一个雇员恰好不在,听见呼叫就赶紧跑过去,这样,一秒钟前还不是的,这时一下子就是了,就是说成了雇员了。但究竟什么时候有这种机会呢?有时候说来就来,你人才到,还没有来得及东张西望,机会就到了你身边,任何新来的人碰到这种情形都不会那么当机立断立即抓住它,可是如果放过去再等下一次机会呢,兴许又比通过正式申请的途径还要多等好几年,而且,正式申请被录用对于这样一个人家睁眼闭眼暗中容忍的准雇员是根本不可能的了。就是说,人家有各种各样的顾虑;可是人家又不告诉你在正式录用程序中挑选得非常严格,一个出身于名声上有点问题的家庭的人,是一上来就要给刷下去的,譬如说一个出身于这类家庭的人提出了申请,愿意接受这种严格的审查程序,于是就得战战兢兢,好几年悬着心,不知道结果怎么样,从他申请的头一天起,谁都惊异地问他怎么竟冒冒失失地做这种毫无指望的事,可是他本人仍然抱着希望,不然他怎么活下去啊,但是好多年以后,也许他都已经成了一个糟老头儿了,才得到不予录用的通知,才知道一切都完了,这辈子算是白过了。当然,这里也有例外,正因为有例外，人才那么容易经不住诱惑而跃跃欲试呵。有过恰恰是一些名声不好的人被录用的事，有那么一些官员，他们简直憋不住，明知不对也想闻闻这类野味，在录用考核时，他们伸长脖子东闻闻，西闻闻，又是咧嘴，又是翻白眼，一个这样的候选人看来简直能招得他们流三尺长的涎水，为了顶住这种强烈难挨的欲望，他们往往不得不随时拿出法律条文来做依据。不过这样一来有时就不能使那个人得到录用而只是使录用程序无限期地拖延下去，拖到最后根本没有任何结果，在那人死后不了了之。所以说，按法定程序也好，走别的路子也好，总之，想得到录用，正式的也好，那另外一种方式的也好，这里面充满了各式各样的难点，有明的也有暗的，谁如果想走这一步，最好事先多掂量掂量。那么我们呢，我们，巴纳巴斯和我，在这上头也没少伤过脑筋。我每次从贵宾楼回来，就同他坐到一起，把听来的最新消息告诉他，然后我们一起来回琢磨好几天，弄得巴纳巴斯把自己手头的活也耽误了。我这样做，可能就是犯了你指的那种错误了。因为我明明知道那伙用人的话不大可靠呵。我知道他们从来就没有心思给我讲城堡的事，他们一讲起来就总是扯到别的话题上去，说每句正经话都得我求爷爷告奶奶才开金口，而要是哪一阵他们说顺口了，就絮絮叨叨胡侃一气，自吹自擂，你说得离奇，我讲得比你更玄乎，结果呢，在他们一个接一个没完没了地在黑洞洞的马厩里大吼乱嚷出来的大堆废话里，最多也许只有那么一两句隐隐约约露出一星半点真实情况。但是我把听到的凡是我记住了的一股脑儿全灌给巴纳巴斯，他呢，一来还根本没有能力分辨真假，二来由于我们家的困难处境简直就是如饥似渴地想听这类东西，于是就把所有这些大口大口地全都吃了进去，又瞪大眼睛急着想听新的。说实在的，实现我的新计划也只能全仗巴纳巴斯。想从那帮用人那里得到什么收获是毫无指望的了。索尔替尼的信差怎么也找不着，恐怕是永远也找不到了，他和他的信差好像越来越少露面、离我们越来越远了，人们常常忘记了他们的长相和名字，我常常需要向人描述老半天，人家才能勉强记起一点，而除了这点模糊的印象之外，别的就什么也说不出来。说到我同那帮用人在一起的那些日子，那么人家说我什么我当然都没有办法，我只能希望别人如实了解我在那里做的，希望我做的能抵消一点我们家的过错，可是有没有效果我一点也看不到。不过我还是坚持做下去，因为我不知道还有什么别的法子可以在城堡里为我们家争取到点什么。但是我发现巴纳巴斯倒是有这种可能的。如果仔细揣摩一下那帮用人讲的那许多话（只要有兴趣动这个脑子就行，而我很乐意揣摩这些话），就能悟出一点道理，那就是：谁如果被录用为城堡工作，他就能替自己家办很多很多事情。当然，他们那些云山雾罩的话里究竟有多少是可以相信的呢？这是没法弄清楚的，清楚的只有一点，就是可信的东西太少太少。难道不是吗？比如说吧，有一个我这辈子恐怕再也见不着第二次、万一见到兴许也认不出来的用人，向我郑重其事地保证要帮助我弟弟在城堡里谋一个差事，谋不到的话至少在万一巴纳巴斯通过别的什么途径来到城堡时也能帮帮他的忙，比如说给他点饮料提提神也好——据那些用人说确有这样的事，就是求职的人因为等候时间太长太长，重的晕倒在地上，轻的也昏头昏脑不辨东南西北，要是没有朋友当场关照一下就完了——，这个用人对我讲这些还有许多别的，把他的话当成对求职人发出的警告，要他们千万三思而后行大概还可以，但其中的保证和诺言就完全是空话了。巴纳巴斯却不这么想；我虽然警告他，叫他别相信那些诺言，但是我把这些诺言刚刚说出来，他一听到就高兴得马上表示支持我的计划。我自己加进去的话对他倒没有太大的作用，对他起了主要作用的，还是用人们讲的那些。这样一来，我实际上差不多完全变成一个孤家寡人，同父亲母亲谈得拢的只有阿玛莉娅，别人谁都不行，我越是用我自己的办法去努力实现父亲原来的计划，阿玛莉娅在我面前就越是少言寡语，当着你或别人的面她跟我讲话，可单是我们两人在一起时就无话可说，贵宾楼的那些用人把我当成他们的玩物，发起狠来恨不得把我撕成碎片，这两年中我没有跟他们中哪一个人说过一句贴心话，他们讲来讲去尽是些不怀好意、胡诌瞎编、荒唐透顶的话，这样我就只剩下巴纳巴斯一个人可以说说话了，但是巴纳巴斯又太年轻。对他讲那些事情时，当我看到他眼里兴奋得闪光——这种兴奋的目光从那时候起他一直保持下来——时，我吓得心直跳，可我并没有停下不讲，因为我心里没底，怕不把知道的全说出来会影响我们全家的大事。当然，父亲那些虽然空泛但却很庞大的计划我是没有的，我没有男人那种果断，我想做的不过是对侮辱信差那件事作一点补偿，甚至还希望人家能充分肯定我这点微薄的努力，给我记上一功呢。但是，我自己一个人没能做到的，现在就想通过巴纳巴斯采取别的稳妥办法去实现。我们是侮辱了一个信差，等于把他从第一线的办公厅挤走了，那么，在这种情况下能想到的最好的办法，不就是把巴纳巴斯送去当新的信差，让巴纳巴斯顶替那个受了侮辱的信差吗？这样一来那个信差不就能安心地待在二线、三线，想待多久就待多久，他觉得需要多久才能忘掉那次受辱的事就待多久？当然我知道，尽管这个计划乍一看要求不高，可实际上还是有点狂妄，它会给人一种印象，似乎我们在给官府指手画脚规定如何处理人事问题，或者似乎我们怀疑官府有能力自己定出最佳处理方案，怀疑官府甚至在我们想都还没想到这里也许可以安插一个人之前早就把一切都妥善处理完了。虽然我很清楚这些，但我接着又想，官府不可能这样误解我吧，或者真要是误解那也是明知我的意思而故意曲解，要是那样的话，那就根本不需要作进一步的调查，凡是我做的一切，从一开始就要受到谴责了。这样一想，我也就没有停止努力争取让巴纳巴斯去那里工作，而巴纳巴斯自己的野心在这件事上也起了很大的作用。在这段准备时间里巴纳巴斯变得非常骄傲，觉得鞋匠活太脏，不应当让他这个未来的城堡办公厅工作人员做，是的，他骄傲得甚至在阿玛莉娅难得跟他说上一句话时也敢同她顶嘴，而且是硬顶。我不数落他，心想就让他在家里跋扈一阵子吧，不难预料，等他到城堡去时，第一天他的欢喜、他的傲气就会一扫而光的。这以后，我跟你讲过的那种准雇员的日子就开始了。使人惊奇的是巴纳巴斯居然第一次就找对了城堡，更正确些说是找对了办公厅走了进去，这个办公厅可以说从此就成了他的工作场所。这么大的成功，当时真使我都快高兴疯了，当那天晚上巴纳巴斯把这个情况悄悄告诉我时，我立刻跑到阿玛莉娅面前，抓住她的胳膊，把她拽到一个角落里发狂地吻了个够，弄得她又是吃惊又是疼，哭了起来。当时我太激动，什么话都说不出，另外我们也好长时间没有交谈过了，一下子不知该说什么才好,我想,过几天再好好跟她说说吧。可是几天以后当然又没有什么可说的了。这个成功来得很快,可是事情也就到此为止,再没有什么进展。巴纳巴斯就这样整整两年时间过着那种单调的、憋气的日子。我认识的那伙用人一点用处也没有,我写过一封短信让巴纳巴斯带上,请他们关照关照他,信里我还提到他们曾经答应过愿意帮忙的话,巴纳巴斯呢,他每次见到一个用人都把信拿出来举着给人家看,虽然他有时也恐怕是碰上了一些不认识我的用人,并且就是碰上我的熟人,他那愣头愣脑捧着信一声不吭的傻相——他在上头是不敢开口的——也挺气人的,但是,整整两年时间,谁都不帮他,这不也太丢人了吗?所以,有一次,一个说不定已经好几次被他拿这封信杵到鼻子跟前纠缠烦了的用人,一把将信夺过去揉成一团扔进了纸篓,这下子真可以说是把巴纳巴斯解救了,当然,老实说这种解救法我们自己本来也是早就可以办到的。当巴纳巴斯告诉我这事时,我心想,那人简直可以在扔信时说上一句:'你们不也差不多是像这样对待来信的吗!'但是,尽管整整两年我们的努力毫无进展,可这段时间对巴纳巴斯还是起了好作用,那就是——如果这也可以算是好事的话——他少年老成了,早一点成了一个男子汉,唔,他不仅老成,甚至在某些方面还表现得比一般成年男人更严肃沉闷、更深通世故。看着他那有些老气横秋的样子,跟两年前还是个毛手毛脚的孩子的那个他一比,我心里真不是滋味儿。虽说他像个大人了,可是我却一点感觉不到他作为男子汉也许能给我的那种安慰和安全感。没有我,他恐怕很难进得了城堡,可自从他到了那里以后,就完全自作主张了。我是他唯一可以说贴心话的人，但他心中的烦恼肯定只对我讲了一小部分。他告诉了我许多城堡里的见闻，但是仅仅从他讲的那些事、那些琐碎的小事中怎么也闹不明白为什么这些东西就能使他完全变成另一个人。尤其弄不懂的是，为什么长成了男子汉的他在上头竟然把他作为男孩时曾经使全家人非常头疼的那种什么都不怕的冲劲丢了个精光呢？当然，这种一天又一天的白白站着干等，天天这样，月月这样，没有丝毫指望会发生变化，是能把一个人所有的棱角都磨平的，是会让人得疑心病，最后甚至使人除了成天杵在那里傻等白等以外就什么别的事也不会干的。但是为什么他早些时候也不反抗呢？特别是当他很快就认识到我说得有理，就是如果抱着野心、抱着过多的奢望，在那个地方是什么也捞不着的，想改善一下我们家的境况嘛兴许倒还可以？原来，在那里人人都是兢兢业业、诚惶诚恐地——除了管事们情绪多变外——工作，人的野心和奢望全都在这样的工作中寻求满足，而由于工作本身需要耗费大部分精力，人就渐渐忘记了自己以至完全融化在工作中了，在那个地方，一个人少年时代的愿望是没有实现的空间的。另一方面，巴纳巴斯告诉我，他觉得倒也看清了一件事，就是：连那批相当成问题的官员——巴纳巴斯仅仅被允许去到这些官员的房间——的权力也非常大，知道的事也非常多。他看见他们口授指示和命令时眯起眼，急促地打着手势，说话飞快，看见他们只需动一个指头，半句话不说就把哭丧着脸的管事打发走，看见这些人一旦被打发走，便喘着粗气脸上露出满意的微笑，他还看见，当这些官员在他们面前摊开的书中发现一句什么重要的话时，就在那上面猛击一拳，算是拍案叫绝，然后别的人便争先恐后地一下子全跑过来伸长脖子探头张望，把那条很窄的通道挤了个水泄不通。就是这些，再加上一些别的类似的事，就使得巴纳巴斯崇拜起这些人物来，他得到了一个印象，就是：如果他能做到让他们发现他在这里，如果他能跟他们攀谈几句——不是以一个外来者的身份，而是以办公厅同事的身份，当然，是下级同事——，那么，也许就能为我们家办成一些意想不到的事情。可是他直到今天也还没有碰上这种机遇，要说积极行动起来，自己主动去争取让人家注意自己吧，巴纳巴斯又没有这个胆量，尽管他清楚地知道，由于全家遭到一连串的不幸，他现在是年纪轻轻就已经肩负起一家之长的重任了。唔，行了吧，现在再向你交最后一点底：一个星期前你来了。我在贵宾楼听见有人谈起这事，但没有怎么在意；什么，来了个土地测量员，这名词儿我连听都没听说过。可是第二天晚上巴纳巴斯回家——平常我总是在他快要到家时出去迎他——比平时早，他见阿玛莉娅在屋里，就把我拉到外面大路上，一头扎在我肩膀上就哭了足足好几分钟。这时候他又跟几年前那个小男孩一模一样了。他告诉我发生了一件他没法对付的事。听他那口气，像是在他面前突然冒出来一个全新的世界，而这个新世界带来的各种幸福与苦恼是他承受不了的。但是实际上呢，发生的事仅仅是他拿到了一封让他送交给你的信罢了。当然这是第一封信，是他这么长时间以来接受的第一个任务。"

奥尔嘉说到这里打住了。现在屋里除去两个老人那艰难的、时不时呼噜呼噜作响的喘息声之外是一片寂静。K.有一搭没一搭地，似乎是在补充奥尔嘉的话，说道："你们是在我面前演戏呢。你看吧，巴纳巴斯给我送信来时，完全像一个为公事奔波忙碌的老信使,而你和阿玛莉娅呢,这一回她可是和你们坐一条板凳了,瞧你和她那副神情,似乎当信使以及当信使送的那些信件全是无关紧要的、附带着干干的事情。""你不能把我们三个人看成一样的,"奥尔嘉说,"巴纳巴斯,不管他对自己干的工作有多少怀疑,在得到那两封信后简直又变成了一个快活的孩子。他的怀疑只是针对着自己和我,而在你面前呢,他就以自己是一个真正的信使为荣,努力把这个工作做好,要跟他心目中设想的真正的信使干得一样出色。比如,虽然他现在得到一套工作服的希望比以前大多了,但还是一定要我在两小时内赶着替他把他那条裤子改出来,让它至少有那么点像工作服的紧身裤,好在你面前穿着像模像样的,当然,在这一点上你也是比较好蒙的。这就是巴纳巴斯。可是阿玛莉娅就不同了,她确实一直看不起信差这个工作,现在这差事有了一点成就——这一点她从巴纳巴斯和我的表情上、从我们两个老是坐在一起嘀嘀咕咕很容易看出来——,可现在她比以前更看不起这份差事了。所以,她说的是实话,你绝不要瞎怀疑,到后来把自己也给弄蒙了。我呢,K.,我有时也说过些贬低信使工作的话,但我并不是想骗你,而是因为害怕。到目前为止巴纳巴斯经手过的就只有这两封信,这是我们家三年来第一次得到的恩惠,当然这是不是我们的福气还很成问题。这个转机,如果真是一次转机而不是错觉的话——错觉比转机更经常有——,那么它是跟你到这里来有关的,我们家的命运可以说已经操在你手里了,也许这两封信仅仅是开个头,巴纳巴斯将不光给你送信,他的工作范围会进一步扩大——只要我们还可以抱这种希望,我们就希望能这样——,但是就目前来说,我们的一切都要指靠你了。现在,在那上面我们只能满足于人家分配干什么就干什么，可是在这下面呢，我们倒兴许能发挥一点自己的主动性，我的意思是说，可以努力使你对我们有好感，至少也要让你不讨厌我们，或者，最重要的，就是要尽我们的全力、充分利用我们的经验来保护你，力求做到让你别失去同城堡的联系——我们也许能靠这点联系保住我们的饭碗呢。那么，这些要怎样才能顺利地做起来，有个良好的开端呢？我想应该做到在接近你的时候不引起你的疑心，因为你是初来乍到，肯定对周围发生的事时时处处存着戒心，完全正当的戒心。此外，我们是被人看不起的，而你自然会受到众人对我们的看法的影响，特别是你未婚妻的影响，那么我们究竟应当怎样去接近你，才能比方说不同你的未婚妻闹得不愉快——尽管我们根本不是有意跟她过不去——，从而伤害你呢？再说那两封信，你拿到之前我仔细看过——巴纳巴斯没有看，他觉得自己是信差，不能那样做——，乍一看它们似乎不太重要，好像已经过时，信上要你去找村长谈，这本身就说明这封信一点也不重要。那么，在你面前我们究竟怎样处理这个问题才好呢？如果我们强调信的重要性，那就会引起你的怀疑，你会觉得我们这样做明明是在小题大做，夸大其词，我们作为信件的传递人向你使劲夸大这些信的作用，是抱着个人目的而不是在替你办事，我们这样做的结果甚至可能反而降低了这些信本身在你心目中的价值，这就完完全全违反我们的本意，实际上等于欺骗了你。可是如果我们反过来说这些信不太重要吧，这同样会引起你的疑心，你会想为什么我们要忙着递送这些不重要的信，为什么我们说的和做的互相矛盾，为什么我们要通过这种做法不仅欺骗你这个收信人，而且也欺骗让我们送信的人，因为人家把这信交给我们去投递，绝不会是让我们在收信人面前说些贬低来信的话吧。再一种态度是不偏不倚，不走极端，就是给那些信一个公正的说法，但这是根本不可能的，这些信的价值本身就不断在变，它们引起人们各种各样的考虑是没有穷尽的，什么时候在哪一种想法上打住不再往下想纯属偶然，也就是说，人们对这些信的看法也总是没有定准的。现在还要再加上我在为你担忧，这种心情也掺和进来捣乱，于是我脑子里什么全乱了，所以你不能对我说的每句话都那么太认真苛求。比如说巴纳巴斯曾经跑来告诉我，说你对他的信使工作很不满意，他听了你的话吓得赶紧——可惜这里面并不是一点没有当信差的人自己的神经过敏在作怪——主动提出不想再做这个工作了，你说我听了他这话能不急吗？当然我就会去蒙、去诓、去骗，总之是只要有用，能挽回他这个错误，我什么坏事都干得出来。但是，我这样做既是为我们家，也同样是替你着想呵，至少我觉得是这样。"

有人敲门。奥尔嘉很快跑过去拉开门闩开了门。一盏风灯的光柱射进这间漆黑的屋子里来。这位深夜来客打着喳喳问了几句什么，奥尔嘉也同样打着喳喳回答了，然而来人对答话并不满意，想硬闯进屋里来。奥尔嘉大概是怎么也挡不住他，于是就叫阿玛莉娅，显然是希望阿玛莉娅想方设法把来人赶走，以免影响二老睡觉。阿玛莉娅也真的立即跑了过来，推开奥尔嘉，一脚跨出门去顺手把门关上了。只是过了一眨眼的工夫，她便又回到屋里来，奥尔嘉刚才办不到的事，她一转眼就办到了。

接着K.便从奥尔嘉处得知，那位访客是来找他的；原来这是两个助手之一，是弗丽达派来找他的。刚才奥尔嘉是想帮K.一个忙，即不让那助手知道他在这里；要是K.自己以后去向弗丽达坦白承认他到这里来过，那是他自己的事，随他的便，但奥尔嘉不愿让那个助手发现这事去报告；K.对此表示赞许。可是奥尔嘉主动提出让他在此过夜等巴纳巴斯，这一建议他拒绝了；本来他也许可以接受这个邀请，因为夜已经很深，再者他觉得，现在不管他愿意不愿意，他同这一家人的关系已经相当熟了，在这儿住上一夜，如果是出于别的原因也许让人觉得尴尬，然而如果考虑到这层较熟的关系，却是他在这村子里碰上的最自然不过的事情，可尽管有这些想法他还是拒绝了，那个助手的到来使他大吃一惊，惊愕之余他心里纳闷，怎么弗丽达明明知道他的心思，却同两个尝到了他的厉害而很怕他的助手一鼻孔出气，不惜派出一个来找他，而且是只派一个，另一个大概就留在她自己身边了吧。他问奥尔嘉有没有一根鞭子，鞭子她没有，但却有一根柳条，于是K.拿起了这根柳条；然后他又问能不能从另一处出去，回答是可以的，经过院子就行，不过那样一来就得翻过邻居花园的篱笆，再穿过人家这个花园，才能去到马路上。K.准备就这样办。当奥尔嘉领着他穿过院子向篱笆走去时，K.抓紧这个时间安慰她，叫她别担心，明确向她表示，他对她在讲述那许多事情时耍的小花招一点不生气，而是非常理解她，感谢她对他的信任，她今天给他讲了这么多，再次证明了这种信任，然后他请奥尔嘉等巴纳巴斯一回来就叫他马上到学校去，就是后半夜也立即去。他说，虽然巴纳巴斯带来的信件并不是他唯一的希望，如果真是这样他的情况就太惨了，但他决不想放弃这一点点希望，他要根据这些信息行事，同时又不忘记奥尔嘉，因为简直可以说奥尔嘉本人，她的勇气、她的周到、她的聪明，她为全家人牺牲的精神，比那些信对他更为重要。如果要他在奥尔嘉和阿玛莉娅两人中作出选择，那么他是不会费多少考虑的。在他已准备翻身向篱笆跃起之际，又一次紧紧地握了握她的手。

当他过一阵子来到大路上时，还能透过阴云满天的黑夜，隐约看见那个助手在上面巴纳巴斯家门前走来走去，他不时停下，用风灯照着透过窗帘使劲往屋内窥探。K.大声叫他；听见叫声，看不出他有多少吃惊的样子，而是停止了他的窥视活动向K.这边走来。"你在找什么人？"K.问，同时把柳条放在大腿上握了握试试它的韧性。"找你呵。"助手一边走近他一边说道。"你究竟是谁？"K.突然发问，因为他觉得现在走到自己跟前的这个人好像不是那助手。这人看上去要老些，神情更加无精打采，脸上皱纹虽然更多，可是却显得更肉头些，他的步态也同两个助手那种像触了电似的过分敏捷完全不同，而是举步迟缓，腿还有点瘸，带着一种富贵的病态。"你不认识我了吗？"那人问，"我是耶里米亚，你的老助手呀。""原来是你，"K.说着又把已经藏到身后去的那根柳条鞭稍稍往旁边挪了挪，"你可是大大变样了。""这是因为，我现在是孤零零一个人了，"耶里米亚说，"没有人作伴，我也就没有了欢乐的朝气。""阿图尔到哪里去了？"K.问道。"阿图尔？"耶里米亚重复问，"那个可爱的小伙子吗？他离职了。你对我们也太凶了点。他跟棵嫩苗似的，怎么受得住？他已经回城堡去，把你告下了。""那么你呢？"K.问道。"我可以留下来，"耶里米亚说，"阿图尔投诉你也代表我。""你们到底告我什么？"K.问。"告你不懂玩笑，"耶里米亚说，"我们究竟犯了什么错？不过是跟你开了点玩笑，乐呵了一阵子，逗逗你的未婚妻罢了。而且这些又全是按上头的命令办的。加拉特派我们到你身边来时——""加拉特?"K.问。"对,加拉特,"耶里米亚说,"那时他正好代理克拉姆。他派我们上你这儿来时,说——他的话我每个字都记住了,因为这是我们办事的依据——:'你们到那里去是当土地测量员的助手。'我们说:'可我们对这工作一窍不通。'他就说:'这不是最要紧的;需要的话他会教你们怎样做的。最要紧的是,你们要让他稍微快活些。我听到报告说,他把什么事都看得很严重。他现在刚到村里,马上就觉得他的到来是一件大事,实际上这根本什么事也算不上。你们要帮助他认清这一点。'""那么,"K.说,"加拉特说对了吗?你们又完成了任务没有呢?""这我不知道,"耶里米亚说,"这么短的时间恐怕也不可能完成。我只知道你很凶,我们投诉的就是这个。我弄不懂,你自己也只是个雇员,连城堡的雇员都还不是,怎么会看不到我们这种服务工作的艰难,怎么会不明白像你那样使性子,简直像个不懂事的孩子那样耍脾气,净给我们的工作制造困难是很不应该的。你太残忍了,让我们两个在铁栏杆边上挨冻,对阿图尔,这个连谁说他一句狠话都要难受好几天的人,你却把他按在垫子上,挥起拳头差点把他打死,下午你又赶着我在雪地里到处跑,累得我后来花了整整一小时才缓过劲来。我可不年轻了呵!""亲爱的耶里米亚,"K.说,"你讲的这些都不错,只是你应该去说给加拉特听才好。是他自作主张把你们两个给我派来的,又不是我把你们从他那儿请来的。既然我没有要求你们来,我就可以让你们回去,我也愿意和和气气地叫你们走而不愿用强迫手段,可是你们两个分明是逼着我这样做嘛。不过为什么你不是一来就像现在这样,老老实实对我说明来意呢?""因为那时我在职,"耶里米亚说,"所以那样的做法是理所当然的。""这么说你现在已经不在职了？"K.问。"现在不了，"耶里米亚说，"阿图尔已经在城堡为我们辞掉了工作，至少，我们的辞呈现在已经在审批了。""但是你现在还来找我，好像你现在仍然在职似的。"K.说。"不对，"耶里米亚说，"我找你只是为了让弗丽达放心。事情是这样的：当你为了找巴纳巴斯家的两个姑娘离开了她时，她心里难受极了，这倒不完全是因为失掉你，主要是因为你背弃她，不过她也早就看出这事迟早会来的，为这事已经难受了好久。我正好又一次走到那个教室的窗户外面，想看一看，兴许过了这么半天你已经变得通情达理些了吧。可你不在那里，只有弗丽达一个人坐在一张课桌边上哭。于是我就去到她身边，我们一起商量定了该怎么办。现在所有的事情也都办完了。我在贵宾楼做客房招待，至少，在我退职的事城堡没有审批下来之前，暂时先这样干着，弗丽达又回到酒吧去了。那里对她更合适些。原来她想嫁给你，那个想法很不冷静，很欠考虑。另外你也辜负了她愿为你作出牺牲的一片心意。但是这个好心肠的姑娘还在时不时犯嘀咕，担心是不是她委屈了你，老想着也许你压根儿没去巴纳巴斯家吧。尽管我觉得你在什么地方根本不成问题，可我还是决定跑一趟，好把你的去处弄个一清二楚；因为，在碰上了那么多费心劳神的事情之后，现在怎么也该让弗丽达安安心心睡一觉了，当然，我也一样。于是我就走了，结果是不仅找到了你，而且附带着还看到了那两个姑娘对你那么百依百顺。特别是那个长得黑一些的，真是只野猫，处处为你打头阵。没法子，各人有各人的爱好嘛。不过不管怎么说你没有必要绕道穿过街坊的花园，我是知道该走哪条路的。"

第二十一章

这么说,早就可以料到然而又无法阻止的事情终于还是发生了:弗丽达离开了他。这不一定就是最终决裂,问题还没有那么严重;要想把弗丽达争取回来还是有可能的,她很容易受别人左右,特别是受两个助手的影响,这两个家伙把弗丽达的地位看得同他们自己的差不多,现在他们自己辞掉了工作,也就撺掇弗丽达这样干,但 K. 只消去到她面前,再让她一一记起自己的长处,她就会后悔而又成为他的人的,要是他能利用那两姐妹提供的情况,使自己的事情得到新的进展,就等于为他这次家访作了很好的辩护,那么,争取弗丽达回心转意就会更加顺利。但是,尽管他努力用这些考虑来安慰自己,希望做到不为弗丽达的离开感到不安,却怎么也安不下心来。曾几何时,他还在奥尔嘉面前夸他的弗丽达,把她说成自己的唯一依靠,现在呢,这个支柱却不那么牢靠了,用不着哪个有权有势的人插手,就可以把弗丽达从他身边抢走,连这个叫人腻味的助手都能办到,这只是一堆肉,有时给人一种似乎不是长在活人身上的感觉。

这时耶里米亚已经转身上路了,K. 把他叫了回来。"耶里米亚,"他说,"我想跟你说几句心里话,你也老老实实地回答我一个问题。现在我们已经不是主仆关系了，这不仅你感到庆幸，我也感到庆幸，这就是说，我们没有什么理由要互相欺骗了。你看，现在我就当着你的面把这根给你预备的柳条鞭子折断，我不是因为怕你才挑了穿过花园那条路，而是想给你来个突然袭击，在你身上试试鞭子。好了，现在你也别再生我的气，让人气恼的事全都过去了；假如你当初不是官府硬性派给我、强加在我头上的仆人，而只是我的一个熟人，那么，尽管你的长相我有时候看着觉得有点别扭，但我们肯定是会处得很好的。现在我们来亡羊补牢，也还是不算晚吧。""你觉得能行吗？"助手说，同时困得直打呵欠，揉了揉睡眼惺忪的双眼，"本来我可以给你把事情讲得更详细些，但我没有时间了，我得上弗丽达那儿去，姑娘在等着我呢，她还没有上班，经我好说歹说，老板总算——她一到那里就想一头扎进工作里去，大概是想忘掉不愉快的事——又给了她一小段时间让她休息休息，我们两个总可以至少是一块儿度过这段时间吧。至于说到你刚才提的建议，那么我确实没有必要对你说假话，可也同样没必要向你掏心窝。因为我的情况跟你不同。原先我和你之间有职务上的关系，那时你对我来说当然是个非常重要的人，这又并不是因为你有多大能耐，而是因为我有这样的工作任务，当时是你要我干什么我就会为你干什么，但是现在你对我已经无关紧要了。撅折柳条鞭也打不动我的心，只能让我想起我过去有过一个非常凶狠的主人；想用这种办法让我对你产生好感是办不到的。""现在你跟我说话这种口气，"K.说，"就好像一切都已经铁板钉钉，就是说你以后永远不会再有怕我的时候了。可实际上事情并不是这样。很可能到最后你还是摆脱不了我的管束，在这个地方审批手续是不会那么快的哟——""有时候相当快。"耶里米亚反驳道。"有时候这样，"K.说，"可是现在并没有什么迹象表明这次已经审批完了，至少不论是你还是我，两人手头都还没有拿着批准文件吧。这就是说，这件事情的审批工作还在进行，而我也还根本没有通过我的各种关系对此加以干预，但我是一定要干预的。要是将来审批结果对你不利，那么你现在就是没有给自己充分留条后路，在你的主人面前好好表现一番让他对你有点好感，这样一来，也许我刚才撅折柳条鞭也是多余的了。我承认，你是把弗丽达拽走了，因为做到了这一点，你现在洋洋得意，尾巴翘得老高，但是，虽然我很尊重你的人格——即使你现在已经不再尊重我，我仍不改变这个态度——，可我很清楚，我只需要对弗丽达说上几句话，就足够戳穿你用来蒙她、骗她上钩的谎言了。告诉你吧，要想让弗丽达离开我，只能是靠谎言。""你这些恐吓是吓不倒我的，"耶里米亚说，"你根本就不想要我做助手，你害怕我当你的助手，你压根儿就怕任何一个助手，正是因为害怕，你才打了好心的阿图尔一顿。""也许是这样吧，"K.说，"不过，难道因为害怕才打，打起来就不那么疼了吗？也许我还有机会不止一次地用这种方法对你表示害怕的。再就是，如果我什么时候发现你不那么乐意当助手了，那么不管我有多么害怕，强迫你好好当助手还是会让我非常之开心的。说具体点吧，这次我会竭力争取不要阿图尔，只要你一个，那样我就有可能更多地关照你了。""你以为，"耶里米亚说，"我会怕这些，哪怕只有一丁点儿害怕？""我确信，"K.说，"你肯定是有点害怕的，而如果你是个聪明人，那么你就会非常害怕。要不是这样你为什么不马上跑到弗丽达那里去还到这儿来找我干什么？你说说，难道你爱她吗？""爱？"耶里米亚说，"她是个聪明的好姑娘，是克拉姆以前的情人，所以说，不管怎么说她都是值得尊敬的。她一个劲儿地求我帮她摆脱你，我没有理由不帮她这个忙，特别是我帮了她也不伤你的心，你不是已经在活该倒霉的巴纳巴斯家找到安慰了吗？""好，现在我可是看清楚你害怕了，"K.说，"你真是怕得够呛，怕得可怜！所以只好靠撒谎救命，想骗我掉进你的圈套！事实上，弗丽达只求过人一件事，就是帮助她甩开两个狂野、放肆、跟畜生一样贪婪、缠人的助手，遗憾的是我一直没有工夫，不能完全满足她的这个请求，现在我可是尝到这个失误的苦果了。"

"土地测量员先生，土地测量员先生！"有人在大声喊叫，喊声从大路的另一头传来。原来是巴纳巴斯赶到了。他跑到这里时已是上气不接下气，但仍不忘向K.鞠了一躬。"我成功了。"他说。"什么事成功了？"K.问，"你把我的请求当面告诉克拉姆了吗？""这不行呵，"巴纳巴斯说，"我费了好大好大劲，可这是办不到的呀，我使劲挤到前面去了，没等人叫我就挤到了离长写字台很近的地方去站着，站了一整天，因为站得离写字台太近，结果被一个书记一把推开了，原来我挡住了他的亮，克拉姆每次一抬眼皮，我就把手举起来，这是犯禁的，可我也顾不了那么许多了，只有我一个人在办公厅待的时间最长，后来只剩下我和几个服务员在那儿，再后来，我又很高兴地看到克拉姆回来了，但他不是为了我才回来的，他只是想在一本书里查点什么，很快查完就又走了，最后，因为我一直站着不动，值勤的差点拿笤帚把我扫地出门。现在我是把什么都给你说了，你不要又对我不满，说我不卖力了吧。""可是你这么卖力对我又有什么用处呵，巴纳巴斯，"K.说，"你不是一点收获也没有吗？""可我是有收获的，"巴纳巴斯说，"当我从我的办公厅出来时——我管那个办公厅叫我的办公厅——，看见一位老爷从一条比较深的走廊里慢吞吞地朝这边走过来，那时别的人全走光了，是呀，时间确实已经很晚很晚了。我决定等他，这是一个在那里继续待下去的好机会，其实我真恨不得干脆就待在那儿不走，那样岂不更好，免得老是只给你带回坏消息。不过，就是不为这点，等一等这位先生也是值得的，那是埃尔朗格。你不认识他吗？他是克拉姆的几个一级秘书当中的一个。这位老爷身体瘦弱，个子小，走起路来有点瘸。他一眼就认出了我，他的记性非常好，又有很强的知人能力，这两条是出了名的，他只消眉头一皱，就谁都认得，还常常认得他从来没见过面、只是听人说过或者在报告里看到过的人，比如我吧，他也许压根儿就没见过我。但是，虽然他一眼就能看出谁是谁，还是总要先问一问，那样子就像很没有把握似的。'你不是巴纳巴斯吗？'他冲着我说，然后问，'你认得土地测量员，对不对？'接着他又说：'这太巧了。我现在就乘车到贵宾楼去。你让土地测量员到那里去见我吧。我住十五号房间。不过他必须立刻来，我在那边只安排了很少几次谈话，早上五点钟还要赶回来。你告诉他我很重视同他的谈话。'"

这时耶里米亚突然拔腿就跑。巴纳巴斯只顾急急忙忙说话，几乎一直没有注意到他，现在巴纳巴斯问道："耶里米亚想干什么？""抢在我前头去见埃尔朗格呗。"K.说着便也跑步去追耶里米亚,追上后便一把揪住他,拽着他的胳臂说:"你这么急,是不是现在突然很想弗丽达了?我渴望见到弗丽达的急迫心情并不亚于你,所以就让我们一起齐步走吧。"

在黑洞洞的贵宾楼门前站着一小群男人,其中有两三个手里提着风灯,照亮了几个人的脸。K.只认出了一个熟人,那就是车夫盖尔斯泰克。这人用来迎接他的是一个问题:"你一直还在村里?""对,"K.说,"我是到这里来长住的。""这跟我没什么关系。"盖尔斯泰克说完这话便大声咳嗽起来,接着就转向别人去了。

原来,所有这些人都是在等着晋见埃尔朗格的。埃尔朗格已经到了,不过这时还在同莫姆斯谈话,然后才接见前来找他解决纠纷的老百姓。站在这里的人们议论的话题主要围绕着不让在里面等而非要在外边雪地里站着这件事。这外面倒也不算太冷,但是让上访百姓半夜三更站在酒店门前说不定等上好几个钟头,也未免太无情了。当然这并不是埃尔朗格的过错,其实他本人倒是个很随和的人,他几乎不知道这个情况,如果向他报告这件事,他一定会对这种做法感到非常生气的。这是贵宾楼老板娘的问题,她着意追求井井有条、一丝不苟成癖,容不得上访的人们一下子都涌进店里来。"如果一定要到这里来解决问题,如果他们一定要来,"她常常说,"那么,看在老天爷面上,就挨着盘儿一个一个进来吧。"最初,上访的人是在一条走廊里等,后来改在楼梯上,再后又改在门厅里,再往后又到了酒吧里,最后,在她的坚持下,还是把这些人全推到门外大街上去站着等了。然而即使这样她也仍然不满意。用她自己的话说,坐在自己家里老有"被包围"的感觉，简直叫人受不了，另外她也不明白上访各方究竟有什么必要跑到这里来交涉。"为了把一进门那道楼梯弄脏呗。"有一次她问起为什么上这里来谈时，一个官员这样对她说，显然是气话，可是她觉得这话说得非常有理，喜欢常常引用。她竭力主张——这一点倒是同上访老百姓的愿望不谋而合——在贵宾楼对面盖一座楼房，可以让那些人到那里面去等候。要按她的意思，最好连上头来人与纠纷各方谈话及对他们的审问也都别在贵宾楼进行，可是官员们反对，而官员们一旦大力反对，老板娘自然也就无法坚持到底，虽说她凭她那不知疲倦的、同时又充满了女性柔情的积极活动，在一些次要问题上有点像个小小的暴君那样可以靠横行霸道得逞。可以预料，老板娘大概到头来还是得继续忍受在贵宾楼进行那些谈话和审问，因为到村里来的城堡老爷们拒绝在贵宾楼以外的地方处理各项公务。他们永远是急事缠身，万不得已才勉为其难地到村里来，他们没有丝毫兴致除去绝对必需的时间之外在此地再多作停留，因此，不能要求他们仅仅考虑到贵宾楼内部环境的安静整洁就带着他们的全部大量文件临时搬到马路对过另一所房子里去办公，这样做势必白白耽误许多时间。实际上，官员们最乐意的是在酒吧里或者他们自己房间里处理公务，可能的话最好一边吃饭一边办事，或者在入睡前或者早晨一觉醒来人还懒洋洋的、还想舒舒坦坦地再躺一会儿那样的时候躺在被窝里办理各类公事。不过话又说回来，盖一座候见楼的问题看来倒是在逐渐趋近于解决，当然，谁都感觉得出这里有对老板娘的一种惩罚——人们对此难免忍俊不禁——，因为恰恰是有关候见楼是否需要兴建的问题，使得层见叠出、不知凡几的各种谈话成为必不可少，以致酒店的全部走廊几乎从无宁日了。

在候见者当中，许多人都是压低声音谈论这些事，有一点特别引起K.的注意，就是虽然不满情绪相当大，却没有一个人对埃尔朗格三更半夜召见上访百姓这一点有什么意见。他问为什么，得到的回答是，对这一点人们甚至还得感激埃尔朗格。据说他是纯粹出于好心和对公务的高度责任感才大驾光临本村的，只要他愿意，他完全可以——这样办甚至更符合规章制度——随便派一个低级秘书来，让该秘书记录然后呈他批阅就行了。但他多半拒绝这样做而宁愿事必躬亲，为此就不得不牺牲自己的夜间休息，因为在他的公务日程表上，并未规定有他到村里来办事的时间。K.反驳说，连克拉姆也都白天到村里来，甚至还在这儿待上好几天；难道仅仅是秘书的埃尔朗格，上面城堡里会更加离不了他？这时一部分人宽厚地笑了，另一部分人则噤若寒蝉默不作声，终于这后一种人占了上风，于是K.就再也听不到一句像样的回答了。只有一个人吞吞吐吐地说，当然克拉姆是离不了的啦，城堡里也好，村子里也好，都是同样不能缺少他的呀。

这时酒店大门打开，莫姆斯左右各由一个掌灯的管事照着亮出现了。"第一批人现在可以到埃尔朗格秘书先生那里去了，"他说，"他们是：盖尔斯泰克和K.。这两个人现在在这里吗？"两人应声答在，但耶里米亚却抢先说了句"我是这里的客房招待"，在莫姆斯微笑着拍拍他的肩膀以示欢迎之后，就泥鳅一般先溜进酒店去了。K.一边对自己说着我得更多地提防耶里米亚，但同时他心中一直很清楚，耶里米亚同在城堡里跟他作对的阿图尔比起来，对他的危险性可能小多了。或许让他们当助手、忍受他们的折磨，比让他们不受约束地到处乱窜、肆无忌惮地搞阴谋甚至还要划算些吧，他们似乎有要阴谋搞诡计的特殊素质。

当K.从莫姆斯身边经过时，莫姆斯做出一副似乎到现在才认出原来这人就是土地测量员的样子。"呵，土地测量员先生，"他说，"这位非常不喜欢受审的人，也挤到这儿来受审了。那天要是让我来办这事，不是省事多了吗？不过嘛，预先挑选应该接受哪次审讯倒也是件难事。"K.听到这几句针对他的话刚打算站住，莫姆斯又开腔了："您倒是往前走啊，往前走啊！上次我需要您的回答，现在可不需要。"尽管如此，被莫姆斯的态度逼急了的K.仍然说："您秘书阁下心里只想着阁下自己。如果纯粹只出于公务需要，那么我是不回答问题的，上次如此，今天也是如此。"莫姆斯说："您到底要我们心里想着谁呢？究竟还有谁在这里？您走您的吧！"

在门厅里，一个管事接待他们，带着他们走K.已经熟悉的那条路，先经过院子，然后穿过客房部的大门，进入了那条低矮的、稍稍有点坡度的走道。这楼的上面几层，住的显然只是职位较高的官员，秘书们则住这条走道两边的房间，包括埃尔朗格在内，虽然他是级别最高的秘书也不例外。那管事拧灭了他的风灯，因为这里有明亮的电灯了。从这里看，这楼房的内部结构处处显得小巧玲珑。空间得到了充分的利用。走道的高度刚够人站直身子行走。两旁房间密集，几乎是门挨着门。墙壁没有顶着天花板，大概是考虑到通风的需要吧，因为这条地势很低的、类似地窖的走道，其两侧的小房间可能是没有窗户的。这种不完全封闭的墙，缺点就是走道内颇不安静，房间里必定也不安静。看来许多房间都有人住着，其中多数房间里客人还没有就寝，可以听到嘈杂的人声、锤击声和酒杯碰撞声。然而站在这里得到的却并非欢快热闹的印象。人声全是压低嗓门的说话声，只能偶尔听到只言片语，并且也不像是交谈，而大概只是有人在口授什么让别人写下来或诵读什么给别人听，恰恰在那些传来杯盘碰撞声的房间里听不到一点说话声，而锤击声则使K.记起他在什么地方听人讲过，说有些官员为了在持续的紧张脑力活动之后恢复一下精神，往往做一会儿木工、精密机修工以及诸如此类的手工活。走道本身是空的，只有一道门前坐着一位脸色苍白的瘦高个子老爷，他身上穿着皮大衣，大衣下面露出睡袍；大概他是感到屋里太闷才到这外面来坐坐吧，他在看报，但并不专心，不住地打呵欠，一打呵欠就中断阅读，并欠着身子顺着走道向远处张望，或许他是在等一批已经传见却迟迟不来的上访者吧。当K.一行几人已从他身边走过去了时，那管事用眼色示意，回头瞟了他一眼对盖尔斯泰克说："这就是平茨高尔！"盖尔斯泰克点点头。"他好久没到下面来了。"他说。"是有很久很久没来了。"管事确证说。

最后他们来到一扇门前，这门同其他的门并无两样，但据管事说里面住的正是埃尔朗格。管事让K.把他驮在肩膀上，举高了从墙和天花板之间的空隙处往屋里窥探。"这会儿他躺在床上，"管事一面下来一面说，"只是躺着，没有脱衣服，可是我估计他一定在打盹儿。有时候在村里他会突然犯起困来，这是作息时间改变引起的。我们得等一等。他醒了会按铃叫我们的。当然也有过这样的事，就是他睡过头了，把在村里的时间完全睡过去，一醒来就不得不马上乘车回城堡。这倒没什么关系，他在这里的工作本来就是自愿的，是尽义务嘛。""我倒是希望他这一觉干脆把在这儿的时间都睡完，"盖尔斯泰克说，"因为，要是他醒来发现剩下的工作时间只有一点点，就会非常恼火自己怎么竟睡着了，于是拼命赶时间，那时候你简直就没法把话说完。""您是为盖房子要车运料的事来的吗？"管事问道。盖尔斯泰克点了点头，把管事拉到一边，凑近他轻声说点什么，但是管事只是心不在焉地听他说话，他越过比他矮一头还多的盖尔斯泰克的脑袋看着远处，同时神情严肃地、慢条斯理地捋着头发。

第二十二章

当K.漫无目的地东张西望时,在走道远处一个拐弯的地方发现了弗丽达;她装作没认出他来的样子,只是两眼直勾勾地盯着他,一只手上托着一个放着空杯空碟的茶盘。他对管事说——但这个管事完全没有理他,这人似乎你越跟他多说,他就越发心不在焉——,他去去马上就回来,便向弗丽达跑过去。一到她跟前,K.就紧紧抓住她的双肩,好像这样就把她又夺回自己手里来了似的,然后便一面问她几个无关紧要的问题,一面竭力琢磨她的眼神。可是她那茫然若失的样子几乎一直没有变化,她心不在焉地将托盘上的餐具来回挪动了一阵,之后说道:"你究竟找我做什么?你还是到那家人那儿去吧——谁家吗?他们姓什么叫什么你是知道的,你不是刚从他们那儿来吗,从你那样子我一眼就看出来了。"K.很快把话题岔开;他觉得他们的谈心最好别这样毫无准备地开始,更不要从最棘手、对他最不利的地方开始。"我原以为你在酒吧呢。"他说。弗丽达惊异地看着他,然后用她那只空着的手轻柔地抚摩他的前额和脸颊。那情景,似乎她忘记了他的相貌,所以要用这个办法一点一点回忆起他是什么模样,一边抚摩,一边眼里也流露出人在吃力地追忆往事时有的那种迷离恍惚的神情。"我又重新被安排在酒吧工作了,"过了一会儿她慢吞吞地说,好像她说的话并不重要,而她在这些话语之外同K.进行着另一次交谈,似乎那无声的交谈才更重要,"这里这个工作对我不合适,随便哪个女人都能做这些事;每一个女人,只要会铺床叠被,会笑脸相迎,不怕客人纠缠甚至只要能勾引客人,都能当客房女招待。可是酒吧呢,那就是另一回事了。虽然我当时不是很体面地离开那个位置的,但这次还是马上又被起用了,当然,这回我有保人。老板很高兴我有保人,这样他就能比较容易地重新用我。唔,他们简直得催着我赶紧答应接受这个位置;你想一想酒吧让我回想起什么,就会明白了。最后我还是接受了酒吧这个位置。这里我只是临时帮忙。佩碧求我们不要让她马上离开酒吧,这太丢脸了,我们就给了她二十四小时期限,因为她确实很勤快,每件事情都尽自己的最大努力去做了。""这一切都安排得很好,"K.说,"不过你原先是为了我的缘故才离开酒吧的,现在我们很快就要举行婚礼了,你反而又要回酒吧去吗?""不会有什么婚礼了。"弗丽达说。"是因为我变心了吗?"K.问。弗丽达点点头。"你看,弗丽达,"K.说,"这个所谓变心的问题我们谈过好几次了,每一次都是到最后你不得不承认这种怀疑对我是不公平的。从我们谈完到现在,我这方面丝毫变化也没有,我一直没有什么错处,过去是这样,今后也不可能变。所以,一定是你那方面有了变化,是受到别人的挑唆了,或者受到了什么别的影响。无论如何,反正你是错怪我了,因为,你看看,我跟那两个姑娘是怎么回事呢?长得黑一点的那个——我简直都不好意思像现在这样一条一条地为自己辩解,可是你逼得我非这样做不可——,

我是说，长得黑一点的那个，你瞅着她心里不痛快，可我瞅着她心里大概不会比你更痛快些吧；我是能躲开她就躲开她，她那方面也使我这样做不觉困难，没有人比她更沉静含蓄了。""对呀，"弗丽达大声说道，她现在说的话好像不是出于她的本意，有些言不由衷似的；看到她这样乱了阵脚，K.心里挺高兴；现在她的表现是身不由己，"你只管认为她沉静含蓄好了，你把最不要脸的女人叫作沉静含蓄，尽管这话听起来叫人难以相信，可你却是真心真意这么想的，你不会装假，这我知道。大桥酒店的老板娘说你就是这么个人，她说：'我没法喜欢他，可是让我扔下他不管我也做不到，谁看见一个还不大会走路可又不知天高地厚一个劲儿往前冲的小孩子能憋得住不去拉他一把？'""这一次你就好好学学她吧，"K.微笑着说，"但是那个姑娘——不论她是沉静含蓄也罢，不要脸也罢，这一点我们先不管，现在我一点不想谈她。""可是你为什么说她沉静含蓄？"弗丽达仍要打破砂锅问到底，K.觉得她对这个问题这样关心是一个于他有利的标志，"你是亲自体会到她沉静含蓄，还是想拿这话来贬低别人？""两者都不是，"K.说，"我这样说她是出于感激，因为她让我很容易全面了解她这个人，另外也因为如果她不是这样么即使她主动多同我攀谈我也下不了决心再到她们家去，而不去，实际对我是个很大的损失，这你是知道的，为了我们两人的共同未来，我必须到那里去。既然去了，也就只好也同另一个姑娘谈话，虽然我对这个姑娘的精明能干、胆大心细和忘我精神感到钦佩，但是谁也不能说她会勾引人吧。""那些用人可不这样看。"弗丽达说。"是呵，他们在这个问题上，可能在许多别的问题上也都和我看法不同，"K.说，"难道你想从那些用人的贪馋好色，推论出我会变心吗？"弗丽达不言语了，她默默让K.从她手中接过托盘放在地上，然后挎起她的胳臂，两人开始在这狭小的空间里慢悠悠地来回踱步。"你不知道什么叫作忠贞不贰，"她说，同时把他从身边稍稍推开一点，"你在那两个姑娘面前怎样表现倒不是最重要的；问题是你竟会跑到那家人家里去，现在又跑回来，浑身上下都带着她们家那间小屋的味儿，光这一点我就觉得是件没法忍受的丢脸的事情。还有，你根本不打个招呼就从学校里跑掉。然后干脆去她们家待上整整半夜。到有人来问起你时，又让那两个姑娘瞒住人家说你不在，唔，捶胸顿足地保证说你不在，特别是让那个最最沉静含蓄最最不爱说话的妞儿替你办这事。然后又偷偷摸摸从一条暗道溜出门去，说不定是想维护那两姐妹的名声吧？哼，那两个姐妹的名声！够了，够了，我们现在就别谈这些了！""不谈这些可以，"K.说，"但我们可以谈点别的，弗丽达。关于这件事，也实在没有什么好谈的了。我为什么得上那儿去你是知道的。我很不想去，可还是克服一下，勉强去了。去那里我本来就已经难为自己了，你不应该再给我增添困难啦。今天我原本只打算去一会儿，打听一下巴纳巴斯到底回来了没有，他早就说要给我送一封重要的信来。他没有来，但是人家向我保证，看那样子也完全可信，说他一准很快就回来。要说让他随后到学校来找我吧，我又不愿意，为的是不想让他惹你讨厌。于是时间就这样一小时一小时地过去了，可惜他总是不回来。气人的是反而来了一个我痛恨的家伙。要让我默默忍受他暗中盯梢，我可没那个兴致，所以才从邻居家的花园出去，但要我在他面前躲躲藏藏我也不乐意，于是就在大路上大摇大摆地朝他走过去,说老实话,手里还拿着一根非常结实的柳条鞭子呢。这就是事情的全部经过,就是说关于这件事再没有什么别的好讲了,但是还有另一件事我们得说道说道。那两个助手究竟是怎么回事?一提他们,我几乎跟你听到别人提起那家人时一样感到恶心!比一比你对他们两人的和我对那家人的态度吧。我理解你对那家人的反感,能体会你的心情。可我去他们家纯粹是为了办事,有时我简直都觉得有点对不住人家,觉得自己净在利用人家。你同两个助手的关系可完全相反!你一点不否认他们是在纠缠你,却又承认他们对你有吸引力。我并不因此生你的气,我明白这里面有些你无法左右的因素在起作用,看到你至少对那两个家伙还不是百依百顺,我就已经很高兴了,除此以外我又尽力维护你,可是,仅仅因为我有几个小时放松,这种疏忽又是由于我对你十分信任、知道你不会变心,当然也由于我心想校门锁得严严实实,两个助手这回已经最终地被赶走,再也回不来了——恐怕现在我还是低估了这两人的能量——,好,就仅仅因为我有那么几个小时放松了对你的保护,又因为那个耶里米亚,那个细看上去原来身体并不怎么好、像个小老头儿一样的家伙,厚着脸皮硬往教室窗户里探头探脑,仅仅因为这两点,就要我失去你弗丽达,就该让我听到'不会有什么婚礼了'这样的欢迎词吗?要说责怪,难道不正是我才有责怪人的资格吗?可是我并没有责怪你,我一直到现在都没有责备你。"说到这里 K.再次感到最好还是给弗丽达打打岔,于是就请她去给他拿点吃的来,说他从中午到现在还什么东西也没吃呢。显然弗丽达听到这个请求也有如释重负的感觉,她点了点头就小跑着去取,但并不是沿走道朝着 K. 猜想厨房所在的那个方向去，而是向侧面走下几级台阶。不久，她端来了一盘已切成片的肉肠和一瓶葡萄酒，也许只是某一顿饭吃剩下的东西了，看得出来，为了不致露出破绽，那一片片肉肠是匆匆忙忙重新码起来的，连肠皮也忘在盘子里，那瓶酒也已经喝去了四分之三。但 K. 什么话也没有说，端过盘子便津津有味地大嚼起来。"你是去了厨房吗？"他问。"没有，是去了我的房间，"她说，"我在这下面有一个房间。""你刚才叫着我一块儿去岂不更好，"K. 说，"现在我就到下面去吧，在那儿可以坐下吃饭待一会儿。""我去给你搬把椅子来吧。"弗丽达说着已经转身走了。"谢谢，"K. 说，一把拉住了她，"我不想下去，也不想要椅子了。"弗丽达把心一横，强忍 K. 抓住她，咬紧嘴唇深深低下了头。"是呀，他是在下面，"她说，"难道你会料不到这一点吗？现在他躺在我床上，他在外头着凉了，冷得打哆嗦，几乎一点东西都没吃。说到底，错全在你一个人身上，要是你没有把两个助手赶走，没有跟在那家几个人的屁股后面跑，那么我们这会儿不就能安安生生在教室里坐着吗？是你一手把我们的幸福给毁了。你以为耶里米亚在他当差那会儿敢把我拐走吗？如果你这样想，那你就大错特错，一点不了解这里的制度了。他想来找我，他感到痛苦，他暗暗瞅准机会亲近我，这些都对，但不过是敲敲边鼓罢了，没有办法动真格的，就像一只饿狗总围着饭桌蹦蹦跳跳可终究不敢跳到桌上去一样。我的情况也是这样。他对我的确有点吸引力，我们是小时候常在一块儿玩的伙伴嘛——那时我们一块儿在城堡的山坡上玩，那是多么美好的时光呵，你还从没问起过我的过去呢——，但是，只要耶里米亚受着职务的约束，这些全都不打紧，因为我很清楚我作为你未来妻子应尽的义务。但是后来你把两个助手赶跑了，还对这件事洋洋得意，好像为我做了件好事，是呵，在某种意义上可以说是这么回事。在阿图尔身上你如愿以偿了，当然也只是暂时的，他太嫩，没有耶里米亚那股子天不怕地不怕的蛮劲，另外，你那天夜里那一拳——那也是给了咱俩的幸福重重一拳——差点儿把他打散架了，他逃到城堡去告你，即使不久以后会再回来，但不管怎么说他现在是走了。可是耶里米亚却留了下来。当差时，他连主人眨一下眼睛都害怕，不当差，他就什么也不怕了。他一来就把我拽走；你撇下了我，我这个老朋友又死活缠住我，这样一来我还怎么能挺得住？我并没有大开校门放他进来，是他砸碎了窗户硬把我拉出去的。我们跑到这里，店老板挺看重他，客人们对于能有像他这样的一个客房招待也是求之不得，于是酒店马上就用我们了，所以说不是他住在我房里，应该说是我们两个人共同使用一个房间。""不管怎么说，"K.说道，"我对于解雇两个助手一点不后悔。如果事情真像你说的那样，就是说你对我的忠贞不贰一定要以把两个助手拴在我身边作为条件，那么现在我们之间一切都结束了倒是件好事。做夫妻而必须夹在两头野兽中间，又是两头只有用鞭子猛抽才老实的野兽，这种婚姻带来的幸福也真不怎么样。这么说，我还得感谢那一家人了，他们在无意中也对我们的分手出了一把力呢。"说到这里两人都沉默了，又肩并肩地来回踱步，不过这次弄不清是谁先开的头。弗丽达离K.很近，似乎在生气他这一回没有再挎着她的胳臂。"好，现在是人人各得其所，"K.接下去说道，"我们也许可以告别了，你去找你的耶里米亚先生，他在校园外面着了凉，很可能现在还没有好利索，考虑到这一层，你让他一个人待着的时间也太长了，我呢，我一个人去学校，或者，因为没有你我去那儿什么事都干不了，我去一个什么别的地方，一个有人用我的地方。话虽然这么讲，但我现在还是有点犯犹豫，这是因为我有充分的理由对你刚才讲的那些始终还有那么一点点怀疑。根据就是：我从耶里米亚那里得到的是完全相反的印象。他在当差的时候一直对你垂涎三尺纠缠不断，我就不信单凭这点当差的身份，就能阻止他哪一天对你动真格的来个突然袭击。但是现在呢，从他自以为已经不当差的时候起，情况不同了。对不起，我是这样来解释这一变化的：自从你不再是他的主人的未婚妻，你对他就不再像原来那样有那么大的吸引力了。不错，你是他小时候的朋友，可是我认为他并不——其实我只是通过今天夜里的一次简短的谈话才对他真正有所了解的——怎么看重这些感情方面的事情。我不明白为什么你会觉得他有一股子蛮劲。我反倒觉得他这个人有点老谋深算。在关于我的事情上，他从加拉特那儿接受了一项什么任务，这也许对我不大有利，他执行这项任务非常卖力，我承认在这一点上他有一股子蛮劲、有一股子狂热——这种干起公务来就一身狂热劲的现象在这里并不是太罕见的——，而破坏我们俩的关系，便是这项任务的一部分；他可能试着用了好几种办法来拆散我们，其中之一便是试图用色眯眯的追求勾引你，另一个办法——在这点上老板娘也帮了他一手——，就是胡诌什么我变了心，他的阴谋得逞了，人们觉得他跟克拉姆有那么一点儿像，这也可能帮了他的忙，现在他虽然丢掉了他的差事，但也许正是时候，他已经不再需要这份差事了，现在他正在摘取胜利果实，把你从那教室的窗户里拽了出来,但这样一来他的工作也就结束了,那股当差办事的狂热劲一旦离开了他,他就感到很疲劳,宁愿自己是阿图尔,阿图尔现在根本就没有去告我,而是在领奖,在接受新任务,可也总得有个人留下来关注这下面的事态发展哪。照顾你,这事对他来说是有点讨厌而又不得不硬着头皮去做。他对你连半点爱也没有,这一点他向我老实承认过。你是克拉姆的情人,所以他当然尊重你,而在你的房间里住下来,体会一下小克拉姆的滋味,他肯定觉得非常舒服,但事情也就到此为止了,你本人在他眼里现在什么也不是,把你带到这里来,只是他应该完成的主要任务的收尾工作罢了;为了不使你感到不安,他自己也留下来,但只是暂时的,一旦他从城堡得到新的消息,一旦你给他治好了感冒,他就马上走人了。""你怎么能这样诬蔑他?"弗丽达说,气得把两只小手攥成拳头相对一击。"诬蔑?"K.说,"不,我不想诬蔑他。但是我也许是错怪了他,这倒是有可能的。我刚才谈到他时讲的那些事,都不是非常明显的、一目了然的东西,它们也可以作别样的解释。但我哪里是诬蔑他呢?要说诬蔑,那么目的恐怕只能是想用这作为手段来反对你对他的爱,使你不再爱他。如果有必要,如果诬蔑是合适的手段,我会毫不犹豫地去诬蔑他的。谁也不能因为我这么做而谴责我,他有那样的上级,这使他的地位比我有利得多,我这个只能靠自己单枪匹马作战的人,也许有权利稍微说几句过头的难听话吧。说两句别人的坏话,可以说是一种比较无辜的、归根结底也是软弱无能的自卫手段。所以说你不要生气了,让你的拳头休息一下吧。"说到这里K.拉起弗丽达　只手;弗丽达想挣脱他,但却微笑着,而且不使大劲。

"我一点用不着诬蔑他,"K.说,"因为你并不爱他呵,你只是自以为爱他罢了,我帮助你纠正这个错觉你是会感激我的。你瞧,要是有人想把你从我身边拉走,不用武力,而是用心计,用策略,那么他恐怕得叫这两个助手帮忙。这两个家伙表面上善良、幼稚、活泼、做事大大咧咧不负责任,又是通天的,是从城堡里腾云驾雾而来的,还附带着一点儿时的甜蜜回忆,这一切不都是非常可爱的吗,尤其是,我这个人可以说完全是这一切的反面,我成天价忙着办各种你不全懂、惹你生气的事,这些事又使我同一些你很痛恨的人混在一起,同他们厮混的结果是,虽然我本人没有一点过错,但也被传染上了一些可恨可憎的气味。这整套把戏不过是心怀叵测地、当然是非常聪明地利用了我们俩关系的弱点。人与人之间的每种关系都有它的弱点,何况我们的关系;我们两个是各自从完全不同的世界走到一起来的,自从我们认识以来,每个人的生活都走上了一条全新的路,我们心里都还没底,因为这条路的确太新了。我不是在讲我,对我来说这并不太重要,说实在的,从你看上我以来,我就一直在不断地接受着馈赠,让自己习惯于接受馈赠并不太难。可你呢,撇开所有别的不谈,你是从克拉姆身边硬是给拉走的,这件事有多大分量我没有谱,但是慢慢地我对它也有一点粗略的体会了,碰上这样的事,人是会被弄得晕头转向,分不清东南西北的,虽然我愿意任何时候都接纳你,但我不能老在你跟前,而就是我在你跟前,有时你的幻想也完全占据着你的心,或者还有更加有血有肉的、活生生的人,比如老板娘,也总揪住你不放——总而言之,有过那么一些时候,你扭头不看我而沉湎在幻想中,憧憬着一些半明半暗、不可捉摸的前景,多么可怜的姑娘呵,在这样的时候,只要在你目力所及之处站上一些合适的人,你就会立刻成为他们的俘虏,就会误认为那些转瞬即逝的东西,那些幽灵、陈年的记忆,那些实际上已经逝去、在记忆中越来越模糊的往昔生活,你会误认为这一切都是你现在的、真实的生活。这是一个错误,弗丽达,它不是别的,只是我们这短暂的结合中的最后一道难题,正确地看应该是一个不在话下的问题。清醒过来,冷静下来吧;尽管你曾经认为那两个助手是克拉姆派来的——这根本就不对,其实他们是从加拉特那儿来的——,尽管他们利用你这个错误迷惑了你,使你甚至觉得在他们的脏话和下流勾当中也能看到克拉姆的影子,这就好像某个人觉得他在粪堆里看见了从前丢失的一颗宝石,而事实上即使那颗宝石果真在那里,他也是根本找不着的——他们终究只是两个跟在马厩里过夜的用人同类的家伙,所不同的仅仅是他们没有那些用人那样壮实,稍稍接触一点新鲜空气就能让他们病倒在床,不过他们倒是挺会使出那种下人的诡计来给自己找到病床的。"弗丽达这时已把头靠在K.肩上,两人手挽着手,默默无言地走来走去。"哎,要是我们,"弗丽达慢悠悠地、不慌不忙地、几乎是闲适舒坦地说,那语气和神态让人觉得好像她知道自己只剩下很少时间能把头靠在K.肩上安适地歇息了,于是就想充分享用这种舒适的滋味,吮尽这甜美的液汁似的,"哎,要是我们就在那天夜里出走该有多好啊,那样我们这会儿就可以待在一个安全的地方了,永远在一起,你的手总在我身边,我一伸手就能抓到;我是多么需要你待在我身边呵;自打认识你以来,你不在旁边时我觉得多么孤单哟;相信我吧,希望你总待在我身旁,这就是我整天做着的梦,唯一的梦。"

这时,从侧面走道里传来一个人的叫喊声,原来是耶里米亚,他站在那儿最低一级台阶上,只穿着汗褡,然而却披着弗丽达的一件斗篷。他站在那里那模样,一头乱糟糟的头发,稀稀拉拉的胡子像淋了雨似的湿乎乎的,眼睛吃力地、乞求地而又充满责难地睁得老大老大,那本来很黑的脸烧得通红,但双颊却像包着一堆过于松散的筋肉而向下耷拉着,两只小腿裸露在外面冻得发抖,致使那斗篷的长穗儿也被带动起来,瑟瑟缩缩地颤个不住,这副模样活像一个从医院溜号的病人,面对这么个人,除了想着赶快把他送回病床去之外,谁如果有别的想法简直就是罪过。弗丽达也正是这样想的,她挣脱了 K. 的手,三步并作两步转眼到了他跟前。现在她已然在他身边,体贴入微地把斗篷为他披严实,又十分着急地要把他送回房去,有了这几条,看来就使他精神好些了,他似乎现在才认出 K. 来。"呵,土地测量员先生,"他说,一边轻轻抚摩弗丽达的脸,意思是让她别急,因为弗丽达现在根本不让他再同别人说话,"请原谅我的打扰。可是我身体很不舒服,实在是没法子,真是对不起。我觉得我在发高烧,得喝杯热茶发发汗。校园里那该死的栏杆,我再也忘不了那可恶的玩意儿了,本来已经受凉,刚才又半夜三更东跑西颠。嗨,这不是在为一些根本就不值当的事情毁自己的身体吗,真是,稀里糊涂蛮干了好久才发现这一点! 不过您呢,土地测量员先生,您不必看到我现在这个样子就缩手缩脚,您只管到我们房间来好了,您就算是来看望一个病人,也把您还要跟弗丽达说的话都说完吧。在一起待惯了的两个人,现在要分开了,在这最后几分钟里当然有许多许多话要说，第三个人是不可能体会到他们这种心情的，何况这个人还病得躺在床上，在等着人家答应过就要给他送来的热茶呢。您只管进来好了，我会一点不吱声，老老实实在一边待着的。""得了，得了，"弗丽达说，使劲拽他的胳臂，"他在发高烧，自己也不知道自己在说些什么。K.，你可别跟我们去，我求求你了。那是我和耶里米亚的房间，更正确些说只是我的房间，我禁止你进去。你现在还老缠着我，唉，K.，你为什么还要这样苦苦纠缠我呀？我是绝对、绝对不会再回到你身边去的了，我只要一想到在你身边就不寒而栗。你就上你那两个姑娘那儿去吧；我听说了，她们只穿着汗背心同你肩挨肩地坐在灶沿凳上，当有人来接你时她们就破口大骂人家。既然那里对你有那么大的吸引力，那么可能那个地方才是你的家吧。我好多次阻拦你叫你别去那儿，可怎么都拦不住，不过总算是尽了我的力阻拦过，现在这一切全过去了，你自由了。幸福美好的日子在等着你，对那两人中的一个，你可能还得费点劲去同那伙用人争一争，可要说另一个嘛，你同她待在一起天底下是不会有哪个人眼红的。那是上天注定的美满良缘嘛。你别反驳我，我敢断定，这会儿你什么全能驳倒，可是到末了还是什么也没有驳倒的。耶里米亚，你想想，他居然把什么都给驳倒了！"说到这儿，两人会心地点头微笑。"可是，"弗丽达又接着说，"就算他把什么都驳倒了那又怎么样？又能搞出什么名堂来？那与我有什么相干？那里那伙人日子过得怎么样，那儿发生什么事情，完全是人家的事，是他的事，不是我的事。我的事是服侍你，一直服侍到你病好，跟从前一样，跟K.为了我的缘故而折磨你以前一样。""那么您真的不跟我们一块去了，土地测量员先生？"耶里米亚问，但这一次他终于被弗丽达拽走了，走前弗丽达根本不再回头看 K. 一眼。从这里，可以看到下面有一道小门，比这走道两侧的门还要低一些，不但耶里米亚，就是弗丽达进门也得低头弯腰，屋子里面好像很亮、很暖和，K. 又听到几句低声细语，大概是弗丽达在哄劝耶里米亚上床吧，过一会儿门便关上了。

第二十三章

现在，K.才发觉这一阵走道里变得多么寂静啊，不光是他同弗丽达刚才一起漫步过的、看来两侧是办公用房的这一段走道很静，而且连那一段很长的走道，它两侧的房间先前曾经非常热闹，现在也非常安静。看起来，那些先生终于还是睡着了。K.也感觉十分疲倦，也许正是由于疲倦他才没有同耶里米亚顶嘴，而他本来是应该顶那家伙几句的。现在看来，或许按耶里米亚的办法行事要来得聪明些，那家伙显然夸大了他的感冒——他那副寒碜相并不是感冒引起的，而是天生的，喝什么健身茶都治不了——，对，完全按耶里米亚的那一套办，就是说，同样拼命表现出自己确实是太累太累，何况自己真的也非常累，然后瘫倒在这走道上（这种就地躺下本身就一定是件非常痛快的事），躺着稍稍打它个盹儿，然后兴许可以同样让人服侍服侍，岂不美哉！只是这不会得到像耶里米亚那样美满的结果，就是说耶里米亚在这场争取同情的竞争中肯定会击败他，而且大概是理当如此吧，不仅这场竞争，显然在任何一场竞争中他K.都会败北的。现在K.实在是太疲倦了，他困得甚至产生了一个念头，即是否可以试着在这些房间中找一间 —这儿肯定会有几间空着的— 走进去，在一张舒服的床上躺下来，美美地睡足一大觉。他觉得，睡足了觉可以使许多损失得到弥补。定神饮料他现在也是带在身上的。刚才弗丽达撂在地上没拿走的那个托盘里还有一小瓶甜酒。想到这里K.不惜拖着疲乏的身子，硬挺着又走回刚才那个地方去，将那瓶甜酒喝光了。

现在他感到自己至少已经有足够的气力去面对埃尔朗格了。他到处寻找埃尔朗格的房门，然而由于那个管事和盖尔斯泰克早已不见踪影，所有的房门又都一模一样，所以他怎么也找不着。但他觉得自己还记得那道门大致在走道的哪一段上，就决定大着胆子去推开一道他认为很可能就是自己目标的门。这个尝试不会有太大的危险；因为如果是埃尔朗格的房间，那么埃尔朗格本人大概就可以接见他，如果是另一个人的房间，那么他总是可以道个歉马上离开的，再如果客人在睡觉，这是最最可能碰上的情况了，那么K.进来根本不会被察觉，只有一种情形很糟，那就是屋里没人，因为那样一来K.就很难顶得住那巨大的诱惑，会一头躺倒在床上一直睡到不知什么时候去了。他再次扫视了一遍走道的两头，看看是否有人来可以打听出确切的房间，就不必去瞎碰了，但这条很长的走道现在是寂然无声，空空如也。他又把耳朵贴在门上细听，也听不到有什么响动。他轻轻叩了叩门，轻得不致吵醒一个睡觉的人，当这样做了之后屋里仍然毫无动静时，他便小心翼翼地推开了门。然而，迎接他的却是一声轻轻的惊叫。这是一个小房间，一张宽大的床，占去了屋子一半多，床头柜上亮着电灯，灯旁放着一个旅行包。床上躺着一个人，不过是在被盖底下藏而不露，这人先烦躁不安地在被子里乱动了一阵，然后通过被子和床单之间的一条缝打着喳喳发问道:"谁呀?"现在K.不可能拔腿就走了,他晦气地看了看这张富丽堂皇、只可惜已有人捷足先登的卧床,然后,想到了被子里发出的问话,便报出了自己的名字。显然这起了好作用,床上那人把被子稍稍往下拉了拉,将脸露出一点来,不过看得出是战战兢兢的,时刻准备着一遇外面有情况立刻又缩回去。但片刻之后他便毫无顾虑地掀开被子,在床上坐了起来。看样子这人肯定不是埃尔朗格了。现在出现在K.眼前的,是一个五短身材、气色颇佳的先生,他那张脸呈现着某种矛盾的统一,即脸蛋像孩子一样胖乎乎的,眼睛也是孩子一般闪动着快活的光,然而那高高的额头、尖尖的鼻子、薄薄的嘴唇——两片嘴皮好像总也闭不拢——,还有那几乎快要化为乌有的下巴,却又一丝孩子气也没有,反倒泄露出他有的是一个精于算计的脑瓜。大概正是因为他对自己有这种能耐、对自己这个人感到心满意足吧,使得他现在还保留着相当大的一部分健康的稚气。"您认识弗里德里希吗?"他问。K.给出否定的回答。"可是他认识您。"那位先生微笑道。K.点了点头,这儿认识他的人多的是,这甚至是他前进路上的主要障碍之一。"我是他的秘书,"那先生说,"我叫比尔格。""对不起,"K.说着便伸手去握门柄,"很遗憾,我把您的门同另外一道门弄混了。我是应埃尔朗格秘书的约请而来的。""真是太遗憾了,"比尔格说,"并不是您应约到别的房间去,而是您走错了门使我感到非常遗憾。我正在睡觉,而一旦被吵醒,就肯定再也睡不着了。不过对这一点您也不必太感内疚,这是我个人的不幸。为什么这里连房门都不能闩上呢,您说不是吗?当然,这是事出有因的。因为按照一个老的说法,秘们的门应该总是敞开着的。不过嘛，对这句话当然也不必太咬文嚼字非按字面解释不可吧。"比尔格用询问的目光快活地注视着K.，同他刚才的怨气相反，他的神色倒是表明他睡眠是相当充足的，像K.现在这样的疲倦不堪的滋味，比尔格也许这辈子还从来没有体验过吧。"您现在究竟打算上哪儿去呢？"比尔格问道。"现在是四点钟，您不管去找谁都一定会吵醒人家，并不是每个人都像我这样习惯了各种各样的干扰，并不是每个人都像我这样耐心，受到打扰也忍了。秘书们都是些急性子躁脾气。所以说，您还是再待一小会儿吧。快五点时就有人起床了，那时您再去赴约不就最合适了吗？请您不要老捏着门把，还是随便找个地方坐下来吧，当然这里地方是窄了点，您最好还是坐到这床沿上来。您一定奇怪为什么我这儿既没有椅子又没有桌子吧？情况是这样的，当时让我在两个房间里挑一间，一间设备齐全，有一张比较窄的床，另一间除这张大床外只有一个盥洗台。我挑了有大床的这间，卧室嘛，床恐怕是最主要的啰！哎哟，谁要是有福气能够伸直手脚舒舒坦坦睡个好觉，那么对这个睡得香的人来说，躺在这张床上简直就赛过神仙！但是即便我这个老是感觉疲劳可又睡不着觉的人，就连我这样的人，也能感觉到它非常舒服，我在这张床上度过一天中的大部分时间，在床上处理所有的信件，在床上对上访各方进行审问。这样办事是挺不错的。当然，上访各方没有地方坐，可是这一点他们能够将就，因为对他们来说，自己站着，让作记录的舒服点，总比自己舒舒服服坐着，同时却得挨骂挨训要好受些。这样一来，我接待来客就只好利用床沿这个位子了，好在这里并不是办公地点，而只是用来作夜间谈话的地方罢了。

哟，您怎么老不开口呀，土地测量员先生？""我太疲劳了。"K.说，他早在对方让他坐下时就已经不客气地、一句礼貌话也没有就一屁股坐到床上并且仰身靠在床栏杆上了。"当然啰，"比尔格哈哈笑道，"这里每个人都很疲劳。比如说吧，我昨天办的和今天也已经办完的事，就不是什么轻松省力的活。我现在睡着觉的可能性简直就等于零，但是如果想让这件可能性极小极小的事实现，想让我在您在这里时还能睡着，那么我求求您千万不要出声，请您也不要开口。不过您先别怕，我肯定是睡不着的，最理想的情况也只是睡上一两分钟。因为我的特点是：在有人陪着时，反倒总是最容易睡着的，大概因为我同上访老百姓打交道太习惯了吧。""您只管睡好了，请便吧，秘书先生，"K.说，心里对比尔格这一安民告示颇感高兴，"您睡了，那么，如蒙您允许，我也睡上一会儿。""不行，不行，"比尔格又哈哈笑起来，"可惜的是光靠别人请我睡我是睡不着的，只有在谈话过程中才有可能出现这种机遇；同别人谈话对我的催眠作用最大了。是呵，干我们这一行脑神经是要吃苦头的哟。比方说，我是联络秘书。您不知道这是干什么的吧？弗里德里希同村子之间最主要的联络工作"——说到这里他情不自禁乐滋滋地搓起手来——"是我承担的，就是说，他的城堡秘书们和村秘书们之间的联系是由我来负责的，我多半在村里，但并不总在村里，我必须随时随地作好乘车上城堡的精神准备，您看见那个旅行包了吧，这是一种多么不安定的生活呵，不是每个人都干得了这种工作的。然而另一方面，要说我恐怕已经离不了这样的工作方式，这话也对，让我去做任何别的工作我都会觉得味同嚼蜡的。土地测量员工作如何？""我没有做这个工作，这里并没有安排我做土地测量员工作。"K.说，这时他已经没有怎么注意听比尔格说话了，实际上他此时此刻最最热切盼望的，就是比尔格赶快睡着，然而就是这种渴望，也只是在某种对自己身体的责任感驱使下产生的，在心灵深处，他感到自己很清楚比尔格究竟什么时候睡着实在是一件既不可望又不可即的遥遥无期的事。"唔，这很稀奇，"比尔格精神抖擞地把头一甩说道，接着便从被子底下抽出一本笔记簿，准备记下点什么，"您是土地测量员，却没有土地测量员的工作。"K.木然点点头，这时他早已将左臂伸直搭在床栏杆的顶端，并把头枕在臂上；在此之前，他反复摸索试验了多种如何坐得舒服一些的办法，最后发现还是这个姿势最理想，像这样待着，他也能更好地注意比尔格在说些什么。"我可以继续关注这件事，"比尔格说下去了，"我们这里肯定不容许有这样的事，就是让一个专门人才闲着，使他不能人尽其才。对您本人来说，这也一定是很憋气的，难道说这样您不觉得难受吗？""我是挺难受的。"K.慢吞吞地说，心里不免忍俊不禁，因为恰恰是现在他丝毫也不为这件事感到难受。另外，对比尔格的积极表态他也不怎么感兴趣。那是句十足的外行话。对聘任K.的背景、对这一任用在乡里和城堡里遇到的各种困难、对K.在此地逗留期间已经出现或初露端倪的各种各样错综复杂的情况一无所知——对这一切全是一团漆黑，甚至连一丁点儿说明自己对这些哪怕只有一点风闻的表示也没有，而这对一个秘书来说恐怕是点起码的要求吧，在这种情况下居然拍着胸脯说就凭他那个小小的笔记本，经他一举手之劳，就能把上头的事情纳入正轨，天下哪有这样的事！"您好像已经有过一些失望的经历了。"比尔格说，这句话却又的确表明他还是有一定的知人之才的，自从迈进这间屋子以来，K.也总在不时告诫自己不要低估了比尔格，但是处在他目前的身体状况下，除去对自己的疲劳之外，要对任何别的事物作出正确的判断是很困难的。"不，"比尔格说，好像在回答K.的一个思想，似乎想照顾他一下，省去他再劳神费口舌把那个想法说出来，"您不要被那些失望吓倒，这里的某些事情似乎是专为吓人而安排的，而您如果是新来的，那么就会觉得这些障碍简直是一堵铜墙铁壁挡住您的去路。我不想深究这种情形实际上是怎么回事，也许表面现象真的与实际情况相符，处在我的地位，我缺乏观察问题所必需的一定距离，所以不好断言，但是请您注意，有时候又的确会出现一些同这里的总体情况几乎完全相悖的机遇，如果碰上了这种机会，一句话、一个眼色、一个会心的手势就能比一辈子疲于奔命的劳累收获更大。的确，情况就是如此。当然，这类机会到最后在一定意义上仍然同总体情况完全一致，那就是它们从来就利用不上。我老是纳闷，究竟为什么这些机会不能得到利用呢？"K.不知道为什么，尽管他感到比尔格说的跟他大概有很大关系，但他现在对一切与自己有关的事都十分反感，他把头往一边挪了挪，好像在给比尔格的问题让路，似乎这样一来他就可以同这些问题完全脱离接触而不必回答了。"还有，"比尔格继续说，一边说一边又是伸懒腰又是打呵欠，这与他那些话的严肃内容形成尖锐的矛盾，令人迷惘无所适从，"秘书们经常抱怨他们被迫在夜间进行村里的大部分审讯。可是为什么他们要抱怨呢？是因为夜间审讯太累人吗？是因为他们觉得夜里的时间最好是用来睡觉吗？不是的，他们肯定不是为这些而诉苦。当然，秘书有勤奋的和不大勤奋的，这在哪里都一样，但是他们谁都不抱怨工作太累人，更不会公开诉苦。这根本就不是我们的作风。在这方面我们并不区分普通时间和工作时间。这样来区分时间与我们是格格不入的。那么，秘书们究竟为什么才不满意夜间审讯？难道是为了体恤照顾上访老百姓吗？不，不，也不是这个原因。对上访各方秘书们是丝毫不讲情面的，当然，他们对待自己也同样毫不留情，决不手软，程度丝毫不亚于对待老百姓。其实，这种不讲情面不过是铁面无私地执行公务、严格按公职的要求办事罢了，而这，正是上访老百姓所能希望得到的最大的体恤照顾。这种铁面无情实际上也是——当然一个只看表面现象的人是看不到这点的——得到老百姓的普遍认可的，譬如说，这里恰恰是夜间审讯大受老百姓欢迎，从没有任何原则上反对夜审的投诉送到官府来。那么，到底为什么秘书们仍然对夜审反感？"K.还是不知道为什么，现在他几乎什么都不知道，连比尔格是真想从他口里听到问题的答案还是只做做样子也弄不清楚，这会儿他心里想着："如果你让我躺到你床上去睡一觉，那么到明天中午，或者更好一点到明天晚上，我就可以回答你所有的问题了。"但是比尔格看来一点没有注意到K.的表情，他满脑子转来转去的只是他给自己提出的那个问题，顾不上其他了："据我的观察和我自己的亲身经验，秘书们在夜审问题上大致说来有如下这一层顾虑：夜间同上访百姓谈话之所以不大合适，是因为在夜里很难、或者简直就不可能完全维持谈话的公事公办性质。这并不是出于某些表面的原因，各项应当履行的程序在夜里当然也完全可以和白天一样严格遵循，要多严格就可以多严格。问题不在这里而在于夜里很难做到秉公而断。夜间人们往往不由自主地倾向于从一种比较私人的角度去判断是非，上访各方提出的各项申诉理由常常受到过多、过分的重视，对上访老百姓的其他特殊情况、对他们的各种烦恼和忧虑等等与断案完全无关的因素往往会加以考虑，而这类考虑也掺杂到判断中来，上访老百姓和官方人员之间的必要界线，尽管表面上泾渭分明，实际上却往往模糊不清，而在正常情况下本来应该只是毫不含糊地上面发问下面答话，有时却会出现审问人和受审人互换位置那样一种极不像话的局面。至少秘书们都这样讲，就是说，讲这些话的是一些由于职业上的原因本来对这类事情异常敏感的人。可是就连他们这样的人——这一点在我们这些秘书中间经常谈到——在夜审中也很少能觉察出自己已经受到了那些不利因素的影响，相反，他们一开始就努力抵制这类因素的作用，所以到最后就自以为还是成效特别特别卓著的哩。但是，事后查看一下审讯记录，常常对它们那些特别明显的弱点和欠缺感到吃惊。这就是一些误断，更具体些说，往往是让上访百姓得了一半是不应当得到的好处，这样一些错误，至少按我们的法规通过一般的简便途径是不可能挽回的。到将来的某一天，它们肯定还要由一个检察机关来加以纠正，但这只能起以正视听的作用，对那些占了便宜的人是不可能再损伤他们一根毫毛了。有这样一些情况，秘书们的抱怨难道不是非常有理的吗？"K.早就撑持不住，已经迷迷糊糊打了一会儿盹，现在又被这个问题惊醒过来。为什么要说这一大套？侃这些干什么？他心里这样问着，一面用困得上眼皮直往下耷拉的眼睛瞅着比尔格，他现在的感觉是：眼前并不是一个正在同自己讨论一些困难问题的官员，而是一件妨碍他睡觉的东西，除此之外他再也找不出这东西还有什么别的用处了。但是，此刻完全沉湎于自己思路之中的比尔格却在微笑，似乎他刚刚成功地捉弄了一下K.，把他引入了歧途，为此暗自得意。但是他随时准备着立即再把K.拉回正道上来。"不过嘛，"他说，"要说这些怨言完完全全合理，那也还是不能那么理直气壮地讲。虽然没有哪一条规定要求必须夜间审讯，就是说如果尽可能避免夜审并不违反任何一条法规，但各种各样的实际情况，如工作的极度繁忙、城堡官员的特殊工作方式、他们很难从日理万机中抽出身来等等，另外还有一条规定，就是要求对纠纷各方的审讯必须在其他有关调查全部结束之后才能进行，而调查一旦结束又必须立即开始，所有这些情况再加上另外一些因素，就使夜间审讯成了舍此别无他途的必要之举。而如果说它们已经成了一件不可避免的必要之举——下面这话是我说的——，那么它们同时也是执行各项法规的一个自然而然的结果，至少是一个间接的结果，那么，对夜间审讯本身心怀不满大发牢骚，不就几乎等于是——当然我这话有点夸张，不过正因为是一种夸张，我才敢这样讲——，不就简直是也在对我们的各项法规心怀不满大发牢骚了吗？反过来说，秘书们也始终有权在法规许可的范围内尽可能争取不进行夜审，尽量避免夜审所具有的那些或许只是表面上的弊端。他们实际上也在这样做，而且是千方百计地做。比如说吧，他们只批准就那些无论从哪方面看都极少让人担心会横生枝节的审讯内容进行夜审，在审前过细地检查准备工作是否充分，而如果检查结果证明有必要，那么哪怕是在开审前一秒钟也果断地宣布取消所有审讯，又通过往往是先传讯十次不审，到第十一次才真正进行审讯的办法来磨炼自己，也乐于让一些不直接主管该案因而可以比自己更加轻松地处理本案的同事代审，再把审讯的时间至少定在夜晚开始时或结束时，避开深夜那几个小时，等等——这一类措施还很多很多；秘书们可不是那么轻易就让人钻空子、那么好对付的，可以说他们既有极强的抵抗力，同时又极度敏感受不得任何刺激。"K.这一阵一直在睡觉，虽然并不是真正睡着，而是迷迷糊糊半醒半睡，也许在这种状态下他听比尔格说话比起先前在那种困得要命却硬挺着不睡的状态下听起来更清楚，比尔格的话一字一字地撞击着他的耳鼓，但此时厌恶感减弱了，他感到自由自在，现在已经不是比尔格揪住他不放，现在只是他在时不时向比尔格的方向伸手摸索唯恐失去这种享受，他还没有深深沉入酣睡的大海，但已经泡进睡神为他预备的一池清水中了，谁也不许再来抢走他的这点小小的清福！这时他依稀觉着自己似乎取得了一次巨大的胜利，瞧，那不是已经有一群人在那里庆祝这一胜利了吗，他自己，或者是另外一个人，正在为欢庆胜利而高高举起香槟酒杯。为了让所有的人都知道是怎么回事，他艰苦奋战和获取胜利的全过程又重演了一遍，或者，也许根本就不是重复演示，而是现在才真正在奋战，可是胜利却已经提前庆祝了，人们不停地庆贺着，因为人人都知道K.是福星高照、稳操胜券了。有一个秘书，赤身露体，样子很像一尊古希腊神祇的雕像，K.在战斗中把他压倒了。那情景非常滑稽，K.在睡梦中面带微笑看着那个秘书被K.的不断英勇挺进整治得一再惊愕不已地连连招架，其傲气一次又一次地被打下去，每次都不得不把高举的手臂和攥紧的拳头飞快地放下去遮挡他那赤条条的身体，可是怎么快也还是来不及而窘态毕露。奋战持续的时间不长，K.迈开大步，步步为营地向前挺进。这到底算不算得上是一场战斗？并没有多大的阻碍呵，只是偶尔听到那个秘书嗓子眼里发出叽的一声尖叫。这个古希腊的神祇，竟像一个被人胳肢的小女孩那样叽叽嘎嘎地叫起来！最后他不见了；只有K.独自一人在一间很大的屋子里，仍然斗志昂扬地转身去寻找他的对手，但是现在什么人也没有了，那一帮庆祝胜利的人也全都不知去向，唯有那只摔坏了的香槟酒杯的碎片还在地上，K.把它踩了个粉碎。可是碎片扎进了他的脚底，疼得他浑身一抽搐，于是梦便醒了，这时他心里非常难受，就像一个睡得正香的小孩子被大人弄醒时那样，尽管如此，当他一眼看到比尔格那袒露的胸口时，一个来自方才梦中的念头仍不禁油然而生："哟，这不就是你刚才面对的那个古希腊神祇吗！原来在这儿！真是得来全不费功夫，快把他从床上揪起来！""但是，"比尔格又开口了，同时若有所思地仰头看着天花板，那样子好像是在记忆中使劲搜寻能说明问题的例证然而却怎么也找不到，"但是尽管如此，尽管有那么多的防范措施，上访百姓仍然有可能钻空子，利用秘书们这种夜间才有的弱点——不要忘记前提：如果算是弱点的话——来达到自己的目的。当然，这种可能是非常罕见的，或者说得更准确些，是一种几乎永远不会成为现实的可能。什么可能？它就是：某一方未经事先报告半夜里突然来到你面前。您也许会觉得奇怪，为什么说这种看起来很容易的事竟然非常罕见？这不怪您，您不了解我们这里的情况嘛。但即使是您，可能也注意到了官府组织那极度严密、滴水不漏的情况了吧。有了这种毫无漏洞的严密组织，其结果就是，任何人，不论他是有什么迫切要求打算上访也罢，或是有什么别的原因必须就某个问题接受审讯也罢，都丝毫没有拖延，多半还在他本人把那件事、那个问题想出个头绪之前，唔，甚至于在他自己都还不知道那个问题之前，就已经收到传票了。传票是收到了，但暂时他还不受审，多半还不受审，这时候一般说来事情还没有成熟到这种程度，但传票他是接到了，所以也就不可能不报自来，充其量他可能在非指定的时间跑来，那好办，只要让他注意一下传讯他的准确日期和具体时间就行了，然后呢，如果他按时又来了，通常都让他先回去等候通知，这没有什么困难；传票在上访人手里，上访时间提前登记在案卷里，这就是秘书们的防身武器，虽说并不总是完全够用，然而确实是强有力的武器。当然，这一条只是针对正好主管那件案子的秘书而言的，任何人都仍然可以在半夜三更突然跑来向其他秘书求情。但是几乎没有一个人会这样做，因为这差不多是白费力气。首先，这样做会大大得罪主管该案的秘书，虽说我们这些秘书之间决不会为谁工作多点少点互相妒忌，我们每人都挑着一副分量很重的、却是毫不斤斤计较个人得失地揽到自己肩上的工作担子，但在上访各方面前，我们是绝对不能容忍主管范围混乱、职责不清的事情发生的。某些人打输了官司，正是因为他们以为，既然在主管秘书那里达不到目的，那么到另一位秘书那里去试着蒙混一下兴许就能如愿以偿。第二，这种到别的秘书那里去蒙混的企图也是一定会失败的，因为一个非主管秘书，即便是在半夜遭到猝不及防的袭击，即使他满心愿意帮忙，也恰恰因为他不是主管人而几乎无法比随便哪一个律师更容易插手该案，或者说实际上是难得多，因为他缺少——就算他确实也能帮上一点忙，因为他总归是比所有的律师先生更熟悉法律上的秘密途径的——，因为他就是缺少任何一点时间，去办这件不归他管的事务，他连一分钟也挤不出来。所以，既然希望如此渺茫，谁还肯大半夜冒失跑来麻烦非主管秘书呢？再说，上访老百姓在从事他们自己的职业之外还要满足主管部门的多次传讯和招呼，做到随叫随到，这些事就够他们整天忙乎了，这'整天忙乎'自然只是就上访百姓的标准而言，与秘书们的'整天忙乎'当然还远远不能同日而语。"K.微笑点头，现在他觉得自己什么都听明白了，并不是因为这些话使他多感兴趣，而是因为他此时坚信在未来的几秒钟内自己必定睡着无疑，这一回是既不会做梦也不会有任何干扰；一边是主管秘书们，另一边是非主管秘书们，前面是一大群整天忙乎的老百姓，他即将在这几部分人中间沉沉睡去，从而摆脱所有这些人了。现在他对比尔格那轻微的、自鸣得意的话音——这声音显然怎么也无法让它的主人入睡——已经非常习惯，以致它与其说是妨碍他睡着不如说是在催他入眠了。"风车呵，你轱辘辘地转吧，风车呵，你轱辘辘地转吧，"他暗想，"你是在为我一人轱辘辘转呵。""那么，"比尔格又说下去，一边用两个手指轻轻抚弄下唇，眼睛瞪得老大老大，脖子伸得老长老长，那模样活像在一次异常艰苦的长途跋涉之后似觉山穷水尽之时，眼前突兀出现一个柳暗花明的绝美景点似的，"那么，刚才我提到的那个非常罕见、几乎永远不会成为现实的可能究竟在哪儿呢？这个秘密就隐藏在那些有关主管职权范围的规定里。原来，情况并不是、在一个很大的生气勃勃的组织中也不可能是每件案子只由一个秘书负责。情况仅仅是：一个秘书负主要责任，另有许多秘书则各自分工负责某几部分，哪怕只是负责较小的范围。谁有那么大的本事——即使他是最精明强干的工作能手——单独一人把哪怕是最小的案件的一切复杂关系和方方面面全部集中在自己的写字台上进行处理？甚至我刚刚说的关于负主要责任的话也都讲得过分了。难道最小的主管范围、最小的职责中不也就包含着全部责任？难道这里不是秘书们处理问题那股子火热的劲头起着决定性的作用？难道这种劲头不是始终保持十足、始终如一的？尽管秘书们在各方面都有这样那样的差别，这些差别多得难以胜数，但在工作劲头上却是没有差别的，如果一个要求提到了他的面前，要他处理一件他哪怕只负极小责任的事，那么他们当中是没有一个人能坐得住而不立即全身心投入的。当然，对外必须做到能有条不紊地进行审讯，于是，上访各方中的每一方都分别由一个固定的秘书负责大面上的活动，各方有公事一律找他去谈。可是这个人不一定非得是那个对该案负最大责任的主管，在这里，起决定作用的是组织的需要，是组织彼时彼地的特殊需要。实际情况就是如此。好，那么请您土地测量员先生考虑一下有没有这样的可能吧：上访的某一方，不知出于什么特殊原因，竟不顾我刚才已经向您描述过的那些一般说来已经足够拦住他的障碍，仍然半夜三更跑去突然袭击一位对该案只负某一部分责任的秘书，对他来个不报自访。您大概还没有想到这种可能吧？这我完全相信您。实际上也完全没有必要去考虑这样一种可能，因为它几乎永远不会出现。想想看，这个老百姓必须是一颗多么奇特、构造多么特别的小沙粒呵，否则他怎么能够从那把精细得无与伦比的筛子的网眼中间滑过去？你认为这种情况根本不会出现吧？您想得对，这种情况确实根本不会出现。可是某一天夜里——谁能对什么事都开保票？——这种事还就真的发生了，您信不信？当然在我认识的人中还没有谁碰上这种事；是呵，虽然这一条很难说明问题，因为同我们现在所谈的人相比，我认识的人数量相当有限，再者，一个碰上过这种事的秘书是否乐意承认这事也很难说，怎么说这也是一件纯属个人的，可以说是严重触动公务员羞耻心的事吧。然而无论如何，我的经验也许还是能够说明这是一种十分罕见的、实际上只在道听途说的传闻中存在而完全未经其他佐证证实的事，这也就是说，害怕出这种事是大可不必的。即使万一真的出了这样的事，也可以——要是相信能这么做的话——轻而易举地消除它的坏作用，办法就是向它证明——这并不难做到——，在我们这个世界上是没有这种事的地位的。总而言之，如果因为对这种事很害怕，比方说怕得钻进被子里躲起来，连掀开被子往外看一眼都不敢，那就是一种病态了。退一步说，即便这种可能性微乎其微的事突然有鼻子有眼地站在你面前，难道就一切都完了吗？恰恰相反，一切都完了，这是比最不大可能的事更加不大可能的事。当然，如果某个老百姓已经走进了你的房间，那么情况的确很糟。这会有点压得人喘不过气来。'你还能顶多久？'碰上这事的人心里会这样问。但是他根本不会去顶的，这一点他心里同样明白。您必须好好设想一下那时的情况，不要想错了。想想看吧，那从来没有见过、天天盼时时盼、真正是如饥似渴地望眼欲穿然而又被不无道理地认为是可望而不可即的老百姓，现在活生生地坐在你眼前了。他不用开口，只消在你面前一坐，就等于发出了无声的邀请。请你去了解他的穷苦生活，像关注你自己的财产那样去详细过问他的经济状况，然后跟他一起，为他的要求纯粹是徒劳而苦恼。这种静夜里的无声邀请有着巨大的诱惑力。一旦接受了这个请求，你实际上就等于不再是公职人员了。这种情景能软化人心，如果置身其中，很快就无法再拒绝任何请求。严格说来，人那时是处于绝境之中，再严格一点说，他又是非常幸运的。怎么说是绝境？因为那是一种无可奈何的处境，他一筹莫展地坐等老百姓提出请求，同时心里又明白那请求一经说出他就得答应，即使它——至少在他目力所及的范围内——无异于把官府的严密组织砸烂，也不得不答应——这种处境大概是一个人在实际生活中可能碰上的最最要命的厄运吧！说是绝境，还特别是因为——撇开所有其他因素不谈——他在这里所做的事等于在一小段时间内擅自黄袍加身，来了个平步青云，突然身价百倍。要按我们的职位，我们是根本无权答应诸如老百姓在这里提出的这类请求的，可是由于夜间上访的老百姓离我们太近，我们的职权可以说也就相应地扩大了，于是我们就向人家保证一些自己权限范围以外的事，唔，我们甚至还会把这些保证付诸实行，老百姓在半夜里，就像森林大盗那样，逼着我们作出一些在其他情况下我们永远无法作出的牺牲——很好，这会儿老百姓还在旁边，为我们壮胆、催逼我们、给我们鼓气，一切都在昏昏然蒙蒙眬眬的状态中进行，日子还过得去，可是过后又会怎么样呢？当事情已过，老百姓心满意足地离开我们扬长而去，剩下我们孤零零地、赤手空拳地坐在屋里，面对着自己滥用职权这一事实时，情形又如何呢——简直不堪设想！但是尽管如此我们又是幸运的。您瞧，幸运有时真是能要了人的命！我们可以尽量向老百姓隐瞒事实真相。老百姓靠自己是差不多什么也觉察不到的。照老百姓的想法，大概只是某些无关紧要的偶然因素——过度疲劳再加上失望，又由于过度疲劳和失望而顾不了许多而大大咧咧满不在乎——使他闯进了一间他原本不想去的房间，现在他糊里糊涂坐在那里发愣，即便脑子里想着点什么，也只是想他走错了门或者他太累了那一类事情。那么难道不可以就让他那样愣着？不行。幸运儿都是噜苏的，这位还非给那个老百姓把什么话都解释清楚不可。他一定得毫不顾惜自己地对老百姓细说发生了什么事，为什么会发生这种事，这个机会是如何非常非常难得，是个独一无二的大好时机，他一定要说明，这个告状的老百姓虽说是完全赤手空拳、无依无靠地——除了告状的老百姓，再没有任何人这样赤手空拳无依无靠了——居然也瞎撞到这个机会上的，但现在要是他愿意的话，您听好土地测量员先生，他这会儿就能跟老爷一样支配主宰一切，要办到这点他不需要做什么别的，只要把他的请求随便怎样说出来就行了，上头是有求必应的，唔，请求的实现简直就近在眼前，等等——所有这些，他这个官员都非一一说清楚不可，这是当官的人经历的艰难时刻。但是，如果这些都做完了，那么，土地测量员先生，最必要的事也就全办完了，人就得知足，就该慢慢等着瞧了。"

更多的话K.就听不见了，他在睡，对四周发生的一切处于闭关锁目状态。他那起初枕着左臂靠在床栏杆上的头，在睡觉时滑了下来，现在悬浮在半空，渐渐地越沉越低，光靠左臂在上面支撑身体已经不够，K.便不由自主地把右手支在床上作为新的支撑点，然而碰巧正好一把捏着了被子底下比尔格的一只跷起的脚。

比尔格瞅了那里一眼，尽管面有不快之色，但仍听之任之，让K.捏着脚未加理会。

　　这时，砰砰砰砰，一边墙上传来重重的敲击声。K.猛然一惊，坐直了身子，抬眼望那墙壁。"是土地测量员先生在隔壁吗？"墙那边一个声音发问道。"是的。"比尔格说，接着就从K.手里挣脱了那只脚，然后突然像个小男孩一样在被子里乱蹬乱踹起来。"那就让他快点过来吧，怎么老是不来。"那边又说话了；命令颇为强硬，对比尔格，或者说对比尔格是否还需要K.再留一会儿完全不予考虑。"这就是埃尔朗格。"比尔格打着喳喳悄悄说；看那样子，对埃尔朗格就在隔壁他并不感到惊异。"您现在马上就到他那边去吧，他已经在发火了，您要设法给他消消气。他的睡眠很好，可是我们说话的声音确实太大了点，唉，一讲起某些事情来，人简直就没法控制自己和自己的声音。喂，您倒是快走呀，瞧您这个样子，好像根本睡不醒似的。快走吧，您到底还想在这里干什么？不必了，您大可不必为您犯困向我道歉，为什么要道歉？人的体力是有一定限度的，可恰恰是这个限度在别的方面也能发挥很重要的作用，这一点谁能左右得了？不能，谁都没有办法。世界就是这样不断调整、纠正自己而保持平衡的。这的确是一种非常巧妙的、巧妙得一再令人难以想象的安排，尽管从另一方面看又有点令人伤心。好了，您走吧，我真不明白您干吗要这样盯着我。如果您再拖时间，埃尔朗格就要拿我问罪了，这一点我可是很不希望的哟。您倒是快走呀，谁知道那边等着您的是什么，我们这里到处都充满了机会。不过有些机会可以说是太大了吧，大得人没法利用；有些事情不是因为别的而只是由于自身的原因才归于失败。是呵，这真是奇妙呵。唔，老实说，现在我还真希望能再睡着一会儿。当然，已经五点了，很快就要乱起来的。唉哟，您倒是快些走人好不好！"

K.方才睡得正香被猛地一下叫醒，一时只觉昏昏沉沉，恨不能再睡它三天三夜，这半天很不舒服的坐姿，又使他感到浑身疼痛，基于这两方面的原因，他迟迟未能下决心站起来，而是一个劲儿手摸脑门低头看着自己怀里。就连比尔格那一而再，再而三的催促也不能打动他让他离开，仅仅是感到在这房间里待下去毫无用处，才逐渐促使他想到该走了。现在他觉得这房间有说不出的萧索凄凉。是刚刚变得这样，还是一直就是这样，他不知道。就连要他在此地再睡着一次他也做不到。坚信这一点甚至成了他离开的决定因素，于是，他微笑了一下，站起身来，碰上什么就扶什么，就这样依次扶着床、扶着墙、扶着门一步步走出去，并没有向比尔格道别，似乎他老早就跟这个人告别过了。

第二十四章

要不是埃尔朗格站在开着门的门口向他招手示意,大概他也会同样冷冰冰地从此人的房门旁边走过去的。说招手,实际上只是伸出一个食指微微弯曲了一下而已。埃尔朗格已完全做好了离开的准备,他身穿一件黑色皮大衣,高领的领口已经紧紧扣上了。一个仆人正一手把手套递给他,另一只手还举着一顶皮帽。"您早就该来了。"埃尔朗格说。K.想说两句道歉的话,埃尔朗格一脸倦容,懒洋洋地闭上了眼睛表示谢绝听这类话。"找您来是为下面这件事,"他说,"酒吧原先雇用过一个叫弗丽达的女人,我只听说过她的名字,不认识她本人,我也不管她的事。这个弗丽达有时候给克拉姆端过啤酒。现在好像是另一个女招待在那儿。当然,换人是件小事,可能对谁都是小事,对克拉姆更毫无疑问是小事一桩。但是,工作越是繁重——克拉姆的工作自然是最繁重的——,工作越繁重,余下的精力就越少,就越难抵御外界的影响,以至于那些最无足轻重的小事的任何一点无足轻重的变动,都可能造成严重的干扰。写字台上每一点最细小的变化,如擦掉一直就有的一小块污渍,等等,所有这些都能形成干扰,换一个新的女招待也一样。不过,这些变动即使对任何一个人在做任何一件事时都会产生干扰，对克拉姆却不会，克拉姆是绝对不会受到任何干扰的。尽管如此，我们仍然有责任保证克拉姆有一个最舒适的环境，这就要求排除一切干扰，甚至包括那些对他来说并非干扰——大概根本没有什么能干扰得了他——而我们注意到它们有可能对他形成干扰的情况。我们其实不是为他和他的工作而去排除这些干扰，而是考虑到我们自己，为了我们的良心，让我们自身感到心安。因此那个弗丽达必须立刻回到酒吧去，也许恰好她回酒吧这个行动会对克拉姆形成干扰，那也好办，我们再把她调走就是了，然而目前她必须回去。我听人说您现在同她一起生活，所以请您立即叫她回去。在这个问题上不能考虑个人感情，这是不言而喻的，因此我也不打算对这个问题多费哪怕只是一点点唇舌。如果您在这件小事上表现得好，那么在适当的时候这可能对您的前途是有利的，我提一下这点，实际上已经大大超出我需要说的范围了。我要对您讲的就是这些。"说到这里他向K.点头以示告别，然后戴上仆人递过来的皮帽，由仆人尾随着，迅速地，但有点一瘸一拐地，沿走道离去了。

有时候，这里发出的命令非常容易执行，但现在这一条命令K.却不乐于去执行。这不仅仅因为它牵涉到弗丽达，而且，在发令者虽为命令，在K.耳里却像是某种讥笑，不，不仅因为这一点，更重要的还因为K.感到这条命令向他宣布了自己全部努力的破产。各种各样的命令，对他不利的也好，对他有利的也好，都在他头顶上嗖嗖地飞来飞去，就是那些对他有利的到头来也许还是包藏着一个不利的内核，不管怎么说，一切命令都忽视他这个人的存在，而他自己地位又太低太低，奈何不得它们，更不能制止上头发号施令而让人听一听自己的声音。现在,埃尔朗格摆摆手让你走人,你怎么办?假如他不摆手让你走,你又能对他说得出些什么来?K.这样想。虽然他心里很清楚,他今天这样疲劳困倦比他在此地的全部倒霉遭遇更加害苦了自己,但是为什么他这个曾经对自己的身体有着十足的信心、如果没有这种信念就根本不会动身到这里来的人,竟连几个不愉快的夜晚和一个不眠之夜都经受不住,为什么他偏偏要在这个地方困得眼睛都睁不开,随时都会倒下去呢?这里谁都不困,或者恰恰相反,人人都犯困而且老是犯困,然而这种困倦并不影响人家的工作,唔,看来它反而对工作有促进作用。逻辑的结论就是,人家的困倦是另外一种,很特别,与他K.的困倦完全两样。大概这是在愉快的工作中感到的困倦吧,这东西外表看上去像是困倦,实质上则是一种固若金汤的安适,一种固若金汤的平静。譬如人到中午时都感觉有点困倦,这正是幸福愉快的一天当中顺乎自然发展过程的现象啊。对这里的这些老爷先生们来说,时时刻刻都是中午,K.心里这样想。

与K.的这种看法十分合拍的是,现在刚五点钟,走道两侧的气氛就开始活跃起来了。这些房间里人声鼎沸,听起来充满了极度的欢腾。一会儿像一群正准备去郊游的孩子那样欢呼雀跃,一会儿又像大清早鸡栏里的雄鸡啼鸣高唱,声声充满那种与清晨同时醒来的喜悦,某处甚至有一位先生真的在模仿公鸡打鸣。走道本身虽然还是空空荡荡的,然而两边的房门却已经活动起来,不断有门拉开一条缝又迅速关上,整条走道一片乱哄哄的开门关门声,K.还看到在天花板与墙壁间的空隙处时不时有一两个清晨梳洗前头发蓬乱的脑袋露了出来紧接着又缩了回去。现在,远处出现了一辆小车，它慢慢地沿着走道过来了，一个管事仆人推着车，车上装满了文件。还有一个管事仆人走在小车旁边，手里拿着一张清单，显然在根据这张单子核对门上的房间号和卷宗编号。在大多数门前小车都停下来，然后，一般说来门也随即开了，接着，那些应当由该房间接取的文件，有时只是一小张纸——在这种情况下房间里便向走道里发话，话不多，大概是责备那管事仆人几句吧——，便被递进屋去。如果门不开，那么文件就被小心翼翼地堆放在门槛上。遇到这后一种情况时，K.总觉得这间屋子的左邻右舍尽管也已经分得了文件，但那几道门的活跃程度却并无减弱之势，反而更加剧烈了。也许是这些房间里的房客在馋涎欲滴地窥探那一大摞莫名其妙地一直放在那里没有取走的文件吧，他们真是弄不明白，怎么居然有人在只需一开门之劳便能享有那批文件的情况下竟迟迟不采取行动；或许甚至有这种可能：那批最后一直没有取走的文件将会分发给其他房间，于是现在这些先生就情不自禁地想通过反复窥探看清那些文件是否仍安然在门槛上放着，也就是说他们是否还有希望再分到一些。加之这些没有取走的文件多半又都是特大的好几捆，K.猜测，那道门里的先生或者是想炫耀自己，或者是想捉弄别人，或者也可能出于一种正当的自豪感，意欲鞭策一下同僚们，鼓励他们向自己看齐而暂时让大捆大捆文件放在自己门口吧。当他继而看到以下这个情况时，便更加觉得这一猜测不谬了：有几次，每次都恰好是他把目光稍稍移开时，那个装着大捆大捆文件的、在门口放着展览够了的袋子便被猛地一下拽进屋去，之后门又跟先前一样紧闭不动了；接着近处那些门便也都安分下来，显然是为这一不断弄得人心痒难搔的兴奋灶终于排除而感到失望，或者也是感到满意吧，然而少顷，这些门便又渐次活跃起来。

K.观看这一切时不仅满怀好奇，而且并非置身事外。他几乎感觉置身于这一忙忙碌碌的漩涡之中相当惬意，一会儿看看这边，一会儿看看那边，用目光尾随着——虽然时近时远——那两个管事仆人，看着他们分发文件，当然，两人也早就多次回头看他，多次低着头噘着嘴恨恨地瞪他几眼。这项分发工作愈往后愈不顺利，不是清单不完全对，就是管事有时不能很快分清哪些文件应分给哪位先生，要不就是有些先生提出其他理由不接受分给他的文件而要求另外一些，总而言之，出现了必须将某些已经分发出去的文件收回重分的情况，这时，小车就又退回去，管事仆人在门前通过门缝同里面的先生就退还文件一事进行洽谈。这种洽谈本身已经是困难重重了，可是还一再出现雪上加霜的事，即：只要谈判的目的是归还文件，那么恰恰是那些原先最活跃的门现在都对管事仆人冷面相向紧闭不启，似乎在表示此事绝无商谈余地。在这种时候，真正的困难才开始了。那位自认为文件应归他的先生表现出极度的烦躁不安，在他的房间里大吵大闹，又是拍手又是跺脚，并接二连三地通过门缝向走道里大声呼叫某一卷宗编号。小车呢，这时往往就无人看管，因为一个管事仆人忙不迭地使劲安抚、劝慰那位烦躁不安的先生，另一个管事仆人则在那扇紧闭不启的门前为归还文件而苦斗。两个人的工作都很难做。那位烦躁不安的先生经安抚之后往往更加烦躁不安，他丝毫无意再听管事仆人的空话，他不要安慰，他要文件，有一次，一位这样的先生从墙头上把整整一满盆水浇在管事仆人身上。另外一个管事仆人显然比去安抚的管事仆人级别高些，但他遇到的困难也大多了。如果该先生至少总算还愿意谈一谈，那么就有一连串就事论事的商谈，这时管事仆人援引清单为证，那位先生则援引他早先的记录，证明那上面恰恰就有现在要求他归还的文件，他把它们紧紧抱住，捂得严严实实，管事仆人那双急得快要夺眶而出的眼睛几乎连文件小小的一角也见不着。然后，管事仆人为了取得新的证据又得跑回小车去，而小车则又由于走道稍有坡度而老是自动滑行了一段距离，使他不得不疲于奔命，或者，他只好到那位声称应是文件得主的先生那边去，把目前占有文件的先生所持的反对意见转达给他，再把他对这些反对意见提出的新的反对意见带回来。这种来回扯皮持续的时间很长很长，偶尔也有达成一致的时候，比如那位先生最后终于交出了一部分文件，或者他又得到另一份文件作为补偿，因为问题出在先前分发时张冠李戴了，然而也有这样的情形，即被要求归还文件的那位先生不得不毫无保留地割爱交出全部文件，这或许是因为他被管事仆人提出的各种证据逼得无言以对，或许是因为他对这种无休无止的扯皮感到厌烦了，然而不论是哪种情况，在放弃那批文件时他都不是把它们递给管事仆人，而是勃然变色，使尽全身力气把全部卷宗远远扔到走道上去，结果是系卷宗的绳子全部开结脱扣，文件纸片满空飞舞，以致两个管事仆人费了好大工夫才把它们重新整理好。但是，这些事情相对说来也都还比较简单，遇上管事仆人一再请求交还文件却根本得不到任何回答的情况那就严重了，遇上对方这样干脆不理不睬，管事仆人就站在那紧闭的门前再三央求，苦苦哀告，不断朗读清单上的有关部分，援引各项规章制度，但一切努力全然徒劳，怎么也听不见屋里有丝毫动静，而未经许可，管事仆人显然又无权擅自进入那个房间。这样一来，有时就连这位忠心耿耿、兢兢业业的管事人员也失去了自我克制而不能坚持下去，他回到他的小车旁，一屁股坐到文件上，擦去额头的汗水，好一阵子什么也不干，只是无可奈何地将悬空的双脚不断甩来甩去。四周的人们对眼前发生的事兴趣极浓，到处是喊喊喳喳的窃窃私语，几乎没有哪一扇门安分守己，高处，天花板下墙头上露出一张张头裹方巾、面部几乎全被蒙住的怪模怪样的脸孔，它们一秒钟也不老实待着，而是不停地翕动，瞪大眼睛观察底下发生的一切。在这场动乱中，K.注意到比尔格的房门这段时间一直关着，而两个管事仆人已经走过了走道的这一段，却并没有给比尔格分发文件。也许他还在睡吧，不过，在这么吵闹的环境里仍能安然熟睡，不正说明他的睡眠情况极佳？可是为什么他没有得到文件呢？像这样小车过其门而不发文件的房间为数极少，而且大概都是无人住的房间。相反，埃尔朗格的房间里现在已经进去了一位特别能吵闹的新房客，估计埃尔朗格夜里简直就是被他轰出屋来的；这种猜想同埃尔朗格那冷若冰霜、大而化之的性格颇不相称，但埃尔朗格不得不站在门槛边上等K.这一事实，又的确让人隐约觉得他是被赶出来的。

K.总是在观看了一阵走道两边的热闹之后很快又回过头来看看那个管事仆人；对于这个管事来说，K.以前听到的那些关于城堡管事们的一般描述，如说他们如何无所事事，如何过着安逸的生活，如何自负等等，真是完全对不上号，可能管事中也有例外吧，或者，更大的可能是他们也分成不同的类型，因为K.现在看到了管事中有许多细别,而此前他几乎连这些差别的影子也不曾见到。特别是这个管事仆人那种百折不挠的韧劲他非常欣赏。在他同这许多顽固不化的小房间的战斗中——K.常常感到这是一场人与房间的战斗,因为几乎完全看不到住在这些房间里的人——,这个管事仆人一直在大力拼搏。现在他虽然一副疲惫不堪的模样——谁干这种事能不筋疲力尽?——但不多时就又打起精神,就势一滑从小车上跳了下来,挺直腰杆,咬紧牙关,又向下一道尚待攻克的房门大步挺进了。接下去的情况是,他又有两三次被打得败下阵来,怎么败下来的?很简单,仅仅是被那气死人不偿命的沉默战术击退了,然而虽然败阵,他却根本没有被打败。这样说的理由是:由于他看到靠明火执仗的进攻是不可能取得任何一点战绩了,就试着改变战术去夺取胜利,比如,要是K.没有看错的话,他决定巧用计谋进行智取。主意已定,他便佯装不再叫门,这样做可以说是让它自己去逐渐耗尽那沉默的精力,他则撇下这道门不顾,转而去对付其他各道门,过了一阵他又转回来,并且大声呼叫另一个管事仆人,走路时故意把地踩得很响,呼叫时也是放开嗓门犹如商贩招摇过市,然后他便动手在那道紧闭不开之门的门槛上把一捆又一捆的卷宗往高处摞起来,那情景就像是他改变了原来的看法,现在他认为不仅不能从那位沉默到底的先生处取走任何文件,而是相反,倒是应该再分发一些给他才合理合法。堆放完毕之后他就走开,然而眼睛的余光始终瞄着那道门,接下去,当那位先生——一般都会出现这样的情况——过一会儿小心翼翼地打开门以便将那摞文件拖进屋里去时,那管事仆人便几个箭步蹿了回来,急速把一只脚伸到门缝中,这样,就迫使那位先生至少先跟他进行面对面的谈判，从而通常总算可以取得一点差强人意的结果。如果用这种办法仍然不奏效，或者他觉得在某一道门前这个办法不合适，那么就又另辟蹊径。比方说，把气力全部使在那位自称是文件主人的先生身上。他把另一个只知机械刻板地干活的管事仆人——这是个帮不上什么忙的助手——推到一边去，自己开始起劲地劝说那位先生，跟他打喳喳咬耳朵，样子神秘兮兮的，脖子伸得老长，将头深深钻进屋里去，大概是在那里给那位先生许愿，担保下次分发文件时将给那位拒不交出文件的先生以应有的惩罚吧，不管说什么，至少他多次指着敌方那道门，而如果当时不觉太累的话，还会哈哈大笑几声。不过约有那么一两次吧，他也完全放弃了一切努力，然而即使在这样的时候K.也仍然感到那只是一种表面上的放弃，或者退一步说也是一种合情合理的放弃，因为看吧，他不动声色地往前走了，默默忍耐着那位吃了亏的先生的吵嚷和怒骂，头也不回地走了，仅从他过一会儿就较长时间闭一阵子眼睛这一事实，就可以推知他听着那吵嚷心里很不舒服。但再过一阵那位先生的火气也就逐渐平息下来；正像小孩子不住地大哭大闹总会渐渐变为间隔愈来愈长的抽噎一样，那位先生的叫骂也渐次变得稀疏了，但即便在风平浪静之后，也还能偶尔听到一声叫喊，或是把门匆匆打开又砰地关上。无论如何，情况表明在这里那位管事仆人大概也完全做对了。最后，只剩下一位先生了，这一位是怎么也劝说不动，他有较长时间不吭声，然而那只是为了养精蓄锐，之后便又大吵大闹起来，那劲头比之先前毫无逊色。为什么他这样大嚷大闹发泄怨气，原因不大清楚，或许根本就不是因为分发文件的事也未可知。现在管事仆人已经结束了他的工作；仅剩下唯一的一份文件，其实只是薄薄的一张纸，从笔记簿上扯下的一张，是由于那个助手的闪失而落在小车里的，现在无从知道该把它分给谁才对了。"唔，这很可能是关于我的事情的文件。"K.脑子里闪过这个念头。"村长不是说过这是一件最小最小的公事吗？"这样想着，不管他自己实际上觉得这种揣测是多么不着边际和可笑，K.仍然移步朝那个此时正专心致志地查看纸上内容的管事仆人走过去；这并不那么容易，因为那位管事仆人对K.的积极参与一直横目冷对；就是在刚才最紧张繁忙的工作中，他也总忘不了挤出时间，神经质地扭头气呼呼或不耐烦地瞪K.几眼。现在，在分发工作已经完毕之后，他似乎才把K.稍稍忘记了一会儿，另外他总的来说精神也不如刚才那样充沛了，这工作已使他精疲力竭，松弛下来一点也完全可以理解，所以他对那张纸条也不那么上心了，也许他压根就没看纸条上写什么而仅仅装出一副在看的样子而已，并且，虽然他不管把这张纸发给走道两边任何一位房间主人大概都能使那位先生喜出望外，但他仍然作出了另外一个决定，对分发文件他已经烦透了，他把食指竖放在嘴唇上暗示他的伙伴不要作声，随即将纸条撕成碎片——K.这时离他还相当远——，然后又把碎纸片塞进了衣袋。这也许是K.在此地见到的第一桩执行公务时不按规定办事的例子，当然，也有可能他把这件事也理解错了。即使这是一件出格的事，它也情有可原，在这里的这种环境中工作，管事是不可能一点错误都不犯的，那越积越多的气恼，那越积越多的烦躁，总有个爆发的时候，而如果这爆发仅仅表现为撕碎一张小小的纸条，那么这一行为总还是够无辜的了。听吧，就是到了现在，那位横竖不听劝的先生那刺耳的喊叫声还在走道里轰鸣，而他的同僚们呢，在别的问题上，他们相互间并不太友好，而在眼前这大吵大闹的问题上，看来意见倒是完全一致的，渐渐地，事态的发展使人产生一种印象，仿佛那位先生专门承担了代表全体在那里大喊大叫的任务，所以这些人自然唯有不断喝彩，频频点头称是，以此鼓励他们的代理人坚持闹下去。可是现在那个管事仆人根本就不再理睬这一套，他的工作已然结束，他指了指小车的扶手示意另一个管事仆人准备推车，然后两人便同来时一样，推着小车走了，所不同的只是现在两人已经完成了任务，心情比来时高兴了，所以把小车推得飞快，使得那车子在他们前面欢蹦乱跳起来。只有一次他们突然一惊回头看，原来，那位一直不停地大喊大叫的先生——K.此时正在他房间门前转悠，因他很想弄明白此公究竟意欲何为——显然是嚷嚷了半天找不到台阶下，这时大概发现了电铃按钮，于是，也许因为终于得到了解脱而欣喜若狂吧，就立即停止大声嚷嚷继而连续不断地按起铃来。紧接着其他房间里便掀起一场交头接耳的低声细语，像是对此表示支持，看来那位先生是做了一件所有的人早就想做，而仅仅出于某种不为人知的原因不得不作罢的事情。或许那位先生是想按铃叫侍者，也许是想叫弗丽达来吧？如果是这样，那么就让他按下去吧！弗丽达这会儿正在忙着给耶里米亚冷敷，退一步说即使他现在感冒完全好了，她也没有时间来，因为那家伙病好了她就躺在他的怀抱里了。不过这电铃一响倒也真收到了立竿见影的效果。瞧吧，那远处，贵宾楼的老板亲自忙不迭地跑过来了，他同往常一样穿一身黑，而且扣得严严实实；可是跑得飞快，像是忘记了自己的尊严；他双臂向两旁半张着，那样子就像是这里出了一件很大的祸事，叫他来，为的是要他将那肇事的孽障一下子抱住马上把它捂死在胸前似的。在奔跑过程中，只要铃声稍有不规则的变化他都像被蜇了似的蹦起来，然后便跑得更快。他身后，离他有一大截远，他的妻子也跟来了，她也张着双臂，然而却忸忸怩怩，碎步小跑，K.心想，她一准赶不上趟，等她赶到，老板肯定已经把该做的事全做完了。为给飞奔过来的老板让路，K.把身子紧紧贴在墙上。但老板却恰恰在 K.的身边停了下来，好像 K.就是他飞奔的目标，不多一会儿老板娘也到了，于是，两人同时左右开弓，劈头盖脸对 K.扎扎实实地来了一顿数落，他们说得太急，他又处于猛然受惊后惊魂未定的状态，所以两人噼里啪啦说些什么他一点也听不懂。特别是那位先生的铃声也掺杂其中，甚至别的房间的电铃也来凑热闹，一时铃声大作，现在按铃已不再是为了救急，而只是为了取乐，是乐不可支的情绪的宣泄了。因为很想听清楚自己究竟犯了什么过错，所以这时 K.心甘情愿地让老板挽起他的手臂同他一起快步离开这喧嚣之地，这种噪音此时仍有增无已，原来在他们身后——K.根本没法回头看，因为老板从这一边，更加气势汹汹的老板娘从另一边，两人喋喋不休地对他两面夹攻把他钳制住了——，走道两旁的门现在已经全部敞开，随即走道上也热闹非凡，唯闻人声嘈杂，熙来攘往，恰似一条熙熙攘攘、比肩叠背的小胡同，他们还没经过的那些门，显然在急不可耐地等着 K.快些过去，以便能赶快把住在里面的先生们放出来，而与这一切混响成一片的，是那一再掀了又掀不断嘟噜噜尖叫的电铃声，此未伏而彼已起，似乎在欢庆一次胜利。直到最末了——这时他们又来到了安静的、白雪覆盖的院子，这里有几辆雪橇在等着——，K.才逐渐听明白究竟是怎么回事。原来老板和老板娘都不能理解，K.怎么竟敢做出这样胆大妄为的事来。"可到底我做错了什么呢？"K.一再问，但老半天问不出个所以然，因为对那两个人来说，他的过错是太明显、太不言而喻了，所以他们压根不相信K.还会安什么好心。又过了好大一阵子，K.才弄明白了一切。原来，他在走道里逗留是不合法的，在一般情况下，他至多可以去到酒吧为止，而且还得经上头恩准，上头并有权随时撤销这一许可。如果他是受某先生传讯而来，那么他当然必须到指定的审讯地点去，然而在那里也必须时刻牢记——他总不至于连最起码的道理都不懂吧？——自己是待在一个原本不该自己去的地方，仅仅是由于某位先生万般无奈，纯粹出于公务所需，从而可以得到公务通融，才勉为其难把他叫了来。因此，他就必须迅速到达指定地点接受审讯，一旦审讯完毕就尽可能更加迅速地离开，才是正理。难道他站在那里走道上竟连一点点与周围气氛格格不入的感觉都没有吗？如果说有，那么又怎么能在那里来回转悠，像牲口在草地上那样？难道他不是被传来夜审的吗？难道他不知道为什么要实行夜间审讯？夜间审讯的目的——这里K.又听到了一个关于夜审目的的新解释——难道不仅仅是为了让老爷先生们能够安心听取那些他们白天看见就受不了的老百姓申诉？夜里审问可以进行得快些，又能在不太强的人为的光线下进行，而且可以在审讯之后睡一觉把那些丑陋的面孔和姿态全部忘掉。可是，K.的行为完全无视所有保证审讯顺利进行的措施。连鬼都在天快亮时就回避，而他K.却大模大样地待着，两只手揣在衣兜里，那副神气倒像是在等着整条走道两边所有房间里的先生们走，而他自己是不走了！说到走嘛——这一点K.完全可以相信——只要有一星半点可能，老爷先生们一定会毫不犹豫地拔腿就走，因为老爷先生们的心肠都软得没边，他们都是非常非常体贴人、做事非常非常讲究分寸的。比如决不会有哪位先生跑出来把K.轰走，就连仅仅向他提出希望他快点走这一完全合情合理的要求，他们也难于启齿，尽管当K.站在旁边时他们很可能气得发抖，而且他们的黄金时间——早晨，就这样白白被糟蹋掉了。他们谁也不会去催K.走，宁肯自己受罪而不愿去咄咄逼人地质问K.，当然，他们同时也可能抱着一线希望，即K.终究一定会逐渐觉察到那种凡是长着眼睛都能看到的令人十分难堪的局面，眼见先生们那样痛苦，自己一定也会对自己这样一大清早非常刺眼地在这里众目睽睽下杵着愈来愈感到很不自在，直至最后无法忍受而自动走开。现在他们这个希望落空了。他们不知道，或者因为他们心肠太软、爱民如子，不肯相信这世上居然还有那么些麻木不仁的、任何敬畏官长的教育也感化不了的榆木脑瓜、铁石心肠。就连那小小的昆虫扑灯蛾，不也会在天亮以后去找个清静的角落趴伏着，恨不得钻到地里去，做不到这一点就非常沮丧？可是K.却相反，竟然明目张胆地走到最惹眼的地方去站着，而且假如他用这个办法能阻止白天到来，他也会照干不误的。他不能阻止白天到来，但可惜却能够推迟白天的到来，使白天的开始十分艰难。他不是站在旁边看到分发文件了吗？这是除了直接有关人员以外谁都不许旁观的，是连他们，老板和老板娘，在自己的酒店里也都不许看的。这项工作他们只是听别人很笼统地蜻蜓点水似的说过一点，譬如今天，就是听两个管事仆人讲了一句半句。难道他就没有看到分发文件是件多么困难的事情？说起来，这事还真让人搞不懂，因为老爷先生们每位都一心一意想着公务，从不考虑自己的个人利益，所以必然是竭尽全力促使分发文件这项很重要的、根本性的工作做得又快、又顺利、又不出差错的。那么究竟为什么会如此之困难呢？难道他K.真的就没有想到，哪怕只是有过隐隐约约、模模糊糊的一闪念，即一切困难的主要原因就在于分发工作不得不在几乎是关着房门的情况下进行，老爷先生们之间没有可能直接交流思想——如果他们能当面交流当然只需一眨眼的工夫就能互相心领神会——，而通过管事仆人做中间人，必然使分发工作费时费事，持续好几个钟头，绝不能十分顺利，这样不论对老爷先生还是对管事仆人都是一种难挨的痛苦，并且对今后的工作很可能还会造成有害的后果。要问为什么老爷先生们不能面对面交流思想吗？嘻，K.怎么就老是不明白呢？像K.这样怎么说都不开窍的人，她老板娘还从来没有碰到过——说到这里老板立刻插嘴说，他也同样从没见过这种人——呢，连他们这样的同五花八门的犟脾气打过交道的人，都从没遇到过！看吧，以往从来都不敢说的话，现在也得跟他一字不落地说出来，要不他就连最最起码的道理都不懂。好吧，既然非说不可，那就全说出来得了：就是因为他，仅仅是因为他一个人，而不是任何其他原因，老爷先生们才不能从自己的房间里出来，因为他们在大清早刚起床不久时太难为情、太容易冲动，所以不能把自己暴露在生人的目光面前，尽管他们已经穿得衣冠楚楚，仍然感到自己全身露出的部分太多而不愿让人看见。至于为什么他们感到难为情，原因很难说，也许他们这些永不知疲倦、一心扑在工作上的人是在为他们竟然睡了觉而感到难为情吧。但是，比被人看见也许更加令他们感到难为情的是见到陌生人；经过夜审，他们很庆幸自己总算好不容易把面对老百姓、看见老百姓这道难关、这一不堪忍受的苦难熬过去了，现在他们又怎么愿意让这种使人遭罪的芸芸众生相突然活灵活现地再次闯进自己眼帘中来？这样的打击他们实在是经受不住的。谁要是不尊重他们的这种感情，那么他到底是什么人哟！对了，这种人就只能是像K.这样的人了。他这样的人懵懵懂懂、稀里糊涂、大大咧咧，什么都不放在眼里，法律和最起码的对人的尊重一概不放在心上，害得分发文件的工作差点进行不下去，酒店的声誉被破坏也满不在乎，又破天荒地一手造成了空前的严重事态：把老爷先生们逼到山穷水尽无计可施的地步，使他们也不得不起来自卫，在经历了一般人难以想象的巨大的自我克制之后，忍无可忍地甚至动用电铃呼救求援，以便把这个用别的办法怎么也搬不动的K.赶走！连他们，老爷先生们，都起来呼救了！假如老板、老板娘和酒店全体服务人员敢不叫自来，敢在一大早就自己跑到这里老爷先生们跟前来露脸，哪怕只是很快地来帮一下忙马上就离开，那么，他们不是早就都跑过来了吗？他们一直就在走道的这一头入口处等着，被K.的荒唐行为气得发抖，又为自己一点劲也使不上只能干着急，那其实是怎么也没料到的电铃声，倒是把他们从这种又气又急的境地中解救出来了。好了，现在最要命的时候总算过去了！要是这会儿能够看一眼老爷先生们在终于摆脱了K.之后那种兴高采烈、欢天喜地的活动场面该有多带劲啊！当然，对K.来说事情还没有过去；他必须为他在这里制造的混乱和破坏负全部责任。

他们边说边走，这时早到了酒吧里面；为什么老板虽然怒气冲冲但还是把 K. 领到这里来，原因不大清楚，也许他总归是看到 K. 现在太疲劳，不可能叫他马上离开酒店吧。一旦到了这里，K. 没等叫他坐下听候发落便一屁股坐到一只酒桶上，简直就是瘫倒在那儿动弹不得了。在放酒桶的这个黑咕隆咚的角落里待着，他觉得挺舒服。这个很大的厅堂里，此时仅有一盏光线微弱的电灯在啤酒桶龙头上方发出光亮。外面仍旧是伸手不见五指的一片漆黑，并且好像还起了风雪。既然在这儿待着么暖和，就该知足感恩，谢天谢地，并且要赶紧想法防患于未然，可别又让人赶出去啦。老板和老板娘一直还站在面前守着，似乎他这个人即便到了眼前这种地步，身上也还潜伏着某种危险，似乎因为他这个人根本靠不住，所以目前绝不能排除他有可能突然一跃而起溜之大吉、再次窜入走道兴风作浪。老板和老板娘两口子也因为一夜惊恐和起得太早而相当疲劳，特别是老板娘，她穿着一件绸子般窸窣作响的咖啡色宽摆连衣裙，扣子没全扣上，腰带也没有完全系利索——在那么匆忙的情况下，她这是从哪里翻出来的？——脖子像折断了似的，头软绵绵地靠在丈夫的肩上，用一块细布小手绢轻轻擦拭眼睛，时不时像孩子一样狠狠地瞪 K. 几眼。为了宽慰这两口子，K. 说，他们刚才对他讲的这些他全是第一次听到，但是虽然对这些情况一无所知，他本来也不会在走道里待那么久，因为在那里他确实无事可干，他绝对不是想折磨任何人，造成那一切不愉快的罪魁和元凶，完全是他的过度疲劳。他说，他要谢谢两位，是他们一举结束了那个令人难堪的局面。如果说要追究他的责任，那么他非常乐意配合，因为只有查清情况才能防止以讹传讹，以免众人误解他的行为。他的错误没有任何别的原因，唯一的原因就是他太疲劳了。而他所以这样疲劳，又是因为对传讯的紧张还不习惯。他来这里毕竟还为时不久。如果将来他在这方面有些经验了，类似的事也就不可能再发生了。或许他把传讯看得太重，可是重视传讯本身总不是什么坏事吧。他今天得接受两次传讯，一次紧接一次，第一次在比尔格处，第二次在埃尔朗格处，尤其是第一次，弄得他筋疲力尽，不过第二次倒没有多长时间，埃尔朗格只是请他帮个忙，可是两次加在一起就超过了他一次所能承受的限度，这样的事如果换了别人，比方说让您老板遇上了，也许同样会受不了的吧。其实，第二次传讯完之后他已经是东倒西歪地离开传讯地点的了。当时他简直就是神志不清，迷迷糊糊的——因为他是第一次见到那两位先生，初次听他们谈话，但又必须回答他们的问题。就他现在记得起的来说，他觉得两次的结果都不错，可是接着就发生了那件不幸的憾事，然而如果体察一下他在此之前所经历的特殊情况，恐怕很难把这件令人遗憾的事作为他的罪过记录在案吧。可惜只有埃尔朗格和比尔格两个人了解他当时的身体状况及精神状态，而如果没有特殊原因，他们是一定会关照他一下从而也就避免了后来发生的一切的，这特殊原因就是埃尔朗格审讯一结束就必须走，显然是要去城堡，而比尔格呢，很可能也被那场传讯弄得非常疲劳——所以怎么能要求他K.精神饱满地坚持到底呢？——而睡着了，他甚至因此睡过了头，把整段分发文件的过程都耽误了。如果他K.也有和比尔格类似的条件和福气，那么他一定会求之不得地抓住利用和享受一番，而非常乐意放弃站在一边看那些严禁观看的事情，更何况从他当时的身体状况来说他实际上根本什么也看不成,放弃这个一饱眼福的机会也就更加容易办到了,既然他什么好戏也没法看,所以就是那些最敏感最腼腆的老爷先生们也可以不必羞羞答答,只管大着胆子在他面前亮相也无妨了。

K.提到两次传讯——特别是同埃尔朗格的那一次——以及他谈起两位先生时的恭敬态度,使老板对他的印象好了一些。眼看他就要答应K.的请求,允许他在几只桶上放块木板,躺在木板上至少睡到天亮吧,可是老板娘却明确表示反对,现在她才发现她的连衣裙没有穿利索,于是一面毫无用处地东拉拉西拽拽,一面不住地摇头,一场由来已久的争论,事关酒店纯洁性的争论,又已经箭在弦上,眼看就要爆发。对于疲劳困倦已极的K.,这夫妻俩现在的谈话有着十分重要的意义。要是再让人从这里赶走,他觉得是比迄今为止所遇上的一切倒霉事更大的不幸。即使店主夫妇最后联合起来整治他,也不能让他们把自己轰走!这样想着,他便蜷缩在酒桶上机智地盯着两人,静观待变。终于,老板娘出于她那早已引起K.注意的异乎寻常的敏感,突然横向跨出两步——大概她已经同老板又谈了几句别的话了吧——叫道:"他老盯着我看个什么劲儿!快叫他走人!"K.立即抓住这个机会,现在他坚信自己一定能留下,把握大到几乎神情坦然毫不在乎的程度,他说:"我不是在看你,我只是在看你的连衣裙。""看我的连衣裙干吗?"老板娘气鼓鼓地说。K.耸耸肩。"走吧!"老板娘对老板说,"他喝醉了,这个浑球。就让他在这儿睡一觉醒醒酒得了!"于是她又大声呼唤佩碧,佩碧应声从暗处走了出来,头发凌乱,一脸睡意,手里懒洋洋地拖着一把扫帚,老板娘命令她给K.随便扔一个枕头过去。

第二十五章

当K.醒来时，他起初感到好像跟没有睡过差不多，这酒吧间同他睡前一样空空的，仍旧挺暖和，四壁一片漆黑，啤酒桶龙头上方那盏电灯已经熄灭，几道窗户也是黑魆魆的。但是当他一伸懒腰，枕头掉在地上，铺板和酒桶格格作响时，佩碧便立即走了过来，于是他得知现在已经是晚上，他已经睡了远远超过十二个小时了。白天，老板娘曾几次问起他，还有盖尔斯泰克，今天清早K.同老板娘说话时他就已经在啤酒桶旁边暗处等着找K.，但是到后来就不敢再打搅K.，白天他又来过一次，想看看K.情况怎样了，最后，据说弗丽达也来过，在K.身边站了一会儿，但她主要不是为了找K.才到这儿来的，而是必须在这里做各项准备，因为到晚上她就该恢复原职了。"她大概不再爱你了吧？"当佩碧送咖啡和点心到K.这里来时，她问道。她说话时已经没有以前那种恶狠狠的语气，而是调子忧伤低沉，似乎在这一段时间里尝到了世上邪恶的滋味，而在这种邪恶面前她自己那点狠劲不啻小巫见大巫，起不了什么作用了；现在她像对待一个难友那样同K.说话，当K.尝了尝咖啡，她好像看到K.感觉咖啡不够甜时，便跑去为他拿来满满的一盒糖。当然，她的忧伤情绪并没有妨碍她今天也许比上次花了更多工夫打扮自己；她身上扎的蝴蝶结和头发上编的丝带琳琅满目，额头的刘海和鬓角的头发都精心烫过，衬衣的领口开得很低，脖子上戴着一串项链，一直垂到裸露的前胸。这时的K.已是美美地睡足了一觉，现在又能享用上一杯美味咖啡的人，当他心满意足地偷偷伸手去摸佩碧身上的一个蝴蝶结，试图把它拉开时，佩碧懒洋洋地说了声"你饶了我吧"，然后就在他旁边的一个酒桶上坐下来。她根本不等K.问她有什么苦恼，自己一下就打开了话匣子，一边讲一边呆呆地盯着K.的咖啡杯，似乎在讲述时也需要一点排遣，似乎她连在讲自己的苦恼时也不能完全一心一意地集中精力叙述，因为这已经超过她力所能及的范围了。K.首先听到，原来他自己才是导致佩碧伤心的罪魁祸首，不过她说她是不会以牙还牙的。在叙述中她不住地使劲点头，不让K.有插嘴反驳的机会。她说，起初K.把弗丽达从酒吧间带走，这就使她佩碧有了升迁的机会。弗丽达坐在酒吧里，就像蜘蛛稳坐在自己编织的网中央一样，蛛丝抽得很长很长，伸到四面八方，这张关系网都联结着哪些人只有她自己知道；想违背她的心意把她从酒吧挖走是绝对办不到的，只有爱上一个地位低下的人，就是同她的位置天差地远极不般配，才能使她离开酒吧里这一位置，除去这个，再也想不出还有什么别的原因能使弗丽达放弃酒吧这个岗位了。而她佩碧呢？她什么时候想到过要争取这个位置？她是客房女招待，这是个不大重要的、没有多少前途的工作，她也像每个姑娘一样梦想着有美好的未来，人不能禁止自己做梦，但是她没有认真想过自己哪天会高升，对现有的工作她已经很知足了。现在呢，弗丽达一下子离开了酒吧，事情来得那么突然，老板当时身边没有合适的人替代，在他找人时目光便落到了佩碧身上，当然，听到这个位置出现空缺，她自己也使劲往前钻了一下。那时候她在爱着K.，以前她还从没有这样倾心地爱上过谁，来酒吧前她成年累月坐在底下她自己那间又小又暗的屋子里，已经打算就在那里无声无息地过上许多年，情况最糟的话甚至过上一辈子，可正好在这个时候K.突然出现了，一个英雄，一个真正的少女救星，他一来就为她扫清了升迁路上的障碍！当然，他一点不了解她，他也不是为了她的缘故才做那件好事，但这丝毫无损于她对他的感激之情，正式起用她到酒吧的头一天夜里——那时是否用她还没有最后决定，但已经是八九不离十的事了——，她不是花了几个小时跟他谈话，把感谢的话悄悄说给他听了吗？另外，他自愿把恰恰是弗丽达这个包袱而不是别的什么背到自己背上，这更增加了他的英雄行为在她心中的分量，为了使佩碧能出头，他把弗丽达认作自己的情人，这个行动包含着一般人难以理解的忘我精神，弗丽达，这是个长相难看、瘦小单薄、未老先衰的女人，头发又短又稀，除此以外还是个阴毒的女人，她总是有点什么秘密，神秘兮兮的，这也许跟她的外貌有关系吧；既然她脸上和身上那副寒碜相是明摆着的，那么她至少得有另外一些别人设法细查和弄清的隐秘事情可以唬唬人吧，比如据传她同克拉姆有亲密关系。当时她佩碧甚至产生过如下这些想法：难道K.可能真正爱上弗丽达？他爱弗丽达会不会只是自己骗自己？或者他干脆就只想骗骗弗丽达？会不会到头来这一切的唯一结果只是佩碧的提升呢？K.以后会不会发觉自己错了，或者不想再掩盖自己的错误了，于是就不愿再见弗丽达而只想见佩碧？这后一点完全可能不是佩碧想入非非，因为，姑娘跟姑娘比，她是完全有资格同弗丽达较量一番的，这谁也不会否认，再说实际上的确也主要是弗丽达那个位置，加上她一副伶牙俐齿把这工作吹得天花乱坠，才把K.一时蒙住了。在这些想法的鼓舞下，佩碧就梦想着，在她有了这个位置以后，K.就会来找她，追求她，那时她将面临两种选择：要么答应K.，丢掉这位置；要么拒绝K.，接着步步高升。而她现在就为自己仔细考虑好了，她决定放弃一切前程来俯就K.，教他学会真正的爱，这种爱他在弗丽达那里永远得不到，这是不受世界上任何显赫荣耀地位影响的爱！可是，后来发生的事情并不像她设想的那样。到底是谁的过错？主要就是K.，第二当然是狡猾透顶的弗丽达。首先是K.，因为,K.究竟想干什么呀？真是个怪物！他到底在追求什么，他脑子里转的尽是些什么重要得不得了的事，到头来竟然把最亲最亲、最好最好、最美最美的东西完全忘掉了？佩碧是个牺牲品，一切都是瞎掰，一切都完了，她真恨呵，谁要有本事放火把这整个贵宾楼酒店点燃、烧光，就像把一张纸放到火炉里烧得一点不剩那样，那么他今天就是佩碧的心上人！是的，话说回来，她佩碧被调到酒吧来了，就在三天前，快吃中饭的时候。这里的活真不容易，简直就是要人命的活，可是能办成的事也不少。佩碧就是在来这里以前也没有糊里糊涂混日子，虽然她从来不敢异想天开得到这个位置，但她确实对这个工作观察了很久，知道它有多重要，她并不是在毫无准备的情况下接受这个工作的。没有准备谁都不敢接这个活，否则做几个小时就要丢掉这份差事。要是把做客房女招待的一套搬到这里来，那就丢得更快！当客房女招待时间长了会逐渐觉得孤苦伶仃没人关心，那种工作就像在矿井底下干活,至少在秘书们的走道里是这样,在那儿,一连好多天,除了很少的那么几个白天来打官司的老百姓,他们连头都不敢抬,跟风似的呼呼进去呼呼又出来,顶多再加上另外两三个客房女招待,你就什么人也见不着了,就说那两三个同事吧,也差不多跟自己一样一肚子的怨气。早上根本不准你走出自己的房间,那时秘书们想自己单独待着,早餐由用人从厨房直接给他们送去,这事通常同客房女招待没一点儿关系,进餐时间也不许女招待到走道上来。只是在老爷先生们工作时,才让客房女招待进屋去收拾房间,但当然不是去有人住的房间,而只能去那些正好空着的房间,干活时又得手脚特别轻巧,不许出声,以免打扰老爷先生们工作。可是,轻手轻脚、不出声音怎么可能呢,老爷先生们已经在那些房间住过好几天,加上用人们——那些脏得要命的家伙——在房间里干活时毛手毛脚乱折腾一气,弄得房间在交给客房女招待收拾整理时简直不成样子,恐怕古时候的大洪水①来了也冲洗不干净呢!全都是些高贵的老爷先生,这一点儿不假,但是收拾他们住过的房间就得使劲忍着恶心免得呕吐。客房女招待的活说起来倒也不是太多,可干这种活得有过硬的耐性才行。还有,永远听不到一句好话,耳朵里灌满了责骂,特别是这句最让人伤心的、老挂在嘴边的责骂:说是在收拾房间的时候丢文件了。事实上什么都没丢,我们就是拾到一张小纸条也都是交给了老板的,当然,文件倒也确实丢过,但那不

---

① 传说中上古时代的大洪水,据圣经《旧约·创世记》称,上帝为惩罚人类连降四十天暴雨,洪水泛滥,仅挪亚及其家人幸免于难。

是收拾房间的姑娘们弄丢的呀。然后就来了专门调查组,姑娘们不得不离开自己的屋子,调查组就在她们的床上乱翻一气;姑娘们实际上没什么财物,她们那一点点细软用一个背篓全装下了,可是调查组还是要在她们屋里找上几个小时。当然他们什么也找不着;文件怎么会跑到那儿去呢?姑娘们要那些文件干什么使?但是,调查的结果又只是要你听那些大失所望的调查组先生们通过老板转达过来的骂人话和恐吓话。再就是从来没有个安宁的时候,白天没有,夜里也没有。吵吵嚷嚷直到半夜,一大清早又乱起来。倒是别非让人住那儿也稍微好点呵!可又一定得住在那儿,因为正餐之外不知什么时候老爷先生们想吃点东西,就得吩咐从厨房端各种小吃送去,这就是客房女招待的事,尤其是夜里这样的事真不老少。老爷们总是突如其来用拳头猛捶女招待的屋门,大声吩咐要吃什么,女招待得赶忙记下来,飞快跑到下面厨房里把正睡觉的厨房小伙计推醒,老爷们要的食品从厨房取回来后,用托盘盛着放在姑娘们的屋门口,然后用人们再从那儿把这盘吃的端走给老爷先生们送去——这一连串的忙乎真是够折腾人的了。但是这还不是最糟糕的呢。最受不了的反倒是没人来叫你预备吃的,就是说深更半夜,当谁都应该在睡觉,而且大部分人总算真的已经睡着了时,在客房女招待的屋门前间或听到有人蹑手蹑脚走来走去。遇到这种情况姑娘们便都从床上爬下来——床是双层的,姑娘们的屋子很窄,整个房间说实在的也就是个大的三斗柜罢了——,爬下床趴在门上竖起耳朵细听,几个人都跪在地上,吓得紧紧抱着不敢动。门外那刺啦刺啦的脚步声总是没完没了,老听得见。要是那人干脆进来,大家兴许也就安心了,可什么事也没有，没有任何人进屋里来。姑娘们只好对自己说，不一定真有什么危险，也许只是哪位老爷在姑娘们的屋门前踱来踱去，在考虑要不要订小吃，最后还是不能决定。可能也就只是这么回事了，但是转念一想，又觉得也许是跟要小吃毫无关系的什么别的事。实际上女招待们哪位老爷也不认识，因为简直就见不着他们的面。总之，姑娘们在屋里吓得半死，而当外面终于安静下来时，她们就靠在墙上，浑身瘫软，怎么也爬不上床去了。现在这种日子又在等着佩碧，已经通知她，要她今天晚上就搬回到自己原来的床位去。这是为什么呢？就是因为K.和弗丽达呵。她这才刚刚逃出来，又要叫她回到那种生活中去，虽说K.帮了一把，但她自己也是费了天大的劲才从那里逃脱出来的呵。真是太难受了！干那种工作，姑娘们会越来越邋遢，就连那些一向非常细心注意自己外貌的姑娘也是这样。让她们打扮给谁看呢？谁都不看她们一眼，充其量只有厨房里的师傅和伙计；要是哪个姑娘觉得让他们看看自己就心满意足了，也许她还打扮打扮。但是除此以外就总是待在自己那间小屋里，要不就在老爷先生们的房间里，在那儿，穿得干干净净哪怕只进去一趟也是拿这些衣服开玩笑，也是一种浪费！还有老在灯光下，见不到一点阳光，整天呼吸潮湿的空气——所以屋里断不了生火——，弄得人事实上什么时候都感到很乏。每周唯一的一次放假一个下午，那时最好的办法就是在厨房中随便哪个小隔断里待着，不受惊吓地睡个安稳觉。所以说打扮干什么？是的，几乎一件像样的衣服都不穿。想想看，就是在这种情况下，她佩碧突然被调到了酒吧，如果想要在那里站稳脚跟，那么需要的正好相反，那儿是被众人的目光包围着，那许多酒客当中有非常挑剔、非常讲究的老爷先生，所以必须尽量穿得好一些，让人看着感到舒服。唔，这是人生的一次转折。而她佩碧可以骄傲地说，她在这个转折中没有一点疏忽和闪失。至于事情以后会怎样，她可不费那个心思去想、去担忧。她清楚地知道自己有干好这个工作所必要的全部才能，对这一点她深信不疑，而且这种信心她现在仍然保持着，谁也抢不走，就是今天，她打了败仗了，也没有任何人能夺走她这个信心。只有一点，那就是刚调来的头一段时间她该怎样证明自己能胜任这个工作的确很难，因为她原先是个可怜巴巴的客房女招待呵，一无衣裳二无首饰，并且老爷先生们也没有耐心等她学会新的一套，而是一上来就要求她完全像个正经八百的酒吧女郎那样，否则他们扭头就走。也许有人会想，他们的要求恐怕不能说太高吧，不是连弗丽达都能使他们满意吗？但这是不对的。她佩碧以前经常考虑这个问题，也比较经常地同弗丽达见面说话，还有过一段时间跟她住在一起。要想识破弗丽达的心计是很不容易的，谁要是不大留神——有哪位老爷先生是很留神很细心的呢？——谁就立刻上她的钩。没有谁比弗丽达自己更清楚她的长相够多寒碜的了；比如说吧，谁头一回看见她把头发披散开都会非常可怜她，由不得把手掌合拢来求上天保佑她，像这样的女人，要是不走邪门歪道，那是连当客房女招待都不够格的；她自己也知道这一点，有时夜里为这个伤心痛哭，抱住佩碧，把佩碧的头发拉过来往自己头上盘。可是她一上班，所有的自卑、自暴自弃情绪就全都无影无踪了，她把自己看成最美最美的人，又很会来事，变着法儿让每个人都觉得她美。她把人都琢磨透了，这倒是她的真本事。她不用动脑子，张口就能撒谎，就能骗人，要让对方还来不及仔细看看她就掉进她的圈套里去。不过光靠这一手，时间长了当然不够，人都是长着眼睛的，眼睛总归是分得清黑白的吧。但她一旦感觉出有某种危险，马上就又准备好了另一手，比如最近一段时间的例子，就是她同克拉姆的关系。哼，她同克拉姆有关系！谁不信可以自己去调查核实嘛；去克拉姆那里亲自问一问好了！真是太狡猾，太狡猾了！要是万一你不敢仅仅就为了这么个问题去找克拉姆；要是你即便带着一些比这不知重要多少倍的问题也许仍然得不到许可去见克拉姆；还有什么，哦，要是你觉得你一辈子也休想见得到克拉姆本人了——只是你和你这号人，别的人，比方说她弗丽达就不同，她是什么时候想去，连蹦带跳就能去到他身边！——，那又怎么办？好了，就算情形是这样，你也还是可以弄清事实真相的，很简单，只要等着瞧就是了！你想想看吧，克拉姆是绝对不会长时间容忍这个捏造出来的谣言的啊，他肯定要千方百计、不遗余力地追查酒吧里、客房里人们都讲了些什么有关他的话，议论他什么对他是非常非常重要的，一旦发现有谣传，他就会立刻辟谣，一有说错的，他就会出来纠正。可是他并不出来辟谣，不出来纠正，那就说明没有什么可纠正的，可见事情就半点不掺假了！瞧，这一手多厉害！是呵，人们看见的只是弗丽达把啤酒送到克拉姆的房间里去，然后拿了钱又从那里出来，而没有看见的呢，弗丽达就会讲，人们就只好信她的。一般都会这样以为。可是弗丽达并不讲这些，这些都是秘密，她怎么能随便乱讲泄密？她不讲，可是这些"秘密"不胫而走，在她周围传开了，然后呢，既然"秘密"已经公开，她自己也就不怕再讲这些事了，但是讲起来又很有分寸,从不提新的事实,只重复那些反正谁都知道的内容。也不是什么都说,比如,自打她到酒吧以后,克拉姆啤酒比以前喝得少了,不是少了很多,然而确实是明显地少了。这件事她就不谈,这也可能有各种不同的原因,反正近来有那么一段时间克拉姆就是觉得啤酒味不如以前好,或者是他甚至因为有了弗丽达的缘故连喝啤酒都忘了。总而言之,不管这事多么让人吃惊,弗丽达还是成了克拉姆的情人!好,连克拉姆都满意,别人还能不啧啧称赞?所以这个弗丽达一眨眼工夫就变成了一个大美人,一个安插在酒吧里再合适不过的女人,唔,她简直太美,太有本事,酒吧这么块小地方都快容纳不下她这个大能人了。事实上真是这样,人们都奇怪她为什么还一直待在酒吧里;当个酒吧女郎不那么简单;从这点上看,她同克拉姆的关系是可信的;但是如果这位酒吧女郎已经成了克拉姆的情人了,那么为什么他还要让她待在酒吧里,而且还让她待那么久?为什么他不把她提拔到一个高一些的位置上去?你可以对人们说上一千次,说这里没有什么矛盾,克拉姆这样做是有一定理由的,或者说弗丽达的提升是会说来就来的,说不定就在明天、后天,但是讲这些话全都没有多少作用,人们脑子里已经有了一套固定的想法,不管你怎样能说会道,他们很难最终改变这些看法。不是已经没有任何人怀疑弗丽达是克拉姆的情人了吗?就连那些明明是更了解内情的人也太烦、太累,不愿意再怀疑了,他们心想:"就算你是克拉姆的鬼才知道是什么样的情人吧,可如果你真的是,那么你倒是也用你的高升证明给我们看看呀。"但是人们什么证明也没看到,弗丽达还是原封不动地待在酒吧里,一点没有挪窝,她心里其实还在暗暗庆幸呢！可是在人们面前她总是丢了几分面子，这一点她本人当然不可能没有察觉，她一贯就是个三年早知道嘛。一个真正长得很美又待人热情的姑娘，只要熟悉了酒吧的工作，根本用不着耍什么花招玩什么手段；只要她长得美，又不出什么特别的、倒霉的事，那么她是会一直当酒吧女郎的。但是一个像弗丽达这样的姑娘就不能不经常担心失去她这个位置，当然，她很聪明，这种担心从不外露，反倒常常发牢骚，对这个工作老是骂骂咧咧的。可是暗中她一直在观察着人们情绪的变化。于是她发现人们对她渐渐冷淡了，她来到人前时，人家连抬抬眼皮看她一眼都嫌累，就是用人们也不再理她，这伙人也多长了个心眼，只去找奥尔嘉和跟她差不多的姑娘，弗丽达又从老板的态度和举止上看出，她越来越不是不可缺少的了，又不可能层出不穷地不断编造关于克拉姆的新故事，什么事都有个限度嘛——在这种情况下，聪明的弗丽达便决定采取一个新行动。唉，要是有谁能马上识破她这个招数就好了！她佩碧是隐约感觉到这一招的，可惜也并没有识破它。弗丽达决定制造一桩耸人听闻的事件：让人听说她，这个克拉姆的情人，现在突然随随便便投入了另一个男人的怀抱！这个男人如果是个最不起眼的小人物效果就更好！这就一定会引起轰动，人们会长时间对这件事议论纷纷，最终，最终总归又会回想起她原来作为克拉姆的情人意味着什么，而敢于在新欢的迷醉中抛弃这一荣耀体面又说明了什么！要实现这个打算，困难的只是找到合适的男人来同她一起串演这出聪明的把戏。这人不能是弗丽达的熟人，甚至不能是用人中的一个，因为，这样的人很可能会先是惊奇得目瞪口呆瞅她一阵，然后就不理会她，从她身边走开去，主要的是他不会表现出足够的认真合作态度，这样一来，那就不管多么伶牙俐齿，也不可能让人相信她弗丽达是遭到突然袭击，弱女子抵抗不住对方的强暴、拼命挣扎中失去了知觉这才被他占有的。这个男人虽然必须是最最不起眼的小人物，但又必须可以让人相信，尽管他冥顽不灵、举止粗俗，可是又不去追求别人而偏偏追求弗丽达，让人能相信他最强烈的愿望就是——我的老天！——同她弗丽达结婚！另外，这人虽然得是个普通老百姓，地位也许比一个用人还低，甚至低得多，但同这人来往，又不至于引起每个姑娘的讥笑，在这个人身上，另一位有眼力的姑娘也许哪一天会发现某些吸引人的地方呢。好了，究竟上哪儿去找这么个人呢？要是换了别的姑娘，大概一辈子也找不着。弗丽达走运，好运把土地测量员给她送到酒吧里来了，也许恰恰是她第一次有这个打算的那天晚上。呵，土地测量员！是呀，K.到底在想什么？他脑子里有些什么特别的打算？他想达到什么特别的目的？想谋一个好职位，想受到奖励？他是在打这类主意吗？如果是这样，那么他从一开始起步时就没有搞对路。看吧，他什么都不是，看到他那副惨相谁心里都难受。他是土地测量员，就是说他学过点什么，可是他有这套本事在这里什么都干不了，这种本事还不是跟没有一样？而且他又提出一些要求；没有一点后台就提要求，不是明目张胆地提，可你感觉得到他在提一些什么要求，真是叫人又好气又好笑。他知道不知道，连一个客房女招待同他说话时间长了点都会觉得脸上无光？好，带着这一堆特殊要求，他到这儿的头一晚上就扑通一下掉进到处是刺的陷坑里去了。难道他不害臊？弗丽达身上究竟有什么东西迷住了他？现在他总可以交代一下了吧。难道他真的会喜欢她吗，这个又黄又瘦的女人？不会的，哪里是喜欢她，他根本就没有正眼看过她，她只告诉他说，她是克拉姆的情人，他还觉得这算条新闻呢，这个重磅炸弹扔出来，他一下子全完了！不过这样一来她就得走人，在贵宾楼当然不会再有她的位置了。佩碧就在她走前的那天早上还见到她，酒店的全体服务人员都跑来了，谁都想看看热闹呗。那时她还很得人心，大家都还为她的走感到可惜，所有的人，包括她的对头在内，也都为她的走感到遗憾；瞧，她的如意算盘第一步就成功了；什么，降低身价钻进这么一个男人的怀抱，这一点谁都不能理解、无法相信，于是就都觉得是命运对她的打击，在厨房干活的那批使女，她们当然是对每一个酒吧女郎都很佩服、很羡慕的，这时就都非常伤心。甚至佩碧也被这场面感动了，连她也不能完全控制自己，尽管她的注意力实际上是集中在别的方面。她注意到，弗丽达其实并不怎么难受。在大家眼里，怎么说也是个可怕的不幸降临到她头上了，所以表面上她倒也装出一副非常伤心的模样，可是装得不到家，她这套把戏瞒不过佩碧的眼睛。那么，是什么力量支撑着她？难道是有了新欢感到幸福？从前面已经说过的来看，这不可能。但是，不是这那又是什么别的呢？是什么给了她力量，使她竟能面对着当时已经算是她的接替人的佩碧仍然能够和往常一样，大面上和颜悦色不失分寸？当时她佩碧没有足够的时间考虑这些问题，为了走上这个新岗位，她要做的准备工作太多了。很可能要她几个小时以后就要上班，而她还没有好看的发式，没有漂亮的衣裳，没有高级的衬衣衬裙，没有像样的皮鞋。这些东西全得在几个钟头以内置备齐全，要是不能把自己打扮得像模像样的，那么倒不如干脆放弃这个位置算了，因为如果那样的话，上班不到半小时就准会丢掉这个位置。还好，这些准备她总算做了一些。做头发她特别有灵气，有一次老板娘甚至叫她来给自己做头发，在这方面她天生一双巧手，当然，对她自己来说，她那一头浓密的长发也是好条件，想做什么发式它们都很听使唤。衣裳也有了办法。她的两个女同事诚心诚意地帮助她，她们组里出一个酒吧女郎也是她们的光荣嘛，再说，如果佩碧将来出人头地，也会给她们一些好处的。两人中的一个很早就保存着一块贵重衣料，那是她的宝物，曾经不止一次拿出来给大家观赏，人人交口称赞，也许她梦想着哪天为自己给它派上大用场吧，但现在呢——这一点她做得非常漂亮——，现在佩碧需要，她二话没说，立即割爱拿出来了。接着，两人便积极帮助她缝制衣裳，就是给自己做衣服，她们也不会比这更卖力气了。甚至可以说干这活她们简直就是兴高采烈，心里美滋滋的。两人各自坐在自己床上，一个在上一个在下，边做活边唱歌，每人做完某一部分，就把这部分连同针线等递给另一人，就这么递上递下，干得热火朝天。现在她佩碧每想起这件事心情一次比一次沉重，因为所有的辛苦全都白费了，她现在两手空空的又要回到女友们那里去了！这是多么不幸的事，造成这个不幸的罪魁祸首拿别人的幸福多不当回事呵，特别是K.！当时女友们看到这件新连衣裙都心花怒放。它就像是成功的保证，后来又发现衣裙上有一处还可以加一条小飘带，这样一来更是锦上添花，成功绝对不成问题了。这件连衣裙，难道它不是确确实实很漂亮吗？现在它已经有一点皱，也有几处蹭脏了，有什么办法呢，她佩碧没有第二件了，只能成天成宿穿着这一件，不过，即使现在这样也还能看得出它非常美，就是巴纳巴斯家那个该死的丫头也做不出比它更好看的来。再说这件连衣裙还可以随意收紧或者放松，上下都行，就是说它虽然是件连衣裙，但却随时可以变换成别的式样，这是它一个特别的优点，实际上是她们的新发明。当然，给她佩碧做衣服也不难，她并不想为炫耀自己而把这件事老挂在嘴边，又年轻又健康的姑娘，穿什么都是好看的。困难得多的是设法弄到衬衣、衬裙和皮靴，说实在的，她的失败也就是打这里开始的。在这件事上两个女友也尽力帮忙，可她们是心有余而力不足呵。佩碧能凑起来的，全是些打了补丁的粗布内衣内裤，没有半高筒高跟皮靴，就只好穿普通的皮便鞋代替，穿出去实在太寒碜了。她们安慰佩碧说：弗丽达不也没有穿得很漂亮吗，有时候她衣服穿得邋里邋遢的就在酒吧里转悠，使客人见了宁愿让看酒窖的几个小伙计来斟酒也不要她。情况的确是这样，不过弗丽达可以这么干，她已经得宠了，已经有面子了；要是一位高贵的女士偶尔有一次穿着不整洁，还有更吸引人的特殊风韵呢，可是对一个像佩碧这样的新手，这样行吗？再说弗丽达根本就不会穿衣服，她压根儿就不懂什么是品位；一个人皮肤已经有点蜡黄色了，这当然没法子，可也用不着像弗丽达那样火上浇油，再穿上一件低领口的浅黄色衬衣，结果是一片狗屎黄，刺眼极了，让人眼泪都快流出来。退一步说，即使她不是不懂得这些，那也是太小气，舍不得买好的穿，她挣的钱全都紧紧攥在手心里不花，谁也不知道她想用来干什么。上班的时候她是不需要花钱的，靠说瞎话、耍花招就够了，这套本领她佩碧是不想学，也学不会的，所以她把心思用在打扮上就是合情合理的，这样做是为了把自己的长处充分发挥出来，尤其是初来乍到时必须这样。唔，要是她当时能有更好的条件充分显示自己的优点的话，那么，弗丽达就是再诡，K.就是再蠢，她佩碧也早就在竞争中胜出了。看吧，她头一炮就打得挺响的。当酒吧女郎所必需的那点手艺和知识，她是来之前就花力气学会了的。一到酒吧，她马上就熟悉了环境。干活时谁也不觉得弗丽达走了这里缺点什么。到第二天才有几位客人打听弗丽达究竟上哪儿去了。她佩碧工作中一点差错也没有，老板挺满意，第一天他还不放心，左一趟右一趟跑到酒吧来看，后来就只时不时来瞅上一眼，最后，因为账目也丝毫不差——平均收入甚至比弗丽达在时还要高一点——，他就完全撒手，什么事都放心让她佩碧去干了。她还搞了一些革新呢。以前弗丽达总是自己监督用人干活，不说全体用人至少也是一部分吧，特别是当着别人的面盯得更紧，这不是因为她勤快，而是因为她小气，权欲熏心，害怕把自己手里的权哪怕只是让出一点点给别人；佩碧呢，她把监督用人干活的事完全交给看酒窖的那几个伙计去做，他们干这个也合适得多。这样一来她就省出了更多时间来管那些贵宾室，使客人们迅速得到服务；尽管要用去不少时间，但她还是能同每位客人谈上几句话，不像弗丽达——据她自己说是——所有的时间都保留给克拉姆一个人，把自己跟别人说一句话、稍稍亲近一点都看成是冒犯和伤害克拉姆。当然，她这也是很聪明的一招，因为这样一来，只要她哪回让谁接近一下自己，那个人就会感到受宠若惊了。但是佩碧讨厌这些花招，再说它们对一个初来的人也没有用处。佩碧对每个人都和蔼可亲，而每个人也都用友好热情的态度回报她。看得出，大家都为这次人事变动感到高兴；老爷先生们没日没夜地为公事操劳，当他们在过度劳累之余挤出一点时间坐下来喝杯啤酒时，如果你跟他们说上一句话，关心地看他们一眼，向他们耸耸肩，那简直就能使他们一下子喜笑颜开像变成了另一个人。人人都喜欢抚摸佩碧的鬈发，弄得她每天大概得重做十次发型，鬈发和蝴蝶结的诱惑力谁也抵挡不住，就连一向呆头呆脑的K.也不例外。就这样，激动人心的几天飞快地过去了，工作虽然繁忙，但收获却很大。这样的日子要是过得不那么快，要是再多有几天该多好呵！虽然紧张得人都快累趴下，但四天还是太少，说不定再加上第五天就够了，可是四天毕竟还是少了点。虽然在这四天里，要是她佩碧没有看错所有向她投来的目光的话，她已经是赢得了一批热情支持她的人和好朋友了，看吧，每当她提着啤酒罐子姗姗走来时，简直就立刻淹没在一片友好的海洋里了，有一个叫布拉特迈耶的书记员被她迷得神不守舍，把这一串带有垂饰的项链捧到她跟前，垂饰中嵌着他的相片，当然，这个举动也太冒失了点——虽然这件事以及另外一些事都是她的收获，但是说来说去也才四天呀，在四天的时间里，由于佩碧努力，人们可以说差不多快忘记弗丽达了，但是终究还不能完全忘记，如果弗丽达没有制造那桩丑闻使自己继续成为人们议论的话题，那么她兴许还能被人忘得快些，只是出了那件丑事之后，她在人们心中又新鲜起来，也许人们纯粹只是出于好奇心理才很想再见见她；一个已经激不起他们一点兴趣甚至使他们感到腻味的人，现在由于K.的功劳，由于这个原本对什么都很冷漠的K.的功劳，对他们又产生了吸引力，当然，只要她佩碧一天不离开酒吧，一直在酒吧用她的人品和行动吸引他们，那么他们是不愿意牺牲她去换弗丽达的，可是，来酒吧的大多是些上了点年纪的老爷先生，干什么事情都慢条斯理已经成了他们的习惯，要他们完全适应一个新来的酒吧女招待，不管新来的比原来的好多少，也总是需要几天的吧，老爷先生们自己希望快些也不行，无论如何需要有几天时间，也许只需要五天吧，但四天是不够的，仅仅四天，佩碧表现再好也总还是被看成一个临时工。还有一个也许是最大的不幸：这四天中，克拉姆虽然头两天在村里，但没有到下面贵宾专用室来。要是他来了，她佩碧就算是经受了最大的考验，老实说她最不怕的就是这个考验了，不但不怕，她还盼着它快来呢。克拉姆真来了她也不会——当然这种话最好根本不要说出口——变成他的情人，也不会厚着脸皮胡吹自己是怎么攀上高枝的，但她至少能同弗丽达一样乖巧地把啤酒杯摆到桌上，招呼客人时也不会像弗丽达那样拼命套近乎招人讨厌，而是彬彬有礼、落落大方，跟客人告别也是亲切热情，又有分寸，如果克拉姆确实想在某个姑娘的眼睛里寻找一点什么的话，那么在佩碧的眼睛里他就能心满意足地找到，而且要多少有多少。叫他为什么就是不来呢？这纯粹是偶然的吗？佩碧当时也曾经以为是这样。所以那两天她简直每时每刻都在盼他来，就是夜里也在等着他。"克拉姆就要来了。"她好多次这样想，就像热锅上蚂蚁似的不断跑来跑去，这不为任何别的，就只因为焦急的期待，因为渴望着能在他一进来时第一个看到他。接连不断的失望使她伤神，弄得她非常疲劳，也许正是这个原因，她的活才干得不如她本来可以做到的那样出色吧。只要有一点点时间，她就悄悄溜到楼上严禁服务人员进入的走廊里，在那儿钻进一个壁龛里等着。"要是克拉姆现在就来多好呵，"她想，"要是我能把这位老爷从他的房间里接出来，再把他抱到下面贵宾专用室去多好呵，他的体重压不倒我，不管他有多重我都是不会给压趴下的！"但他就是不来。楼上这条走廊非常静，没到过那里根本就想象不出那儿有多安静。一丝丝声音也没有，人待久了真是受不了，真叫静得瘆人，吓得人随时想扭头跑掉。可她佩碧也真没出息：十次被吓跑，又有十次再跑上去。这真叫瞎折腾。如果克拉姆想来，那么他自己就会来；可是如果他不想来，你佩碧就是在壁龛里盼得心都从胸膛里跳出来不也白搭，不也没法把他勾引出来吗？这确实是瞎折腾，但是如果他根本不来，那不是差不多等于她佩碧的一切努力都是瞎折腾了吗？唉！可惜他怎么也不来。今天，佩碧知道克拉姆那时为什么不来了。那两天要是弗丽达能到楼上走廊里来看见佩碧躲在壁龛里两手放在胸口上望眼欲穿等克拉姆那副模样，那么她心里可就乐开了花了。原来克拉姆所以不下来，就是因为弗丽达不答应。她并不是靠不断求他最后达到了这个目的，她的请求是到不了克拉姆耳边的。但她这只毒蜘蛛有一张谁也摸不透的关系网。佩碧跟客人什么话都是直说，坦然地大声说，说什么邻桌都能听到；弗丽达无话可说，总是把啤酒摆在桌上转身就走；客人只听见她那条唯一舍得花钱买的绸衬裙沙沙响。但是一旦她开口说话了，那么也不是大声直说，而是弯下腰去把嘴凑到客人耳边打喳喳，弄得邻座都好奇地竖起耳朵。她说的大概都是些无关紧要的话，然而也不完全是，她有关系网，又靠这几处关系支撑那几处关系，即使大部分关系失灵——谁愿老管她的事？——，那么不是这里就是那里，总还有一处没有断线的。现在她就开始利用这些关系了。K.给她提供了方便，他不是安安分分地跟她待在一起，好好看着她，而是几乎不着家，到处逛荡，东找一个人谈谈，西找一个人聊聊，什么事他都很留意，唯独不注意弗丽达，最后为了让她再自由点，他干脆从大桥酒店搬到空荡荡的学校里去了。瞧这两人的蜜月开始得多甜蜜！但是，K.没有老老实实同弗丽达厮守一起，别人也许会因此责备他，而她佩碧决不会；她觉得谁都没法同弗丽达长期厮守。可是，既然不跟她一起又为什么不完全离开她，为什么不止一次地离开了又回去，为什么要通过到处奔波制造一种印象，好像他是在替她卖力？为什么要让人看起来事情似乎是：他只是在同弗丽达接触后才发现自己原来什么都不是，打算努力使自己配得上弗丽达，于是想方设法尽快向上爬，现在暂时放弃一下同她待在一起，为的是以后可以自由自在、痛痛快快地弥补现在遭的这些罪？K.不在时，弗丽达并没有闲坐着，她是人在学校——其实大概就是她把K.指使到那里去的——稳坐，眼观贵宾楼的动静，也监视着K.的行动。她身边有两个最出色的信差：K.的两个助手，K.把他们——真是不懂为什么要这样，即使很了解K.，也不明白他为什么要这样做——完全放手让她差遣。她派他们去她的老朋友那里，让人家又想起她来，向人诉苦，说她被一个像K.这样的男人缠住了，说佩碧的坏话，放出风声说她自己不久就要回去，求他们帮助她，苦苦哀求他们千万不要向克拉姆透露任何消息，又做出一副必须爱护克拉姆因此决不能让他下酒吧间来的样子。她在一部分人面前把不让克拉姆下楼说成是对他的爱护，在酒店老板面前就把克拉姆不下来说成是她的胜利，提醒老板说，克拉姆是不会再来的了；底下就只佩碧一个人伺候，他怎么可能来？虽说老板没有责任，这个佩碧怎么说也是当时所能物色到的最好的接替人，只是光她顶替弗丽达是不够的，就是仅仅几天也不够！对弗丽达的所有这些活动K.一无所知；就是他不去到处逛荡的时候，也只是糊里糊涂地躺在她的脚边，而她呢，这时却在心里暗暗数着钟点，盘算着还有多少时间她就要返回酒吧了。但是那两个助手还不仅是当跑腿的信差，他们还有另外一个用处，那就是让K.心生妒忌，让他对弗丽达继续保持热度！弗丽达从小就认识这两个助手，他们之间肯定是什么秘密也没有的，但是为了做给K.看，他们竟又害起了相思病，在K.眼里便成了一个危险，就是她和助手的关系会发展成为难舍难分的爱情。于是K.做什么都为了讨弗丽达喜欢，连最矛盾荒唐的事也干出来，就是一方面他吃那两个助手的醋，另一方面却又容忍他们三人在一起而自己一人出去游逛。他简直成了弗丽达的第三助手了。在这样的情况下，弗丽达根据自己多方面的观察，最后决定采取强有力的一着：她决定回酒吧去。事实上也的确到了火烧眉毛的时候，弗丽达这个鬼灵精，及时看出了情势危急，于是抓住时机立即行动，这种本事确实叫人佩服，这种敏锐的观察力，这种当机立断的魄力，是弗丽达身上别人休想学到的功夫；要是她佩碧也有这种本事，那么她的日子就不知比现在要好多少了。如果弗丽达在学校里再多待一两天，佩碧就谁也赶不走了，她这个酒吧女郎就站稳了脚跟，人人喜欢她，人人不让她走，而且也挣到了足够的钱可以在那套应急的服装之外再添置些像样的漂亮衣服，只要再过那么一两天就行了，那时候什么阴谋诡计就再也挡不住克拉姆下到贵宾专用室里来,他来了,喝上了酒,感觉很惬意,然后,万一发现弗丽达不在,那么也只会对这一人事变动感到非常之满意,只要再过一两天,弗丽达这个人,连同她的丑闻、她的关系网、她的助手,她的一切,就都会被人忘得一干二净,她就再无出头之日了。到那时,兴许她能更紧地靠着K.,并且如果她还不至于一点不懂什么是爱情的话,也许还能真正去爱他吧?不,这也不可能。因为连K.也只需要再过一天,就会厌倦她的,就会看清她是多么可耻地欺骗了他,就会明白她的那一套,什么漂亮啦,对爱情忠贞啦,特别是什么克拉姆爱她啦,通通都是骗人的把戏,他只是再需要一天,连两天都用不着,就可以把弗丽达从家里赶出去,连同那两个所谓的助手,还有他们三人干的那些个龌龊勾当,一齐扫地出门,想想看,就连K.这样的人也不需要更多的时间了!可是就在这个关键时刻,正当她处在腹背受敌的绝境中,正当她可以说是死到临头的时候,K.傻头傻脑的还给她伸过去最后一根救命稻草,于是就在这个节骨眼儿上,她溜了。突然间——这一点几乎谁都没有料到,因为太不合常理了——,突然间,反倒是她把一直还爱着她、紧紧追求着她的K.轰走了,反倒是她,摇身一变成了在朋友们和两个助手的苦苦催逼下出现在老板面前的大救星了!而且,经过了那次丑闻,她居然能比以前吸引力大得多,看吧,事实证明她既受卑贱者也受高贵者欢迎,但只是一时失足被迫投入一个卑贱者的怀抱,不久就理所应当地踢开了他,然后便又同以前一样,对于这个人也好,对于所有其他人也好,又都是可望而不可即的了,所不同的只是,以前人们对她那别人望尘莫及的地位曾经有过正当的怀疑,而现在对这一点却是深信不疑了。她就这样凯旋而归，老板斜睨了她佩碧一眼，有点犹豫——要不要牺牲她呢？她表现得多出色呵！——，但他很快也就被说服，弗丽达的优势太明显，特别是她将能争取克拉姆回贵宾专用室来。现在是晚上了。她佩碧不会闲坐着等弗丽达来耀武扬威地从她手上把这个位置接过去。收入的票款她已经交给老板娘了，现在她可以走了。底下女招待屋里的床位已经为她预备好，她即将回到那儿去，她的女友们将哭着欢迎她，她将气呼呼地把这件连衣裙脱掉，把那些绸带从头发上扯下来，把这些东西全塞到一个角落里藏起来不让任何人看见，免得她毫无必要地回想起那些天，她要永远忘掉那些日子。然后她就要提起那个大污水桶，拿起扫帚，咬紧牙关去干活了。但是在她快走之前还得对K.把事情原原本本讲个清楚，以便他——这个即使到了现在没人指点一下也还是看不清事实真相的人——能明白：他是多么对不起佩碧，害得她现在这样惨。当然，他自己在这件事情上也是被人利用了。

佩碧讲完了。她如释重负，喘了口气，擦去眼角和脸颊上的几滴泪水，然后便看着K.不住地点头，那神情似乎在说，实际上问题根本不在于她如何如何不幸，这些遭遇她是承受得了的，在这方面她既不需要别人的帮助和安慰，尤其不需要K.的帮助和安慰，她虽然年轻，但已经备尝了生活的艰辛，她的不幸不过是印证了她的生活知识罢了，问题是在K.那里，她讲这么多是想把活生生的事实真相告诉他让他汲取教训，即便她所有的希望都破灭了，她也觉得有必要这样做。

"你的幻想也真是太不着边际了，佩碧，"K.说，"实际情况根本不是你现在才发现了你说的这一切，这些东西全是你住在你们下面那间又黑又窄的女招待小屋里生出来的幻想，放在那间小屋里，这些幻想还说得过去，然而拿到这里来，在这个宽敞的酒吧里，听起来就让人觉得离奇了。抱着这些想法，你在这里站不住脚是理所当然的。就拿你提起来挺得意的那件连衣裙和你的发式来说吧，那是你们那间小黑屋里不见天日的环境中和那张柜子般的床底下长出来的两株怪苗；在那里它们诚然很美，但在这里就只能使每个人暗暗或者公开讥笑了。你还讲了些什么呢？哦，说我被利用了，受骗了。是这样吗？不对，亲爱的佩碧，我同你一样，既没有被利用，也没有受骗。不错，弗丽达眼下是离开了我，或者照你说的，她跟一个助手一块儿溜了，你的确看到了一点点实情，并且她将来成为我妻子的可能性也确实极小，但是，说我已经厌倦她甚至打算明天就把她赶走，或者说她像通常某个女人骗某个男人那样欺骗了我，都是完完全全不符合事实的。你们这些客房女招待习惯了趴在锁眼上偷看别人，渐渐就形成一种管窥蠡测的思想方法，看见个斑点就以为是只金钱豹，看到一粒芝麻就能作出是个大西瓜那样完全错误的结论。弄到最后，我在这件事上反而比你知道的少得多！我远远不能像你那样，把弗丽达为什么要离开我的原因解释得那么头头是道。我觉得，最接近真实情况的解释是我怠慢了她，这一点你轻描淡写地提到，但没有把它看成真正的原因。可惜这是事实，我的确怠慢了她，但这是另有特殊原因的，与现在说的没有关系，要是她现在回到我身边，我是会很高兴的，可是我马上又会开始怠慢她了。事情就是这样。当她在我身边时，我老是东跑西颠的，让你笑话了；而现在呢，她走了，我又几乎无事可干了，而且感到很疲倦，巴不得必须做的事情越来越少才好。怎么办呢？你不能给出个主意吗，佩碧？""当然可以，"佩碧说，突然精神振作起来，两只手抓住K.的肩膀，"我们两个都是受骗的，就让我们待在一起吧！来，跟我一块儿到下面姑娘们那儿去！""如果你老认为我们两个是受骗的，对此牢骚满腹，"K.说，"那么我们两个就谈不通。你总是想要扮演一个受骗上当的角色，因为这可以提高你的身价，能增强你的自信。然而事实是你不适合做这个工作。你想，就连我这个在你眼里最无知最糊涂的人都能看清楚，你干这个工作很不合适不是明摆着的事吗？你是个好姑娘，佩碧，但认识到这一点不大容易，比如我就曾经认为你心狠、傲气，可你并不是这样的人，问题只是出在这个工作上，是它把你弄得无所适从不知怎么办才好，因为你做这工作不合适呀。我的意思不是这位置对你来说太高了，这并不是什么了不起的重要工作，细想一下也许它比你原来的工作稍微体面些，但是总的说来区别不大，这两种工作看上去简直就像双胞胎一样相似，唔，甚至可以说当客房女招待比在酒吧里干活、比当酒吧女郎更好，因为在那里总跟秘书们在一起，这里却相反，虽然也可以在贵宾专用室招待秘书的上司们，但是也不得不跟一些地位很低的人打交道，比如说我，不是吗？按规定我除了酒吧以外是不得在任何别的地方逗留的，那么，难道说有可能跟我来往竟是无上荣光、无比体面的事？看来你觉得是这样，或许你有你的道理吧。但恰恰因为这一点你做这工作就不合适。这只是跟别的工作一样的一份普普通通的工作，可在你眼里成了天堂，于是你在这里干起什么来都过分卖力，把自己打扮得跟你心目中的天仙一样——实际上天仙也不是你打扮的那种样子——，为这个工作兴奋得发抖，老觉着有人跟在自己后面转，拼命用一些过分殷勤的举动去争取所有你以为可以支持你的人，可是这样一来反而让人心烦，招人讨厌，因为人家到酒店是为找清净来的，不想在自己原有的心事上再添上你酒吧女郎的心事。本来嘛，弗丽达走了这事，可能在那批高贵的客人中谁也没有觉察到，但今天他们全都知道了，而且确实非常希望弗丽达回来，因为也许弗丽达在各方面都跟你的做法完全不同。不管她别的方面怎么样，也不管她是怎么看待这个工作的，有一点没问题，这就是她干这个工作很有经验、很冷静、很善于掌握分寸，这一点你不也特别指出来了吗，可你却不善于从她那里汲取经验。你注意过她的眼神没有？那已经不完全是一个酒吧女招待的眼神而几乎是一个老板娘的眼神了。她一眼就看到了一切同时又看到了每个人，而她那双眼睛看每个人的那点点余光，就足够把被看到的人镇住了。也许她是瘦了点，是有几分显老，使人见她会想：要是她有一头更光洁的头发岂不更好些，这些有什么关系呢，同她确实拥有的东西相比这些都是小节，而谁如果看见这些缺点老觉得不顺眼，只不过表明他缺乏看到大事的眼力罢了。人们肯定不能指责克拉姆缺乏这种眼力，而你之所以不相信克拉姆会爱弗丽达，只是一个缺乏处世经验的年轻姑娘看问题的错误视角在作怪。你觉得克拉姆——这一点你是对的——高不可攀，于是就以为弗丽达也亲近不了克拉姆。你错了。在这个问题上，即使我没有掌握确凿的证据，我也只相信弗丽达的话。不管她的话你觉得多么不可信，不论这些话同你对世界、对当官、对高贵、对女人美的作用的看法多么不一致，但它终归是符合事实的，就像我们两人现在并排坐在这里，我的两只手拉住你一只手，克拉姆和弗丽达大概也曾经这样并排坐着，好像这是世界上最最不言而喻的事情，他当时是自愿下来的，甚至是急急忙忙跑下来的，没有谁在走廊里暗中等着他而耽误应当做的工作，克拉姆只能劳动大驾亲自走下来，弗丽达衣着上的毛病，你见了差点气死，他却根本不在乎。你还硬不相信弗丽达的话！你不知道你这种态度其实不过是暴露了自己，恰恰暴露出你的幼稚无知！就连一个不知道她同克拉姆的关系的人，也必定能从她的为人上看出某个大人物的决定性影响，这个人物比你我、比村里所有的老百姓都更有分量，她们的交谈超出了酒客们和女招待们之间常见的那些打趣逗笑，而你的生活目标看来不过就是与酒客们说说笑笑罢了。不过我对你还是不大公道。因为，你对弗丽达的优点还是看得很清楚的，你注意到了她敏锐的观察力，她当机立断的魄力，还有她驾驭人的本领，只不过你对这一切的解释当然都完全错了，你认为她只是自私自利，使用这一切手段给她自己捞好处、干坏事，甚至用这些当武器来打击你。不对了，佩碧，即使她有一支支这样的箭，这么近的距离怕也没有用武之地吧。自私自利吗？我倒觉得正相反，可以说她是牺牲了她已经拥有的和可以期望得到的东西，为我们两人提供了机会，使我们能在更高的工作岗位上表现自己，但我们两个却令她大失所望，于是就简直等于强迫她重新回到这里来。我不知道是不是这么回事，另外我也一点不清楚我的过错在哪里，只是每当我拿自己跟你比较时，不知怎的总会蓦地产生这种感觉；就好像我们两个太幼稚、太天真、太不懂事，我们使出吃奶的力气拼命大吵大闹去争取一件东西,这东西譬如说要是用上弗丽达的沉着镇静、用上她的务实精神本来是可以轻而易举地、神不知鬼不觉地弄到手的,而我们却又哭又叫、胡抓乱搔、生拉硬拽,活像一个小孩揪着桌布使劲往下拽,结果什么也捞不着,只是把一桌山珍海味稀里哗啦全掀翻到地上,这样一来他自己也永远别想再吃到这些珍馐佳肴了——我不知道事情是不是这样,但是这比你讲的那些更接近事实,这一点我肯定是知道的。""是呵,"佩碧说,"弗丽达甩下你跑了,所以你现在又对她犯起单相思来了,她人不在这里,对她犯犯单相思也没什么难的。但是,即使事情全像你希望的那样,即使你什么都说对了,就连把我说得那么可笑也是对的——可你现在打算怎么办呢?弗丽达已经离开了你,不论按我的解释还是按你的解释,都没有希望使她再回到你身边,退一步说,就算她能回来,那么在她来到之前你总得找个地方去打发打发这段时间吧,这会儿很冷,你一没有工作,二没有床铺,到我们那儿去吧,你会喜欢我那两个朋友的,我们会让你过得舒舒服服的,你可以帮着我们干点活,那些活光叫我们几个姑娘干确实太重了,你来了我们几个就不会无依无靠,夜里也不用担惊受怕了。走,到我们那儿去!我的两个好朋友也都认识弗丽达,我们会给你讲好多关于弗丽达的故事,一直讲到你听腻了不想再听。来吧!我们还有些弗丽达的照片拿给你看。从前弗丽达比今天随和文静,可能你很难认出她来,最多还可以看出她那双眼睛,那眼神当时就有点锋芒毕露了。好了,说了半天,你到底去是不去?""难道上头准许我去吗?昨天刚出了那件大丑事,我在你们那条走道上被当场抓住了。""在走道上你被当场抓住；但是如果你在我们那儿，就不会被抓住的。谁也不会知道你在那儿，就只有我们三个知道。呵，你来了我们多快活呵！现在跟几分钟前比，我已经觉得那儿的日子不那么难挨了。也许现在我必须离开这里，这对我根本就不是多大的损失呢。告诉你吧，就是在只有我们三个人在底下那会儿，我们也没有觉得无聊过，人总得苦中作乐呵。我们还年纪轻轻就得过苦日子，这是让我们经受一下磨炼，免得以后吃不了苦嘛，不过我们三个很团结，我们尽量把在那儿的日子安排得有意思些，特别是亨丽埃特，你一定会喜欢她的，埃米莉也一样，我已经给她们两个讲过你的事了，在那儿，她们听到这些事情总觉得不可信，好像在自己的小屋子外面实际上什么事情都不会发生似的，屋子里很暖和，很挤，而我们三个还是紧紧地挤在一起，唔，尽管我们只能相依为命，谁也离不了谁，但是我们谁也不腻烦谁，正相反，只要一想到我的两个好朋友，我几乎很乐意再回到那里去；有什么理由要高出她们一头？本来嘛，把我们拴在一起的，正是我们三个都同样没有什么高升的希望，可是现在我到底还是来了个突破，同她们分开了；当然我也没有忘记她们，刚一离开她们就琢磨着怎样为她们办点事；当时我自己的地位还不牢靠——究竟能干多久我心里根本没底——，可我就已经跟老板谈起亨丽埃特和埃米莉的事来了。对于亨丽埃特，老板并没有完全封口，但对比我们两个都大得多的埃米莉——她跟弗丽达年龄差不多——，他的态度就很坚决，不给我一点希望。可是你想想，她们两个根本就不想离开，她们知道自己在那里过的日子很惨，但是这两个心地太善良的姑娘已经认命了，我觉得，我们分别时她们所以流泪，多半因为她们为我得离开我们同住的房间，要一人到外面冷冰冰的世界中去感到伤心——在那里我们觉得出了我们的屋子外面一切都是冰冷的——，我得在那些陌生的大房间里同陌生的大人物打交道，目的又只不过是混日子，而这一点没出去前我跟她们在一起同吃同住不是也已经做到了吗？现在我回去，很可能她们一点也不感到惊奇，只会因为受到我的感染，一时心软才会掉几滴眼泪，说上几句对我的命运表示惋惜的话。但是，接着她们就会看见你，就会又觉得我离开她们几天确实是件好事了。现在我们有了一个男人帮助和保护，她们是会很高兴的，加上这一点必须严格保密，有了这个秘密我们又会比以往更加心连心，唔，这样一来她们简直会欢喜得发狂的！走吧，哎，走呵，到我们那儿去吧！这对你不会成为一种约束，你不可能像我们一样一辈子被拴在那小屋子里。过一段时间，等到开春时，如果你在别的地方找到了住处，如果你不喜欢在我们这儿待下去了，那么你随时都可以走，只有一条你得答应，就是到那时你当然也得保守咱们的秘密，决不能出卖我们，那样的话我们在贵宾楼就待不下去了；当然，现在你在我们这儿也得多加小心，不能在我们觉得可能有点危险的任何地方露面，并且什么事都得听从我们的安排；这是对你的唯一约束，对这个你必须和我们一样重视，但除了这点你就是完全自由的了，我们分派你干的活不会太重，这你不用害怕。好，又说了半天，你到底去还是不去？"到开春还有多久？"K.问。"到开春还有多久？"佩碧重复了一遍这个问题。"我们这儿冬天很长，老长老长的，而且很单调很无聊。但我们待在下面从不叫苦，那儿很安全，冬天也不能把我们怎么样。再说春天、夏天总是要来的，而且它们也许不会很快就过去的，可是在我们的记忆里，现在回想一下，春天和夏天好像非常短，好像两个季节加起来也不过两天多一点似的，而且，就是这两三天时间，甚至就连最晴朗的一天也包括在内，有时也还是会下起雪来呢。"

这时门呀的一声开了。佩碧吓了一跳，因为她的遐想已经将她带到离酒吧太远的地方去了，然而推门进来的并不是弗丽达，而是老板娘。看到K.还在这里，她做出一副吃惊的样子，K.则道歉说，他只是想在这儿等老板娘，同时他要感谢老板娘允许他在这里过夜。老板娘表示不明白为什么K.要等她。K.说他有一个印象，就是老板娘还想同他谈话，如果这是个错误的印象，那么他请她原谅，不过现在他也确实该走了，他是学校的勤杂工，把学校撂下不管的时间已经太长了，所有的问题都出在昨天的传讯上，在这些事情上他的经验还太少，像昨天那样给老板娘添那么多麻烦这种事，以后是肯定不会再发生了。说完这话他就鞠躬准备告辞。这时，老板娘用一种迷离恍惚的眼神看着K.，就像正在做梦一样。K.本想就走，然而她这种神态一时又拴住了他。接着老板娘脸上又露出一丝笑意，及至看到K.那惊异的表情，她才可说是如梦方醒，似乎是她一直在期待着K.对她那一丝笑意作出回答，由于老没有反应，这才从梦中醒过来了。"我记得你昨天放肆地对我穿的衣服说了点什么。"K.表示不记得了。"你不记得了吗？哼，昨天是斗胆放肆，今天又缩成一团了。"K.当即向老板娘致歉，说他昨天实在是太疲劳了，在那样的时候胡诌了点什么是很可能的，总之他现在是记不起来了。关于老板娘的衣服，他又能说过些什么呢？也许是说太漂亮了，他还从没见过那么好看的衣服吧。也可能说了至少他还没有见过哪位老板娘在工作时穿这样的衣裳呢。"别唠叨了！"老板娘迅速打断K.，"你谈论衣服的话我一句也不想再听。我的衣服用不着你管。我严禁你这样胡说八道！"K.再鞠一躬，然后向门走去。"你这究竟是什么意思？"老板娘又在他身后叫起来，"什么叫你还没有见过哪位老板娘在工作时穿这样的衣裳？说这种废话是什么居心？这不纯粹是废话吗？你说这话到底是什么意思？"K.回转身，请老板娘不要动气。他说，这句话当然是废话。他对衣服也确实一窍不通。从他所处的地位来看，他觉得每一件没有补过的干干净净的衣服都是贵重的。当时他只是看见老板娘半夜三更在那条走道上穿着那么漂亮的晚装出现在所有那些还没完全穿好衣服的男人中间感到有些惊奇罢了，并没有什么别的意思。"好了好了，"老板娘说，"看样子你到底还是记起你昨天说的话来了。想起了老话，又添上一堆新的胡诌。说你对衣服一窍不通，这倒是不错。既然知道不通，那么就别——我严肃、郑重地向你提出这个要求——瞎议论什么是贵重的衣服啦，什么是不合适的晚装啦……这一类的问题了！总之"——说这句话时她似乎打了一个寒战——"不许你对我的衣服说长道短，你听见了没有？"当K.一声不响，正想转身走开时，她又问："你关于衣服的这些知识都是从哪儿来的？"K.耸耸肩说他没有什么知识。"你什么知识都没有，"老板娘说，"那你也就别不懂装懂硬充行家。走，到账房那边去，让我来指点你一下，但愿这样一来以后你就会收敛些，永远不再说那些混账话了。"她于是带头先出了门；这时佩碧也一个箭步来到K.身边；她借口向K.收钱，两人迅速商定了下一步的举措；办到是很容易的，因为K.熟悉这个院子，它有一道大门通向侧街，大门旁边还有一道小旁门，他们约定，佩碧在大约一小时后站在这道旁门后面，听到敲三下便开门。

内部账房在酒吧对过，只需穿过门厅便可以去到那里，老板娘现在已经站在亮着灯的账房里不耐烦地看着K.向她走来。然而半路上又出了一点岔子。原来，盖尔斯泰克早已在门厅里等候K.，要跟K.谈事。要甩脱他颇不容易，老板娘也过来帮忙，呵斥他胡搅蛮缠。"你这到底是上哪儿去呵，你这到底是上哪儿去呵？"门已经关上了，还听见盖尔斯泰克在外面门厅里喊叫，喊声中又夹杂着叹息声和咳嗽声，听起来十分刺耳。

这是一间小屋子，炉火烧得过旺令人感到闷热。屋子呈长方形，靠两边的窄墙分别立着一张斜面写字台和一个铁制钱柜，靠两堵宽墙则分别放着一个大铁柜和一张睡榻。最占地方的是大铁柜，它不仅把整整一堵宽墙占满，而且极深，这便使屋子更显狭长，装了三道推拉门，要完全打开柜子需将三道门推开。老板娘指指卧榻示意K.可以在那里坐下，她自己则在斜面写字台旁的转椅上落座了。"你是不是学过裁缝？"老板娘问。"没有，从来没学过。"K.说。——"你究竟是做什么工作的？""土地测量员。""这工作到底干些什么？"K.向她说明了这一工作的要求，老板娘听了直打呵欠。"你没有真话。为什么你不说真话？""你不也不说真话吗？""我？你大概又要胡说八道了吧？就算我没有说真话，那又怎么样？——难道我还得向你作交代？我在哪点上没说真话？""你并不像你自己说的那样仅仅是老板娘。""嘿，瞧瞧！你的新发现还真不少！除了老板娘，我究竟还是什么哟？你这胡说八道确实也太没边儿了！""我不知道你还是别的什么。我只看到你是一个老板娘，另外又穿着一些不适合老板娘穿的衣服，据我所知，这个村子里除了你以外再没有第二个人穿这样的衣服。""好了，现在我们总算说到点子上了，我看你还是憋不住要说的，也许你根本不是放肆胡说，你只是像个小孩儿一样罢了，一个孩子要是知道了点什么乱七八糟的事，那么大人是怎么也没法让他不到处讲的。好，那你就讲它个痛快吧！我穿的衣服究竟有什么特别的地方？""我要是说出来，你准会生气的。""我不会生气，我只会觉得好笑，小孩子的废话不是只会叫人发笑吗？快说，这些衣服究竟怎么样？""你一定要知道，那我就说说吧。这些衣服料子很好，相当贵重，但是它们都过时了，装饰得太花哨，翻来改去太多，又都穿得太苦、太旧了，既不适合你的年纪，又不适合你的身材，也不适合你的身份。我第一次见到你时就觉得你穿的衣服特别显眼，那是大约一星期以前的事，就在这儿门厅里。""果然来了！真是要什么有什么！听听，我的衣服都过时了，装饰得太花哨，还有什么来着？你这一套都是从哪儿学来的？""这些我自己看得见。用不着别人教。""是呵，你当然是一眼就能看出毛病来的。你根本用不着到处去打听，马上就知道什么样的服装是符合时尚的了。这么说你倒是个不可缺少的人才，可以当我的参谋，因为对漂亮衣服我还确实有那么一点偏爱呢。瞧，这个柜子里衣服都满了，对这一点你又有什么高见？"说着她推开了所有三道柜门，可以看见，里面的衣服一件紧挨一件，密密麻麻层层叠叠塞满了整个衣柜，大部分是深色的、灰色的、褐色的和黑色的衣服，全都仔仔细细地挂起来和平平整整地摞起来。"这些就是我的衣服，全都像你说的，过时了，装饰得太花哨了。但它们只是一小部分,是因为楼上我房间里没地方搁才放在这儿的,在那里我还有满满当当的两大柜衣服,两个大衣柜,每一个都差不多跟这一个一样大。你惊呆了不是?""没有,我预料的跟你说的大体上一致,我不是说过了吗,你不仅当老板娘,你心里还有别的打算。""我心里只有一个打算,就是穿得漂漂亮亮的,而你呢,你这个人要么是个傻瓜,要么是个孩子,要么就是一个非常坏的危险人物!你走,你赶快走!"K.已经到了门厅里,盖尔斯泰克又揪住了他的袖子,这时老板娘仍然在他后面大声叫着:"明天我又有一件新衣服做得了,也许我会派人去把你叫来的。"

盖尔斯泰克气呼呼地挥舞着手,仿佛他想从远处封住搅扰他的老板娘的嘴巴似的,他要求 K. 和他一起走。起先他不想对此作进一步的解释。K. 提出现在他必须到学校去,对 K. 的这个异议他几乎不予理会。直到 K. 坚决不肯让他拽着一起走,盖尔斯泰克这才告诉 K.,说是他不必担心,他在他盖尔斯泰克那里会得到他需要的一切,学校勤杂工的职务他可以辞掉了,K.怎么也得上他家去,他已经等了 K. 一整天,他母亲根本就不知道他在哪儿。K. 渐渐软下来,问他盖尔斯泰克供给他膳宿究竟想叫他干什么事。盖尔斯泰克只是草草回答说,他需要 K. 当个临时帮手看管马匹,说他自己现在有别的事,但是眼下请 K. 别这么磨磨蹭蹭的让人拽着走,别给他增添不必要的麻烦。说 K. 如果要工钱他也会付给他的。可是这么一说,任凭怎么拽 K. 也站住不走了。他说他对马根本一窍不通。盖尔斯泰克则不耐烦地说,也不需要懂什么嘛,边说边生气地交叉十指,求 K. 和自己一起走。"我知道为什么你想把我带走。"K.终于说道。盖尔斯泰克对K.知道什么毫不关心。"因为你以为我可以在埃尔朗格那儿为你办成点什么事。""当然是这样，"盖尔斯泰克说，"不然你对我有什么用。"K.笑了笑，挽住盖尔斯泰克的胳臂，让他领着在黑暗中朝前走。

盖尔斯泰克小屋中的这个房间里只亮着黯淡的灶火和一段蜡烛头，有一个人在一个壁龛里正弯着腰在那儿凸出的斜屋梁下就着烛光看书。那是盖尔斯泰克的母亲。她向K.伸出颤抖的手，让他坐在自己身边，她说话十分吃力，费好大劲才听得懂她的话，但是她所说的[①]

[①] 手稿到此结束。

汉译文学名著

第一辑书目（30种）

伊索寓言	〔古希腊〕伊索著　王焕生译
一千零一夜	李唯中译
托尔梅斯河的拉撒路	〔西〕佚名著　盛力译
培根随笔全集	〔英〕弗朗西斯·培根著　李家真译注
伯爵家书	〔英〕切斯特菲尔德著　杨士虎译
弃儿汤姆·琼斯史	〔英〕亨利·菲尔丁著　张谷若译
少年维特的烦恼	〔德〕歌德著　杨武能译
傲慢与偏见	〔英〕简·奥斯丁著　张玲、张扬译
红与黑	〔法〕斯当达著　罗新璋译
欧也妮·葛朗台　高老头	〔法〕巴尔扎克著　傅雷译
普希金诗选	〔俄〕普希金著　刘文飞译
巴黎圣母院	〔法〕雨果著　潘丽珍译
大卫·考坡菲	〔英〕查尔斯·狄更斯著　张谷若译
双城记	〔英〕查尔斯·狄更斯著　张玲、张扬译
呼啸山庄	〔英〕爱米丽·勃朗特著　张玲、张扬译
猎人笔记	〔俄〕屠格涅夫著　力冈译
恶之花	〔法〕夏尔·波德莱尔著　郭宏安译
茶花女	〔法〕小仲马著　郑克鲁译
战争与和平	〔俄〕列夫·托尔斯泰著　张捷译
德伯家的苔丝	〔英〕托马斯·哈代著　张谷若译
伤心之家	〔爱尔兰〕萧伯纳著　张谷若译
尼尔斯骑鹅旅行记	〔瑞典〕塞尔玛·拉格洛夫著　石琴娥译
泰戈尔诗集：新月集·飞鸟集	〔印〕泰戈尔著　郑振铎译
生命与希望之歌	〔尼加拉瓜〕鲁文·达里奥著　赵振江译
孤寂深渊	〔英〕拉德克利夫·霍尔著　张玲、张扬译
泪与笑	〔黎巴嫩〕纪伯伦著　李唯中译
血的婚礼——加西亚·洛尔迦戏剧选	〔西〕费德里科·加西亚·洛尔迦著　赵振江译
小王子	〔法〕圣埃克苏佩里著　郑克鲁译
鼠疫	〔法〕阿尔贝·加缪著　李玉民译
局外人	〔法〕阿尔贝·加缪著　李玉民译

汉译文学名著

第二辑书目（30 种）

枕草子	〔日〕清少纳言著　周作人译
尼伯龙人之歌	佚名著　安书祉译
萨迦选集	石琴娥等译
亚瑟王之死	〔英〕托马斯·马洛礼著　黄素封译
呆厮国志	〔英〕亚历山大·蒲柏著　李家真译注
波斯人信札	〔法〕孟德斯鸠著　梁守锵译
东方来信——蒙太古夫人书信集	〔英〕蒙太古夫人著　冯环译
忏悔录	〔法〕卢梭著　李平沤译
阴谋与爱情	〔德〕席勒著　杨武能译
雪莱抒情诗选	〔英〕雪莱著　杨熙龄译
幻灭	〔法〕巴尔扎克著　傅雷译
雨果诗选	〔法〕雨果著　程曾厚译
爱伦·坡短篇小说全集	〔美〕爱伦·坡著　曹明伦译
名利场	〔英〕萨克雷著　杨必译
游美札记	〔英〕查尔斯·狄更斯著　张谷若译
巴黎的忧郁	〔法〕夏尔·波德莱尔著　郭宏安译
卡拉马佐夫兄弟	〔俄〕陀思妥耶夫斯基著　徐振亚·冯增义译
安娜·卡列尼娜	〔俄〕列夫·托尔斯泰著　力冈译
还乡	〔英〕托马斯·哈代著　张谷若译
无名的裘德	〔英〕托马斯·哈代著　张谷若译
快乐王子——王尔德童话全集	〔英〕奥斯卡·王尔德著　李家真译
理想丈夫	〔英〕奥斯卡·王尔德著　许渊冲译
莎乐美　文德美夫人的扇子	〔英〕奥斯卡·王尔德著　许渊冲译
原来如此的故事	〔英〕吉卜林著　曹明伦译
缎子鞋	〔法〕保尔·克洛岱尔著　余中先译
昨日世界：一个欧洲人的回忆	〔奥〕斯蒂芬·茨威格著　史行果译
先知　沙与沫	〔黎巴嫩〕纪伯伦著　李唯中译
诉讼	〔奥〕弗兰茨·卡夫卡著　章国锋译
老人与海	〔美〕欧内斯特·海明威著　吴钧燮译
烦恼的冬天	〔美〕约翰·斯坦贝克著　吴钧燮译

汉译文学名著

第三辑书目（40种）

埃达	〔冰岛〕佚名著　石琴娥、斯文译
徒然草	〔日〕吉田兼好著　王以铸译
乌托邦	〔英〕托马斯·莫尔著　戴镏龄译
罗密欧与朱丽叶	〔英〕莎士比亚著　朱生豪译
李尔王	〔英〕莎士比亚著　朱生豪译
大洋国	〔英〕哈林顿著　何新译
论批评　云鬓劫	〔英〕亚历山大·蒲柏著　李家真译注
论人	〔英〕亚历山大·蒲柏著　李家真译注
亲和力	〔德〕歌德著　高中甫译
大尉的女儿	〔俄〕普希金著　刘文飞译
悲惨世界	〔法〕雨果著　潘丽珍译
安徒生童话与故事全集	〔丹麦〕安徒生著　石琴娥译
死魂灵	〔俄〕果戈理著　郑海凌译
瓦尔登湖	〔美〕亨利·大卫·梭罗著　李家真译注
罪与罚	〔俄〕陀思妥耶夫斯基著　力冈、袁亚楠译
生活之路	〔俄〕列夫·托尔斯泰著　王志耕译
小妇人	〔美〕路易莎·梅·奥尔科特著　贾辉丰译
生命之用	〔英〕约翰·卢伯克著　曹明伦译
哈代中短篇小说选	〔英〕托马斯·哈代著　张玲、张扬译
卡斯特桥市长	〔英〕托马斯·哈代著　张玲、张扬译
一生	〔法〕莫泊桑著　盛澄华译
莫泊桑短篇小说选	〔法〕莫泊桑著　柳鸣九译
多利安·格雷的画像	〔英〕奥斯卡·王尔德著　李家真译注
苹果车——政治狂想曲	〔爱尔兰〕萧伯纳著　老舍译
伊坦·弗洛美	〔美〕伊迪斯·华尔顿著　吕叔湘译
施尼茨勒中短篇小说选	〔奥〕阿图尔·施尼茨勒著　高中甫译
约翰·克利斯朵夫	〔法〕罗曼·罗兰著　傅雷译
童年	〔苏联〕高尔基著　郭家申译
在人间	〔苏联〕高尔基著　郭家申译
我的大学	〔苏联〕高尔基著　郭家申译

地粮	〔法〕安德烈·纪德著	盛澄华译
在底层的人们	〔墨〕马里亚诺·阿苏埃拉著	吴广孝译
啊,拓荒者	〔美〕薇拉·凯瑟著	曹明伦译
云雀之歌	〔美〕薇拉·凯瑟著	曹明伦译
我的安东妮亚	〔美〕薇拉·凯瑟著	曹明伦译
绿山墙的安妮	〔加〕露西·莫德·蒙哥马利著	马爱农译
远方的花园——希梅内斯诗选	〔西〕胡安·拉蒙·希梅内斯著	赵振江译
城堡	〔奥〕弗兰茨·卡夫卡著	赵蓉恒译
飘	〔美〕玛格丽特·米切尔著	傅东华译
愤怒的葡萄	〔美〕约翰·斯坦贝克著	胡仲持译

图书在版编目（CIP）数据

城堡 /（奥）弗兰茨·卡夫卡著；赵蓉恒译. —北京：商务印书馆，2022
（汉译世界文学名著丛书）
ISBN 978-7-100-21352-3

Ⅰ.①城… Ⅱ.①弗… ②赵… Ⅲ.①长篇小说—奥地利—现代 Ⅳ.①I521.45

中国版本图书馆CIP数据核字（2022）第115580号

权利保留，侵权必究。

汉译世界文学名著丛书
城 堡
〔奥〕弗兰茨·卡夫卡 著
赵蓉恒 译

商 务 印 书 馆 出 版
（北京王府井大街36号 邮政编码100710）
商 务 印 书 馆 发 行
北京新华印刷有限公司印刷
ISBN 978-7-100-21352-3

2022年8月第1版	开本 850×1168 1/32
2022年8月北京第1次印刷	印张 12¼

定价：68.00元